El hijo de las hadas

Paula Molero

Editado por Harlequin Ibérica.
Una división de HarperCollins Ibérica, S. A.
Avenida de Burgos, 8B - Planta 18
28036 Madrid

© 2024 Paula Molero
© 2024 Harlequin Ibérica, una división de HarperCollins Ibérica, S. A.
El hijo de las hadas, n.º 300 - 3.7.24

I.S.B.N.: 978-84-1062-884-7
Depósito legal: M-11866-2024
Impreso en España por: BLACK PRINT
Fecha impresión Argentina: 30.12.24
Distribuidor exclusivo para España: LOGISTA
Distribuidor para México: Distibuidora Intermex, S.A. de C.V.
Distribuidores para Argentina: Interior, DGP, S.A. Alvarado 2118.
Cap. Fed./Buenos Aires y Gran Buenos Aires, VACCARO HNOS.

PRÓLOGO

La joven observó desde el asiento del copiloto del coche cómo la figura de su padre se aproximaba a la entrada de la iglesia. A esas horas de la madrugada la única fuente de iluminación la aportaban los propios faros del vehículo, pues el lugar que habían elegido era tan recóndito que no había ni una triste farola en las inmediaciones. No había sido una elección al azar, ya que ni la muchacha ni su progenitor querían que nadie presenciara su terrible acto. Ella misma tampoco habría querido estar allí, pero se había obligado a sí misma a hacerlo.

El hombre se acercó a paso ligero hacia su destino, mirando nervioso a su alrededor. En su mano derecha portaba un moisés en el que dormía plácidamente su nieto, que había llegado al mundo tres meses antes. Nada más llegar a la puerta principal del templo, lo depositó con cuidado en el suelo.

A través del cristal del parabrisas, la madre de la criatura creyó vislumbrar como los labios de su padre se movían, quizás para despedirse del niño. O para pedirle perdón por lo que le estaban haciendo. Algo que ni ella misma había tenido el valor de hacer durante todo el trayecto nocturno que los había llevado hasta su destino. El torrente de arrepentimiento que se había estado formando en su interior a lo largo de los últimos meses amenazó con desbordarse y ahogarla. Su mano se dirigió hacia el abridor de la puerta y lo agarró con fuerza. Todavía estaba a tiempo de ir a por su hijo y recuperarlo. Sus dedos se crisparon sobre el metal, mientras trataba de hallar la fuerza de voluntad necesaria para poder enmendar su error.

Sin embargo, permaneció paralizada en su asiento. Tras lo que le pareció una eternidad, su padre entró de nuevo en el coche. Sin pronunciar palabra, giró la llave para arrancarlo. El sonido del motor encendiéndose llegó hasta su hija como si fuera el rugido de un horrible monstruo. Por un instante creyó que la superficie de piedra sobre la que descansaba el cesto con el niño iba a abrirse para engullirle. Quizás de haber sucedido eso habría reunido el coraje para ir a recuperar a su hijo. O para hundirse con él en el infierno.

A sus dieciséis años, la joven tuvo la certeza de que su vida había finalizado. Que lo que vendría a continuación, durase lo que durase, no sería más que un sufrimiento eterno. Ya nunca podría pensar en otra cosa que en lo que acababa de hacer. Ya nunca podría mirarse a la cara en un espejo. Ya nunca podría ser feliz. Su única esperanza residía en un hecho: que el valor que le había faltado para ir a por su bebé no le faltase cuando decidiese terminar con su penosa existencia.

Mientras el coche con sus dos ocupantes de alejaba del lugar, el niño al que acababan de abandonar se despertó y abrió lentamente los ojos. La media luna que gobernaba el cielo esa noche de verano se reflejó en sus pupilas, y pareció brillar mucho más en ellas que en el firmamento. Unos segundos más tarde, un llanto infantil rompió la quietud nocturna, despertando al sacerdote que residía en la casa parroquial anexa a la iglesia. Sonó como un desgarro, y tuvo su eco en el ruido que hizo el corazón de su madre, ya a kilómetros de distancia, cuando se rompió en mil pedazos.

Capítulo 1

ELENA

El despertador rescató a Elena de un sueño muy desagradable, en el que se precipitaba al vacío mientras escalaba un precipicio. Durante los angustiosos segundos que tardó en espabilarse del todo, creyó que era algo real, y no una pesadilla. El alivio que le supuso darse cuenta de que no era así le duró poco; lo que tardó en recordar que era lunes, y que todavía le quedaban dos largos meses hasta que pudiera cogerse sus vacaciones, en el mes de octubre.

Desde algún lugar de la casa le llegó el ruido de un armario cerrándose. Eran tan solo las ocho de la mañana, pero Arancha, su compañera de piso, ya llevaría más de una hora levantada, y le habría dado tiempo a completar su rutina de ejercicios físicos. Y eso que ella sí que estaba de vacaciones. En esos momentos se encontraría ya preparando su potente desayuno de tres platos. A Elena le parecía increíble que pudiera meterse esa cantidad de comida tan temprano, cuando a ella misma le costaba dios y ayuda meterse en el estómago un par de tristes tostadas y un café con leche.

Antes de incorporarse, pensó en la jornada laboral

que tenía por delante en la inmobiliaria en la que trabajaba. Tan solo tenía una cita programada con un cliente, lo que le auguraba un interminable día de llamadas para captar clientes y viviendas. Si desarrollar esa labor ya le producía una inmensa pereza en condiciones normales, tener que hacerlo el día dos de agosto, cuando todo el mundo a su alrededor estaba disfrutando de sus vacaciones, lo hacía todavía más tedioso.

—¿Lista para empezar la semana con ganas? —le preguntó Arancha con un lamentable don de la oportunidad, nada más verla aparecer por la cocina.

Elena le contestó con una mueca tan expresiva que no hizo falta que verbalizara su fastidio.

—No sé cómo lo haces para estar tan animada un lunes por la mañana —dijo a continuación.

—Me sale solo.

En realidad, Elena sí que tenía una explicación para el optimismo de su compañera. No le faltaban motivos: tenía un trabajo claramente vocacional que le apasionaba —ejercía como cuidadora en una guardería local—; su novio era el tío perfecto y poseía un físico privilegiado que no le costaba mantener. Para colmo, tenía una habilidad sobrenatural para caerle bien a todo el mundo, y no había nadie en el pueblo que no la considerara un ejemplo a seguir.

«Así cualquiera», pensó Elena. Su caso era completamente el opuesto: detestaba su profesión cada vez más; a sus veintiocho años no había tenido ninguna relación que no hubiera sido tóxica o irrelevante, y su atractivo natural se estaba deteriorando a una velocidad de vértigo, sin que encontrara la fuerza de voluntad necesaria para corregir tal decadencia. Por último, la imagen que tenía de ella la mayoría de la gente de Valquemada, situada a medio camino entre Comillas y San Vicente de la Barquera, en la región costera occidental de la provincia de Cantabria, localidad en la que había vivido desde que nació, no podía estar más dañada.

—¿Tenéis mucho lío en la inmobiliaria? —quiso saber Arancha, mientras se preparaba su bol de gachas de avena, plátano y canela.

—Lo normal —respondió Elena.

Después de haber estado a punto de cerrar debido a la pandemia, las cosas habían mejorado gracias al *boom* de los apartamentos turísticos, así como a la aparición de un grupo inversor que había realizado varias operaciones de compra de inmuebles en la zona. Aun así, tanto su jefa como ella, que eran las dos únicas empleadas de la agencia, no habían visto como sus salarios, en gran parte basados en un variable que dependía de los ingresos generados, aumentaban en consonancia a ese incremento de la actividad. Y eso a pesar de que el coste de la vida se había disparado una barbaridad en los últimos tiempos, hasta el punto de que Elena había tenido que pedir ayuda a sus padres a finales del año anterior para poder pagar un par de facturas pendientes. Temía que llegase el día en que Arancha le dijera que se iba a vivir con su novio, pues ella sola no podría costear el alquiler del apartamento. Tendría que buscarse otro sitio si no encontraba a alguien que la sustituyera.

—Hoy he quedado con una persona en la casa del camino de las moras —dijo Elena.

—¿La de la abuela de Tomás?

—Esa. La van a alquilar hasta que la consigan vender. Y ya hemos encontrado a alguien, aunque solo para el verano.

—¿Cuánto tiempo se va a quedar?

—Veinte días. A lo mejor algo más.

Era exactamente la respuesta que le había dado el

tipo que se había interesado por la vivienda unifami-
liar que había en el extremo oriental del municipio,
justo en el borde del bosque del Garaño. En circunstancias normales le habría pedido un compromiso
más exacto en cuanto a la fecha de salida, pues había
mucha competencia por alquilar para el verano, pero
ese no era el caso de aquella casa tan alejada de la
playa.

No sabía mucho de él. Tan solo que venía de Madrid, y que trabajaba en una empresa de seguridad.
Por la documentación que le había solicitado sabía
que tenía treinta y dos años. También había averiguado que iba a ser el único ocupante del pequeño chalet, y que no tenía mascotas. Todo lo demás tendría
que descubrirlo en un par de horas, cuando fuera a
entregarle las llaves y a enseñarle la que iba a ser su
residencia temporal.

Eso era lo único que le gustaba de su trabajo: la
posibilidad de conocer gente nueva. Aunque no fuesen a formar parte de su vida durante mucho tiempo,
se trataba de personas que no albergaban ningún
prejuicio hacia ella. Su opinión sobre Elena estaría
basada únicamente en su contacto con ella, y no estaría contaminada por rumores y habladurías. Al
menos al principio. Ya que si permanecían lo suficiente en Valquemada, era muy posible que la cosa se
torciese, gracias a la campaña de desprestigio que
cierta vecina de la localidad había emprendido contra ella algo más de dos años atrás. Solo pensar en su
archienemiga hizo que perdiese el poco apetito que
tenía a esas horas de la mañana.

—Voy a darme una ducha —le anunció a Arancha.

Su compañera asintió con la cabeza, masticando
lentamente la última cucharada del primer plato de
su abundante desayuno.

Elena se arrastró hacia el único cuarto de baño del

piso, resistiendo la tentación de desviarse de su camino para volver a meterse en la cama y no salir de ella hasta que alguien le asegurase que todos sus problemas se habían solucionado mientras ella dormía plácidamente.

Se desnudó con torpeza, y no pudo evitar repasar frente al espejo la lista de lo que ella consideraba sus defectos físicos más evidentes: sus innumerables pecas, su mentón demasiado cuadrado, sus hombros demasiado caídos, sus caderas demasiado protuberantes y sus pies tan poco femeninos. Una persona con mayor autoestima que la que ella poseía en esa fase concreta de su vida también se habría fijado en su bonita melena pelirroja, sus preciosos ojos color miel, la casi perfecta simetría y firmeza de sus pechos, y, en general, en lo armoniosos que eran entre sí todos los elementos que componían su figura.

Una vez que entró en el cubículo de la ducha, no esperó a que el agua se calentase un poco, buscando que el frío despejase su mente los pensamientos oscuros. Puso más cuidado del normal en elegir su atuendo para esa jornada. Quería causar la mejor impresión posible a su nuevo cliente, por lo que escogió el vestido de verano más formal que tenía en el armario, a pesar de que era también el menos fresco de todos. No parecía que fuese a ser un día especialmente caluroso, así que creía que no iba a lamentar su decisión.

Tras una mañana interminablemente improductiva y una comida que apenas le sirvió para calmar el hambre, se dirigió a la casa que tenía que entregar esa tarde. Llegó con bastante antelación con respecto a su cita, para poder echarle un vistazo previo y comprobar que todo estaba en orden.

Mientras recorría las diferentes estancias, recibió una llamada de Sonia, su jefa, que quería confirmar si ya estaba allí preparada para recibir al futuro inquilino. Por suerte, era una de las pocas residentes de Valquemada con las que mantenía una buena relación. Eso era algo tan poco frecuente, que Elena temía que tendría que buscarse otro empleo fuera de los límites de la población si perdía el actual, pues todos los demás posibles contratadores locales la ignorarían por completo.

El buen rollo que había entre ellas se basaba en una especie de acuerdo tácito que se había establecido desde el comienzo de su relación profesional. Sonia mantenía en su puesto a Elena a cambio de que ella soportase su extraña personalidad, la cual la había condenado a un ostracismo similar al de la joven entre sus vecinos, aunque por motivos muy diferentes. Elena había escuchado una gran variedad de eufemismos a la hora de referirse a su jefa: excéntrica, especial, diferente... Su preferido era uno que había salido de la boca de su madre: exótica. Era un término que aportaba algo de glamur —probablemente inmerecido— a un hecho innegable: Sonia era más rara que un perro verde.

Por alguna razón, quizás relacionada con su propia situación dentro de la comunidad, Elena había aprendido a adaptarse a las peculiaridades de Sonia. También a su extravagante gusto estético, a sus decisiones inexplicables y a sus múltiples manías. Y, sobre todo, a su singular afición al mundo de lo paranormal, que constituía su principal pasatiempo.

—¿Te has acordado de comprobar que la nueva llave de la caseta funciona bien? —preguntó Sonia.

—Sí. Entra perfectamente.

—¿Y has revisado la caldera?

—Es lo primero que he hecho.

—Muy bien.

—Lo que no he encontrado todavía es el mando de la televisión.

—Está detrás del microondas —contestó Sonia—. Lo dejé allí para que no se perdiera.

Elena estaba ya lo suficientemente acostumbrada a la extraña lógica de su jefa como para invertir tiempo en tratar de entender por qué había considerado que ese era un lugar idóneo para tal propósito, en lugar de dejarlo bien a la vista.

—Asegúrate de explicarle todo bien —pidió Sonia—. Y a ver si consigues que te diga hasta qué día exacto tiene pensado quedarse.

—Lo intentaré.

—Ojalá se quedé al menos todo el mes.

Un ruido de gravilla crujiendo captó la atención de Elena.

—Creo que se acerca un coche —dijo la joven, aguzando el oído.

—Será él —aventuró su empleadora—. Suerte, niña. Ya nos vemos luego y me cuentas.

—Vale.

Elena se aproximó a la puerta de hierro forjado de color negro que daba acceso al exterior de la parcela. Mientras lo hacía, pudo vislumbrar a través del alto seto que rodeaba el terreno la silueta oscura de un vehículo que se estaba deteniendo en ese instante frente a la entrada, justo detrás de su Citroën C3 rojo. Alguien descendió del automóvil. Luego se acercó hasta la entrada del chalet y pulsó el timbre de llamada. Solo entonces Elena se decidió a accionar el picaporte, ansiosa por conocer a la persona que la esperaba al otro lado.

Capítulo 2

SAÚL

El viaje de Madrid hasta Valquemada le llevó a Saúl bastante más de las cuatro horas y media que la aplicación de mapas había estimado para su trayecto. No fue por casualidad, sino algo deliberado. Hizo más paradas de las normales, y se lo tomó con mucha más calma de la que era habitual cuando se ponía tras el volante. Era como si una parte de él quisiese retrasar la llegada a su destino lo antes posible. Toda la resolución que había demostrado cuando decidió llevar a cabo aquella tarea fue perdiendo fuerza a medida que la cifra del cuentakilómetros de su Seat León aumentaba. Sin embargo, no fue algo que le preocupara demasiado. Qué más daban unos minutos más en comparación con los años que había tardado en dar el paso.

A pesar de esa parsimonia, en ningún momento se planteó la posibilidad de dar media vuelta y olvidarse del asunto. No tenía la certeza de que fuera a alcanzar la meta que se había propuesto, pero al menos estaba convencido de intentarlo. Llegó a la conclusión de que esa falta de apremio por llegar al final de su travesía obedecía más bien a un intento, no del todo consciente de restar importancia a la consecución de su objetivo. Rebajando sus expectativas de éxito, y restándole valor al mismo, amortiguaría las consecuencias que para su estado de ánimo tendría el fracaso. Si había algo que Saúl llevaba muy mal, era el verse afectado por sus emociones. Siempre que podía, esquivaba las situaciones que pudieran desencadenarlas. Y si eso no resultaba posible, y se veía expuesto irremediablemente a ellas, hacía todo lo posible por reprimirlas.

¿Por qué entonces había emprendido ese viaje, que suponía una enorme contradicción con respecto a esa política? Era una pregunta para la que todavía no había hallado una respuesta completamente satisfactoria. La única manera en que lo había podido racionalizar era diciéndose a sí mismo que lo único que había ido a buscar allí era información. Que era el uso que le diera posteriormente a la misma lo que supondría un peligro para su equilibrio emocional. Y siempre le quedaría la opción de no hacer nada con ella.

Se detuvo en una estación de servicio que había a la entrada del pueblo. Tras llenar el depósito, entró en la tienda para pagar. Al otro lado del mostrador había un hombre de mediana edad, prematuramente calvo, que llevaba unas gafas de montura redonda apoyadas peligrosamente cerca de la punta de la nariz. Saúl le ignoró y se encaminó hacia la zona del establecimiento en la que se hallaba la comida refrigerada. Una vez allí escogió el par de sándwiches que tenían el aspecto menos descorazonador, y añadió una pequeña bolsa de patatas fritas que había en un expositor cercano. Con lo que iba a ser su comida del día, se dirigió hacia la caja.

—Buenas tardes —le saludó el dependiente.

—Buenas tardes —correspondió Saúl, mientras dejaba un billete de cincuenta euros sobre el mostrador, junto con los artículos que había cogido antes.

—¿La cuatro? —preguntó el empleado de la gasolinera, señalando con la cabeza hacia el vehículo del recién llegado, a pesar de que era el único que había a la vista.

Saúl asintió.

—¿Tarjeta de puntos?

—No.

—Muy bien.

El dependiente cogió el dinero y se puso a teclear cantidades en su terminal de venta. A Saúl le dio la impresión de que se tomó un tiempo excesivo en hacerlo, como si fuera su primer día y no estuviera todavía familiarizado con el manejo de la máquina. Una vez que terminó de introducir los datos, cogió el billete de Saúl y lo metió en uno de los cajetines del aparato. Extrajo a continuación el cambio que debía entregarle, y también tomó el ticket que expidió el dispositivo. Pero en lugar de entregárselos a su cliente, se le quedó mirando fijamente.

—¿Está de paso o viene a quedarse unos días? —le preguntó.

Sujetaba las monedas y el justificante de la compra tan cerca de su cuerpo que a Saúl le dio la impresión de que no se los entregaría a no ser que satisficiera su curiosidad. Meditó durante un instante si era mejor dejar que se quedara las vueltas y marcharse de allí en silencio.

—Lo segundo —contestó finalmente.

—Bien por usted.

Saúl bajó la mirada hacia las manos de su interlocutor, esperando que entendiera que lo único que faltaba por hacer allí era que le diera su dinero, y que así él pudiera seguir con su camino. Pero aquel individuo no pareció entender la indirecta.

—Ha escogido el mejor sitio para sus vacaciones, caballero. No lo va a lamentar.

Había por lo menos tres cosas que estaban mal en esas dos afirmaciones, pero Saúl tenía claro que cualquier comentario que hiciera al respecto no haría sino prologar su estancia dentro de aquella tienda, que ya se había prolongado demasiado. Así que se quedó callado, con la esperanza de que esa nueva señal de su poco interés por la conversación fuera la definitiva. Se equivocó de nuevo.

—Por aquí hay muchas cosas interesantes que ver, pero sobre todo le recomiendo que no se pierda la procesión de las flores —dijo el dependiente—. No hay nada parecido en toda la región. Es una maravilla.

Saúl era consciente de que trabajar en una estación de servicio situada en una carretera secundaria debía de ser una de las profesiones más aburridas del mundo. Sin embargo, no era responsabilidad suya servirle de entretenimiento a nadie. Y mucho menos en sus circunstancias.

—Si no le importa, tengo algo de prisa —se vio obligado a decir, dado que las sutilezas no habían dado ningún resultado.

Extendió su mano para reforzar su mensaje, por si acaso.

—¿Cuánto tiempo va a quedarse? —preguntó el empleado, ignorando su petición por completo.

—No lo sé —dijo Saúl, con tono cortante.

Con su exabrupto alcanzó un éxito parcial. Si bien consiguió que el hombre le entregara por fin las monedas y el ticket, no logró que diera por finalizada su conversación.

—Si puede, quédese hasta el día veintinueve. Hay un espectáculo de fuegos artificiales que es el mejor de la zona. Por ahora no lo han cancelado, aunque está prohibido reunirse para verlo. Cada uno lo tiene que ver desde casa.

Remató su recomendación con una sonrisa que evidenciaba que no le había afectado la manera tan poco amable que había tenido Saúl de responder a su última pregunta.

—Adiós —se despidió del vendedor, sin siquiera agradecerle su recomendación.

—Que tenga usted un día estupendo. ¡Y que disfrute de nuestro pueblo!

De camino a su vehículo, Saúl se preguntó si aquel tipo no compaginaría su trabajo en la gasolinera con el cargo de concejal de turismo, a tenor del empeño que había puesto en exponerle las bondades de su población. Por muy molesto que se hubiera llegado a sentir unos instantes antes, tenía que reconocer que el que todos los lugareños fueran así de amables y predispuestos a charlar le facilitaría mucho las cosas en su futuro más próximo. No obstante, no podía contar con ello. Quizás se había topado con la única excepción a la norma.

Aunque tenía mucha hambre, decidió escoger otro lugar para dar buena cuenta de su improvisado almuerzo. Tenía miedo de que, si se quedaba allí parado demasiado tiempo, el pesado que le había atendido acabaría abordándole en el coche, para continuar explicándole lo maravilloso que era su pueblo.

Se dirigió hacia la parte oriental del municipio, que era donde estaba ubicada la que iba a ser su residencia temporal durante las siguientes tres semanas, como mínimo. Ese era el plazo que se había dado para cumplir con su misión. Dispondría de otra más, llegado el caso, pues no se había cogido ningún día de vacaciones hasta ese momento. Incluso había apalabrado con el responsable de la empresa en la que trabajaba la opción de ausentarse algunas jornadas más, descontándolas del año siguiente.

Dejándose guiar por la aplicación de navegación GPS que tenía instalada en su *smartphone*, llegó hasta la desviación que conducía hasta la estrecha carretera que le llevaría hasta su destino. El camino, toscamente asfaltado y cubierto por una capa de arenilla, bordeaba un frondoso bosque de olmos y fresnos. Saúl bajó la ventanilla y aspiró los aromas que le llegaron desde la espesura. Creyó detectar también un ligero olor a mar.

Como faltaba todavía más de una hora para su cita con la persona de la inmobiliaria que había gestionado el alquiler, decidió detenerse un par de kilómetros antes, en el margen de la vía, aprovechando un terreno despejado que había en la cuneta más próxima al bosque. Hasta llegar allí se había cruzado tan solo con dos viviendas. Y una de ellas mostraba evidentes signos de abandono.

No había elegido el emplazamiento de su residencia por capricho. Quería un lugar tranquilo, alejado del centro del pueblo. El tipo de sitio en el que había escogido siempre vivir desde que se había independizado. Su actual domicilio, de hecho, estaba situado en una pequeña localidad que no superaba los mil habitantes, situada a setenta kilómetros de la ciudad de Madrid.

Muchas veces se había preguntado de dónde le había venido su gusto por la soledad y el aislamiento. ¿Tendría que ver con sus orígenes, o era algo que había adquirido con el paso del tiempo? Reflexionó sobre ello mientras devoraba el primero de sus dos sándwiches. Cuando iba a empezar con el segundo, le sonó el móvil. En la pantalla apareció un nombre: Blanca. Saúl pulsó el botón para aceptar la llamada de inmediato.

—Hola, Blanca.

—Hola.

Era la única persona con la que aún mantenía una relación de entre todas las que había conocido durante su época en el ejército. Y una de las pocas personas a las que podía considerar como amigas. Era, además, la única a la que había contado lo que había ido a hacer de verdad a Cantabria. El resto de la gente pensaba que estaba simplemente de vacaciones.

—¿Ya has llegado? —quiso saber ella.

—Hace nada. Ahora estaba comiendo.

—Si quieres te llamo más tarde.

—No, ya he terminado —mintió él.

Con cualquier otro que hubiera llamado habría aceptado posponer la conversación. En realidad, lo más probable es que ni siquiera se hubiera molestado en atenderles en ese momento. Pero con Blanca siempre existió una conexión especial, desde que se habían conocido en el Regimiento de Guerra Electrónica 31, en el que habían servido durante seis años. Su amistad era tan sólida, que incluso había resistido al hecho de que habían estado liados durante un par de meses. Desde que su breve romance finalizó, habían podido seguir siendo muy buenos amigos. Blanca ya llevaba tres años saliendo con un chico que trabajaba como monitor en un gimnasio.

—¿Qué tal el viaje?

—Aburrido.

—¿Ya estás en la casa?

—Todavía no. He quedado con la de la inmobiliaria a las cuatro y media.

—¿Es bonito el sitio?

—No me ha dado tiempo a ver mucho, pero sí que lo parece.

—Ya que estás allí, aprovecha y haz todo el turismo que puedas.

—Supongo que tendré tiempo de sobra para hacerlo.

—Y aunque no lo tengas. Desconecta de vez en cuando y date una vuelta.

—No es a lo que he venido.

—Lo sé, pero seguro que te viene bien —opinó ella—. Hazme caso.

Saúl la visualizó mentalmente apretando los labios al otro lado de la línea. Era el clásico gesto que hacía cuando quería convencer a alguien de algo. Esa imagen fue sustituida rápidamente por otra en la que su rostro se contraía sudoroso mientras hacían el amor en una habitación de hotel en Sierra Nevada. Desechó con rapidez ese recuerdo, sorprendido de que hubiera acudido a él en ese instante. Hacía mucho tiempo que no pensaba en ella en esos términos; de ahí su desconcierto.

—¿Estás nervioso?

Por un momento pensó que ella de alguna manera había percibido su turbación, pero luego cayó en la cuenta de que su pregunta estaba motivada por una cuestión muy diferente.

—No especialmente.

—Yo lo estaría.

—Por eso a mí me ascendieron antes que a ti.

Era una broma recurrente entre ellos, y Blanca casi siempre la encajaba con elegancia. Casi siempre.

—Eso es porque a ti se te da mucho mejor comerle el culo a la gente que a mí —contraatacó ella.

A Saúl le vino a la cabeza una réplica salvaje. Tuvo que morderse literalmente la lengua para evitar verbalizarla.

—Compruebo por tu silencio que estás completamente de acuerdo —añadió ella.

—No, lo que pasa es que no quiero rebajarme a tu nivel.

—Yo lo que creo es que la vida civil te ha vuelto un blando.

—Si tú lo dices.

Era evidente que su vida había cambiado tras su etapa como en las Fuerzas Armadas, pero no estaba tan seguro con respecto a si su personalidad se había visto igualmente afectada.

—¿Es para esto para lo que me has llamado? ¿Para tocarme las pelotas? —dijo él.

—Un poco sí, para qué engañarte. Pero también para desearte suerte.

—Me va a hacer falta.

—Ojalá encuentres lo que has ido a buscar.

Saúl encontró el deseo de su amiga demasiado ambiguo. Podría estar refiriéndose únicamente a la información que había ido a desentrañar. Pero quizás también se refería al posible uso que le daría tras obtenerla.

—Si necesitas algo, ya sabes que puedes contar conmigo —añadió Blanca.

—Gracias.

Contestó de una manea mecánica, pues su mente seguía ocupada en tratar de dilucidar lo que había tratado de decirle anteriormente su antigua compañera de trabajo.

—Mantenme informada, ¿vale? —le pidió ella, interpretando sabiamente su silencio como un indicio de que había llegado el final de su charla.

—Lo haré —prometió Saúl, sin saber a ciencia cierta si sería capaz de cumplir con su promesa.

Una cosa era haberle contado cuál era el propósito de su viaje, y otra muy diferente sería revelarle el resultado de sus investigaciones. Lo primero lo había hecho, más que nada, porque necesitaba que alguien le dijera si lo que pretendía hacer era una locura, y si tenía alguna esperanza de completar con éxito su misión. Lo segundo entraba en el terreno de lo más profundamente íntimo, y allí tan solo tenía acceso él.

Nada más cortar la comunicación, Saúl comprobó los mensajes que tenía pendientes en su dispositivo. Había reducido su pertenencia a los chats de grupos al mínimo imprescindible, y no le temblaba el pulso a la hora de salirse de aquellos que se volvían o intrascendentes, o incluían a alguien que no paraba de incordiar. Eso le permitió revisarlos con rapidez, y no tuvo necesidad de contestar a ninguno con más de una o dos palabras.

Le quedaba todavía un sándwich por comerse, así como media bolsa de patatas fritas. Sin embargo, su conversación con Blanca había reducido su apetito considerablemente. Tenía la sensación de que había algo en ella que no había terminado de procesar adecuadamente, pero ya no pudo precisar el qué. Y eso era algo que le ponía nervioso. Sopesó salir a dar un paseo por el bosque, para serenarse. Pero lo descartó enseguida. Así que se limitó a cerrar los ojos y borrar todo pensamiento de su mente. Necesitaba calmarse un poco, para volver a centrarse en el ahora. Había trazado un plan de actuación muy minucioso, y consideraba que gran parte de su posible éxito radicaba en ir paso a paso, poniendo toda su atención en cada uno de ellos, sin pensar en lo que vendría después.

Al principio su cerebro se negó a colaborar. Acudieron a él varios recuerdos relacionados con Blanca y la época que compartieron en el ejército, tanto buenos como malos. Logró pasar de puntillas por aquellos vinculados con el breve periodo en el que fueron más que amigos, que se resistían a volver al rincón al que los había desterrado. Aparecieron ante él todas las personas con la que había tenido trato durante esa etapa de su existencia. La gran mayoría de ellas ya no formaban parte en modo alguno de su vida, y los que sí permanecían en ella, lo hacían de una forma residual. Luego, cuando su memoria retrocedió aún más, hasta su adolescencia, la obligó a que se detuviera en seco. Esa era una zona prohibida para él, en el que solo había dolor y confusión.

Con mucho esfuerzo, fue recuperando su habitual aplomo. Se prometió a sí mismo que no volvería a sufrir un momento de debilidad como aquel. No se lo podía permitir bajo ninguna circunstancia, y solo serviría para dificultar todavía más la tarea que tenía por delante. Debía afrontarla con frialdad, casi como si fuera algo relacionado con su profesión.

Desde el exterior de su vehículo le llegó el canto agudo y prolongado de un pájaro, que Saúl prefirió considerar como una señal de que el animal estaba de acuerdo con él, en lugar de considerarlo como una muestra de su disconformidad.

Logró tranquilizarse del todo justo a tiempo para reemprender su camino, y así poder conocer la que iba a ser su base de operaciones en los próximos días.

Y a la persona que se la iba a enseñar.

Capítulo 3

ELENA Y SAÚL

Cuando Elena abrió la puerta, se encontró con un hombre al que le calculó unos treinta y pocos años. Era alto y tenía el cuerpo de un deportista. Vestía unos pantalones caqui ceñidos y un polo azul oscuro cuyas mangas se apretaban contra unos bíceps muy trabajados. Tenía el pelo castaño, muy afeitado en los laterales y más espeso en la parte superior. Sus ojos eran estrechos y muy oscuros, y sobre ellos gravitaban unas cejas finas y más arqueadas de lo normal. La parte inferior de su rostro estaba cubierta por una barba poco densa y muy cuidada. La expresión general de la parte de su rostro que quedaba a la vista era de mucha seriedad, y a Elena le costó imaginárselo sonriendo. Pero ni siquiera eso le restaba un atractivo que era muy evidente.

—¿Eres Elena? —le preguntó él, con un tono de voz algo ronco.

—Sí. Y tú serás Saúl, supongo —dijo ella—. Encantada —añadió de inmediato, extendiendo su mano derecha.

—Igualmente —dijo él mirándola fijamente a los ojos, lo que la puso un poco nerviosa.

La intensidad con la que la observaba le pareció excesiva, y le obligó a desviar la mirada hacia el vehículo en el que su cliente había llegado.

—¿El viaje ha ido bien?

Él se limitó a asentir con la cabeza.

—¿Y has encontrado el sitio con facilidad? Ya te comenté que estaba un pelín retirado —apuntó ella.

—El lugar es perfecto —señaló él, echando un vistazo a su alrededor.

—Me alegro. Espero que el resto de la casa te guste tanto.

—Servirá.

Empleó un tono que a Elena le resultó algo enigmático.

—Si te parece, te lo voy enseñando todo —propuso la joven.

—Muy bien.

En las dos conversaciones telefónicas que había mantenido con él le había dado la impresión de que era un individuo muy lacónico. Y esa parquedad en su manera de expresarse la estaba confirmado también en persona.

—Primero vemos la parcela. Y luego ya pasamos al interior —dijo ella.

Saúl no dio ninguna muestra de que le pareciera buena o mala su idea, así que ella siguió con su plan. No había mucho que ver en el terreno que rodeaba a la construcción, quitando la caseta que servía como un pequeño almacén, así que enseguida penetraron en el interior de la vivienda. Esta constaba de una planta baja, en la que se hallaba la cocina, un amplio salón, un cuarto de baño, y una estancia que había sido originariamente un dormitorio, pero que había sido reconvertida en una mezcla de despacho y biblioteca.

—Antes vivía aquí una escritora —le explicó

Elena—. Era la madre de los actuales propietarios, que falleció hace un año y medio, como te conté.

—Ajá.

Hasta ese momento, él no había abierto prácticamente la boca. Se había dedicado a escuchar, sin hacer ninguna pregunta, a pesar de que ella le había invitado a interrumpirla siempre que quisiera. Era algo que estaba empezando a incomodar un poco a Elena, que tenía la sensación de estar contándose las cosas a sí misma. Antes de continuar hacia el piso superior, decidió intentar sonsacarle algo de información, aunque tenía serias dudas de que fuera a conseguir algo, a tenor de lo callado que se había mostrado él.

—¿Qué es lo que más te llamó la atención de la casa cuando la viste en internet?

Saúl tardó tanto en contestarle que se temió que fuera a pasar completamente de ella.

—Su emplazamiento —dijo él finalmente.

Elena esperó en vano a que elaborara un poco más su respuesta.

—¿Querías algo tranquilo?

—Sí.

—Esto lo es.

El asintió tan levemente con la cabeza que fue un gesto casi imperceptible para Elena.

—¿Subimos? —indicó Saúl a continuación, señalando con la mano hacia las escaleras.

—Claro.

Elena siguió con su monólogo mientras le enseñaba el resto de la morada. Él no intervino ni en una sola ocasión, y su guía no supo determinar si era porque estaba conforme con todo, o si más bien se trataba de su forma de ser. Se decantaba por lo segundo. Lo cual, si se confirmaba, era toda una decepción para ella, que siempre esperaba que la llegada de personas nuevas al pueblo le sirviera para aliviar su aburrimiento. De poca ayuda le iba a servir el recién llegado si resultaba ser tan soso y distante como sospechaba.

—Y esto es todo —dijo Elena cuando regresaron a la planta baja—. Creo que no se me ha olvidado nada. De todas formas, si te surge alguna duda, tienes mi teléfono.

—Por ahora está todo claro.

—¿Sabes ya hasta qué día vas a quedarte?

—Con seguridad, hasta el día veintidós. Si decido ampliar el alquiler os lo diría con toda la antelación que me sea posible.

—De acuerdo.

—¿Habría algún problema para quedarme más tiempo?

—No —dijo ella—. Por ahora no —matizó.

—Si la casa no estuviera disponible para entonces, me podríais encontrar otra, ¿no?

—Supongo que sí. De todas formas te avisaríamos si alguien más se interesara por alquilarla a partir del día veintidós. Y tendrías preferencia.

Como Saúl no añadió nada más, Elena se giró y avanzó hacia la salida, resignada a no poder averiguar nada más sobre el recién llegado. En realidad, se iba a tener que marchar sabiendo tanto de él como antes de su encuentro. Se le ocurrió que quizás se debía a que estaba cansado por el viaje. Y que, si se lo cruzaba de nuevo más adelante, estaría más comunicativo.

—Hay un mercadillo en el pueblo pasado mañana, ¿verdad? —escuchó Elena a sus espaldas.

La pregunta le pilló totalmente por sorpresa. Se volvió de nuevo hacia Saúl, que no se había desplazado ni un milímetro de su posición.

—Sí —contestó ella—. Se celebra los sábados durante todo el año, pero en el verano también abre los martes por la mañana.

—¿Es muy grande?

—No sabría decirte. Lo normal para un sitio como este.

—Ya.

Ambos se quedaron muy callados. Elena todavía estaba algo desconcertada por su interés. Él, por otro lado, estaba sumido en sus pensamientos.

—¿Sabes dónde se monta? —dijo ella, incómoda por lo prolongado del silencio.

—Supongo que no será difícil encontrarlo.

—No, no lo es. Pero si quieres te mando luego un mensaje con la dirección exacta.

—Gracias.

Elena esbozó una sonrisa y esperó a ver si su acompañante se animaba a imitarla. Sin embargo, él se mantuvo tan impasible como siempre. La joven pensó que no podía morirse sin contemplar el efecto que una sonrisa tendría en un rostro tan atractivo como aquel.

—Te acompaño —dijo Saúl, desplazándose hacia la salida.

—No hace falta.

—Lo sé, pero así aprovecho para ir descargando mis cosas del coche.

Salieron juntos de la parcela. Una vez allí, Elena le entregó las llaves de la casa.

—Si necesitas algo, llámame —volvió a ofrecerse ella.

—Así lo haré. Y gracias por todo.

«Al menos es educado», pensó Elena. Le costó más de lo normal despegar sus ojos de los de él, que la volvió a observar con la misma intensidad que al principio. Con mucho esfuerzo, consiguió romper el contacto visual y meterse en su coche. Desde allí, contempló a través del retrovisor cómo él se daba la vuelta en dirección al maletero de su vehículo. No pudo evitar posar su mirada en su trasero, confirmando lo que ya sospechaba. Que lo tenía tan bien moldeado como el resto de su cuerpo.

Se sorprendió a sí misma imaginándose cómo sería estrujarlo con fuerza con ambas manos, y ese pensamiento le hizo percatarse de que llevaba demasiado tiempo sin tener relaciones con un hombre. Eran las consecuencias de vivir en un lugar tan pequeño como aquel, en el que, a la limitada oferta de candidatos, se añadía el hecho de que su reputación —inmerecida— atraía el interés de los ejemplares más indeseables de la zona. Y, al mismo tiempo, espantaba a los más prometedores. Aunque el hecho de que estos últimos se dejaran llevar por los prejuicios, en lugar de verificar si lo que se decía de ella era cierto, no hablaba muy bien de ellos. No es que su historial sentimental hubiera sido precisamente ejemplar antes del incidente que lo arruinó todo, pero eso no significaba que se le negara la oportunidad de mejorarlo. Y eso era exactamente lo que había provocado la campaña en su contra que se había iniciado dos años atrás.

El caso era que sus posibilidades románticas se limitaban a dos vías: liarse con los forasteros que llegaban a Valquemada, o irse a buscarlos fuera de su localidad, cuanto más lejos mejor. La primera opción había arrojado resultados decepcionantes hasta la fecha. Y con respecto a la segunda, no le sobraba el tiempo ni el dinero para hacer una escapada de esa naturaleza todos los fines de semana. Además, no lo veía justo. Ni estaba tan desesperada. O eso creía, hasta que ese tal Saúl se había cruzado en su camino, y su cabeza se había llenado de imágenes lujuriosas.

No ayudó a disipar su calentón el ver como los músculos de los brazos de su nuevo cliente se tensaban cuando se dirigió a su residencia cargado con un par de bolsas de viaje. Así que, antes de que la cosa fuera a peor, decidió arrancar su vehículo y alejarse del culpable de sus fantasías lo antes posible. Ni siquiera echó un último vistazo por el espejo retrovisor, y eso le animó a pensar que ya había recuperado el control de sus hormonas.

De no haber podido resistirse a esa tentación, su mirada se habría encontrado con la de Saúl, que se había detenido al ver como el Citroën se ponía en marcha. Se quedó mirando cómo se alejaba Elena, hasta que desapareció tras un recodo en el camino pobremente asfaltado. No supo muy bien por qué lo había hecho, y tampoco dedicó más tiempo a reflexionar sobre ello. Tenía cosas mucho más urgentes en las que pensar.

Una vez que hubo trasladado su equipaje hasta el interior de la casa, en lugar de vaciar las maletas y colocarlo todo en su sitio, se sentó en el sofá de tres piezas que había en el salón, y extrajo un objeto que había llevado en el bolsillo derecho de su pantalón desde que había partido de Madrid. En realidad, no se había separado de él durante las últimas dos semanas. Había nacido una necesidad imperiosa en Saúl de estar en permanente contacto con él a medida que se había ido acercando la fecha de su viaje al norte de España, como si fuera una especie de talismán. Saúl no creía en esas cosas, así que lo excusaba con la idea de que ese elemento era tan esencial para su búsqueda que no podía permitirse el lujo de perderlo de vista en ningún instante.

Se trataba de una figura de diez centímetros, hecha en escayola, que representaba una mezcla entre duende y diablillo. Tenía una cabeza muy grande en la que destacaban dos colmillos retorcidos y unos incipientes cuernos. Su piel era negra, y estaba vestido por un extraño traje hecho de cortezas de árbol de color rojo, de cuya parte trasera asomaba un rabillo muy corto. En la mano derecha portaba un bastón fino de madera.

Tras un rato observándolo, lo puso boca abajo para poder contemplar el símbolo que había grabado en la planta desnuda de su pie izquierdo. Era un trébol de cuatro hojas, con una letra C escrita en el centro. Estaba muy desgastado, como si alguien lo hubiera estado acariciando constantemente. El pequeño muñeco llevaba con él toda la vida, pero no había sido hasta que cumplió los trece años que supo cómo había llegado a su poder. Y había tardado casi veinte años más en decidirse a resolver el misterio por el cual el juguete era una pista fundamental. La única de la que disponía, a decir verdad.

No tardó mucho en descubrir que era la efigie de un *trasgu,* un ser perteneciente a las mitologías asturiana, gallega, cántabra y leonesa. Dando por bueno que su fabricante o distribuidor fuera de alguna de esas regiones, seguía siendo mucho terreno que abarcar. Y cabía la posibilidad de que hubiera sido adquirido por alguien que simplemente estuviera de paso y que no residiera en ninguna de esas zonas.

Por ese motivo, había albergado pocas esperanzas de que la existencia de esa pieza fuera a conducirle a algo. Sospechaba que su investigación había nacido ya muerta, y que en realidad todo aquello no era más que una pérdida de tiempo. Pero una parte de él se había negado a rendirse, a pesar de los nulos resultados que obtuvo en los primeros meses de su investigación. Había perdido la cuenta de la cantidad de sitios en internet donde había colgado la foto de la figura, preguntando si alguien podía facilitarle información acerca de ella. Las respuestas iniciales que recibió no habían conducido a nada concreto. Así había sido hasta aquella tarde lluviosa del pasado mes de febrero. El mensaje que leyó en el foro sobre coleccionismo que le había recomendado visitar su amiga Blanca, y el breve intercambio que desencadenó, se habían grabado a fuego en su memoria:

Re: figura de trasgu
maika_moon101, 02/02/2021, 16:06
Hola!!!
Que ilusión me ha hecho ver esa imagen. Me ha recordado mis veranos de niña en Comillas. Íbamos también mucho a Valquemada, que está muy cerquita, y allí es donde me compré las dos figuras de la bruja y el hada. Te pongo aquí las fotos. Como verás, tienen la misma marca que la tuya en el pie, por eso supongo que son del mismo fabricante. Me las compraron en uno de los puestos del marcadillo del pueblo. Fue el último día del último verano que pasamos allí, por eso me acuerdo tan bien. Quería comprarme algo que me sirviera de recuerdo para toda la vida, y obligué a mis padres a que nos recorriéramos el marcado varias veces, hasta que me decidí.
Espero que te ayude de algo!!!

Re: figura de trasgu
smlobo1989, 02/02/2021, 19:21
Hola.
Gracias por tu respuesta, es la primera información que alguien me da sobre el tema. ¿Te acuerdas de algún dato más del puesto donde lo compraste? ¿O de la persona que te lo vendió? Cualquier cosa, aunque no te parezca importante.

Re: figura de trasgu
maika_moon101, 02/02/2021, 23:47
No me acuerdo de nada más ahora mismo, lo siento. Han pasado ya más de veinte años desde entonces. Le

preguntaré a mis padres y a mis hermanos, por si ellos saben algo más.

Re: figura de trasgu
smlobo1989, 03/02/2021, 08:15
Muchas gracias.

Re: figura de trasgu
maika_moon101, 6/02/2021, 12:58
Hola de nuevo!!!
Mis padres solo se acuerdan de que les di la tarde por todo lo que me costó decidirme por algo. Y mis hermanos ni saben de lo que les hablo. Siento no poder contarte nada más. Si más adelante me acuerdo de algo, te lo digo. Ojalá alguien más te pueda ayudar. Suerte!!!
Y si algún día te cansas de tu trasgu, estaré encantada de comprártelo para ampliar mi colección!!!

Saúl no había vuelto a saber de ella, ni nadie más le había facilitado información sobre el duendecillo. A pesar de ello, había conseguido mucho más de lo que esperaba con su publicación de la foto. Tenía un lugar concreto por el que empezar su búsqueda, que no era poca cosa. Si bien era cierto que su inesperada informadora había adquirido sus piezas hacía veinte años, por lo que era posible que el puesto en el que los había comprado ya no existiese. Aun así, tenía que intentarlo. Como mucho perdería unos cuantos días de sus vacaciones, y tampoco tenía un plan mejor para aprovecharlas.

Trató de visualizar el mejor de los escenarios. No solo lograría dar con los vendedores de la figura, sino que estos se acordarían perfectamente de a quién le habían vendido ese modelo en particular. Quizás porque era una persona especial para ellos, o por alguna otra razón igualmente oportuna para sus intereses. Le proporcionarían un nombre y un apellido. Puede que incluso una dirección. Luego tendría que decidir qué hacer con esa información. Pero eso ya sería otra historia. Y al menos tendría la opción de escoger, cosa que ahora estaba fuera de su alcance.

Era consciente de que todo aquello era mucho pedir, y que lo normal era que se fuese con las manos vacías. Soñar era gratis, pero el problema con los sueños era que tarde o temprano había que despertarse y afrontar la realidad. Saúl no era un hombre optmista. Tampoco era demasiado pesimista, pero tenía por costumbre rebajar su expectativas cuando se enfrentaba a situaciones similares.

En cualquier caso, estaba a punto de comprobar si su viaje iba a servir para algo, o si le llevaría a un callejón sin salida. Tan solo tenía que esperar un par de días más, y saldría de dudas.

Se le iba a hacer eterno.

Capítulo 4

ELENA

Los padres de Elena vivían muy cerca del centro del pueblo, lo que era un fastidio para ella cuando iba a verlos a su casa. El número de miradas cargadas de reproche y de susurros a sus espaldas —reales o imaginarios— aumentaba cuanto mayor era la densidad de población de la zona que transitaba. Y allí alcanzaba su máximo. Pero la razón por la que había acudido allí lo compensaba todo. Dos o tres tardes a la semana, una vez que terminaba su jornada laboral, se pasaba a recoger a su perro para sacarle a pasear.

A Uco, su cocker de pelaje marrón claro, lo había adoptado cuando todavía vivía con sus padres, seis años atrás. A pesar de las reticencias iniciales de sus progenitores, había acabado convenciéndoles de que le aceptaran como un miembro más de la familia. El propietario de la casa a la que Elena se fue a vivir cuando se independizó, incluyó una cláusula que le impedía meter mascotas en el piso. Elena creía que podría haberle hecho cambiar de opinión, pero sus padres se habían encariñado tanto con Uco, que decidieron los tres que no se movería de allí. Fue duro para la joven aceptar que ya no iba a convivir con él, aunque tenía que reconocer que para su madre sería todavía más difícil separarse del perro. Así que aceptó ceder su custodia, estableciendo una especie de régimen de visitas que era acatado escrupulosamente por las dos partes.

Cuando esa tarde de martes se presentó en su antiguo hogar, Uco se abalanzó hacia ella con su habitual frenesí, y no paró de ladrar y brincar a su alrededor hasta que recibió una buena dosis de mimos. Solo entonces pudo Elena saludar también a Jimena, su madre, dándole un abrazo y un par de besos. Manuel, el padre de Elena, se había tenido que quedar a hacer horas extras por un problema que había surgido con unos de los clientes del bufete de abogados de su propiedad en el que trabajaba, y su esposa no tenía ni idea de cuándo iba a regresar.

—Seguro que luego se pasará por el bar de Santiago, para desahogarse un poco —pronosticó Jimena—. Así que llegará a las tantas, cocido perdido, y diciéndome que solo se ha tomado un par de medias de cerveza.

—Igual acaba cansado y vuelve a casa en cuanto termine de trabajar.

Su madre puso una mueca de puro escepticismo.

—Ya te digo yo que este no llega ni a la hora de la cena —dijo—. Iba a preparar unos filetes de pollo, pero mejor hago una tortilla de patata, que no le importa tomársela fría.

—Ya que te pones, me podrías hacer otra a mí —le tanteó su hija, que, de todas las cosas que había perdido al irse a vivir fuera de allí, lo que más echaba de menos era la comida de su madre.

—¡Y también una fuente de pimientos fritos! ¡No te fastidia! —soltó Jimena—. No seas caradura, hija —añadió después, para desilusión de la aludida—.

No haberte marchado tan pronto de casa si querías que siguiera cocinando para ti.

Jimena no había llevado nada bien lo de que su hija abandonase el nido. Elena sospechaba que su malestar no se debía a que considerase que se había precipitado, sino que a la mujer que le había dado la vida jamás le habría parecido bien que se marchase de su lado. También quería mucho a su hijo, pero por Elena sentía un apego especial.

—Como acabe cerrando la inmobiliaria, igual me tienes aquí otra vez —dijo la joven.

—Tu cuarto está como lo dejaste, a pesar de que tu padre quiere tirar la pared y ampliar el salón. ¡Para meternos en obras estoy yo ahora!

—Sabes que lo dice con la boca pequeña.

—No sé, no sé... Según se acerca la edad de jubilarse, se le está llenando la cabeza con un montón de proyectos absurdos.

—¿Ah, sí?

Su padre siempre había sido una persona poco amiga de los cambios, de ahí su extrañeza.

—Que si reformar la casa, que si apuntarse a cursos de esto y lo otro, que si vamos a viajar por todo el mundo... ¡Pero si luego vamos a ver a sus padres a Gijón, y es el primero al que le entra la murria nada más cruzar a Asturias! —protestó Jimena—. Me tiene aburrida, hija. Cada día es una cosa diferente.

Conociendo como conocía a su madre, y lo exagerada que tendía a ser en general con todo, puso en cuarentena todo aquello. Seguramente su padre habría hecho tan solo un par de comentarios casuales sobre algo que le gustaría hacer en el futuro, y Jimena lo habría convertido en un drama.

—¿Sabes algo de Héctor?

El hermano mayor de Elena, el único que tenía, se había ido de casa a una edad más temprana que ella, persiguiendo la que había sido su vocación desde que era un adolescente: los trenes. Era maquinista de Renfe y residía en Alicante, aunque había vivido en varios lugares de España en los últimos diez años. No le veían mucho, ni tampoco hablaban con él más que lo mínimamente imprescindible para no perder el contacto. No por desapego, o porque hubiera existido algún desencuentro entre ellos. Se debía a su espíritu nómada, y a lo poco ligado que se sentía a sus raíces familiares. Quería a sus padres y a su hermana, pero ya no ocupaban un lugar demasiado importante en su vida. Con Elena, además, esa relación era más esporádica todavía. Quitando fechas señaladas, hablaban muy poco por teléfono. Elena tenía la firme sospecha de que ella le echaba mucho más de menos que él a ella. Y, debido a su actual situación de aislamiento dentro del pueblo, todavía le dolía más no poder contar con su compañía. De pequeños siempre se habían llevado muy bien, y habían estado muy unidos a pesar de la diferencia de edad.

—¿Cuándo fue la última vez que hablaste con él? —preguntó Jimena.

Elena trató de hacer memoria. Hasta donde era capaz de recordar, no había tenido una conversación larga con él, ni siquiera por mensaje, más allá de las últimas navidades, siete meses atrás. Así se lo hizo saber a su madre.

—Entonces... —comenzó a decir su madre.

Sin embargo, no añadió nada más. Ese silencio fue una señal evidente para Elena de que su madre le estaba ocultando algo.

—¿Qué? —la azuzó Elena.

—Eh...

—Venga, mamá, dilo de una vez.

—Es que no sé si tu hermano prefiere contártelo él mismo.

—De querer hacerlo, lo habría hecho ya, ¿no te parece?

Elena se percató de que ese argumento, que ella había pretendido usar como medio para animar a su madre a que revelara lo que sabía, en realidad era mucho más adecuado para justificar que su madre prefiriera no decirle nada. Si Héctor no se lo había comunicado hasta la fecha a su hermana, igual era porque no quería que se enterase.

—¿Qué pasa? ¿Te pidió él que no me lo contaras?

—No, no. Qué va —respondió rápidamente la mayor de las dos mujeres—. Si en el fondo es una tontería.

—Pues le están dando tanto misterio que no lo parece.

—Tu hermano está viviendo con alguien.

Por el tono empleado, Elena dedujo que no se refería a que estaba compartiendo casa con algún compañero de piso, tal como ella hacía con Arancha. De lo que estaba hablando era de una relación de pareja.

—Es una chica de Alicante que conoció en el trabajo —le explicó Jimena, confirmando que su corazonada era correcta.

—Ah —musitó Elena—. Vale —añadió, en voz más alta, fingiendo que ella también consideraba que esa información era una nimiedad—. ¿Y desde cuándo llevan viviendo juntos?

—Un año.

«Y a saber cuántos más de novios», pensó Elena. Héctor se había mudado a Alicante casi cuatro años atrás, por lo que no era descabellado pensar que a lo mejor llevaba saliendo con su chica dos o tres años. Y, en todo ese tiempo, Elena no había sabido nada de ello. Su hermano siempre había sido muy discreto con esos temas, pero no hasta el punto de mantener tanto tiempo en secreto una relación sentimental de esas características.

Aquello le molestó mucho. Y se conocía lo suficiente a sí misma como para saber que esa sensación iría a más a cada minuto que pasase. ¿Se habían distanciado tanto los dos como para que su hermano no se molestara en contarle algo así de importante? Elena creía que, a pesar de la distancia física y el escaso contacto, todavía existía entre los dos una conexión tan profunda como para que ese tipo de cosas no sucedieran. Que los años que habían estado juntos habían construido algo lo bastante sólido e imperecedero como para vencer esos obstáculos. Pero al parecer se había equivocado.

—Igual un día de estos te llama para contártelo. Ya sabes lo liado que está con su trabajo —indicó Jimena, consciente de que la noticia no había sentado nada bien a su hija.

Se le notaba que se sentía culpable por el desliz que había cometido. Si bien era cierto que Héctor no le había pedido que la cosa quedara solo entre él y sus padres, igual era algo que estaba implícito en su confesión. Jimena lamentó no habérselo preguntado para asegurarse de no meter la pata. Cuando había abierto la boca para trasmitirle la noticia a Elena, no le había parecido que hubiera riesgo alguno en hacérselo saber. En ese instante, sin embargo, la sensación de que había cometido un error fue creciendo en ella.

—A lo mejor se pensó que te lo contaría yo, y por eso no te ha llamado —insistió en tratar de apaciguar el cada vez más patente malestar de Elena.

—Será eso.

Se instaló un silencio incómodo entre las dos. Cada una de ellas se sumió en sus propios pensamientos. En el caso de la madre, de creciente preocupación por haber creado un problema. En el de la hija, empañados por el enfado y la decepción a partes iguales.

—Bueno, que yo a lo que venía era a otra cosa —apuntó, fijando su atención en el cocker que tenía tumbado a sus pies.

Decidió que lo mejor era dejar para otro momento el tema de su hermano, a pesar de que se le había quedado a medio digerir. El rato que había ido a pasar con Uco era sagrado para ella, y no estaba dispuesta a permitir que nada ni nadie le privara de disfrutar al máximo de ello.

—¿Dónde te lo vas a llevar? —quiso saber Jimena.

—Creo que nos daremos una vuelta por el parque de los Milagros.

Uco levantó la cabeza, que tenía apoyada entre sus patas, como si hubiera reconocido el nombre de su lugar favorito de paseo. Elena decidió complacerle de inmediato, y se despidió de su madre hasta más tarde.

Desde la casa de sus padres se tardaba tan solo un cuarto de hora andando en llegar a su destino, así que dejó el coche donde lo había aparcado y se puso en marcha. Mientras recorría el centro de Valquemada, descubrió con agrado en sus calles a más turistas de los que esperaba haberse encontrado para ser un día entre semana. Quería verlo como una señal de que todo estaba más cerca de volver a la normalidad, aunque las autoridades seguían mandando mensajes de cautela a través de los medios de comunicación.

Cuando les quedaban unos pocos metros para llegar al parque, Uco empezó a tirar con tanta fuerza de la correa con la que le sujetaba Elena, que tuvo que emplearse a fondo para contenerle.

—¡Quieto, Uco! —le gritó.

Apenas consiguió frenar un poco su ímpetu. De forma que, al girar la esquina que desembocaba en el amplio bulevar en el que estaba el parque, era más bien el perro quien dirigía a la joven. Sin embargo, tras avanzar unos pocos pasos más a trompicones, Elena se detuvo en seco, y obligó con todas sus fuerzas a su mascota a que hiciera lo mismo.

El motivo de su maniobra fue la aparición dentro de su ángulo de visión de un grupo de personas que se hallaban en el interior del recinto al que se dirigía, muy cerca de la entrada. A su alrededor, varios perros de diferentes tamaños jugaban entre sí y se perseguían unos a otros. Al verlos, Uco se impulsó hacia sus congéneres con ahínco, forzando a Elena a gritarle de nuevo que se quedara donde estaba, pero esta vez con una voz más autoritaria.

Entre los hombres y mujeres allí congregados detectó enseguida la presencia de Andrea Saavedra. Había sido fácil hacerlo, pues todos se arremolinaban en torno a ella, como si fuera la líder de una manada. Y en el fondo lo era. Su archienemiga, la mujer que había iniciado —y seguía manteniendo viva— una campaña de acoso y desprestigio hacia Elena, que cerca había estado de llevarla a abandonar el pueblo para siempre, era lo más parecido a una pequeña dictadora que había en el municipio. Lo de pequeña no tenía nada que ver con su tamaño —pues era una mujer alta—, sino más bien al alcance geográfico de su influencia. Por suerte, sus dominios quedaban restringidos a Valquemada. Por desgracia, su poder allí era absoluto. Era lo que tenía ser la esposa del empresario más importante del pueblo. Si con eso no le fuera suficiente para imponer su reinado, poseía una belleza y una capacidad de persuasión que la hacían irresistible para cualquiera que se pusiera a su alcance.

La presencia de Elena había pasado desapercibida para Andrea y sus acólitos por el momento. Se aseguró de que así siguiera siendo volviendo tras sus pasos y doblando la esquina por la que había aparecido, hasta quedar fuera de la vista. Para conseguirlo, tuvo que arrastrar a Uco con ella, pues el animal se resistía a alejarse de todos aquellos potenciales compañeros de juegos. A Elena la partía el corazón negarle a su fiel compañero la posibilidad de divertirse con ellos, y eso le hizo dudar sobre si debía marcharse definitivamente de allí o si debía echarle valor y llevar a cabo su plan inicial. El parque era lo suficientemente grande como para no tener que tratar con ellos, pero no le quedaría otra que pasar delante de Andrea, con el peligro que suponía hacerlo.

La última vez que había estado cerca de ella poco le había faltado para perder los estribos al escuchar los comentarios que llegaron a sus oídos, pronunciados deliberadamente en alto para que no le pasaran desapercibidos. Si no se había lanzado hacia ella para estrangularla, o para el menos destrozarle el bonito peinado que lucía aquel día, había sido por pura vergüenza. Y tenía serias dudas de que la próxima vez que se viera en una situación similar fuera a ser capaz de ejercer el mismo autocontrol sobre sus instintos más oscuros.

—Lo siento, Uco —dijo—. Cambio de planes —añadió, una vez tomada la decisión de que no era el mejor día para poner a prueba su paciencia, ni para recibir más golpes además del que había recibido al enterarse de lo de su hermano Héctor.

Tomaron la dirección opuesta, rumbo a un descampado que había a unos minutos de distancia. Era un espacio donde también solía haber perros, pero no tenía ni punto de comparación con el parque de los Milagros. Uco anticipó a la perfección cuál era su nuevo destino, y mostró mucho menos entusiasmo por llegar que antes. Sin embargo, como lo buen chico que era, aceptó la decisión de Elena sin oponer más resistencia.

Mientras caminaba hacia allí, Elena no pudo evitar recordar la cadena de acontecimientos que habían provocado su caída en desgracia. Todo había comenzado cinco años atrás, durante una feria del sector de la hostelería, que se había celebrado en Santander. Allí había ido a trabajar como azafata durante cuatro días. Y allí era donde había entrado en su vida Alejandro Orozco.

Todo el mundo en Valquemada sabía quién era el hombre que poseía los negocios más prósperos del pueblo, pero Elena todavía no le había conocido en persona. Fue extraño que ese primer encuentro se hubiera producido fuera del lugar en el que ambos habían nacido, pero así fue. Ya entonces llevaba varios años casado con la que había sido la reina de las fiestas del pueblo del año 1992: Andrea Saavedra. Ni ese hecho, ni la diferencia de veintidós años que había entre Alejandro y Elena, ni tampoco la conocida reputación de mujeriego que tenía el empresario, impidieron que acabara por caer rendida a sus encantos, tras mucho insistir él en seducirla.

Su relación adúltera duró casi un año, con idas y venidas. Terminó cuando Andrea descubrió la infidelidad de su marido, aunque para entonces apenas había quedado reducida a encuentros esporádicos en hoteles de fuera de Valquemada. Hubo un tiempo en que Elena pensó que se convertiría en algo más serio, ya que él llegó a insinuarle en un par de ocasiones que estaría dispuesto a divorciarse de su mujer. En el fondo siempre supo que aquello era imposible que sucediera. Pero el enamoramiento inicial y la habilidad de él para engatusarla bastaron para tenerla engañada.

Elena pago el pato de todas las relaciones extramatrimoniales previas de Alejandro. Fue como si

Andrea quisiera hacer un ejemplo de ella, harta de las promesas de su marido de que nunca volvería a engañarla. Elena quería pensar que, en la intimidad del hogar, Andrea consideraba a su esposo como el principal responsable. Porque lo que estuvo claro es que, de puertas hacia fuera, convirtió a Elena en la mala de la película. A todo el que quiso escucharla —y a los que no—, se la describió como una mujer manipuladora, que no había dejado de acosar a su marido hasta lograr seducirle. La calificó como una destroza hogares, capaz de cualquier cosa por salirse con la suya. Dijo de ella que era la chica más fácil y promiscua de toda la zona.

La campaña alcanzó su punto más álgido cuando el padre de Elena tuvo un altercado con un vecino, a raíz de un comentario que hizo sobre su hija. Ese día, la joven estuvo a punto de hacer las maletas, subirse a su coche y no parar de conducir hasta llegar a un lugar donde la gente no hablara su idioma. No por ella, sino por su familia. Si no llevo a cabo su plan fue precisamente por sus padres. Ambos, que jamás habían dudado de su versión de la historia, la convencieron de que no se rindiera. Luego se les unió Ernesto, el padrino de Elena, que le ofreció su apoyo desde el principio. Y no fue poca cosa, pues era una de las personas más respetadas e influyentes de Valquemada. Gracias a él había conseguido su actual empleo en la inmobiliaria, sin ir más lejos. Pero ni así fue fácil lidiar con todo lo que se le vino encima. Al final, tuvo que ser ella misma la que saliera adelante, a base de pura cabezonería y amor propio.

Se acordó de algo que le había dicho su padrino en uno de los peores días que tuvo, nada más destaparse su *affaire*.

—Los sitios tan pequeños como este tienen una cosa mala y otra buena. La mala es que todo el mundo se entera enseguida de lo que pasa. La buena es que cualquier nuevo escándalo hace que se olvide rápidamente el anterior.

Si bien eso no había demostrado ser del todo cierto, pues la reputación de Elena había quedado dañada irremediablemente, sí que dejó de ser el principal tema de conversación en cuanto la guardia civil pilló poco después al vicealcalde conduciendo borracho, y este reaccionó agrediendo a uno de los agentes con un paraguas. Elena y su fama dejaron de ser el centro de atención, y pasaron a un segundo plano. Luego, el tema fue perdiendo más interés, a pesar de que Andrea se encargaba cada cierto tiempo de recordar a la gente lo que había sucedido. Su versión de la historia, más bien.

El efecto más dañino de todo aquello fue que su círculo de amistades se redujo considerablemente. Dejando a un lado a sus padres, Ernesto, su jefa y su compañera de piso, apenas tenía trato cotidiano con nadie más. Fuera de ese grupo había otro, también muy reducido, de antiguos amigos. Gente con la que podría charlar de vez en cuando, pero de los que Elena sospechaba que murmuraban contra ella a sus espaldas, como adictos a la hipocresía que necesitaban recibir su cuota semanal. Y que de ser obligados a ello por la presión de Andrea, le retirarían la palabra. Mas allá de esos dos conjuntos de personas estaba el resto del mundo, que, o bien la ignoraban deliberadamente, o bien la repudiaban sin complejos. Salvo contadísimas excepciones.

Y en su vida sentimental también había hecho estragos, por supuesto. Desde entonces los hombres solo se acercaban a ella con una cosa en mente, y nada más. Y cuando fue rechazando uno a uno a los primeros que se le acercaron, ya ninguno más lo hizo. A partir de ahí, había sobrevivido a base de rolletes de verano con algún turista, y ya ni siquiera era algo que le apeteciera demasiado. Había llegado a una etapa en su vida en la que quería probar lo de tener una relación estable. Conocía a gente que hablaba maravillas de aquello, y quería descubrir si era para tanto antes de morirse de vieja.

Con respecto a su penosa situación, Elena tenía días malos y días menos malos. Siempre tenía la opción de marcharse del pueblo y empezar de nuevo en otro lugar. Con veintiocho años, todavía era joven para hacerlo. Sin embargo, tenía la sensación de que sería como confirmarle a todo el mundo que ella era la única culpable de lo que había sucedido. Andrea se saldría con la suya, expulsándola de sus dominios. Por ingenuo que pudiera sonar, Elena pensaba que la única forma de limpiar su imagen era la de quedarse allí y demostrar con sus actos que ella no era la arpía devorahombres que Miss Valquemada 1992 quería hacerle parecer.

De vuelta al presente, observó como Uco jugueteaba con el único otro perro que había en el descampado. Envidió su despreocupación y lo sencilla que era su vida. Para compensarle por lo de antes, le permitió quedarse allí más rato de lo normal. Ella se dedicó a perder el tiempo navegando por internet, tratando de ocupar su mente con asuntos lo menos trascendentales posibles.

Ya de vuelta en casa de sus padres para devolverles a Uco, descubrió que había una sorpresa esperándola. Su madre le había preparado una enorme tortilla de patatas, seguramente a causa de lo culpable que se sentía por haberle contado lo de Héctor. Elena le dijo que no tenía que haberse molestado, aunque dentro de su cabeza estaba dando saltos de alegría.

—No te la tomes tú toda, a ver si te va a sentar mal —le advirtió Jimena—. Dale un poco a tu compañera de piso, que siempre que la veo por la calle está cada vez más delgada.

—Es porque hace mucho ejercicio, porque come tanto como yo o más —le explicó su hija.

—Bueno, tú ofréceselo, por si acaso.

—Ya veremos —dijo Elena, mirando con ojos avariciosos el manjar que había elaborado su madre para ella.

A Elena no se le daba nada bien cocinar. Y ese plato en concreto le costaba especialmente. Así que no iba a ser nada fácil compartirlo con alguien. Con suerte, Arancha ya se habría preparado algo para cuando Elena apareciera por casa. O incluso cabría la posibilidad de que hubiera salido a cenar fuera con su novio. De ser así, podría dejarse lo que sobrara de la tortilla esa noche para la comida del día siguiente. Se le hizo la boca agua con solo pensarlo.

—Adiós, Uco —dijo Elena.

El animal, extenuado después de todo lo que había corrido de un lado a otro esa tarde, se acercó lentamente hacia ella para recibir las correspondientes caricias de despedida.

«El próximo día te llevo seguro al parque de los Milagros», pensó la joven mientras le rascaba tras las orejas. «Esté quien esté allí», se juramentó.

Capítulo 5

SAÚL

La mañana amaneció tan gris que Saúl temió que la amenaza de lluvia fuera suficiente para cancelar la apertura del mercadillo veraniego. No le supondría un gran perjuicio tener que esperar al sábado para iniciar su investigación, pero sí que sería un contratiempo con el que no contaba. Por suerte, según fueron pasando los minutos, el cielo se fue despejando hasta que ya casi no quedaron nubes que ocultaran el sol. Se lo tomó como un buen presagio.

El día anterior había recibido un mensaje en su móvil de la chica de la inmobiliaria, con la ubicación del lugar al que debía dirigirse. Estuvo a punto de preguntarle el horario, pero se lo pensó mejor y se limitó a agradecerle la información. Tenía pensado darse una vuelta por el pueblo muy temprano, así que estaba seguro de que se encontraría cerca cuando se iniciase la actividad.

Se acercó en su vehículo hasta el arranque de la Avenida de España, que prácticamente atravesaba el pueblo de este a oeste. A su paso, la localidad fue cobrando vida. Fue testigo de cómo varios locales abrían sus puertas, y de cómo los habitantes salían a la calle para hacer las primeras compras, o para sacar de paseo a sus perros. También se percató de las miradas que su presencia atrajo. Acostumbrado al anonimato de la gran ciudad, aquello le intranquilizó. Había asumido que, en el momento en que empezara a hacer preguntas, cualquier ilusión que pudiera tener de pasar desapercibido se vendría abajo, pero no que su mera aparición captara la atención de las personas con las que se cruzaba.

Escogió una pequeña cafetería de aspecto moderno, en la que todavía no había ningún cliente más, para desayunar. Tras el mostrador había un chico de tez muy morena que debía superar la veintena por los pelos, al que pidió un café cortado —muy corto, matizó— y un sobao artesano que el dependiente le informó que elaboraban en el horno local. Saúl se había propuesto aprovechar su viaje para probar el mayor número posible de especialidades gastronómicas de la región, y decidió empezar por el bizcocho más típico de Cantabria. Le sorprendió lo ligero que le pareció en comparación con los que había comido en el pasado. Desayunó sin prisa alguna, mientras miraba hacia el exterior desde la pequeña mesa esquinada en la que se había sentado.

A los pocos minutos entró una pareja compuesta por un hombre y una mujer de mediana edad. A juzgar por la familiaridad que mostraron con el dependiente, debía de tratarse de clientes habituales. El hombre tenía un vozarrón estruendoso, y no paró de hablar desde que se sentó frente a la barra, junto a su acompañante. Saúl enseguida se cansó de escucharle gritar sobre una sucesión de temas a cada cual más típico: el clima, el fútbol y la política. Así que Saúl, que no necesitaba que nadie le confirmase a voces lo que ya sabía acerca de los inútiles y sinvergüenzas que eran algunas de los políticos del país, se dio toda la prisa posible en terminar su desayuno. Como había pagado previamente, se marchó sin ni siquiera despedirse.

Se dirigió sin más preámbulos hacia el lugar donde se ubicaba el mercadillo. A medida que fue aproximándose, creció en él una extraña sensación. No eran nervios, sino más bien lo contrario. Era como si, por el simple hecho de haber llegado hasta allí, ya se hubiera quitado un peso de encima. Esa liberación le resultó desconcertante. La entendería si hubiera logrado algún tipo de éxito —aunque fuera parcial— en su búsqueda. Sin embargo, no había conseguido nada. El misterio que le había llevado hasta allí seguía siéndolo en la misma medida en que lo había sido durante toda su vida. «A lo mejor se trata de la calma antes de la tempestad», meditó. Siguió dándole vueltas hasta que por fin llegó a su destino.

El medio centenar de puestos que conformaban el mercadillo ese día ocupaban toda la plaza de Santa Teresa, así como gran parte de la espaciosa ronda de los Peregrinos que la recorría tangencialmente. Eran todavía poco más de las nueve de la mañana, pero ya había bastante gente allí congregada.

Decidió primero explorar el terreno sin detenerse en ninguno de los tenderetes, marcando en su memoria aquellos que vendían artesanía local, pues eran los candidatos más idóneos para obtener la información que buscaba. Tan solo se paró ante uno de los puestos, atraído por el fuerte olor que desprendían sus quesos. No pudo resistirse a la tentación, y se compró un lote formado por tres cuñas de diferentes sabores.

Una vez que llegó al final de su recorrido, retrocedió sobre sus pasos, deteniéndose en cada uno de los puntos que había registrado previamente en su memoria. En todos ellos repitió la misma rutina. Primero

verificaba minuciosamente que ninguno de los objetos allí expuestos encajaba con el estilo o la apariencia de la figura que tenía metida en el bolsillo
izquierdo de su pantalón vaquero. A continuación, lo
sacaba de allí para mostrárselo directamente a la persona que atendía el negocio, haciéndole la siguiente
tanda de preguntas:

«¿Han vendido esta pieza, o alguna parecida?».

«¿Le suena esta marca de algo?».

«¿Sabe de alguien que sí que pudiera ayudarme?».

En los dos primeros puestos le trataron con ama-
bilidad, pero recibió una respuesta negativa para
cada una de sus preguntas. En el tercero no fueron
tan cordiales, y también se fue con las manos vacías.
No fue hasta el cuarto intento que recibió algo más
que una negativa.

—Me suena haber visto algo así hace ya unos años,
pero no me acuerdo bien —le dijo una mujer de rostro muy sonriente, que vendía artículos de bisute-
ría—. Es mejor que le preguntes a Olaya, que es la que
más tiempo lleva viniendo por aquí.

Le dio unas indicaciones para que la pudiera localizar, y le deseó suerte. Cuando Saúl encontró el pequeño tenderete que le había descrito, descubrió que
lo estaba atendiendo una chica muy joven. Por lo
tanto, dudó que esa fuera la persona que estaba buscando. Esperó pacientemente a que terminara de
despachar al cliente con el que estaba en ese momento, mientras estudiaba los productos que tenían expuestos. Había sobre todo mermeladas, confituras y
tarros de miel, pero también captaron su atención
unos dulces de hojaldre que tenían un aspecto maravilloso.

—Hola —le saludó la chica, sacándole de sus azu-
carados pensamientos.

—Buenos días.

Saúl se quedó unos segundos en blanco, olvidándose de qué era lo que había ido a hacer allí. Luego el tacto de la talla que tenía sujeta en su mano derecha se lo recordó.

—Estaba buscando a Olaya.

—Es mi abuela, pero ahora no está aquí.

La joven hizo un gesto con la boca que Saúl no supo muy bien interpretar. Tenía una cara muy redonda, enmarcada por una abundante melena negra que llevaba completamente suelta. Sus enormes ojos marrones se clavaron en los de él.

—¿Y sabes cuándo volverá?

—Ni idea, me ha dicho que tenía que hacer un recado, pero nada más —le respondió ella, encogiéndose de hombros—. Igual yo te puedo ayudar —se ofreció.

Ya que estaba allí, Saúl probó suerte, mostrándole el *trasgu*.

—Qué mono —dijo la chica, manoseándolo.

—¿Te suena haber visto algo parecido antes?

—La verdad es que no. Tiene pinta de ser antiguo.

—Supongo que por eso me han dicho que hablara con tu abuela.

—Sí que es posible que ella sepa algo.

La chica le devolvió la figura, y se echó para atrás un mechón de pelo que le tapaba el ojo izquierdo.

—Daré una vuelta y me pasaré más tarde, por si tu abuela ha regresado ya —dijo Saúl.

—Ya que estás aquí, podrías comprarme algo —le propuso la joven sin pudor alguno—. He visto cómo mirabas las alitas de ángel —comentó, señalando los dulces de hojaldre.

Remató su invitación con una sonrisa. Lo cierto era que Saúl ya estaba medio convencido de llevarse un par de aquellas bandejitas envueltas en plástico, antes de que ella desplegara sus dotes comerciales.

Pero su simpatía y descaro terminaron de cerrar el trato.

—Ponme dos cajas.

—Genial —dijo ella—. ¿No quieres aprovechar y llevarte también alguna de nuestras mermeladas? Untadas en una torta o en pan recién tostado están de muerte. La de chocolate blanco, mora y plátano no la vas a encontrar en otro sitio.

Saúl temió que si le decía que sí, o permanecía más tiempo allí, acabaría por venderle todo el género que tenía a la vista. Así que le dijo que no.

—Tú te lo pierdes —sentenció ella.

—A lo mejor cuando vuelva luego me animo.

—A lo mejor cuando vuelvas luego ya no me queda nada que venderte.

Su réplica estuvo a punto de arrancarle una sonrisa a Saúl. Y eso no era algo fácil de conseguir.

—¿Cuánto te debo?

La chica le cobró. Al darle el cambio, se dirigió de nuevo a él.

—Si quieres puedo llamar a mi abuela y preguntarle cuándo va a volver.

Saúl aceptó de inmediato su oferta.

—Te lo agradecería.

—¿Comprándome un par de frascos de mermelada, por ejemplo?

Normalmente, Saúl no tenía mucha paciencia cuando alguien le insistía tanto en venderle la moto. Sin embargo, la persistencia de aquella perfecta desconocida produjo en él el efecto contrario. Había algo en su naturalidad, su tono de voz, o en las continuas muecas con las que acompañaba sus palabras, que le resultaba hasta divertido.

—No te rindes, ¿eh?

—Es que tengo dos bocas que alimentar.

Saúl frunció ligeramente el ceño, sorprendido por

su respuesta. Dudaba incluso que hubiera alcanzado la mayoría de edad.

—Me refiero a mis gatos. No te asustes.

A pesar de no ser una persona más hábil de lo normal a la hora de detectar ese tipo de señales, a Saúl le dio la impresión de que estaba flirteando un poco con él. Si estaba en lo cierto, que ya era mucho decir, no se trataba del mejor momento para tener ese tipo de distracciones.

Ella no le dio tiempo a que dijera nada más, pues cogió su teléfono móvil, que estaba colocado sobre un taburete cercano, y se lo llevó a la oreja tras pulsar varios botones a una velocidad de vértigo.

—¿Abu? —preguntó—. ¿Dónde estás?

La conversación no duró mucho. Cuando colgó, informó a Saúl de que Olaya iba a estar ocupada durante toda la mañana lejos de allí, y que no iba a poder pasarse para hablar con él antes del cierre del mercadillo.

—Lo siento —dijo al final.

—No pasa nada —mintió él.

Tenía la sospecha de que, si en alguno de los dos puestos que le quedaban por visitar le decían algo, iba a ser también que hablase con la veterana comerciante. De haber estado presente, se habría ahorrado tiempo.

—Si me das tu teléfono, le puedo pedir que te llame —sugirió la chica—. Así podéis quedar para hablar en otro momento.

Además de su ser una hábil vendedora, le acababa de demostrar a Saúl que poseía agilidad mental e iniciativa. Él había asumido que tendría que esperar al sábado, que era el siguiente día que se celebraba el mercadillo, para poder charlar con Olaya.

—¿Cuántos frascos de mermelada me va a costar eso?

—Mmm..., déjame que lo piense bien —le dijo ella llevándose el dedo índice a la barbilla y entrecerrando los ojos—. Yo creo que con uno de plátano, chocolate blanco y mora, más otro de manzana y canela, y un tarro de nuestra miel especial de brezo y calluna, sería suficiente —dijo.

Ahora sí, Saúl no pudo evitar esbozar una leve sonrisa.

—Trato hecho —dijo, sacando de nuevo su cartera.

Ella echó mano de una bolsa de cartón más grande que la que le había dado, y le pidió que le entregara su anterior compra para guardarlo todo bien. Después tomó su *smartphone* otra vez, y le pidió que le diera su número de teléfono. Él obedeció de inmediato.

—Tendré que guardarlo con un nombre. «Madrileño que quiere hablar con mi abuela de la figurita de un duende» no me va a caber, me temo.

—¿Tanto se me nota que vengo de Madrid?

—Son muchos veranos viendo cómo nos invadís —contestó—. No lo digo en plan mal rollo. Al contrario. Sois todos bienvenidos.

—Sobre todo si te salimos tan rentables.

—Esos sois mis preferidos —señaló ella, regalándole una sonrisa de oreja a oreja.

Volvió a recoger un mechón rebelde del pelo tan pronto como le tapó la visión de uno de sus ojos.

—Saúl.

—¿Qué?

—Me llamo Saúl.

—¡Ah, vale! —dijo ella—. Es un nombre muy bonito. Y muy original. No conozco a nadie que se llame así. Habrías sido el cuarto Pablo, y el tercer Marcos. Pero vas a ser el único Saúl —le anunció mientras terminaba de grabar el contacto en el móvil.

—Me alegro.

—Yo soy Lucía —se presentó—. Ya sé que no es tan original como el tuyo. Pero tampoco está mal, ¿no crees?

—Está bastante bien.

Lucía se quedó callada, como si esperase que él mejorase el cumplido. Como vio que eso no sucedía, cambió de tema.

—¿Llevas mucho por aquí? —quiso saber.

—Llegué ayer.

—¿Tú solo?

—Sí.

—¿Y hasta cuándo vas a quedarte?

No es que le incomodara hablar con ella, pero tampoco quería facilitarle más información personal de la necesaria. Además, no era la primera persona que le preguntaba por cuál iba a ser la duración de su estancia, y empezaba a molestarle tanto interés ajeno en el asunto.

—Unos días —contestó—. ¿Le dirás a tu abuela que me llame, por favor? —le pidió Saúl inmediatamente después, más por ir dando por finalizada la conversación que porque dudara de que fuera a cumplir con su promesa.

—Por supuesto.

—Muchas gracias.

—A ti, por todo lo que nos has comprado. Y sin casi tener que convencerte para que lo hicieras —le dijo ella, con toda la ironía del mundo.

—Lo que no sé es cómo voy a apañármelas para comérmelo todo.

—Si necesitas ayuda, avísame.

De nuevo le dio la impresión de que estaba flirteando con él. Le puso remedio sin más dilación.

—Adiós —se despidió Saúl.

—Hasta la próxima —dijo la joven.

Por un momento se temió que ella le fuera a

guiñar el ojo. Sin embargo, bajó la vista hacia la mesa donde estaban colocados los productos, para reordenarlo todo después de los numerosos huecos que había dejado el paso de Saúl por allí.

No consiguió ningún dato nuevo acerca de la figura en los puestos que visitó después. Así pues, toda dependía de lo que la abuela de Lucía le pudiera contar acerca de ello. Si la mujer no sabía nada al respecto, se quedaría sin su pista más prometedora. Y habría hecho ese viaje en balde.

Capítulo 6

ELENA

La oficina en la que trabajaba Elena era un local a pie de calle de reducidas dimensiones. Nada más entrar se llegaba al espacio principal, una sala cuadrada en la que estaba la mesa de la joven. A la izquierda había una puerta, siempre abierta, tras la cual estaba el despacho de Sonia, su jefa. Al fondo se veían otras dos puertas, que daban a un cuarto de baño y a un pequeño almacén de material, en el que también había una nevera, una cafetera y un microondas. La decoración era muy austera, siguiendo las directrices del grupo empresarial al que pertenecía la inmobiliaria, que tenía sucursales por toda la costa cantábrica. La única excepción a ese minimalismo corporativo la ofrecía el despacho de Sonia, que tenía colgados dos cuadros de un estilo tan extravagante como la personalidad de su propietaria.

Todo lo que se había ahorrado en cuestión de tamaño y embellecimiento, se había invertido en su privilegiada ubicación. La oficina estaba situada en la calle más comercial de Valquemada, donde se codeaba con los establecimientos de las mejores marcas de ropa, las sucursales de los principales bancos, y los restaurantes más de moda.

En su interior, Elena trataba desesperadamente de luchar contra el tedio que se había adueñado de ese jueves de principios de agosto. Observaba su terminal telefónico con la esperanza de que alguien llamase y aportase alguna novedad frente a la interminable monotonía. Le daba igual que fuese para presentar una queja, o para solucionar algún marrón. Se conformaría incluso con que se tratase de una llamada errónea.

—Qué tranquilo está todo, ¿verdad?

La voz de su jefa, que se había materializado a su lado por arte de magia, le dio un tremendo susto.

—Sí —dijo la joven, una vez que su corazón se puso a latir de nuevo—. Demasiado.

—¿Te apetece un café?

—Es que ya llevo dos.

Elena no era muy cafetera, pero se los había preparado más por aburrimiento que por otra cosa.

—Pues yo sí que me voy a poner uno bien cargado —dijo Sonia—. Anoche me quedé hasta muy tarde editando el vídeo que grabamos el pasado fin de semana, y necesito espabilarme.

—Es verdad, todavía no me has contado qué tal os fue.

En circunstancias normales, Elena no habría mostrado ningún interés en ese asunto. Pero en ese instante cualquier cosa era preferible a seguir viendo el tiempo pasar sin nada que hacer.

—Fue una experiencia fascinante.

Era una frase recurrente para referirse a sus escapadas de fin de semana que hacía con Fran, su segundo marido, para visitar casas encantadas. Su jefa prefería emplear el término «lugares mágicos». Lo que a juicio de Elena era el peor eufemismo de la historia. Solo alguien como su peculiar jefa podría considerar mágico algo tan espeluznante.

—¿Dónde fuisteis? —preguntó la joven.

—A una masía que hay en la sierra del Montsant.

—¿Y eso dónde está?

—En Tarragona.

Sonia y su pareja, que había conocido precisamente en una convención sobre parapsicología doce años atrás, se habían recorrido casi toda España en busca de sus «lugares mágicos». Ya habían estado en las casas encantadas más famosas del país —en algunas por duplicado—, por lo que ya se estaban dedicando a visitar sitios de los que apenas nadie había oído hablar, en parajes de lo más recóndito. En algún caso hasta habían descubierto que en realidad no existían más que en la ficción.

Sonia le explicó que la finca pertenecía a un pueblo fantasma que había quedado deshabitado a finales del siglo XIX. La leyenda decía que la causa de que sus habitantes hubieran ido abandonando rápidamente la localidad, era lo que había acontecido unos años antes en la masía, que había provocado la desaparición de la noche a la mañana de la familia que la ocupaba, compuesta por un matrimonio y sus tres hijas menores de edad. Al parecer, todo había comenzado con el hallazgo por parte de la mayor de las tres niñas de una bolsa de cuero llena de huesos de animales, en el interior de una cueva. La había llevado a su casa, y unos días después se produjo la desaparición de todos los miembros de la familia.

—No encontraron ni rastro ellos. Ni de la bolsa. Lo único que se salía de lo normal era que una de las paredes del salón estaba completamente derretida, como si la hubieran quemado con ácido.

—Qué siniestro —dijo Elena, sin ironía alguna.

—Desde entonces se han escuchado sonidos muy extraños en los alrededores, como si alguien gritara en un idioma desconocido. Y se han visto siluetas humanas atravesando las paredes exteriores y el techo —le informó la mujer—. También hay quien dice que la casa a veces desaparece por la noche, y no regresa hasta que amanece. Pero yo creo que esto último es poco probable —concluyó, como si todo lo demás fueran hechos científicamente probados.

—¿Vosotros visteis algo?

Sonia hizo una pausa muy dramática antes de contestar su pregunta. Y cuando lo hizo, Elena consideró que se la podía haber ahorrado.

—Tendrás que ver el vídeo.

—¡No me fastidies! —se quejó la joven—. ¿No me puede adelantar algo? ¿Visteis el muro derretido, al menos?

—Si ves el vídeo lo descubrirás —insistió Sonia.

—Dame la tarde libre de hoy y me lo veo —se la jugó Elena.

—Ni hablar, que hoy te toca hacer la ronda.

—Es verdad —dijo Elena, con desgana.

Luego se dio cuenta de que era una tarea mucho más amena que quedarse en la oficina de brazos cruzados, y se animó un poco. Dos veces a la semana, se recorría el pueblo en busca de nuevos carteles que anunciaran la puesta en venta o en alquiler de algún inmueble. También aprovechaba para echar un vistazo a alguna de las propiedades que tenían todavía pendientes de colocar, y en las que no vivía nadie, para comprobar que todo estuviera en orden.

Sonia volvió a su despacho para atender una llamada que le entró en el móvil, robándole a Elena la posibilidad de hacer un nuevo intento de sonsacarle algo de información sobre la enigmática masía. Se tendría que conformar con ver el vídeo. A pesar de que no era muy fan de esos temas, siempre acababa picándole la curiosidad cuando su jefa le hablaba de sus incursiones en el mundo de lo paranormal. Lo que nunca la había confesado a su extravagante compañera era que ella misma había creído en una ocasión haber experimentado en primera persona un fenómeno que se podría clasificar dentro de esa categoría. Si bien con el paso del tiempo había ido restándole importancia, en su momento le había causado un gran impacto.

Sucedió cuando tenía diecisiete años, en un viaje que había hecho con su familia para asistir a la boda de un primo de su padre en Santander. Se había alojado en un hotel antiguo en pleno centro de la ciudad, y ella compartió habitación con su hermano. La noche antes del día de la ceremonia, en mitad de la madrugada, se había despertado con ganas de ir al baño. Cuando regresó del servicio y se acostó de nuevo en la cama, notó con claridad como alguien lo hacía también a su lado, detrás de ella. Como se había colocado orientada hacia su hermano, pudo descartar de inmediato que se tratase de él, pues dormía plácidamente a metro y medio de ella.

Se llevó tal susto, que dio un grito y se dejó caer al suelo, sin atreverse a mirar en dirección a su cama. Héctor se despertó enseguida y encendió la luz de la mesilla que había a su lado. Solo entonces Elena reunió el valor suficiente para mirar a sus espaldas. Su cama, como no podía ser de otra forma, estaba vacía.

Cuando su hermano le preguntó qué le había pasado, a punto estuvo de contarle la verdad. Sin embargo, había acabado balbuceando algo acerca de una horrible pesadilla; más con la intención de convencerse a sí misma que a su hermano. Esa noche apenas logró conciliar el sueño, y la siguiente llegó tan agotada después de la boda que no tuvo tantos problemas para dormirse. Con el paso del tiempo fue dando más crédito a la teoría de que había sido víctima de algún tipo de ensoñación muy vívida, en lugar de a la otra alternativa, mucho más inquietante. A pesar de ello, todavía se acordaba de aquel episodio alguna que otra vez, en determinadas noches en las que algún ruido inesperado la sobresaltaba.

De vuelta al presente, Elena se esforzó en hacer todo lo posible para combatir el aburrimiento. Fracasó rotundamente, por lo que celebró la llegada de la hora de la comida con más alegría de lo normal. Ese día no se había traído nada preparado de casa, por pura pereza. Su compañera de piso se había ofrecido a cederle su ensalada de brócoli, zanahoria y pimientos rojos, pero había declinado la oferta. Tenía la sensación de que esa combinación de alimentos no serviría para calmar su hambre, por muy sana y nutritiva que fuera. Así pues, salió a comer a un restaurante cercano al que acostumbraba a ir al menos una vez por semana. Allí disponían de un menú diario con el que sí que se quedaría plenamente satisfecha, y a un precio bastante económico. Tendría que soportar un puñado de esas clásicas miradas de desaprobación con la que alguno de sus queridos vecinos solía obsequiarla de vez en cuando, pero merecería la pena.

Nada más entrar en el local, descubrió que aquello estaba a rebosar. No era nada normal que sucediese entre semana, pero no había contado con la presencia creciente de turistas en esas fechas. Preguntó a uno de los camareros que pasaba por ahí, con el que tenía más confianza. Este le dijo que había cinco grupos de personas esperando en la barra a que se vaciara alguna de las mesas, por lo que tardaría un buen rato en poder encontrarle un sitio a ella. No disponía de mucho tiempo para comer, por lo que era muy arriesgado quedarse a esperar que le llegase su turno.

Elena valoró el marcharse a otro sitio. O incluso

comprarse algo en el supermercado y llevárselo a la oficina. Le fastidiaba tener que hacerlo, más aún al recordar que había visto en el cartel de la entrada que ese día había paella y una macedonia de frutas que le encantaba. Cuando se había resignado a tener que irse, escuchó que alguien se dirigía a ella.

—Si quieres puedes sentarte conmigo.

No reconoció la voz de inmediato, así que no supo quién era su propietario hasta que se giró para comprobarlo. Se trataba de Saúl, el nuevo inquilino de la casa del camino de las moras. Le estaba mirando con una seriedad que contradecía lo cordial que había sonado su ofrecimiento.

—¿Perdona? —preguntó ella, que quería asegurarse de que le había escuchado bien la primera vez.

—Te decía que puedes sentarte a comer conmigo. Sí quieres —repitió él.

Una vez confirmada su invitación, Elena se centró en analizar la sinceridad de esta. Ni su expresión facial ni el tono que había empleado Saúl le parecieron muy alentadores, pero lo cierto era que habría sido muy fácil para él haberla ignorado por completo. Y tampoco se conocían lo suficiente como para que existiera obligación alguna por su parte de haberle hecho ese ofrecimiento. Por lo tanto, optó por concederle el beneficio de la duda.

—No quiero ser una molestia —indicó, por si acaso.

—No lo eres —dijo él, haciéndole un gesto con la mano para que ocupara la silla que había libre frente a él, en la pequeña mesa en la que le habían ubicado—. Ni siquiera he pedido todavía —añadió.

Elena tomó asiento mientras le agradecía el gesto, dotando a su voz de toda la calidez que a él le había faltado.

—Me has salvado la vida —exageró ella, nerviosa por lo inesperado y espontáneo de la situación—. Me veía comiendo un triste sándwich del súper, en vez de una riquísima ración de paella.

—¿Entonces he elegido bien el sitio?

—Tienen el mejor menú diario de la zona —aseguró ella con rotundidad.

—Te iba a preguntar qué era lo que me recomendabas que pidiera, pero supongo que ya me has respondido.

Elena sonrió de nuevo, sorprendida por lo dicharachero que parecía haberse vuelto su acompañante. Quizás su teoría había resultado acertada, y su falta de locuacidad durante su primer encuentro se había debido al cansancio provocado por el viaje.

—Las alcachofas y la merluza también están deliciosas —apuntó ella, mencionando otros dos platos que había disponibles ese día—. Pero la paella que hacen aquí es insuperable.

Saúl asintió, observándola fijamente. Elena se sintió algo incómoda, y no pudo sostenerle la mirada mucho rato. Echó un vistazo a su alrededor, hacia la muchedumbre que había congregada a su alrededor.

—No recuerdo la última vez que lo había visto tan lleno un jueves —dijo ella.

—Será por nuestra culpa —comentó él—. De la gente de fuera, quiero decir —aclaró.

—Sí, es por eso.

Cuando Elena giró la cabeza de nuevo hacia él, allí estaban sus ojos tan oscuros, esperándola.

—¿Qué tal te va en la casa? —quiso saber ella—. ¿Algún problema?

—No. Todo está bien.

—Me alegro. La verdad es que es una de las más bonitas que tenemos. Si no estuviera tan apartada del pueblo y la playa, yo creo que la habríamos vendido ya.

—¿Lleva mucho tiempo en venta?

—Casi dos años.

Justo en ese momento llegó una de las camareras del restaurante para tomarles nota. Se trataba de una veinteañera muy bajita y con el pelo teñido de color azulado que había sido compañera de clase de Arancha.

—¿Ya sabéis lo que queréis? —les preguntó, con aspecto de estar agotada.

Escogieron una ración de paella cada uno como plato único. Él pidió una cerveza para acompañarla, y Elena, a pesar de que no solía beber alcohol entre semana, se animó a imitarle.

—¿Fuiste ayer al mercadillo?

Saúl asintió. Elena detectó de inmediato en él un cambio en su actitud. Su rostro se endureció, y su cuerpo pareció adoptar una postura menos relajada que la que tenía unos segundos antes. A pesar de ello, Elena siguió insistiendo en el tema.

—¿Te gustó?

—No está mal.

—¿Compraste algo?

Él tardó en contestar.

—Unos dulces.

—Qué bien.

A Elena le dio la impresión de que él iba a añadir algo más. Pero en el último instante debió de pensárselo mejor, pues permaneció callado.

—¿Te ha dado tiempo a ver algo más?

—Antes de ir al mercadillo me di un paseo por el centro.

—¿Y has ido a la playa?

—Todavía no.

—Entre tú y yo, no es lo mejor que tenemos. Es muy pequeña, y está llena de rocas. Es mejor que vayas a Comillas, o a San Vicente. Aunque tengas que coger el coche.

—No soy muy de playa —le confesó él.

—Yo tampoco.

Enseguida se aburría de estar tanto rato tirada sobre la arena. Y tampoco le entusiasmaba bañarse en el mar. Le tenía mucho respeto, incluso cuando no se alejaba demasiado de la orilla. Era algo que le pasaba desde que era un cría, a pesar de que no recordaba haber sufrido ningún trauma relacionado con ello.

Se hizo el silencio entre los dos. Elena fingió consultar algo en el móvil para hacerlo menos evidente, mientras intentaba pensar en algo que decir. La vista se le fue desde la pantalla de su dispositivo hasta la mano izquierda de Saúl, que tenía apoyada sobre el mantel. De allí ascendió hasta el antebrazo, donde distinguió el contorno difuminado de una cicatriz antigua. Era bastante grande, de unos diez o doce centímetros, y formaba una perfecta línea recta longitudinal, justo en el centro de la extremidad de Saúl. Si él se percató de cuál era el objetivo de su mirada, no se lo hizo saber.

—¿Qué planes tienes para hoy? —preguntó ella, incapaz de dar con algo mejor de lo que hablar.

Una vez más, su compañero de mesa pareció estar a punto de decir algo, para luego pensárselo mejor. Solo que esta vez, después de esa pequeña pausa, sí que se dirigió a ella.

—Creo que daré un paseo por el bosque.

—Buena idea. Es precioso —comentó Elena—. Aunque dicen que va a llover esta tarde.

—No me importa.

—Si es una murrina, que es como llamamos por aquí a la lluvia fina, no pasa nada. Pero como se ponga a llover en serio, te vas a empapar. Así que llévate un paraguas, por si las moscas. ¿Te has traído alguno?

—Sí —mintió él.

—Pues mejor.

En ese momento llegaron sus bebidas. Elena cogió

su cerveza de inmediato. Y dejándose llevar por un impulso, la alzó hacia Saúl.

—Por los turistas amables —dijo.

Durante un par de segundos pensó que él no se uniría a ella, y la dejaría en mal lugar. Afortunadamente, él levantó su vaso de tubo y lo chocó suavemente contra el suyo, haciendo a continuación un gesto muy sutil con la cabeza.

Elena dio un largo trago a su bebida, reflexionando sobre lo complicado que resultaba descifrar al hombre que tenía enfrente. Al parecer, la impresión que se había llevado unos minutos antes de que él estaba más animado que cuando se habían conocido en persona había sido tan solo un espejismo. Volvía a tener ese aire distante y desinteresado. Pero entonces, ¿por qué la había invitado a que se sentara en su mesa? No tenía mucho sentido. Hasta resultaba contradictorio.

Le observó detenidamente, mientras él estaba sumido en sus propios pensamientos. Sabía por los datos que él le había facilitado para formalizar el alquiler que tenía treinta y dos años. A pesar de ello, tenía el aspecto de alguien de mayor edad. No era que no cuidase su aspecto, sino que más bien se debía a esa actitud sobria y contenida que le acompañaba como una segunda sombra. Se preguntó qué tipo de vida habría llevado para llegar a eso. Le sorprendió descubrir que era un misterio que le encantaría desentrañar, por muy complicada que se antojara la tarea.

Al poco rato llegó la paella, y eso propició que la conversación se centrara en la comida que tenían delante, y en los hábitos alimenticios de cada uno de ellos. Más en los de ella que en los de él, que se limitó a hacer breves apuntes sobre el asunto. Así fue como Elena descubrió que Saúl era un goloso empedernido, y hasta consiguió que él le revelara qué productos había adquirido en el mercadillo.

—Tengo mermelada suficiente como para abastecer a un ejército —dijo Saúl—. Voy a tener que empezar a echárselas a las ensaladas.

Fue la primera vez que Elena le escuchó decir algo que se podría considerar como una broma. Si Saúl tenía sentido del humor, lo tenía bien escondido.

—¿No se lo comprarías por casualidad a una señora llamada Olaya? O a su nieta, que se llama...

—Lucía —completó él, al ver que ella tardaba en acordarse.

—Así que fue a ellas.

—Sí.

—Pues me parece que te llevaste poco para lo que suele ser lo normal cuando alguien cae en sus garras. Raro es el día que no cierran antes de la hora porque se han quedado sin existencias. Esa familia ha nacido para vender —le informó a Saúl, lo que no eran noticias nuevas para él—. No quiero decir no esté todo para chuparse los dedos, pero es que menudas son las dos.

Saúl asintió, y sus labios se torcieron en un amago de sonrisa.

—Yo suelo evitar su puesto, y eso que me lo llevaría todo —continuó ella—. Pero no puedo permitírmelo. Y menos ahora.

Como ahondar en sus dificultades financieras le pareció que no era el mejor tema de conversación, le dio un giro radical a la misma.

—Si necesitas sugerencias para hacer excursiones por la zona, te puedo dar un montón de ideas.

Se guardó para sí misma el hecho de que estaría más que dispuesta a hacer de su guía turística personal. Bien visto, hasta podría considerarse parte de sus obligaciones profesionales. Fidelizar al cliente, lo llamaban. «Seguro que a Sonia la convenzo», pensó, con sarcasmo.

—El bosque del Garaño está bien para empezar —señaló Elena—. Pero hay sitios mucho más bonitos, no muy lejos de aquí.

La joven no supo si el silencio que siguió a su comentario fue en sí una respuesta o si se debió a que Saúl se estaba tomando su tiempo para meditar sobre ello. Esperó con paciencia a que él le ofreciera una señal, para poder decidirse por una o por otra opción.

—Me lo pensaré —dijo finalmente él.

—Genial —dijo Elena, que asumió que debía conformarse con una contestación tan ambigua.

A la hora de escoger el postre, Saúl también se dejó asesorar por su acompañante, y ambos pidieron la famosa macedonia de frutas del establecimiento. Al igual que había sucedido con la paella, se llevó las alabanzas de ambos.

—Igual le falta un poco de mermelada, ¿no? —se atrevió a bromear ella.

Él la miró intrigado, señal de que no la había pillado a la primera.

—Ah, vale —dijo, cuando finalmente cayó en la cuenta.

«Definitivamente, el humor no es lo suyo», se dijo Elena. Echó un vistazo a su teléfono móvil, y vio que se estaba acercando peligrosamente la hora de tener que regresar a la oficina. No estaba acostumbrada a comer con nadie, por lo que había tardado más de lo normal. Para muchos de los aspectos de su trabajo, su jefa permitía tener cierta flexibilidad. Pero el horario no era uno de ellos.

—Se me ha echado el tiempo encima, perdona —comentó, tras dar un último bocado para terminarse su macedonia—. ¿Te importa si te dejo el dinero y te encargas de pagar tú? —dijo, sacando su monedero del bolso.

Saúl levantó la mano para que se detuviera.

—Yo te invito —dijo él.

—No hace falta. Bastante has hecho ya dejándome que me siente contigo.

—Ha sido un placer.

Elena detectó de nuevo una discrepancia entre su tono y el contenido de sus palabras. Le resultaba de lo más extraño.

—Igualmente —dijo ella.

Devolvió el monedero al interior de su bolso y se levantó de la mesa.

—Y gracias por invitarme. La próxima vez lo hago yo —añadió.

—De acuerdo.

Elena le sonrió a modo de despedida, con la esperanza de que él la correspondiera. Se tuvo que conformar con un adiós, pronunciado de una manera casi mecánica.

«Qué tío más raro», pensó, ya fuera del restaurante. Sin embargo, no tardó ni cinco minutos en echarle de menos.

Capítulo 7

SAÚL

Aquella misma tarde, Saúl recibió la llamada que llevaba algo más de veinticuatro horas esperando. Se trataba de la abuela de Lucía. Su última esperanza de no irse de Valquemada con las manos vacías. La mujer se identificó de inmediato, y preguntó por él. Tenía una voz grave y agradable de escuchar.

—Soy yo —contestó Saúl.

—Encantada de saludarte.

—Lo mismo digo.

—Mi nieta me ha comentado lo de la figura del *trasgu*.

Saúl iba a decirle que, tras la conversación con Lucía, había caído en la cuenta de que hubiera sido buena idea haberle hecho una foto a la pieza, para que se la hubiera podido enseñar a Olaya. Antes de que pudiera hacerlo, la mujer se le adelantó.

—¿Te importaría que nos viésemos en persona para charlar sobre ello? No me gusta mucho hablar por teléfono —propuso ella—. Serán cosas de la edad —se justificó.

Saúl estuvo de acuerdo con su sugerencia, y así se lo hizo saber.

—Vivo al final de la ronda de los Peregrinos, en la calle del Sol. ¿Te vendría bien acercarte mañana al mediodía?

—Por supuesto.

La mujer le facilitó su dirección completa, que el procedió a grabar en su teléfono.

—Gracias por ayudarme —dijo él a continuación.

—No me las des todavía —apuntó ella—, que igual te vas de aquí como has venido.

Lo dijo de una manera cordial, sin acritud. Pero a Saúl le contrarió considerar siquiera esa posibilidad.

—Hasta mañana —se despidió él.

—Hasta mañana.

Nada más colgar, le vino la imagen de Lucía a la mente. Se la sacudió de la cabeza, para no infringir la norma que se había impuesto de evitar cualquier distracción que interfiriera en la misión que había ido a cumplir allí. Ya la había quebrantado ese mismo día al invitar a la chica de la inmobiliaria a su mesa, en un gesto impulsivo que le pareció impropio de él. Se dio cuenta de su error de inmediato, cuando ella empezó a hacerle preguntas demasiado personales para su gusto. Aunque tenía que reconocer que, quitando eso, había disfrutado de su compañía. Y que le estaba costando quitársela de la cabeza.

Decidió llevar a cabo su plan de dar un paseo por el bosque del Garaño. Ni siquiera las nubes grises que cubrían el firmamento le desanimaron. Necesitaba despejar la mente, y nada iba a servir mejor para ese propósito que caminar en medio de la naturaleza, lejos de las personas y las complicaciones que iban asociadas a ellas.

Nada más penetrar en la espesura, sintió cómo alcanzaba la calma que había ido a buscar. Todo lo que había a su alrededor era un prodigio de equilibrio y orden. Los colores, los sonidos, y los olores que inundaron sus sentidos se combinaban a la perfección, siguiendo un patrón armonioso que no le pasó desapercibido. Sintió cómo su organismo se purificaba de inmediato.

Siguiendo un sinuoso sendero de tierra, llegó hasta un pequeño río que atravesaba aquella parte del bosque. Se acercó todo lo que pudo a la orilla, hasta detenerse entre dos sauces cuyas ramas acariciaban la corriente con delicadeza. Cerró los ojos, y dejó que el rumor del agua terminara de apaciguar su espíritu. Gracias a eso se sintió verdaderamente preparado para lo que le esperaba, por primera vez desde que había viajado hasta aquel rincón del norte de España.

Tras unos minutos más allí plantado, inmóvil, regresó por donde había venido.

Nada más llegar a su casa, se puso a llover. Era la lluvia fina de la que le había hablado Elena antes, y siguió cayendo durante el resto de la tarde. Mirando desde una de las ventanas de la casa hacia el exterior, se imaginó el aspecto que había tenido ese mismo paraje justo antes de que él naciera. Sospechaba que no se habían producido demasiados cambios desde entonces, y eso le hizo sentirse insignificante, al pensar en lo minúscula que había sido su existencia en comparación con la del mundo en el que vivía. ¿Tenía sentido, por tanto, darle tanta importancia a lo que pretendía averiguar sobre su pasado?

A la mañana siguiente se levantó muy temprano. No porque tuviera algo que hacer, sino por lo ansioso que estaba por visitar a Olaya y salir de dudas de una vez por todas. Las horas previas a su cita se le hicieron interminables, y le condujeron a perder casi toda la serenidad mental que había logrado el día anterior. Trató de corregir esa situación en el trayecto en coche que le llevó hasta la zona donde residía la abuela de Lucía, pero no tuvo demasiado éxito.

La mujer vivía en una de las zonas residenciales más nuevas del pueblo. La urbanización donde estaba ubicado su apartamento tenía pinta de haber sido construida recientemente, por lo que pudo apreciar Saúl nada más llegar. Gracias a su trabajo, relacionado con la instalación de sistemas de seguridad en todo tipo de edificaciones, tenía buen ojo a la hora de valorar ese tipo de cosas.

Pulsó en el panel del telefonillo el botón del piso que le había indicado Olaya. Nadie contestó, pero escuchó un zumbido que le hizo saber que le habían facilitado el acceso. Localizó enseguida el portal donde vivía la abuela de Lucía, y una vez allí llamó de nuevo al 2º E. Tampoco en esa ocasión recibió respuesta alguna, pero también le fue franqueada la entrada. Unos segundos después, estaba llamando al timbre de la casa donde había sido citado.

La mujer que le abrió la puerta acababa de cumplir los setenta y seis años hacía poco. El pelo canoso, recogido en una trenza, y su rostro surcado de arrugas, delataban su edad. El brillo de sus ojos claros, y su postura enérgica, la contradecían. Era solo un poco más baja que Saúl, que superaba por muy poco el metro ochenta de estatura. Llevaba puesta ropa cómoda y moderna, bajo la que se intuía una constitución robusta.

—¿Eres Saúl? —preguntó, con el acento más cántabro que había escuchado hasta la fecha.

—Sí.

—Pues entra, anda, que ya te estaba esperando —le dijo ella, sonriéndole y apartándose para dejarle pasar.

—Gracias —dijo él, atravesando el umbral que daba paso al interior de la vivienda.

Ninguno hizo ademán de establecer algún tipo de contacto físico a modo de saludo, así que ahí concluyeron las presentaciones. Tras cerrar la puerta, la mujer le señaló en dirección a una amplia estancia que asomaba al final de un largo pasillo.

Nada más llegar allí, se sintió abrumado por lo profusa que era la decoración en aquel rincón de la casa. Los cuadros, fotografías, esculturas, objetos de artesanía y suvenires de todo tipo y tamaño habitaban cada centímetro cuadrado de espacio que quedaba a la vista. Mas que un salón, parecía el trastero de una tienda de antigüedades.

—Siéntate donde quieras.

«Más bien donde pueda», pensó Saúl, al ver que los muebles disponibles estaban abarrotados de cojines. Escogió uno de los dos sofás que había junto a la puerta acristalada de la terraza.

—¿Te apetece tomar algo? ¿Café? ¿Algo para acompañarlo? Ayer hice un bollo de limón y todavía me queda un buen cacho —le ofreció Olaya.

—No, gracias.

—¿Seguro? Mi nieta me ha dicho que eres un poco lambión.

Al ver la expresión de desconcierto que puso Saúl, la mujer se vio obligada a explicarse.

—Que te gusta mucho lo dulce.

Después de todo lo que se había llevado del puesto que regentaban Olaya y su nieta, no podía extrañarle que se hubiese ganado esa reputación. Aunque lo cierto era que también se había visto empujado a comprarlo en gran medida por la insistencia de Lucía.

—De verdad que no, gracias. Ya he desayunado.

—Tú te lo pierdes —le comentó ella, mientras se acomodaba en el sillón que había justo al lado del que había elegido él, que era su gemelo—. Que sepas que he quedado contigo porque Lucía me ha hablado bien de ti —le comunicó a continuación—. Tiene muy buen ojo para la gente, ¿sabes? A pesar de lo joven que es.

Saúl estuvo a punto de preguntarle por la edad de su nieta, pues llevaba arrastrando esa duda desde que la había conocido. No tuvo necesidad de hacerlo, pues Olaya le ofreció el dato de una manera indirecta.

—Va a empezar el tercer curso de la carrera de medicina —le dijo, con el orgullo tiñendo sus palabras—. Qué bien nos va a venir tener a una doctora en la familia —añadió, abriendo mucho los ojos.

Saúl calculó que debía de tener entonces unos veinte o veintiún años. Le había echado menos el día que la conoció. Recordó una de las sonrisas que le había dedicado la futura médica, pero eliminó esa imagen de su mente en cuanto se dibujó en ella. Y para evitar más distracciones, obligó a su cerebro a que se centrara en estudiar a la abuela de la chica.

Desde que Saúl había entrado en su casa, la mujer le había estado observando con una poco disimulada curiosidad. Lejos de sentirse incómodo por ello, lo interpretó como algo favorable para sus propósitos. Ese interés por él, fuera por el motivo que fuera, era mucho más deseable que si hubiese mostrado indiferencia ante su presencia.

—¿Has traído la figura? —le preguntó Olaya.

Que fuera directamente al grano fue otro punto a su favor. Saúl no la hizo esperar, y extrajo al duendecillo de escayola del bolsillo del pantalón donde siempre lo llevaba guardado. Nada más verlo, la expresión de su acompañante se transformó por el reconocimiento. Ni siquiera había necesitado tenerlo en sus manos para ello. No obstante, Saúl se inclinó hacia ella para dárselo. Olaya lo tomó entre sus manos y lo examinó durante unos instantes, manipulándolo con extrema delicadeza y en completo silencio. Saúl esperó pacientemente a que se decidiese a hablar, a pesar de que no veía el momento de que lo hiciera.

—Me había olido que sería una de las preciosidades de Celia en cuanto mi nieta me habló de ella.

Le había costado retirar su mirada del objeto. Cuando por fin lo hizo, el brillo de sus ojos era todavía mayor, y la emoción que había despertado en ella la visión del *trasgu* se reflejaba con enorme claridad en su rostro. Saúl, por su parte, también estaba entusiasmado con el hecho de haber encontrado a alguien que pudiera aportar información acerca de la pieza. Pero se esforzó mucho más en ocultarlo.

—¿Lo había visto antes? —preguntó él, que no se atrevía todavía a tutearla.

—Esta en concreto no, pero sí muchas otras de la misma colección.

Olaya volvió a prestarle toda su atención a la figura durante los siguientes segundos. Que verla aparecer ante ella le había provocado una honda impresión era algo más que evidente para Saúl. Por eso esperó nuevamente a que ella tomara la palabra, conteniendo todas las preguntas que se agolpaban en su cabeza. Entendió que lo más respetuoso era permitir que fuera su anfitriona la que decidiera cuándo continuar con la conversación.

—Eran todas únicas —le informó Olaya, algo más serena—. No me refiero a lo originales que eran, sino a que no había dos iguales. Que yo sepa nunca hizo un duplicado de ninguna de ellas —le aclaró—. Tenía dos tipos. Unas eran como esta, de personajes de fantasía. Las otras eran religiosas. A mí me gustaban más las primeras.

Cuando Saúl iba a pedirle más información sobre la autora, la mujer se levantó con una agilidad inusitada para su edad, dejando al duendecillo sobre una mesa auxiliar que había a su izquierda.

—Ahora mismo vuelvo —le dijo, sin ofrecerle más explicaciones.

Saúl aprovechó su ausencia para echar un vistazo a la legión de objetos decorativos que le rodeaban. Le dio la impresión de que, si permanecía sentado allí el tiempo suficiente, se convertiría en uno de ellos, y Olaya le incorporaría a su propia colección para siempre.

A su regreso, un par de interminables minutos después, la mujer se acercó directamente hacia él y le entregó algo que llevaba en la mano. Era otra figura como la de Saúl, pero en este caso representaba un hada de aspecto clásico, con sus alas multicolor completamente desplegadas. Tenía los ojos cerrados y llevaba las dos manos plegadas contra su pecho, apoyando contra él un objeto esférico que tenía envuelto en ambas, atesorándolo.

Que el estilo empleado para su elaboración era el mismo que el del *trasgu* era indudable. Por si acaso, lo confirmó comprobando que, en la planta de uno de los dos pies descalzos de la criatura feérica, se veía el mismo símbolo que tenía el duendecillo.

—Celia decía que eran talismanes. Por eso los firmaba con el trébol de cuatro hojas —indicó Olaya.

Saúl dedujo que la letra C inscrita en el centro de la hoja era la inicial de la artista. De repente, se percató de que Olaya había hablado siempre de ella en pasado. Se temió lo peor.

—¿Podría hablar con ella?

La luz de los ojos de la abuela de Lucía perdió todo su esplendor, como si fuese una bombilla a punto de agotarse.

—Murió hace unos años.

La esperanza que había crecido en Saúl al inicio de la conversación amenazó con diluirse por completo. Se resistió con todas sus fuerzas a perderla del todo.

—¿La conoció usted bien?

—Sí —contestó enseguida Olaya—. Éramos amigas de toda la vida. Fuimos juntas a la escuela, y allí nos hicimos inseparables. Imagínate si la conocía bien.

La tristeza con la que se expresó era tan manifiesta que hizo que Saúl se sintiera algo incómodo. Por otro lado, la cercanía de Olaya con la mujer que había creado la figura que constituía la única pista con la que contaba para su investigación hizo que ignorase ese sentimiento para poder indagar más sobre ello.

—¿Vendía su material solo en el mercadillo?

Olaya, que se había sumido en sus propios pensamientos, escapó de ellos para fijar su mirada en la de su invitado. En su semblante ya no solo había curiosidad, sino también suspicacia.

—¿Qué es realmente lo que quieres saber? —preguntó a Saúl.

Aquello no le cogió por sorpresa. Era consciente de que, tarde o temprano, debería explicarle a alguien sus motivos. Si no toda la verdad, al menos una parte.

—Necesito averiguar a quién le vendió la figura.

Al mencionarla, se dio cuenta de que hacía mucho tiempo que no la tenía tan lejos de él, pues todavía seguía en la mesa en la que la había depositado Olaya, lejos de su alcance. Se había acostumbrado tanto a tocarla con frecuencia, que en ese instante la echó mucho en falta. Sobre todo cuando se sintió víctima del intenso escrutinio al que le sometió Olaya con su mirada.

—¿Por qué? —siguió interrogándole la mujer.

—Es un tema personal —contestó él, que todavía no estaba preparado para revelar el verdadero objetivo de su interés.

—Ya lo creo que sí, si te has venido hasta aquí desde la capital para averiguarlo. Pero eso no es lo que te he preguntado —insistió Olaya, que había endurecido la expresión, antes afable, de su rostro.

Saúl hurgó en su cabeza buscando la forma más elegante de decirle que no estaba seguro de poder fiarse de su discreción. Además, el hecho de no estar todavía convencido de que ella pudiera facilitarle el dato que buscaba, no ayudaba a que le confiara su secreto. Se había propuesto ser muy selectivo a la hora de escoger a quién le iba a contar aquello. Olaya pareció leerle la mente a la perfección.

—Si te he invitado a venir es porque confió en ti lo suficiente para abrirte la puerta de mi casa. Solo te pido que hagas tú lo mismo conmigo. No sé cómo haréis las cosas en tu tierra, pero por aquí no tenemos por costumbre contarles nuestras cosas a desconocidos porque sí.

Saúl tenía que reconocer que no le faltaba razón. Eso no significaba que la fuese a complacer, pero tampoco podía enrocarse en su postura de no querer decir nada más. Parecía claro que su anfitriona no iba a soltar prenda si antes no descubría qué era lo que le había llevado hasta allí. Siempre podría marcharse con la información que había obtenido hasta ese momento, y tratar de completarla a través de otras personas. Sin embargo, ¿quién mejor que la amiga íntima de la creadora del *trasgu* para poder avanzar en sus pesquisas, teniendo en cuenta que la artista había fallecido? Además, nada le aseguraba que no fuera a encontrarse con la misma reticencia a colaborar con él.

Solo le quedaba una opción. Había querido retrasar lo máximo posible ese momento, pero si quería llegar hasta el fondo del asunto no le quedaba otra que dar el paso.

—Mis padres me abandonaron nada más nacer. No sé quiénes son. Y esa figura es lo único que me dejaron —dijo.

Jamás había pronunciado esa combinación específica de palabras en toda su vida. Había pensado infinidad de veces en ellas, pues sabía que algún día tendría que decirlas en voz alta. Escucharse a sí mismo emitirlas le produjo una sensación muy extraña. Como si realmente hubiera sido otra persona distinta quien las hubiera emitido.

Al igual que había sucedido desde que Saúl había puesto un pie en la casa, Olaya no disimuló sus emociones. En esa ocasión, reaccionó con sorpresa, como si no hubiera esperado tanta franqueza por su parte. Eso le hizo dudar de si quizás habría podido ofrecerle una respuesta más imprecisa y salirse con la suya. Pero rápidamente llegó a la conclusión de que no habría sido así. A su interlocutora no le habría servido nada menos auténtico que la verdad.

—Entiendo —murmuró ella.

Se giró en dirección al lugar donde había dejado la pequeña talla del duende. Se lo quedó mirando un buen rato, antes de volver a centrar su atención en Saúl.

—No sé a quién se la vendió. Y me temo que ya no se lo podemos preguntar a Celia, por desgracia —dijo, frotándose sus manos arrugadas como si de repente la temperatura hubiera descendido de golpe un buen número de grados—, pero quizás su hija nos pueda ayudar.

—¿Tiene una hija?

—Así es. Se llama Sara.

—¿Vive aquí también?

—Sí.

—¿Y cree que hablaría conmigo?

—No.

Fue un respuesta rápida y rotunda. Saúl enarcó las cejas, en demanda de una aclaración.

—Ella no es como yo. Es muy reservada. No hablará con alguien que sea de fuera de Valquemada. Y

menos de un tema que tenga que ver con su familia
—le explicó—, pero puedo encargarme yo. Eso sí, no
te prometo nada, porque no sé si Sara tendrá la información que buscas.

A Saúl le fastidiaba dejar en manos de Olaya algo
tan importante para él. Ya no solo por la pérdida de
control que suponía, sino porque dudaba que la mujer pusiera tanto interés como él en obtener de la hija
de Celia lo que necesitaba, por muy cooperativa que
se hubiera mostrado hasta el momento. Sin embargo,
una vez más, no le quedaba más alternativa que aceptar lo que le proponía la abuela de Lucía.

—Se lo agradecería —le dijo a la mujer—. De todas
formas, pregúntele primero si aceptaría hablar conmigo, por si acaso.

—Por supuesto. Pero me extrañaría mucho que
dijera que sí. Hasta para tratar con la gente del pueblo es muy quisquillosa.

—Inténtelo, por favor.

—Descuida, que lo haré. Y seré muy discreta con
lo que me has contado.

—Gracias.

Olaya recogió la figura del *trasgu* de donde la había dejado.

—Necesito quedármela para poder enseñársela a
Sara —le comunicó a su propietario.

El impulso inicial de Saúl fue el de negarse a ello.
Ya había estado separado del objeto demasiado rato,
y quería volver a tenerlo en su bolsillo, como siempre.
Luego se dio cuenta de que ese era un pensamiento de
lo más irracional. Era fundamental que Olaya se lo
pudiera mostrar a la tal Sara, si quería lograr su objetivo. Además, no se trataba más que de un pedazo de
escayola al que alguien había dado forma y coloreado,
no el talismán que su autora había afirmado que era.

—De acuerdo —dijo Saúl.

—No te preocupes. Lo cuidaré como si fuera mío. Y te lo devolveré lo antes posible.

Saúl asintió con un gesto muy leve de cabeza.

—Y otra cosa —añadió Olaya—. Ya puedes dejar de tratarme de usted, ¿no te parece?

—De acuerdo.

A continuación se escuchó un ruido procedente de la entrada de la casa. Alguien estaba abriendo la puerta en ese instante.

—¡Ya estoy aquí!

Reconoció enseguida la voz de Lucía, que apareció poco después en el umbral del salón donde estaban reunidos Saúl y Olaya.

—Hola, cielo —saludó primero la más mayor de los presentes.

—Hola, abu —dijo la más joven—. Qué hay, Saúl —añadió, con una suave sonrisa.

—Hola.

Iba vestida con un pantalón vaquero de color azul cielo muy corto, que le llegaba hasta la mitad del muslo, y con una camiseta blanca ajustada sin mangas. La claridad de su vestimenta acentuaba el tono bronceado de su piel. A diferencia del día que Saúl la había conocido, llevaba el pelo recogido en una coleta baja. Tampoco le pasaron desapercibidas las curvas que su ropa, menos holgada que entonces, marcaban en su cuerpo. Saúl retiró rápidamente la mirada de su figura femenina, intentado borrar la huella que su visión había dejado en su cerebro.

—¿Todo bien? —preguntó la recién llegada.

Era una pregunta dirigida a ambos, pero solo la respondió Olaya.

—Sí, cariño.

—Me he pasado un poco antes de la hora que te he dicho —indicó Lucía—, pero no os molesto más, y me pongo a preparar la comida.

—Muy bien —dijo Olaya.

—¿Vas a comer con nosotras? —preguntó Lucía, dirigiéndose a Saúl.

Él no supo qué contestar, ante lo inesperado de la propuesta. En el lugar del que procedía no era nada común invitar a comer a un perfecto desconocido como él. Además, el gesto no había surgido de su anfitriona, aunque quizás tenía pensado hacerlo más adelante, antes de que se le hubiera adelantado su nieta. La mujer interpretó a la perfección la confusión dibujada en su rostro.

—Si te apetece quedarte, esta es tu casa. Mi nieta va a hacer un sorropotún de bonito que le sale de maravilla. También voy a sacar un poco de quesuco de Liébana. Y de postre, tengo unos fresones bien grandes y dulces.

Sonaba muy apetitoso, y seguramente lo más apropiado sería corresponder su hospitalidad aceptando su invitación. Sin embargo, revelar el verdadero motivo por el que había ido a Valquemada le había generado un desasosiego que necesitaba calmar en soledad. Solo de pensar que el tema pudiera salir durante la comida, por mucho que Olaya le hubiera prometido que iba a ser discreta al respecto, le producía inquietud.

—Lo siento, pero no me puedo quedar —dijo, sin aducir ningún motivo.

—¿De verdad? —intervino Lucía.

Su decepción le pareció auténtica a Saúl. Y cerca estuvo de pensárselo mejor a causa de ello.

—Tengo que irme —se reafirmó, incorporándose de su asiento.

Cuando Olaya le imitó, él le agradeció que hubiera accedido a hablar con él.

—En cuanto sepas algo, dímelo, por favor —le pidió a la mujer.

—Serás el primero en enterarte.

A Saúl no le gustó demasiado la fórmula que ella había empleado para prometerle que le tendría informado de sus progresos. Daba a entender que luego se lo contaría a más personas.

—Te acompaño hasta la puerta —se ofreció Olaya.

—No te preocupes, abu. Ya lo hago yo —dijo Lucía.

Saúl se despidió de Olaya, tras echar un último vistazo fugaz a la figura del duendecillo, que ella sujetaba en su mano. Confiaba en que volviera a su poder en breve, junto con la información que tanto deseaba obtener.

Recorrió el pasillo hasta la salida, precedido por Lucía. Una vez allí, ella le habló.

—¿Te ha podido ayudar mi abuela?

—Estamos en ello —respondió él, sin dar más detalles.

Temía que la mujer fuese a informar a su nieta de todo nada más desaparecer él de la casa, a pesar de que se había comprometido a ser discreta. De ser otra la persona a la que existiera el peligro de que fuera a revelarle una información tan íntima acerca de él, se sentiría molesto. Sin embargo, no le disgustaba tanto que esa persona pudiera ser Lucía.

—Espero que todo acabe bien, entonces —dijo la joven.

—Gracias.

—Es una pena que no te puedas quedar a comer con nosotras —le comentó Lucía, mientras le abría la puerta—. Quizás otro día.

—Quizás.

Saúl salió al rellano, y solo cuando hubo pulsado el botón del ascensor, se giró para despedirse de ella. La vio apoyada en el marco de la puerta, mirándole de una manera que no supo muy bien cómo interpretar. En ese instante, el parecido con su abuela la pareció muy evidente, salvando las distancias impuestas por la edad. No solo era esa forma tan particular de estudiarle, sino que sus movimientos eran igualmente enérgicos, y su voz poseía la misma cualidad hipnótica.

—Adiós —dijo él.

—Hasta la próxima —replicó ella, haciendo que sonara como una promesa.

Mientras regresaba a casa en el coche, Saúl pensó más en la joven que en su conversación con Olaya. ¿Qué tenía Lucía que le impedía quitársela de su cabeza? Era una chica atractiva, pero eso no servía para justificar el que hubiese captado de esa forma su atención. Tampoco podía ser su personalidad, pues apenas la conocía. Tenía que ser otra cosa. Algo que se le escapaba por completo en ese instante. Y no podía permitirse dedicar más tiempo a averiguarlo.

Al menos, no todavía.

Capítulo 8

LUCÍA

—Joder, que pesado.

—¿Qué pasa? —le preguntó Lucía a su amiga Clara, que estaba mirando algo en la pantalla de su teléfono móvil.

Se habían acercado las dos a la playa esa tarde del viernes, para aprovechar un día tan soleado como aquel.

—Es Edu otra vez, tía.

—¿Qué quiere?

—Saber si no vamos a pasar por El Faro esta noche.

Se refería a la única discoteca de Valquemada, situada a poca distancia de donde se encontraban las dos jóvenes. En realidad, la fiesta iba a tener lugar en los alrededores del local, en cuya cercanía se solían celebrar botellones durante los fines de semana.

—Pues dile que no y listo.

—No es eso. Es que todos los días me manda algo, o me pregunta qué voy a hacer.

—No ha esperado mucho para meterte ficha —dijo Lucía—, en cuanto se ha enterado de que lo has dejado con Javi, está yendo a saco.

—Puff. Le voy a tener que decir algo.

—¿No crees que lo acabará pillando? Le llevas esquivando todo el verano.

—Nunca ha sido muy espabilado.

—Eso es verdad.

La playa estaba bastante llena. Había más turistas que gente de la localidad, pero Lucía se había cruzado con varios conocidos de camino hasta el lugar que habían escogido para sentarse las dos. Con todos se había detenido a charlar un rato, para desesperación de Clara, que era mucho menos sociable que ella.

—Ya estoy un poco harta de él, pero no quiero pasarme de bruta —comentó Clara.

—Pues mándale un meme.

—Así no lo va a pillar tampoco.

—Pues líate con alguno.

—Ni de coña. Necesito descansar un rato de los tíos.

Clara acababa de romper con un chico del pueblo, después de casi cuatro años juntos. Mientras que él se había quedado en Valquemada para trabajar en el taller de reparación de vehículos de su padre, ella se había ido a estudiar a Salamanca un Grado de Trabajo Social. La ruptura la habían precipitado los celos de él, agudizados por la distancia. A pesar de que Clara no se había dejado arrastrar demasiado por la intensa vida nocturna de los universitarios en Salamanca, su ex no había sido capaz de mantener su confianza en que ella no fuera a caer en la tentación de engañarle con otro. No obstante, Clara le había confesado a Lucía que, aunque él no se hubiera comportado así, habrían acabado separándose de igual manera, pues ella ya llevaba tiempo aburrida de la rutina que se había creado entre ellos.

Las dos chicas se conocían desde primaria. Pero no se habían convertido en mejores amigas hasta el primer año del bachillerato, cuando Lucía, harta de que se metieran con Clara por su pequeño tamaño y por una leve cojera en su pierna derecha que arrastraba desde que tenía ocho años, había salido en su defensa, enfrentándose al grupo que habían formado las de abusonas de su clase. Desde entonces se habían vuelto inseparables. Y, aunque durante el resto del año se veían poco, ya que Lucía también se había ido a estudiar fuera, a Santander, su amistad no se había resentido ni un ápice. Ambas habían conocido a gente nueva, pero eso no había debilitado su unión.

—Por cierto —dijo Clara, que seguía revisando los mensajes que habían llegado a su teléfono—, al final Julia se apunta a lo de esta noche.

—Genial.

—Su hermano ha dado negativo en el test de antígenos, así que no hay problema.

Un grupo de amigas, entre las que se contaban Lucía y Clara, iban a celebrar el cumpleaños de una de ellas en el chalet de su familia, que era uno de los más lujosos del pueblo. Pertenecía al alcalde de Valquemada, Rodrigo Conde, cuya hija mayor, Sandra, era la protagonista de la celebración. A pesar de que en el municipio no existían ya restricciones legales en cuanto al número de personas que se podían juntar en un domicilio particular, la lista de asistentes era muy reducida. Seguramente porque el alcalde quería dar ejemplo. A Lucía no le caía especialmente bien su hija, que con quien sí que tenía buena relación era con Clara. Pero tenía curiosidad por conocer su pequeña mansión. Y también se sentía un poco halagada por haber sido invitada a un evento tan exclusivo.

—Que no se te olvide el regalo —avisó Lucía a su amiga, famosa por sus despistes.

—Lo he dejado en la entrada de casa, para que no se me pase.

Entre las dos le habían comprado a Sandra un bolso para la playa y unas sandalias a juego.

—¿Ya sabes lo que te vas a poner? —quiso saber Clara.

—Ni idea. Pero tampoco me voy a complicar mucho. Es un cumpleaños, no una boda.

—Ya, pero sabes que luego van a aparecer fotos en Instagram.

—Me da igual.

—¿No te habías pillado algo el otro día en el mercadillo?

—Era para mi madre.

—Ah.

Lucía saludó con un gesto de la mano a una vecina suya que iba caminando por la orilla con sus dos hijos. Era una cliente habitual del puesto de su abuela, lo que le hizo recordar que esa noche no podía quedarse hasta muy tarde en la fiesta, ya que al día siguiente tenía que madrugar para echar una mano a Olaya en el tenderete. Su mente completó una nueva asociación de ideas, que le llevó a pensar en Saúl. El misterioso y atractivo Saúl.

Había intentado sonsacarle a su abuela el contenido de su conversación con él, sin éxito. Tan solo sabía que el asunto no había terminado ahí, sino que ella iba a hacer algo más para tratar de ayudarle. Lucía dedujo que su abuela no había podido facilitarle toda la información que él buscaba, pero que había alguien que quizás sí. Sin embargo, ella no había soltado prenda, y Lucía no tenía ni idea de cuál iba a ser su siguiente paso.

La aparición de Saúl había aportado algo de emoción a un verano que le estaba resultando demasiado monótono a la joven. Al principio de este, había agradecido el poder tumbarse en la arena sin hacer nada y pasarse todo el día con sus amigos, lejos de sus obligaciones como estudiante de Medicina. El problema era que ese entusiasmo inicial se había disipado rápidamente, y lo que ahora necesitaba era alguna aventura. Saúl y su enigmática búsqueda eran justo lo que necesitaba. Por eso, y por el calorcillo que le subía por el estómago cada vez que pensaba en él, Lucía se sentía tan interesada por un asunto, que, en realidad, ni le iba ni le venía.

—Aterriza, tía —escuchó que le decían.

La voz algo chillona de Clara la sacó de sus pensamientos.

—Últimamente te pasas el día en las nubes —añadió su mejor amiga.

—¿Ah, sí?

Clara asintió con la cabeza, ajustándose las gafas de sol.

—¿Me vas a contar por qué? —le preguntó a continuación.

Lucía había sospesado explicarle lo de Saúl y su abuela. Sin embargo, a pesar de todo lo que la quería, necesitaba reservarse aquello para sí misma. Ya compartían demasiadas cosas la una con la otra —prácticamente todo, a decir verdad—, por lo que se podía permitir guardar algún secreto de vez en cuando.

—No sé a qué te refieres —se defendió.

—¿Perdona? Vale que no me lo quieras contar, pero no me vengas con esas.

Los labios de Lucía se curvaron en una sonrisa pícara.

—Te lo digo si tú me cuentas lo de Ana.

—Qué cara tienes. Sabes que le prometí que no se lo diría a nadie.

—Lo mismo me pasa a mí.

—Ya, pero yo te lo he preguntado primero.

—¿Qué clase de regla de mierda es esa?

—Una que me acabo de inventar.

—¡Ja! Pues vas lista.

—O sea, que es algo gordo —elucubró Clara—. No me puedo creer que no me lo vayas a contar.

—Estás flipándote un poco, ¿no? ¿Por qué no te vas a dar un bañito para relajarte, guapa? —bromeó Lucía.

—El agua está helada. Y no me cambies de tema.

—El agua está perfecta. Y deja de interrogarme.

—¿Es por el chico de tu clase del que me hablaste?

—¿Queeé? No te he hablado de ningún chico de mi clase.

—Ya lo sé. Es por si picabas.

—Qué imbécil que eres —dijo Lucía, moviendo la cabeza.

—Venga tía, cuéntamelo —le pidió su amiga zarandeándola un poco—. Si sabes que al final te lo voy a acabar sacando.

—Quita, pesada —replicó Lucía, quitándosela de encima—. La que se va a dar un baño soy yo, si sigues insistiendo.

—Vaaale. Ya me callo. Pero no te vayas, que esos dos tíos de allí no paran de mirarnos. Y no quiero quedarme sola por si vienen a darme la plasta.

—¿Tan irresistible te crees?

—Seré pequeña, pero tengo mis encantos —dijo Clara, meneando el cuerpo de una manera que arrancó las carcajadas de su amiga.

No les molestó nadie en el tiempo que permanecieron allí. Cuando se marcharon cada una a su casa, para prepararse para la fiesta de esa misma noche, Lucía se desvió en su camino de regreso para ir a visitar a su abuelo materno, el marido de Olaya. Camilo había fallecido tres años antes por un cáncer de próstata que se había complicado con mucha rapidez. Tras su muerte, habían esparcido sus cenizas en un parque público que había cerca de la casa donde había nacido, que era su rincón favorito del pueblo. Aunque era algo ilegal, habían cumplido su deseo a rajatabla, al amanecer de un soleado día del mes de abril.

Lucía le había querido con locura durante los pocos años que le había podido conocer. Echaba de menos su carácter siempre alegre y bromista. La visión optimista de la vida que ella tenía se la había contagiado él, en opinión de todo el mundo. Y también había heredado su personalidad extrovertida y sociable.

Lucía acudía con frecuencia a saludarle a su lugar de descanso. A veces, si no había nadie en los alrededores, le hablaba de cómo le iban las cosas a ella y al resto de miembros de la familia. Otras, cuando había gente cerca, se quedaba en silencio, recordando algunos de los divertidos momentos que compartió con él siendo una niña. Ese día optó por lo segundo, a pesar de que no había nadie en las inmediaciones.

Se acordó del día en que su abuelo la llevó a dar un paseo en el barco de un amigo suyo, cuando ella tenía doce años, y de todas las payasadas que realizó a bordo para hacerla reír. Lucía había tenido una mala semana por un problema en el colegio con una de sus profesoras, y aquello le levantó los ánimos como ninguna otra cosa podría haberlo hecho. Esa era otra de las virtudes de Camilo. Su inmejorable don de la oportunidad. Parecía tener un sexto sentido a la hora de anticipar cuando su intervención era más necesaria que nunca.

—Un beso, abuelo —se despidió Lucía.

La única respuesta que obtuvo provino de un pájaro escondido entre las ramas del árbol más próximo a ella, un fresno que destacaba por su exuberancia. En vez de eso, a la joven le hubiese gustado escuchar de nuevo la voz de su abuelo, diciéndole que se encontraba bien. Pero se tuvo que conformar con el canturreo del animal, que escuchó respetuosamente en completo silencio. Solo cuando enmudeció, Lucía se marchó de allí, de vuelta al mundo de los vivos. Y de sus misterios.

Capítulo 9

ELENA

Ernesto Botto, el padrino de Elena, vivía en la zona más exclusiva de Valquemada, situada al noroeste de la localidad, sobre una suave colina pegada al mar. Desde cualquiera de las escasas viviendas construidas allí se podía disfrutar de una vista privilegiada del mar Cantábrico. La propiedad de Ernesto era la más extensa de todas, pero su vivienda no era especialmente lujosa. Era la más antigua, y la de menor tamaño. A pesar de ello, seguía siendo un lugar incomparable en el que vivir, con el tipo de belleza que solo podía tener una edificación que se había resistido a los caprichos de la arquitectura moderna. Contaba además con un sinuoso sendero privado que recorría la pared del barranco sobre el que se alzaba el terreno, y que descendía hasta una pequeña cala inaccesible por otros medios. La cantidad de peripecias que había vivido Elena gracias a ese camino, y al lugar al que conducía, eran innumerables.

Hasta la morada de su padrino condujo su coche aquel sábado al mediodía. Había quedado a comer con Ernesto, recién llegado de un viaje de trabajo por el norte de Italia. Allí, en Milán, tenía una de las dos filiales internacionales de su fundación —la otra estaba en Amberes—, que solía visitar dos o tres veces al año en persona. La principal ocupación de la organización era el mecenazgo de artistas, a lo que su creador destinaba gran parte de la fortuna que había heredado de su familia, proveniente de la banca. Ernesto, que había trabajado en el negocio familiar hasta los cuarenta y siete años, la había incrementado considerablemente. Después, se había prejubilado con una envidiable antelación, para poder dedicarse a la que siempre había sido su auténtica pasión: el arte.

La casa de Valquemada había sido durante muchos años la residencia estival de la familia, hasta que Ernesto había decidido convertirla en su hogar permanente. Durante uno de esos veranos de su infancia había conocido al padre de Elena. Siendo niños, se había forjado entre ambos una gran amistad, pues el padre de Ernesto había obligado a su hijo a que se juntara con los chavales más humildes de la localidad, en lugar de hacerlo con los pertenecientes a su clase social. Con el paso del tiempo, la relación entre Ernesto y Manuel, el padre de Elena, se había mantenido firme, a pesar de los diferentes círculos en los que se movían ambos. Gracias a la ayuda económica de la familia Botto, Manuel había podido finalizar sus estudios de la carrera de Derecho. También le habían abierto muchas puertas profesionales una vez que se incorporó al mercado laboral. El propio Ernesto le había financiado la creación de su propio bufete, el más importante de Valquemada, que también llevaba asuntos relativos a la fundación.

El padre de Elena había devuelto toda esa generosidad convirtiéndose en el amigo más fiel y entregado que había tenido Ernesto en su vida. Había sido uno de sus principales apoyos cuando Diego, su único hijo, falleció en un accidente de tráfico en Alemania. También fue esencial para ayudarle a superar el posterior divorcio con su mujer, que le culpaba de la muerte de Diego por haber permitido que el joven continuase con el estilo de vida desenfrenado que llevaba, y que había desencadenado la tragedia final.

Ernesto siempre había tenido una conexión especial con su ahijada. De pequeña, Elena había pasado largos periodos vacacionales en esa casa, disfrutando de todas sus comodidades y de la hospitalidad de sus ocupantes. Se había sentido una más de ellos. Ya de adulta, había sufrido la pérdida de Diego como si se hubiera tratado de la de un hermano de sangre. De hecho, se había llegado a sentir más unida a él que a Héctor. Con Valentina, la mujer de Ernesto, no había existido tanta química, pero siempre la había tratado bien.

Pero por lo que Elena más le estaba agradecida a su padrino era por haber estado a su lado en los malos tiempo. Especialmente durante todo el desastre causado por su relación con Alejandro Orozco. Le había ofrecido su hombro para llorar, y le había conseguido un trabajo cuando todo el mundo la rechazaba por temor a las represalias de la mujer del hombre más poderoso del pueblo. Hasta había dado la cara por ella ante la comunidad. Estaba convencida de que, de no haber sido por su intervención, todo se habría complicado mucho más, y habría tenido que marcharse a vivir a otro sitio.

Berta, la empleada doméstica que había contratado Ernesto cuando se estableció definitivamente en su actual residencia, fue la que le abrió la puerta ese día a Elena. Era una mujer muy discreta y callada, que había nacido en Valquemada hacía cuarenta y cinco años. Le sacaba más de una cabeza a Elena, que medía un metro setenta, y en su moflete derecho se apreciaba la tenue huella de una cicatriz que le había dejado una grave quemadura sufrida durante su infancia.

Como siempre, su conversación con ella fue sobria y concisa. Cualquiera que no conociera bien a Berta podría pensar que no le tenía demasiado aprecio a la joven, cuando era más bien todo lo contrario. Simplemente era una mujer austera en el trato personal, y no hacía excepción alguna con nadie.

La mujer acompañó a Elena hasta el rincón favorito de Ernesto, donde él la estaba ya esperando dentro de un templete situado en el centro de una zona arbolada que había en la parte posterior de la finca. Era la única excentricidad arquitectónica que se había permitido el propietario de la vivienda, y se trataba de una copia exacta de un quiosco similar que había descubierto Ernesto en un parque público de Praga. En el interior de la estructura circular, cubierta por un doble techo piramidal, había una preciosa y original mesa rústica de madera tallada, obra de uno de los artistas que patrocinaba el padrino de Elena.

—Hola, *carota* —le dio la bienvenida Ernesto.

Era la única persona a la que Elena permitía que la llamara así —zanahoria, en italiano, en alusión a su piel pecosa y su melena anaranjada—, y se lo consentía porque sabía que lo hacía con todo el afecto del mundo.

—Buenos días —respondió ella, mientras él le daba un cariñoso beso en la mejilla.

Ernesto era un hombre que aparentaba muchos menos de los cincuenta y dos años que tenía. Su rejuvenecido aspecto se debía a una genética privilegiada, a una estricta dieta que había seguido durante la última década, y a los diez kilómetros que recorría a la carrera al menos cuatro veces a la semana desde que se había jubilado. Eso, sumado a su sempiterno tono de piel tostado y a la belleza de su rostro, le otorgaban un atractivo que todavía mantenía a pesar de su edad. Había tenido mucho éxito entre las mujeres en su juventud. Se decía incluso que había estado a punto de casarse con una de las aristócratas más famosas de Europa. La identidad de esta variaba según quien contara la historia.

—¿Qué vas a querer de beber? —le preguntó Ernesto.

—No sé. ¿Qué me sugieres? —dijo Elena.

—Me he hecho con un vino italiano que podíamos probar.

—Perfecto.

Era una especie de ritual que habían llevado a cabo en numerosas ocasiones en el pasado, cuando la había invitado a su casa. Él fingía permitirle que eligiera lo que iba a tomar, pero en realidad acababa siendo él quien tomaba la decisión. Al principio, Elena no había entendido cuáles eran las reglas, y le contestaba indicándole qué era lo que quería. Pero una vez que comprendió que aquello no funcionaba así, pasó a dejarle que se encargara directamente él del asunto.

—¿Harías el favor de traérnoslo, Berta? —le pidió Ernesto a su empleada, que se había mantenido a un par de metros de distancia, casi camuflada entre la espesura.

—Por supuesto.

—Gracias.

Mientras la mujer desaparecía sigilosamente, Ernesto invitó con un gesto a Elena a que se sentara en una de las cómodas sillas que había alrededor de la mesa. Nada más hacerlo, la vista se le fue al elegante grabado que había en la superficie de esta. A simple vista parecía un conjunto de líneas curvas que formaban un diseño desordenado. Sin embargo, era un mapa mudo que representaba la región de Piamonte, en Italia, de donde eran originarios los antepasados de Ernesto.

—¿Has podido ir? —quiso saber Elena, señalando el mapa.

—Al final no me dio tiempo. Se complicaron mucho las cosas en Milán, y me tuve que quedar más días de los previstos.

—¿Y eso?

—Problemas con la burocracia local. No te voy a aburrir con ello.

—¿Lo pudiste solucionar?

Ernesto asintió, alzando la comisura derecha de sus labios. Era su manera preferida de sonreír.

—Me alegro.

Siempre que se reunía con Ernesto se sentía un poco extraña. Era como abandonar de golpe su pequeño mundo rural, ajeno a todo lo que sucedía en el resto del planeta, y verse lanzada a otro muy diferente. Mucho más sofisticado y grandioso. Aunque su padrino le restaba importancia y nunca alardeaba de ello, era imposible no sentirse fascinada por el glamur que rodeaba a sus frecuentes viajes al extranjero.

Elena tenía una espina clavada con respecto a eso, ya que consideraba que ella había estado cerca de formar parte de ese mundo. Estaba convencida de que, de haber podido finalizar sus estudios superiores, Ernesto la habría encontrado un hueco en la Fundación Botto llegado el momento. Por mucho que fuera casi como una hija para él, era muy exigente con respecto al personal que estaba a su cargo, y jamás le ofrecería un puesto para el que no estuviese debidamente capacitada. Todavía estaba a tiempo de mejorar su formación, pero Elena tenía la sensación de que su oportunidad había pasado. Con respecto a ese tema, ella solo tenía reproches hacia sí misma, nunca hacia su padrino. Le agradecía que le hubiera echado una mano con lo del empleo en la inmobiliaria —pues aquello fueron circunstancias excepcionales—, pero le habría desagradado que se hubiera mostrado demasiado protector o paternalista con ella en otras ocasiones. Eso habría dañado su autoestima, y Ernesto era bien consciente de ello.

Su padrino no le ofreció más detalles de su estancia en Italia, sino que le preguntó qué tal le había ido a ella en los últimos días en el trabajo. Aunque el negocio no era suyo, tanto Elena como su jefa habían sido contratadas por recomendación de Ernesto, así que de alguna manera se sentía vinculado sentimentalmente con la agencia.

—Hemos cerrado tres alquileres más para las vacaciones —le contó ella.

—Eso son buenas noticias.

—Al menos nos da para salvar la temporada.

Ernesto le preguntó acerca de las casas que habían alquilado. Elena le habló muy por encima de las dos primeras, pero se detuvo más al hablarle de la que ocupaba Saúl.

—¿Conociste a Luisa Verger? —preguntó Elena, refiriéndose a la escritora que había habitado allí durante décadas, antes de su fallecimiento año y medio atrás.

—No mucho. Hacía poca vida social. La invité en un par de ocasiones a eventos organizados por la fundación, pero no asistió a ninguno de ellos.

—Supongo que por eso eligió un lugar como ese para vivir. Está lejos de todo.

—Tiene sus ventajas, para según qué personas. Y tener tan cerca el bosque del Garaño es una suerte —opinó Ernesto—. Hace mucho tiempo que no voy por allí, pero lo recuerdo como un sitio único.

—Es muy bonito, sí. Yo suelo llevar a Uco por allí de paseo de vez en cuando.

Al escuchar el nombre de la mascota de Elena, Ernesto frunció ligeramente el ceño. Sentía un rechazo casi patológico hacia los perros. De ahí que su ahijada no llevara nunca al cocker con ella durante sus visitas.

—El próximo fin de semana he quedado con tus padres para salir a dar una vuelta en el *Ofelia*. ¿Te quieres apuntar?

Se refería a la embarcación de su propiedad, un velero deportivo que llevaba el nombre de uno de los cuadros favoritos de Ernesto. A pesar de que conocía perfectamente lo poco que le gustaba el mar a Elena, nunca se cansaba de proponerle que se uniera a sus excursiones náuticas.

—No, gracias.

—Puedes invitar a quien quieras.

—¿Y a quién voy a invitar yo?

Si había alguien que conocía de sobra lo aislada que estaba en el pueblo era él. De ahí su tono de incredulidad.

—A tu compañera de piso, por ejemplo. O al chico al que le habéis alquilado la antigua casa de Luisa Verger.

Elena se tomó un par de segundos para estudiar el rostro de Ernesto, tratando de averiguar si lo último que había dicho iba en serio. Cuando había mencionado a Saúl, había tratado de sonar lo más neutra posible. Sin embargo, quizás el hecho de que fuera el único de los nuevos clientes de la inmobiliaria del que le hubiera hablado, había delatado su interés por él.

—Arancha se va de vacaciones con su novio hasta finales de mes. Y al otro apenas le conozco —se justificó ella—. Además, sabes que ese no es el problema.

—Algún día tendrás que perderle el miedo al mar.

—No es miedo.

Ernesto enarcó las cejas.

—¿Y qué es si no?

—Aburrimiento —mintió Elena—. Prefiero que me invites mejor a tu próximo viaje por tierra.

—En el último no habido mucho espacio para la diversión, me temo.

—Pues al siguiente en el que la vaya a haber.

—¿Lo dices de verdad?

—Por supuesto. A partir de octubre ya me puedo coger vacaciones. Y no tengo pensado nada.

Ernesto la miró sin disimular su sorpresa. Se quedó un rato pensativo antes de dirigirse de nuevo a ella.

—En otoño tengo que asistir a una feria en Copenhague, y tenía pensado alargar mi estancia unos días más para hacer algo de turismo.

—No he estado nunca allí —dijo Elena.

La realidad es que solo había salido de España para viajar a Londres, Lisboa y Ámsterdam. Lo consideraba un pobre bagaje internacional, a pesar de que había mucha gente en Valquemada que no había salido ni de la provincia. Se preguntó por qué nunca le había propuesto a Ernesto que le hiciera un hueco en una de sus escapadas al extranjero. En parte se debía a que su padrino jamás se lo había propuesto. Y Elena comprendía que, tratándose de viajes de trabajo, no quisiera incluirla en ellos. Tampoco la joven había querido abusar de su generosidad en el pasado. Bastante había hecho ya por ella y por su familia.

—Cuando vaya a reservar los vuelos y el hotel te avisaré, por si no has cambiado de opinión.

—Lo dudo.

—Te advierto que habrá mucha visita a museos.

—No me importa.

Ernesto asintió con la cabeza muy suavemente, claramente complacido con la idea.

—Si al final quieres que se apunte alguien más, solo tienes que decírmelo —dijo él, sacando a relucir de nuevo su asimétrica sonrisa.

Tanta insistencia en que ella se buscara un acompañante empezó a levantar las suspicacias de Elena. No era algo propio de su padrino tocar ese tema. Siempre había sido muy respetuoso con la intimidad de su ahijada.

—¿Eso incluye a Uco? —bromeó ella.

—Ni se te ocurra.

Al poco rato llegó Berta con una bandeja en la que portaba dos copas vacías y una botella de vino tinto. Ernesto le ofreció a Elena una larga explicación acerca del brebaje que había adquirido en una bodega lombarda. Lo cierto era que a Elena le daban igual todos esos datos, pero estaba tan a gusto sentada en el interior del templete, sintiendo el abrazo acogedor de los árboles que lo rodeaba y la reconfortante caricia de la brisa marina que le susurraba al oído que todo estaba bien, que disfrutó de la charla al máximo.

Cuando probó el vino no supo diferenciar todos y cada uno de los matices de los que Ernesto le había hablado. Pero sí le quedó claro desde el primer sorbo que estaba riquísimo.

—Bebe todo lo que quieras —le animó él—. Gustavo se encargará de acercarte luego a casa. Y después te llevará el coche también.

El hombre que trabajaba como chofer y cocinero de Ernesto llevaba con él toda la vida, a diferencia de Berta. Donde esta era callada y retraída, el otro era un tipo de lo más extrovertido y dicharachero.

—Gracias —dijo Elena, a la que la idea de poder seguir disfrutando del delicioso caldo italiano le pareció inmejorable.

No mucho después llegó el primer plato: una fresca y apetitosa ensalada de burrata con tomates confitados, higos y piñones. Le siguió una lubina al horno con boniatos que le supo a gloria a Elena. Para rematar se tomaron una porción de una tarta muy fina de mango y almendra que casi hizo llorar a Elena. Por lo sabrosa que estaba, y porque le hizo pensar en lo duro que sería volver a la comida procesada que constituía su dieta habitual.

Durante la sobremesa, en la que Elena se tomó un café con leche y Ernesto un licor de hierbas que se elaboraba en una localidad situada en los Picos de Europa, pasaron la mayor parte del tiempo en silencio, disfrutando del paisaje. Elena se preguntó qué era lo que estaría haciendo Saúl en esos momentos. Con el paso del tiempo, crecía en ella la sospecha de que no había ido a Valquemada solo por vacaciones. Sus años de experiencia con los turistas que visitaban la región le habían permitido trazar un perfil muy definido sobre ese tipo de personas. Y Saúl no encajaba con esa imagen que se había formado de ellos. Si su intuición era acertada, y él estaba allí por algún otro motivo, Elena estaría encantada de saber de qué se trataba. Pensó en hacerle una visita con la excusa de comprobar cómo le iban las cosas a su nuevo cliente. Hasta meditó seriamente ir más allá y contactar con él para devolverle la cortesía que había tenido al invitarla a comer. Fuese como fuese, necesitaba verle de nuevo.

Y cuanto antes mejor.

Capítulo 10

SAÚL

El hombre en quien estaba pensando Elena acababa de finalizar una llamada telefónica con Ana, su madre adoptiva. Ni le había contado el verdadero motivo de su viaje antes, ni lo había hecho ahora. Tampoco a Gerardo, su padre adoptivo, aunque con él tenía muy poco trato desde que se había separado de Ana. De culminar con éxito su búsqueda, sí que tenía decidido contárselo a ambos. Era lo menos que podía hacer por las personas que le habían proporcionado el hogar que otros le habían negado.

Durante sus primeros trece años de existencia no supo que los que creía que eran sus padres no eran los que le habían dado la vida. Hasta ese momento, su infancia había sido de lo más plácida, indistinguible de la de cualquier otro chico de familia obrera del barrio de Aluche. Sin embargo, el día que Ana y Gerardo le contaron la verdad sobre sus orígenes, plantaron una semilla en su interior que germinó con gran rapidez, alimentada por la inseguridad propia de la adolescencia. Digirió muy mal el saberse descartado por sus padres biológicos, a pesar de que sucedió a una edad en la que era imposible que él hubiera tenido alguna responsabilidad por ello.

El descubrimiento le generó confusión y rabia, y alteró la personalidad de Saúl de una manera drástica, volviéndolo un chaval desconfiado, siempre a la defensiva, y que buscaba constantemente el conflicto con los que le rodeaban. Cambió sus buenas compañías en el colegio por otras mucho menos deseables, y su expediente académico se resintió. Probaron a cambiarle de instituto cuando repitió el primer curso del bachillerato, pero aquello no solucionó nada. Su hostilidad hacia el mundo que le rodeaba se volvió peligrosamente incontrolable.

Durante todo ese proceso, una débil vocecita dentro de la cabeza de Saúl le iba recordando de vez en cuando que lo que estaba haciendo no estaba bien. Que si había dos personas que no eran culpables de su situación eran Ana y Gerardo, que le habían acogido en el seno de su familia. Ni siquiera les podía reprochar que hubieran tardado tanto en contárselo. Pero esa voz era acallada continuamente por el estruendo de la tormenta que se había ido formando año tras año, desde que supo la verdad. Así que se lo hizo pagar a la gente que tenía más a mano, con la que convivía día a día. Para colmo llegó la separación de sus padres adoptivos, en el peor momento posible.

A duras penas logró sacarse el título de bachillerato, gracias a la enorme resiliencia que demostró su madre, que jamás le dio por perdido a pesar de lo complicado que se lo puso su hijo. Sin embargo, todo estaba todavía lejos de solucionarse. Se negó a proseguir con sus estudios, y tampoco mostró ningún deseo por buscarse un empleo. Estuvo a punto de aceptar la propuesta de un pequeño traficante de drogas local de ejercer como camello en el barrio en el que había crecido. Ni lo que él consideraba en su ignorancia juvenil un método sencillo de ganar dinero le motivó lo suficiente para salir de la apatía.

Y entonces, cuando peor estaba todo, sucedió algo que cambió su vida para siempre, y le alejó del abismo al que se estaba asomando cada vez más. El responsable fue su tío Juan, ingeniero del Ejército de Tierra que acababa de regresar de varios destinos en el extranjero. El hermano de Ana decidió tomar cartas en el asunto, y enderezar a su sobrino por las buenas o por las malas. Para sorpresa de todos, Saúl acepto prácticamente a la primera su sugerencia de ingresar en las Fuerza Armadas. En realidad era algo que siempre había despertado su curiosidad. Una especie de vocación oculta que ni él mismo supo reconocer hasta que alguien le dio el empujón que necesitaba para hacerlo.

A diferencia de otros reclutas que entraron a la vez que él, a los que les costó adaptarse, Saúl encajó a la perfección en su nuevo entorno. El ejercicio físico constante y la disciplina marcial se convirtieron en una vía de escape perfecta para toda la ira y el desconcierto que le habían estado envenenando la mente. Eso, junto al proceso de madurez propio del paso del tiempo, obró un cambio radical en él. Las heridas que se habían abierto en la relación con sus padres fueron cerrándose poco a poco, y dejó de espantar de su lado a todo aquel que se acercaba demasiado.

Sin embargo, todo ese periodo de crisis había moldeado ciertos aspectos de su personalidad de una forma irreversible. Se convirtió en una persona introvertida, a la que costaba más de lo normal confiar en los demás. Si bien era capaz de formar lazos de amistad, siempre eran conexiones superficiales. «Distante» era un adjetivo que solían usar quienes le conocían para describirle. Lo mismo le sucedía con sus relaciones sentimentales, ninguna de las cuales terminó de cuajar en algo verdaderamente duradero. Con el paso de los años fue aprendiendo a controlar sus emociones, que tantos quebraderos de cabeza le habían dado en el pasado. El problema era que pasó de dominarlas a reprimirlas, volviéndole frío y desapasionado. Aunque, si alguien introdujese una sonda capaz de atravesar la dura piedra que recubría su corazón, descubriría que bajo esa capa se ocultaba un fuego ansioso por escapar de su confinamiento.

Más adelante se acabó cansando del ejército, y se pasó al sector privado. Pero su etapa militar le había ayudado a corregir el rumbo errático que había tomado su vida. Apaciguó su temperamento, y le hizo labrarse un porvenir. Solo por eso era imposible que renegara de esa etapa de su vida. Había cumplido un propósito. Y no uno cualquiera.

Durante gran parte de ese tiempo, Saúl descartó cualquier opción de buscar a sus padres biológicos. Ni siquiera conocía sus identidades, pues la cesta en la que le encontraron en la iglesia de un pequeño pueblo de Valladolid fue depositada allí de forma anónima. En su interior, además del recién nacido, estaba la única herencia que había recibido de aquellos que le habían abandonado: el *trasgu*. De haber entregado al bebé siguiendo el procedimiento legal, su nombre y apellidos habrían quedado registrados, y Saúl habría tenido acceso a esos datos una vez cumplida la mayoría de edad. El que le hubieran negado esa posibilidad no había hecho sino acrecentar su angustia juvenil.

Cuando tomó la decisión de ignorar la existencia de las personas que se habían desentendido por completo de él, creyó que se trataba de algo irrevocable. Estaba convencido de que jamás cambiaría de opinión. Hasta que sucedió algo que le hizo replanteárselo todo.

Catorce meses antes de su viaje a Valquemada, mientras buscaba en uno de los cajones de un mueble de su salón un par de pilas para el mando a distancia de la televisión, se topó con la figura del duendecillo. Hasta donde él recordaba, la última vez que la había tenido en sus manos había sido varios años antes, durante la mudanza de su anterior piso al actual. En muchas ocasiones había estado a punto de deshacerse de él, pero siempre había cambiado de opinión. Aquella vez, resuelto a mantenerlo fuera de la vista de una forma más permanente, lo había depositado al fondo de una caja de cartón donde guardaba apuntes y manuales relacionados con su formación como técnico superior en sistemas de telecomunicaciones e informáticos, que completó mientras estaba en el ejército, y que le permitió ingresar en el Regimiento de Guerra Electrónica. Le sorprendió encontrárselo allí, tan a mano, pues no era capaz de explicarse cómo había salido del sitio al que lo había desterrado, para llegar hasta el cajón donde guardaba material de bricolaje.

Tenerlo otra vez entre sus manos despertó en él viejas emociones, todas desagradables. Sin embargo, percibió algo nuevo entrelazado entre ellas, tan escurridizo como la lagartija más desconfiada del mundo. Tardó un buen rato en identificarlo. Era la misma sensación que tenía cuando se enfrentaba a una tarea que se resistía a ser completada. Saúl era de esas personas que necesitaban terminar todo lo que empezaba. Dejar algo inacabado minaba su capacidad de concentración. Hasta ese momento, no había considerado el revelar el misterio de la identidad de sus padres biológicos como un objetivo que tuviera que cumplir. Sin embargo, la visión de la figura trastocó su concepción del asunto.

En los días que siguieron a su sorprendente hallazgo

del *trasgu,* esa incómoda sensación de haber dejado algo importante pendiente de solucionar fue creciendo hasta convertirse en una obsesión insoportable. Pronto hizo peligrar su tan trabajada estabilidad emocional, lo que le obligó a buscar un remedio a la situación. Solo encontró uno: ponerle nombre y apellidos a las personas que le habían engendrado. O al menos intentarlo, pues se le antojaba todo un desafío teniendo en cuenta las pocas pistas con las que contaba. En realidad, solo tenía la figura del duende, pues daba por hecho que habían escogido un lugar para abandonarle que estaba lejos de donde vivían, para no dejar un rastro que condujera hasta ellos. Lo contrario hubiera sido de lo más absurdo.

Como solía hacer durante el ejercicio de su profesión, compartimentó su tarea en varias fases. La primera sería averiguar todo lo posible sobre la procedencia de la figura de escayola. Si esa investigación daba algún fruto, tiraría de los hilos hasta dar con la información que buscaba. Llegados a ese punto, tomaría la decisión de si iba a tratar de ponerse en contacto con sus padres. Quizás con saber sus identidades sería suficiente para aliviar la comezón que le producía su desconocimiento, y ya no necesitaría dar ningún otro paso. O a lo mejor la cosa empeoraría todavía más, y no podría descansar hasta plantarse ante ellos y preguntarles por qué lo habían hecho. Todo era posible, pero se prometió a sí mismo no pensar en la siguiente etapa antes de concluir la que le precedía. Lo consideraba un gasto inútil de energía.

Por enésima vez ese día, consultó la pantalla de su móvil, para comprobar si había recibido un mensaje de Olaya. Le fastidiaba enormemente que todo dependiera de una persona que no fuera él. No tenía motivos para desconfiar de aquella mujer, pero tampoco los tenía para creer en que fuera a hacer todo lo posible por ayudarle. De estar él en su pellejo, no se imaginaba esforzándose demasiado por un descono- cido. Cabía también la posibilidad de que no fuera una cuestión de ahínco, o de su habilidad a la hora de ex- traer la información que buscaba, sino que simple- mente la hija de la artesana no tuviera ni idea de a quién se le había vendido esa pieza.

Saúl llevaba varios meses preparándose para ese escenario. Uno en el que sus pesquisas condujeran a un callejón sin salida definitivo, y que se tuviera que resignar a irse de allí con las manos vacías. Sería duro, pero quizás no tanto como obtener lo que de- seaba. ¿Y si llegaba hasta el final y sus padres biológi- cos no querían saber nada de él? Había superado un primer abandono, pero no estaba seguro de cómo reaccionaría ante un nuevo rechazo. Mientras elucu- braba sobre ese asunto, en su teléfono comenzó a so- nar la sintonía que anunciaba una llamada entrante.

Se trataba de Olaya.

Capítulo 11

ELENA

El sonido del timbre de la puerta disipó de golpe el sopor que le había entrado a Elena. Se había echado sobre una de las tumbonas que había en el pequeño jardín de la casa que había ido a enseñar a un posible comprador, y enseguida le entró la modorra. La culpa de su somnolencia la tenía lo que había sucedido la noche anterior, ya que se había despertado de madrugada con el regusto amargo de un sueño cuyo contenido trató de recordar con poco éxito. Fue como intentar atrapar un puñado de arena con una raqueta de tenis. No tuvo tampoco demasiada suerte al intentar dormirse, pues se había desvelado por completo. Era algo que le sucedía a menudo cuando cenaba muy tarde, o en su menú había incluido algún alimento especialmente indigesto para ella. Se habían dado ambas circunstancias esa noche, aunque había confiado en que no tuviera que sufrir las consecuencias.

—No aprendes, Elena —se había reprendido a sí misma.

Había acudido con demasiada antelación a su cita. Por lo que, cuando terminó de revisar un par de

veces que todo estuviera bien, tanto en el interior
como en el exterior de la vivienda, no había podido
resistirse a la tentación de relajarse un poco en aquella tumbona que parecía estar pidiéndole a gritos que
comprobase que era tan cómoda como parecía. Se
había prometido que tan solo descansaría allí unos
pocos segundos, y luego se levantaría. Dos minutos
después se le habían empezado a cerrar los ojos. Y de
no ser por la llegada de su cliente, se habría convertido en la Bella Durmiente de Valquemada.

Se incorporó con tanta brusquedad que se mareó
un poco. Luego, de camino a la entrada de la parcela,
se tropezó con uno de los aspersores del sistema de
riego que asomaban del suelo. A duras penas consiguió contener el grito de dolor que le provocó el impacto, y se tuvo que conformar con musitar un
«¡joder!» de consolación. Antes de abrir la puerta,
respiró hondo para recomponerse.

Cuando accionó el picaporte y descubrió quién le
estaba esperando al otro lado, lamentó con toda su
alma no haberse quedado dormida para siempre sobre la tumbona.

Enfrente de ella no estaba la mujer que había llamado a la oficina interesada en visitar una de las propiedades que gestionaba la agencia de Elena. En su
lugar había un hombre de mediana edad bastante
alto, de piernas delgadas y tronco ancho, vestido con
un traje hecho a medida de color azul royal, que llevaba sin corbata. Tenía el pelo rubio perfectamente
peinado con raya lateral, y un cutis bronceado y perfectamente afeitado. Ella le conocía muy bien. Y habría dado lo que fuera por no haberlo hecho jamás.

Se trataba de Alejandro Orozco. El hombre más
rico de Valquemada. Su examante.

—Hola, Elena.

Como la mente de la joven se bloqueó, fue su

cuerpo el que tomó las riendas, llevando a cabo la única acción posible en esa situación: tratar de cerrar la puerta en las narices de aquel tipo. Sin embargo, él fue más rápido, colocándose en el umbral e impidiendo con su robusto cuerpo que ella pudiera completar su maniobra.

—Espera —le pidió él—. Solo he venido para hablar.

—No tenemos nada de lo que hablar —le espetó ella, endureciendo al máximo su tono de voz—. Márchate ahora mismo.

Él no solo no la obedeció, sino que se desplazó un poco más hacia ella, obligándola a retroceder y a soltar el picaporte de la puerta. Era un hombre que solía reaccionar ante las demandas de los demás haciendo justo lo contrario a lo que se le pedía, para dejar claro desde el principio que nadie más que él podía dar órdenes. Al principio de su relación, esas y otras demostraciones de poder que acostumbraba a manifestar Alejandro le habían resultado hasta atractivas a Elena. Ahora, sin embargo, pensar en lo estúpida que había sido al tener ese tipo de pensamientos le hacía querer morirse de vergüenza. Se había dejado deslumbrar por lo que no eran sino comportamientos dignos de un tirano egocéntrico.

—Te he echado de menos —aseguró él.

—Vete a la mierda.

—No seas así —dijo Alejandro, sonriéndola con una condescendencia que hizo que le hirviera la sangre.

Estaba enfadada. Pero también nerviosa. Por lo imprevisto e impredecible de la situación, y porque en cualquier momento podría aparecer la persona con la que había quedado. Y de repente, cayó en la cuenta. Allí no iba a acudir nadie a ver la casa. Todo había sido una farsa para propiciar un encuentro al que ella jamás habría accedido por voluntad propia.

—¿Has hecho esto para poder verme? —quiso confirmar ella, ronca de furia.

—¿No te parece una demostración de lo que me importas? —dijo él, malinterpretando por completo la intención de la pregunta de Elena.

—¿Perdona?

—Aunque lo parezca, no me he olvidado de ti.

Dio otro paso más hacia ella, lo que le permitió cerrar la puerta tras de sí. Elena observó su gesto con impotencia. Se esforzó en reunir el coraje suficiente para quitarle de en medio y salir de allí cuanto antes. Sin embargo, se sentía intimidada por su cercanía física. Él había escogido el lugar idóneo para su emboscada. Una casa en las afueras del pueblo, lejos de la siguiente que había en las proximidades. Allí, Elena se sentía completamente a su merced.

A pesar de que ella no lo había experimentado en primera persona durante el tiempo que estuvieron juntos, había oído historias sobre lo vertiginosamente que podía pasar Alejandro Orozco de ser una persona encantadora a una temible. Corría el rumor de que en su juventud había dado una paliza de muerte a un chico, y que este no le había denunciado como su agresor debido a que había recibido una generosa compensación económica por no hacerlo.

El miedo creció en su interior, sustituyendo su indignación inicial.

—Estás muy guapa —dijo Alejandro, ampliando su sonrisa todavía más.

—Quiero que te vayas.

Se había expresado con menos convicción de la que le hubiera gustado. No porque albergase alguna duda al respecto, sino por la ansiedad que le generaba su vulnerabilidad.

—Tienes que calmarte un poco, Elena —dijo él—. Ya te he dicho que solo he venido a hablar contigo.

Nada más —añadió, abriendo las manos en un ademán que pretendía ser tranquilizador.

Pese a ello, a Elena le pareció que su comunicación no verbal contradecía ese gesto. Avanzaba lentamente hacia ella como un cazador que sabía que había logrado arrinconar a su presa, y que está esperando únicamente al mejor momento para abalanzarse sobre ella. Detrás de las gafas de sol que llevaba puestas, ella se imaginó unos ojos ávidos observándola.

Confiando en que su lectura de la situación estuviera siendo demasiado dramática, Elena trató de seguirle el juego, con la esperanza de que fuese cierto que solo había montado todo aquello para charlar. No encontró el valor para nada más que eso.

—¿Qué es lo que quieres?

—Saber cómo te encuentras.

—Bien —mintió ella.

—¿Seguro?

—Sí.

—No es eso lo que he oído por ahí.

Elena deseó que la tierra se abriera en ese mismo instante y algo se la llevase bien lejos de allí. Mejor aún, que se lo llevara a él.

No solo estaba asustada, sino también confusa. ¿Qué demonios hacía Alejandro retomando un contacto que él mismo había roto abruptamente cuando su mujer descubrió su infidelidad? Con un corto y contundente mensaje, él le había anunciado que ya no podían seguir viéndose. Y, desde entonces, no había vuelto a tener señales suyas. Si esa manera de proceder le había dejado claro algo, era que se había librado de ella para siempre. Elena había captado el mensaje a la primera, y no había hecho ningún intento posterior por hacerle cambiar de opinión, pues la relación había perdido gran parte del interés y el atractivo que tuvo para ella al principio. Además, tuvo que concentrar todas sus energías en sobrevivir al apocalipsis que desató Andrea sobre ella como castigo por liarse con su marido.

—No sé a qué te refieres —dijo ella, cruzándose de brazos.

—Lo sabes perfectamente.

—No tengo tiempo para esto. Estoy trabajando.

—Y de milagro. Fue una suerte que te saliera lo de la inmobiliaria. Pero en los tiempos que corren, ningún negocio está a salvo. Y si te quedas sin eso, lo vas a tener complicado para encontrar otra cosa.

A Elena le quedó bien claro lo que le estaba dando a entender con ese comentario. Al temor por su integridad física se le unió la incertidumbre por su futuro profesional más inmediato.

—No debe ser muy agradable estar en tu lugar, con todo el mundo dándote de lado —dijo él—. Yo podría hacer que tu situación mejorase rápidamente. Sabes que por aquí se me tiene mucho respeto, y que la gente pierde el culo por hacer lo que les pido. No me costaría mucho hacerles cambiar de opinión con respecto a ti.

En el pasado, Elena había ensayado en su cabeza muchas veces lo que le habría dicho a Alejandro de haber tenido una oportunidad de hablar con él cuando todo estalló. Había elaborado una lista con todos los reproches que le habría hecho: el no haber desmentido a su mujer acerca de ciertas cosas que Andrea iba diciendo acerca de ella; el haberla usado como un juguete sexual hasta que ya no le había convenido seguir haciéndolo; el haber incumplido todas y cada una de las promesas que le había hecho tras sus encuentros.

Sopesó aprovechar ese momento para desquitarse. Pero se dio cuenta de que con ello tan solo retrasaría el poder perderle de vista cuanto antes. Y tenía serias dudas de que a él le fuera a afectar lo más mínimo nada de lo que le pudiera echar en cara. Así que permaneció en silencio.

Enseguida comprendió que había cometido un error al quedarse callada, pues él lo interpretó como una señal de su interés en lo que estaba a punto de proponerle.

—Hablar bien de ti me supondría un riesgo, lo sé. Si llegase a oídos de Andrea, me lo haría pagar caro. Ya sabes cómo se pone con estos temas —dijo Alejandro mientras sonreía, como si el terrible acoso al que había sido sometida Elena fuera una broma sin importancia—. Así que, si lo hago, tendría que merecerme la pena. No sé si me entiendes —añadió, con un tono insinuante que le terminó de revolver el estómago a la joven.

Por fin él se había quitado la careta. Elena sabía que todo eso de que no se había olvidado de ella, y de que aún era importante para él, no significaba más que una cosa: quería acostarse con ella otra vez. Una catarata de insultos y barbaridades se agolparon en su boca, pugnando por salir al exterior. Pudo contenerse de puro milagro.

—Tú estás mal de la cabeza —dijo—. ¿De verdad te crees que voy a tener algo contigo después de lo que hiciste? ¿Después de que dejaras que tu mujer dijese todas esas mierdas sobre mí? No puedes estar hablando en serio, joder.

—Sabías que era algo que podía pasar. Te dije desde el principio que estaba casado. Y no te importó.

—Eso no justifica todas las mentiras de tu mujer.

—Ponte en su lugar.

—¿Cómo dices? O sea, que ahora ella es la víctima, ¿no?

—No he venido a hablar de Andrea —dijo él, quitándose las gafas de sol que había llevado puestas hasta ese momento.

Sus ojos azules se clavaron en los de Elena. Recordó un tiempo en el que le había parecido que irradiaban calidez. En ese instante, sin embargo, le parecieron fríos como una noche del mes de enero en un país escandinavo. Se preguntó cuántas chicas inocentes como ella habrían caído víctimas del mismo engaño que ella.

—Si eso es todo lo que has venido a decirme, ya no tenemos nada más de lo que hablar —anunció Elena, intentando sostener su mirada para demostrarle una fortaleza que no poseía.

—Así que te vas a hacer la difícil, ¿no? —dijo Alejandro—. Pues no te pega nada.

Se sintió tan insultada e impotente que le entraron ganas de llorar. Luchó con todas sus fuerzas para controlar sus emociones y no darle esa satisfacción a Alejandro. Más que nunca en su vida deseó no haberse dejado deslumbrar por Alejandro cinco años antes. Su innegable atractivo físico, la enorme seguridad en sí mismo que emanaba de él, y lo especial que le hizo el recibir las atenciones del hombre más poderoso de Valquemada, habían resultado irresistibles para la Elena de veinticuatro años. Incluso el hecho de que fuera un hombre casado añadió un ingrediente de morbo a la mezcla que terminó de convencerla para arrojarse a sus brazos. Ahora, por contra, veía todos esos elementos como lo que de verdad eran: trampas.

—Venga, mujer —continúo él—, no seas tan rencorosa. Hasta donde yo recuerdo, te lo pasaste tan bien como yo, ¿no es así?

La situación empezó a ser insoportable para Elena. Quería llorar, gritar y pegarle hasta que se le borrara del rostro aquella irritante sonrisa cargada de superioridad. Pero sobre todo lo que quería era huir de allí. Chasquear los dedos y aparecer en un lugar seguro, a kilómetros de distancia.

Miró por encima del hombro hacia la puerta que daba al exterior de la parcela. Le pareció que el cuerpo de Alejandro era un obstáculo insalvable para llegar hasta allí y poder fugarse, como si tuviera el triple de tamaño del que realmente poseía.

No era la primera vez que se sentía intimidada por un hombre. Pero siempre habían sido desconocidos, tipos envalentonados por el alcohol a los que les había costado entender a la primera que su compañía no era bienvenida. Y siempre se las había apañado para salir airosa de esas situaciones. A diferencia de esos casos, Alejandro no solo no era un desconocido, sino que se trataba de alguien al que sería mucho más complicado expulsar de su vida. Escapar de él en ese momento era algo posible, pero él seguiría teniendo el poder de amargarle la existencia todo lo que quisiera. Ni siquiera tendría que ensuciarse las manos. Disponía de todo un ejército de personas dispuestas a todo por ganarse su favor. En eso no le había mentido. De ahí que la angustia de Elena fuera tan abrumadora.

Alejandro abrió la boca para decir algo más, pero el sonido de la melodía que surgió de su teléfono móvil le interrumpió. Tardó unos pocos segundos en decidirse a sacarlo del bolsillo interior de su chaqueta. A Elena esa espera se le hizo interminable. Vio como él consultaba la pantalla antes de contestar, y la joven contuvo el aliento, como si en ese breve lapso de tiempo estuviera en juego su vida. El empresario tocó un botón en su dispositivo y la música dejó de sonar. Luego devolvió el aparato al lugar del que lo había sacado, para desesperación de Elena, que había visto en esa posible conversación telefónica la distracción ideal para escabullirse de la encerrona.

Por suerte, esa llamada desatendida sí que resultó ser su salvación.

—Ahora tengo que encargarme de otros asuntos —dijo él, clavando de nuevo su hambrienta mirada en ella—. Así que dejaré que te pienses tranquilamente mi propuesta. No veo por qué no podemos olvidar lo que pasó y divertirnos de nuevo como antes.

Elena consideró el decirle que allí no había nada que pensar. Que antes se tragaría una botella de lejía que volver a estar con él. Sin embargo, corría el riesgo de provocar su ira y que pospusiera su partida. Por otro lado, si no era tajante con él, sería como darle esperanzas. Y eso era perjudicial para ella a medio plazo.

Antes de que pudiera tomar una decisión, él se le adelantó.

—Hasta luego, Elena.

Le vio desplazarse hasta la salida como si el tiempo se hubiera ralentizado, siempre temiéndose que en cualquier momento se diera la vuelta y continuara torturándola un rato más. Solo hasta que escuchó el ruido que hizo su vehículo al alejarse se sintió relativamente a salvo.

Y pudo por fin ponerse a llorar.

Mientras las lágrimas corrían por sus mejillas, se sintió la persona más desdichada del mundo. No solo era que estuviera abatida. También se sentía avergonzada por haberse bloqueado de una forma tan patética ante la presencia amenazadora de Alejandro. Había creído que, si alguna vez se sentía tan aterrada por culpa de un hombre, sería capaz de enfrentarse a él, y no se dejaría intimidar. Pero la realidad la había puesto en su sitio, demostrándole que no era tan valiente como se creía. Eso le hacía sentirse doblemente humillada. Tuvo que buscar asiento en la tumbona para no derrumbarse en el suelo.

Cuando ya casi había aprendido a convivir con el hecho de que su imagen pública estuviera tan dañada, ahora aparecía Alejandro con su inquietante proposición para destruir todo lo que había logrado. Porque a Elena le había parecido que, en su ofrecimiento para ayudarla a cambio de que retomaran su relación, iba implícita una advertencia: que si se negaba, haría que su situación empeorase todavía más. No necesitaba que él lo hubiera verbalizado para comprender que era algo que podía suceder.

Qué ingenua había sido por haberse creído que lo peor había pasado. Que podría llegar a librarse por completo de las consecuencias de su desafortunada aventura con Alejandro Orozco. Su antiguo amante había fingido desentenderse de ella, esperando el momento oportuno para acecharla de nuevo. Quizás tan solo había dejado pasar el tiempo para permitir que las cosas con su mujer se calmasen un poco.

Se preguntó por qué no la dejaba en paz. Un hombre como él podría conseguir a cualquier chica con la que no lo tuviera tan complicado como con ella, a causa de su pasado en común. A lo mejor eso era lo que le excitaba: que su presa se le resistiera. Era un pensamiento enfermizo, pero Elena sabía que existían ese tipo de personas.

Poco a poco se fue calmando lo suficiente como para detener su llanto. La ansiedad, que había tomado durante su encuentro con Alejandro la forma de un dolor agudo y constante en sus entrañas, se transformó en una pulsación intermitente en el pecho. No se sentía en condiciones de coger el coche, así que se quedó allí durante un buen rato más, hasta que recuperó lo suficiente el ánimo para ponerse en marcha. Luego condujo hasta su casa, ya que no tenía fuerzas para volver a la oficina. Desde allí le mandó un mensaje a su jefa, explicándole que le habían entrado unos mareos y que se iba a tener que ausentar durante el resto del día. Sonia le contestó enseguida, diciéndole que no se preocupara por nada y que se centrase en recuperarse.

Ese pequeño gesto de generosidad y comprensión por parte de su jefa le aportó un pelín de esperanza. Aunque sabía que iba a necesitar mucho más que eso para poder afrontar lo que tenía por delante.

Capítulo 12

SAÚL

Saúl tenía diecisiete años cuando se enamoró por primera vez. Por aquel entonces no entraba en sus planes hacerlo. Ya tenía sus propios problemas, generados por su descubrimiento unos años antes de que había sido abandonado por sus padres biológicos nada más nacer, como para complicarse todavía más la existencia. Se había liado con alguna chica, más movido por la curiosidad y el mandato de sus hormonas que por los dictados de su corazón. Lo de tener novia era algo que prefería dejar para más adelante, cuando fuera «viejo». Había presenciado los efectos de un desengaño amoroso en alguno de sus amigos, y no quería arriesgarse a tener que experimentarlo en su propio pellejo nunca. Pero tal como ya había descubierto en alguna otra ocasión, a la vida le importaba bien poco los planes que uno hiciera.

El culpable de todo había sido su amigo Marcos, que le había convencido para que le acompañara a un botellón en el parque de Aluche, al que iba a acudir una chica de su clase que le gustaba. A Saúl, que estaba hecho polvo por haber estado jugando toda la tarde al baloncesto, lo que le apetecía ese día en concreto era quedarse en casa jugando con la Play. Pero, ante la insistencia de Marcos, acabó por ceder. Y así fue como se cruzó en su camino una chica rubia de ojos verdes llamada Victoria. Era la prima de la chica tras la que andaba su amigo, y también la había acompañado a regañadientes hasta allí.

A Victoria, una chica muy guapa que estaba acostumbrada a sentirse el centro de las miradas de todo el mundo, le llamó la atención la indiferencia hacia ella que mostró Saúl cuando fueron presentados. Había aprendido a distinguir cuando ese tipo de conducta no era más que una táctica para tratar de ligar con ella, y con aquel chico alto de mirada seria tuvo la sospecha que no se trataba de eso. Picada por la curiosidad, tomó la iniciativa e inició una conversación con él. Le costó lo suyo arrancarle algo más que monosílabos. Normalmente, no tenía que esforzarse nada para mantener el interés en ella, así que aquello supuso un desafío que le divirtió más de lo que esperaba.

Saúl acabó rindiéndose a los encantos de Victoria. Por muy desapasionado que se estuviera volviendo, seguía siendo un adolescente en plena eclosión de su sexualidad. Se enrollaron esa misma noche. Le siguieron otros muchos encuentros, y fue con ella con la que Saúl perdió la virginidad. A pesar de su poca predisposición, acabó por enamorarse de ella sin remedio. A ella, sin embargo, no le sucedió lo mismo. Le gustaba, pero no tanto. Cuando se le pasó el encaprichamiento, le dejó de un día para otro, rompiendo el inexperto corazón de Saúl en mil pedazos. Él, que no había pretendido quedarse enganchado por alguien de esa forma, precisamente por no tener que verse expuesto al dolor de una ruptura, se encontró metido de lleno en el tipo de situación que había querido evitar a toda costa.

Lo que sentía ahora, quince años después, le recordó mucho a aquello.

Olaya le había comunicado a primera hora de ese lunes que la hija de Celia no tenía ni la más mínima idea de a quien le había vendido su madre la figura. Tampoco disponía de ningún tipo de documentación donde pudiera haber quedado registrada esa información. Ni siquiera recordaba que el *trasgu* fuera una de las piezas elaboradas por su madre, aunque estaba de acuerdo en que el estilo y la firma eran signos inequívocos de que había salido de sus manos.

Sin poder seguir esa línea de investigación, no le quedaba nada sólido con lo que trabajar. Al no haber sido entregado en adopción siguiendo un procedimiento legal, era como ir a ciegas. Incluso si sus padres hubiesen sido vecinos de Valquemada, lo que era mucho suponer, seguramente habrían cubierto bien su rastro. Interrogar directamente a la gente del pueblo sobre el asunto se le antojaba una tarea poco más que imposible. Una cosa era ir preguntando por ahí sobre un juguete, y otra muy diferente sobre si sabían de alguien que hubiera tenido un bebé en secreto, del que luego se hubieran desecho como si fuera una incómoda mascota.

Al igual que con su primer amor de juventud, sintió que se había visto empujado a hacer algo que en realidad no necesitaba hacer, pero que luego se había convertido en una algo tan imprescindible para él que su pérdida había resultado muy dolorosa. A pesar de todo lo que se había preparado mentalmente para esa eventualidad, encontrarse de nuevo en la casilla de salida le supuso una tremenda decepción. La figura era lo único que le conectaba a sus padres. Incluso había llegado a fantasear con la idea de que se lo habían dejado como una especie de mensaje para que fuera a buscarlos cuando estuviera listo.

Como un mapa del tesoro que, si se desentrañaba correctamente, le llevaría hasta ellos.

Puso todo su empeño en recuperarse del golpe que acababa de recibir. Se había prometido a sí mismo que, fuera cual fuera el resultado de su viaje, no permitiría que le afectase de ese modo. Trató de racionalizarlo todo al máximo. Para empezar, siempre había considerado que la misión que se había propuesto cumplir tenía muy pocas posibilidades de éxito. Estaba tratando de indagar sobre acontecimientos que habían sucedido hacía más de treinta años, valiéndose de algo que apenas se podría considerar como una pista. Ni siquiera tenía claro si descubrir la identidad de las personas que le abandonaron siendo un bebe era tan importante para él como había llegado a creer. De haber obtenido esa información, ¿habría hecho algo con ella? Y en caso afirmativo, ¿conocer a sus padres biológicos habría aportado algo positivo a su vida? Eso contando con que aceptaran reunirse con él.

Si lo analizaba detenidamente, lo que le había conducido hasta allí no era tanto el averiguar sus nombres, sino el hecho de al menos intentarlo. Eso sí era algo que había necesitado hacer, para no quedarse con la duda durante el resto de sus días. Y esa parte sí que la había cumplido con creces, trasladándose a casi quinientos kilómetros de distancia, y haciendo todo lo posible por seguir el rastro del duendecillo. Así pues, no tenía nada que reprocharse.

Pero a pesar de todo eso, no conseguía librarse de la profunda desilusión que le había supuesto escuchar las palabras de Olaya. Se recriminó a sí mismo el haber dejado que la esperanza creciese en su interior, pues le fastidiaba por encima de todo perder el control de sus emociones, a las que tanto le había costado mantener a raya en el pasado.

Llegó a la conclusión de que lo que necesitaba en ese momento era relajarse. Quizás con eso, y con el paso de las horas, recuperaría el equilibrio que había perdido tras hablar con Olaya. Si todavía tenía alguna posibilidad de encontrar lo que había ido a buscar hasta allí, sería gracias a que consiguiese enfrentarse a su nueva situación con frialdad. A lo mejor se le ocurriría algo si conseguía serenarse lo suficiente para analizarlo todo con más calma.

Desde que había llegado, no había ido ni un solo día a la playa. El ocio y el turismo habían sido dos aspectos secundarios para él, que se había centrado en su objetivo principal. Además, había preferido no llamar demasiado la atención entre los vecinos de Valquemada, limitándose a dar paseos por los alrededores de la casa, o a permanecer en ella leyendo o viendo la televisión. Sin embargo, una vez agotada la vía más discreta de investigación que le ofrecía la figura de escayola, ya no le iba a quedar otra que dejarse ver si quería averiguar algo.

Había quedado con Olaya en pasarse al final de la mañana por su casa para recoger el *trasgu*, por lo que aún tenía un par de horas antes de tener que presentarse allí. Tiempo más que suficiente para darse un chapuzón en el mar.

Tardó un cuarto de hora en llegar hasta su destino. Tal como le había comentado Elena, la playa tenía unas dimensiones muy reducidas, y había más piedras que arena. Entendió porque la llamaban la playita de los Picos. Aun así, y a pesar de ser un día entre semana, estaba bastante concurrida.

Buscó un lugar alejado de la orilla, pegado a una gran roca con forma de muro que había en uno de los extremos. Se quitó la camiseta y envolvió con ella las llaves del coche, las de la casa y su móvil, que eran las únicas pertenencias que había llevado consigo.

Luego lo metió todo en un hueco natural que había en el peñasco, y se dirigió hacia el agua. Mientras lo hacía, trató de recordar cuándo había sido la última vez que se había sumergido en el mar. Tuvo que remontarse a tres años y medio atrás en el tiempo, hasta el último año que estuvo en el ejército. Durante uno de sus permisos, había llevado a cabo una escapada a Zahara de los Atunes, en Cádiz, con Blanca y otros compañeros del regimiento. Desde entonces, todos sus viajes habían sido a la montaña, para practicar uno de sus pasatiempos favoritos: la escalada.

No había echado especialmente de menos la costa, pero le gustó zambullirse en el agua salada y nadar alejándose de la tierra firme. Enseguida logró despejar la mente de cualquier pensamiento. El frescor y el ejercicio físico le ayudaron a calmar su espíritu, y a olvidarse de nada que no fuera su respiración y la siguiente brazada. Media hora después salía del agua cansado, pero completamente apaciguado.

Cuando estaba a unos pocos metros del lugar donde había dejado sus cosas, escuchó que alguien pronunciaba su nombre. Se giró para confirmar que había identificado correctamente a la persona que le había hablado, cuya voz le hizo pensar de manera automática en botes de miel y confituras.

—Me había parecido que eras tú —dijo Lucía.

Iba con un par de chicas a las que Saúl no prestó apenas atención, y llevaba puesto un bikini que dejaba a la vista todo el esplendor y la firmeza de su joven figura. A Saúl le costó no regalarse la vista con las partes más sinuosas de su anatomía, y mantuvo sus ojos fijos en los de ella.

Ella observó el cuerpo de Saúl con menos disimulo, confirmando lo que ya sospechaba sobre su excelente estado de forma.

—Id yendo vosotras —dijo Lucía, haciendo un gesto hacia el agua con la barbilla—. Luego os pillo.

Si Saúl hubiese sido capaz de desviar su mirada del semblante de la nieta de Olaya, habría podido detectar la decepción que mostraron sus dos acompañantes, que seguramente contaban con ser presentadas al imponente desconocido del que su amiga —«la muy cabrona», pensó una de ellas— no les había hablado nunca. A pesar de ello, obedecieron a la joven, que se imaginó que empezarían a cuchichear sobre ese encuentro en cuanto se alejaran dos pasos de ellos. No le podía importar menos.

—¿Qué tal todo? —preguntó Lucía.

Saúl se preguntó si ella ya estaría completamente al tanto del asunto que se traían entre manos su abuela y él.

—Bien —mintió—. ¿Y tú? —añadió enseguida.

—Genial. Aprovechando el día tan bueno que hace hoy para darme un bañito —contestó—. Y veo que tú has tenido la misma idea.

Saúl asintió con la cabeza.

Un par de niños pasaron corriendo entre los dos, salpicándoles de arena a ambos. Pero estaban tan concentrados el uno en el otro, que no se percataron de ello.

—El sábado te eché en falta en el mercadillo —apuntó Lucía.

—¿Ah, sí?

—Dejé apartados un frasco de mermelada y una caja de hojaldres, por si aparecías.

—Seguro que encontrarías a quién colocárselos.

—Por supuesto —dijo ella.

—Todavía me queda más de la mitad de lo que me llevé el otro día.

—¿Es que no te gustó?

—Está todo muy rico, pero solo tengo un estómago.

—Qué flojuchos sois los de fuera —dijo ella—. De todas formas, te puedes pasar aunque solo sea para saludar.

—Si lo hago me dejaré la cartera en casa, por si acaso. Aunque tampoco es que me quede mucho dinero después de mi última visita.

—Qué exagerado. Tampoco fue para tanto.

Llevaba el pelo recogido en una cola de caballo, pero un mechón rebelde había logrado escapar de su confinamiento y le caía sobre una de sus mejillas. Saúl se imaginó a sí mismo colocándoselo detrás de la oreja. A punto estuvo de sacudir la cabeza para quitarse esa imagen de la cabeza.

—¿Te pasarías si te ofrezco un descuento especial? —quiso saber ella.

—Es tentador. Pero no te prometo nada.

—No creo que haya nada mejor que hacer un martes por la mañana por aquí. Llevo viviendo en Valquemada toda la vida, así que sé de lo que hablo —afirmó ella.

—¿Tan aburrido es esto?

—Ni te lo imaginas —dijo Lucía, abriendo mucho los ojos.

Saúl estaba como hipnotizado con su voz. Si a su alrededor todo el mundo hubiera comenzado a gritar y a señalar horrorizados hacia algún sitio, dudaba que hubiera sido capaz de dejar de mirar hacia allí para saber qué era lo que estaba sucediendo.

Lucía bajó la mirada y escarbó con su pie izquierdo sobre la arena, como si estuviera buscando algo enterrado allí, en un gesto que pareció delatar su nerviosismo.

—Luego he quedado con tu abuela en su casa —dijo Saúl.

—¿De verdad? Pues no me había dicho nada —comentó ella, alzando de nuevo su mirada.

—Tengo que... recoger algo —vaciló Saúl.

—¿La figurita?

—Sí.

—¿Has podido descubrir algo?

Saúl volvió a dudar sobre lo que decir a continuación. Tendía a creer que Olaya no le había contado nada a su nieta acerca el motivo por el que él quería identificar al comprador de la pieza. Pero no estaba seguro.

—No.

—Vaya. Lo siento —dijo Lucía—. ¿Vas a seguir intentándolo?

—No lo sé.

—Tengo mucho tiempo libre hasta que empiecen las clases en septiembre, por si necesitas ayuda.

Saúl estudió su oferta seriamente. Tenía bastantes dudas de que Lucía pudiese lograr lo que su abuela, que llevaba mucho más tiempo en el pueblo, no había conseguido. Sin embargo, había algo en la forma de ser de la chica que contradecía esa creencia. A Saúl le parecía del tipo de personas que no se detenían hasta que lograba lo que quería. Gracias a su trabajo en el mercadillo, era probable que conociera a mucha gente, y había experimentado de primera mano sus habilidades para la persuasión. Si la unía a su causa, tendría que contárselo todo, eso era algo obvio. Y arriesgado.

—Me lo pensaré —le concedió al menos.

—No sé por qué, pero es la respuesta que me esperaba —dijo ella, sonriéndole de nuevo.

Él se encogió de hombros como única reacción a su comentario. Le gustaba que ella fuera tan directa y espontánea. Y no eran cualidades que hubiera valorado siempre tan positivamente en el pasado.

Ambos se quedaron callados, observándose. Para Saúl, habituado a ese tipo de silencios cuando se relacionaba con otras personas, no le incomodó ni un ápice. Lucía, sin embargo, no estaba tan acostumbrada a ello. Aun así, no se le ocurrió nada que decir.

—Tengo que irme —dijo finalmente Saúl—. No quiero hacer esperar a tu abuela.

—Más te vale que no lo hagas —bromeó ella—. Dale recuerdos de mi parte.

Saúl asintió una única vez con la cabeza.

—Te veo mañana en el mercadillo —se despidió ella.

Aquello arrancó una sonrisa a Saúl. La primera desde que se habían cruzado.

—No te rindes nunca, ¿eh?

—No sé cómo hacerlo.

—Ya veo —apuntó él—. Que te lo pases bien con tus amigas.

—Gracias.

Saúl se dio la vuelta para regresar junto a sus pertenencias. No había dado dos pasos cuando escuchó que Lucía le llamaba. Se giró y la descubrió acercándose hasta él. No se detuvo hasta que le tuvo apenas a un metro, como si quisiera hacerle una confidencia. Su proximidad física puso algo nervioso a Saúl, que le daba mucha importancia a que los demás respetasen su espacio personal.

—¿Te gusta la música clásica? —le preguntó Lucía.

Él no habría adivinado que le iba a consultar algo así ni aunque hubiera tenido un millón de intentos. Como Saúl tardó en contestarle, ella se adelantó, impaciente.

—Es que este viernes damos un concierto mi profesora y yo, dentro del programa de las fiestas del pueblo. Yo toco la flauta y ella el piano —le aclaró—. Igual te apetece pasarte a vernos. Y no me digas que te lo pensarás, ¿vale? Necesito un sí o un no, por favor —añadió ella, apretando los labios en una extraña sonrisa.

A Saúl no le gustaba demasiado la música clásica. Y no tenía por costumbre comprometerse a asistir a ningún evento si no era estrictamente necesario. Pero por la manera en la que aquellos enormes ojos marrones habían arrinconado a los suyos, no le quedó más alternativa que decir que iría al recital.

—Genial —celebró Lucía—. Luego te mando un mensaje con la localización a tu móvil.

—Muy bien.

Lucía se inclinó tanto hacia él que pensó que ella iba a darle un beso. Sin embargo, tan solo le habló.

—Pero esto no te libra de pasarte por el mercadillo mañana, ¿vale?

—Me lo pensaré —bromeó él, esbozando una casi indistinguible sonrisa.

Lucía puso los ojos en blanco, exagerando su mueca de frustración. Luego empezó a alejarse de él caminando de espaldas.

—Adiós, madrileño —se despidió, antes de girarse de golpe y continuar su camino.

Saúl, que en realidad no sabía dónde había nacido, se abstuvo de corregirla. Se limitó a contemplar cómo se alejaba, deleitándose, ahora sí, con su espléndida figura.

Con su visita a la playa había cumplido con creces el objetivo que se había marcado de liberar durante un rato su mente de cualquier tipo de preocupación. «Quizás demasiado», pensó, mientras observaba a Lucía desde la distancia.

Capítulo 13

OLAYA

—¡Ay! —exclamó Olaya, llevándose la punta del dedo al interior de su boca.

Se había cortado pelando un albaricoque mientras preparaba una de las mermeladas que venderían en el mercadillo al día siguiente. Era la consecuencia lógica de tener la cabeza ocupada en otras cosas, en lugar de estar concentrada en su labor con el cuchillo.

Desde que había hablado por teléfono con el joven que había viajado a Valquemada en busca de sus padres, no podía quitárselo de la cabeza. La decepción que había percibido desde el otro lado de la línea había sido tan clara como si hubiese sido un ruido de fondo entorpeciendo la charla. En cualquier caso, el problema no era la desilusión de Saúl. Lo que de verdad preocupaba a Olaya no era lo que le había contado, sino lo que se había guardado para ella.

Al enseñarle a Sara, la hija de Celia, la figura que le había entregado Saúl, había detectado en ella una expresión de reconocimiento, a pesar de lo insistentemente que le había negado haberla visto, y del evidente nerviosismo que había mostrado a partir de ese instante. Su reacción inicial la había delatado por completo. A pesar de ello, Olaya había dado por buenas sus explicaciones. Conocía lo suficiente a la mujer como para saber que, si la presionaba para que le contara la verdad, lograría el efecto contrario.

La hija de la artesana era muy desconfiada, con un carácter difícil. Vivía prácticamente recluida en su casa, con la única compañía de sus dos perros. Las rentas que le producían unas propiedades que había heredado de sus progenitores, ya fallecidos, le permitían no tener que trabajar, y tan solo salía al exterior para hacer la compra y sacar a pasear a sus mascotas. Si Olaya había podido mantener el contacto con ella, era por la relación tan estrecha que había mantenido con su madre.

Pensar en Celia le produjo una sensación agridulce, como siempre que la traía de vuelta a su memoria. El paso del tiempo había ido tamizando sus recuerdos, hasta despojarlos de la parte más dolorosa, pero el producto final seguía teniendo demasiadas impurezas. Olaya nunca había amado a nadie tanto como a Celia. Ni siquiera a su marido. Pero su amor había sido algo imposible en una época en la que ese tipo de sentimientos le podían costar a una muy caro. Así que ambas lo habían vivido en secreto, frustradas por verse obligadas a reprimir la pasión que sentían la una por la otra, y por tener que contentarse con miradas y caricias furtivas que siempre les supieron a poco.

Cuando llegó el final de la dictadura, tras tantos años forzándose a suprimir su sexualidad, lo único que quedaba ya entre ellas era un gran afecto. Ambas se habían casado, y, aunque Celia acabó separándose de su marido, Olaya estaba ya enamorada del hombre con el que había elegido compartir su vida, y le fue fiel hasta el final. Aun con eso, sintió la muerte de Celia como si se hubiera tratado del amor de su vida.

En esa ocasión no hizo ningún esfuerzo en ocultarle sus emociones a nadie, y hubo gente en el pueblo que confirmó con aquellas muestras de dolor lo que siempre había sospechado acerca de la verdadera naturaleza de la amistad entre las dos mujeres.

Esa era la única razón por la que se había ofrecido de una forma tan solícita a ayudar a Saúl. Cualquier excusa era buena para volver a pensar en Celia, a pesar de la cuota de tristeza que iba asociada a sus recuerdos. Guardaba con auténtica devoción las figuras que la madre de Sara le había regalado. Por lo que, al ver la de Saúl, su desgastado corazón rejuveneció cincuenta años de golpe. Eso, sumado al gran parecido físico que había entre Celia y su hija, le habían hecho sentir la presencia cercana de su amiga del alma, como hacía décadas que no sentía.

Antes de fallecer, Celia le había pedido que cuidara de su hija. Y esa era una promesa que estaba dispuesta a cumplir hasta el último de sus días. De ahí que hubiera pasado por alto el hecho de que le estuviera ocultando algo. Tenía la sospecha de que lo que Sara se había callado podría perjudicarla si salía a la luz, así que ni siquiera intentaría obtener por otros medios la información que buscaba Saúl. Se limitaría a devolverle el *trasgu*, dejándole claro que Sara no iba a poder ayudarle en sus pesquisas.

Sin la que parecía la única pista con la que contaba, Olaya veía prácticamente imposible que Saúl tuviera éxito en su investigación. Conociendo como conocía lo reservada que era la gente de Valquemada con sus cosas y las de sus vecinos, le iba a resultar muy complicado sacarles algo, si es que alguno de ellos estaba implicado en el abandono del bebé. Mucho menos si quien pretendía sacársela era alguien de fuera. Eso convertía la tarea en algo utópico.

Así pues, confiaba que el secreto de Sara, fuese cual fuese, estuviese a salvo.

Olaya echó un vistazo al pequeño corte que se había hecho en el dedo. Había bastado con su saliva para detener el sangrado, por lo que no tendría que ir en busca del botiquín. «Ojalá todas las heridas cicatrizasen así de fácilmente», pensó para sus adentros, recordando el único beso en los labios que pudo intercambiar con su querida Celia.

Capítulo 14

ELENA

—¡Uco! ¡No! —gritó Elena al ver que el animal se aproximaba demasiado al borde de un terraplén que caía casi en picado hacia el río—. Aquí —le ordenó.

Tenía miedo de que se resbalase y acabase en el agua. Su perro tenía muchas virtudes, pero ni la sensatez ni la agilidad se contaban entre ellas. Por eso había que estar muy pendiente de él cuando se lo llevaba de paseo al bosque del Garaño. Uco se acercó a ella obediente, aunque la joven era consciente de que no tardaría mucho en volver a alejarse y poner a prueba su paciencia.

Elena disfrutaba tanto o más que el cocker de sus excursiones a esa parte del pueblo. Pero no estaba haciéndolo ese día.

Habían pasado poco más de veinticuatro horas desde la emboscada de Alejandro, y todavía no había logrado superar la conmoción que le había producido su encuentro con él. Apenas había dormido, analizando una y otra vez la posibilidad de que hubiera exagerado la interpretación de los hechos. Quizás él no se había comportado de la forma tan pasivo agresiva como ella creía, y el miedo que ella había sentido durante todo el tiempo había sido una respuesta desmedida por su parte. Sin embargo, había descartado tal hipótesis. El simple hecho de que le hubiera tendido una trampa, en lugar de intentar hablar con ella de una forma civilizada, y que hubiera escogido un lugar tan apartado, ya le daban motivos de sobra para preocuparse. Por no hablar de sus insinuaciones relativas a lo que le sucedería si no satisfacía sus deseos.

Tanto su compañera de piso como su jefa habían detectado su turbación y le habían preguntado por el origen de esta. A las dos les había dicho que se debía a un problema estomacal que había sufrido durante todo el día anterior, que no le había permitido pegar ojo en toda la noche. Le importaba poco si su explicación les había resultado convincente, pues tenía cosas más serias de las que preocuparse.

Cuando esa tarde había acudido a recoger a Uco, ni si madre ni si padre estaban en casa, lo que le había supuesto un gran alivio. Tenía la sospecha de que se habría derrumbado delante de cualquiera de los dos, a poco que le hubieran preguntado por su estado.

De vuelta a la calle, había dudado sobre el lugar al que dirigirse con Uco. Por un lado, la sola idea de poder cruzarse con Alejandro o su mujer si escogía visitar alguno de los parques del pueblo, le producía escalofríos. La otra alternativa, la de elegir un lugar tan solitario como el bosque del Garaño, le inquietaba por lo fácil que le resultaría a su acosador abordarla allí. Al final se había decantado por la última opción, al considerar que Alejandro le daría al menos unos días de margen antes de volver al ataque. Esperaba no equivocarse.

Al recordar la poca resistencia que le había ofrecido cuando él hizo acto de presencia, le entraron unas ganas irresistibles de llorar. En lugar de haberle plantado cara de verdad, o de haberse marchado de allí enseguida a empujones, se había quedado paralizada. La impotencia y la humillación que sintió le golpearon de nuevo con la fuerza de un huracán. Dejó que su llanto húmedo y lastimoso rompiese la quietud que la rodeaba. Esa era otra de las ventajas de haber acudido allí. La ausencia de testigos que pudieran presenciar su patetismo y su angustia.

O al menos eso era lo que ella creía.

Uco, que había permanecido a su lado como si no quisiera complicarle todavía más las cosas con sus trastadas, ladró un par de veces en dirección a un punto que quedaba a la espalda de Elena. Ella se giró rápidamente, con el corazón encogido. Por suerte, allí había otra persona que le provocaba sentimientos totalmente opuestos a los que le generaba su acosador.

A unos pocos metros de distancia emergió de entre los árboles la figura de Saúl. Iba vestido con un pantalón negro y una camiseta blanca que marcaba su musculado torso. En su rostro había una serenidad que Elena envidió poseer en esos momentos.

—Hola —saludó él.

—Hola —dijo ella, limpiándose la cara torpemente.

Uco volvió a ladrar al recién llegado.

—¡Chist! —le mandó callar Elena—. Tranquilo, Uco.

Saúl ni se molestó en mirar al animal, y avanzó para acortar la distancia que le separaba de su dueña. Elena, por su parte, tragó con fuerza un par de veces para deshacer el bulto que se le había formado en la garganta. Aspiró por la nariz con disimulo para despejar sus fosas nasales, congestionadas por la incontrolable llorera.

Algo en el modo tan seguro con el que él se desplazó, y en la expresión relajada y natural de su semblante, como si no acabara de descubrirla deshaciéndose en lágrimas, hizo que Elena se sintiera menos avergonzada de lo que cabría esperar en una situación así de comprometida. Saúl se detuvo a tres metros de la joven, y recorrió con su mirada el paisaje que la rodeaba.

—Tenías razón. Esto es tan bonito como me dijiste —comentó él.

Elena le agradeció infinitamente que sus siguientes palabras no fueran para preguntarle si se encontraba bien, o qué era lo que le pasaba. En esos momentos valoraba más su discreción que cualquier interés —seguramente forzado— que hubiera mostrado él por su estado. No lo interpretó como una falta de compasión, sino como un alarde de tacto.

—¿Es la primera vez que vienes? —preguntó la joven.

—No —respondió Saúl—. He venido casi todos los días.

—Normal. Yo traigo a Uco siempre que puedo. Es como el paraíso para él.

Solo entonces Saúl se dignó a bajar sus ojos hasta posarlos sobre el perro, que no había dejado de observarle desde que había hecho acto de presencia. Uco retiró la mirada enseguida y volvió a sus asuntos, como si ya se fiara del recién llegado lo suficiente para separarse de Elena.

—De todas formas —continuó ella—, si alguna vez te cansas de este sitio, ya te dije que hay muchos más en los alrededores que merece la pena conocer.

—Este me vale —sentenció Saúl.

Los dos permanecieron unos instantes en silencio, hasta que él lo interrumpió.

—¿Por qué se llama así el bosque?

—Es el nombre del río —contestó Elena haciendo un gesto con su cabeza en dirección a la masa de agua que había detrás de él.

Saúl asintió fijando la vista en el punto en el que la corriente desaparecía tras un recodo que torcía hacia el sur. Elena aprovechó para estudiar bien su rostro. En la leve penumbra que producía la densa vegetación que les rodeaba, le pareció todavía más atractivo que en las otras ocasiones que le había tenido delante. Sus ojos no le parecieron tan oscuros, pues había un brillo en ellos que no había estado antes allí. En medio de aquel pintoresco paraje, le dio la impresión de ser como uno de esos personajes de novela gótica, rodeado de un aura de misterio y fatalidad.

De repente, se dio cuenta de que se sentía muy segura en su compañía, a pesar de que era prácticamente un desconocido para ella. Su presencia actuaba como un poderoso contrapeso frente a la sombra amenazante que Alejandro Orozco extendía sobre su alma. Se imaginó lo que sentiría si Saúl la envolviera en sus brazos. Casi pudo sentir la dureza de su pecho contra el suyo, su calor corporal, el aroma de su piel. No pudo evitar cerrar los ojos para aumentar la intensidad y la precisión de su fantasía, lo que provocó que le subiera desde las entrañas una calidez que la reconfortaba y la excitaba a partes iguales.

Cuando los abrió pasados unos segundos, se cruzó con la mirada de Saúl, que había centrado su atención en ella de nuevo. Creyendo que su expresión estaba delatando sus pensamientos, sintió algo de vergüenza. Pero su pudor era muy diferente al que había experimentado cuando él asomó entre los árboles en medio de su llanto.

—¿Para qué has venido hasta aquí? —le preguntó ella.

Saúl frunció el entrecejo, desconcertado.

—¿Al bosque?

—A Valquemada.

La sospecha que había nacido en ella a causa de sus conversaciones telefónicas y sus encuentros cara a cara con él había crecido hasta necesitar ser confirmada. Saúl no era un veraneante más. Estaba allí por otro motivo, y Elena tenía el deseo irrefrenable de descubrir cuál era.

Él se quedó callado, observándola. Poco a poco su mueca de confusión se fue relajando, y recobró la sobriedad habitual.

—Yo...

Se volvió a quedar en silencio, con la mirada nuevamente perdida en el infinito. Elena esperó que continuase, cruzando mentalmente los dedos para no haber cometido un error monumental. Bastante tenía ya encima como para complicarse todavía más las cosas. Cuando estaba a punto de pedirle perdón por ser una entrometida, él se adelantó.

—He venido a buscar a mis padres.

Y a continuación le explicó todos los detalles. No se dejó prácticamente nada, aunque no profundizó demasiado en las emociones relacionadas con cada una de las fases por las que había pasado tras el descubrimiento de que había sido abandonado nada más nacer.

Elena le escuchó con mucha atención, sin interrumpirle ni una sola vez. Cuando finalizó su relato, no tuvo la sensación de haber resuelto un misterio, sino que más bien se había visto transportada hacia otro todavía mayor. Conocer su historia también le sirvió para darse cuenta de que no era la única persona que tenía problemas. El de Saúl era diferente al suyo, pero él lo llevaba arrastrando mucho más tiempo, y había logrado vivir con ello hasta ese día. Ese conocimiento alivió un poco su angustia y su soledad.

—¿Qué vas a hacer ahora? —quiso saber ella, a

tenor del callejón sin salida que había resultado ser la figura del duende.

—No lo sé —respondió él—. Ni siquiera tengo claro que quiera seguir adelante con esto.

—La verdad es que yo no sé qué haría en tu lugar.

—Aunque consiga saber quiénes son, no sé si me va a servir para algo tanto esfuerzo —insistió él en sus dudas.

Meneó suavemente la cabeza de un lado a otro, y su mirada volvió a quedarse atrapada en algún lugar lejano. Su semblante perdió una porción de la calma que había traído consigo, y apenas era ya perceptible el brillo de sus ojos.

—Si al final decides continuar buscando, y yo puedo ayudar en algo... —se ofreció Elena.

—Te lo agradezco —dijo él.

Pero a Elena aquello le sonó como si estuviera rechazando su ayuda sin decírselo abiertamente. Era algo que encajaba con la imagen de tipo solitario y distante que se había hecho inicialmente ella, pero que no mezclaba tan bien con el tacto y la empatía con la que había sabido manejar cuando se había encontrado con ella. Quizás era porque en ese cuerpo habitaban dos personas diferentes. Quedaba por descubrir quién era el verdadero Saúl y quién un mero usurpador. Ansió tener la oportunidad de llegar a conocerle lo suficientemente bien como para averiguarlo.

A pesar del poco entusiasmo que había detectado en él por su oferta de colaboración, Elena hurgó en su memoria en busca de algo que pudiera serle de utilidad. Sabía de varios casos de embarazos no deseados que se habían producido desde que vivía en el pueblo, pero todos habían sido públicos. Y en ninguno de ellos los padres se habían desentendido del bebé. Pensó en lo que podría hacer para contribuir a su causa, pero llegó a la conclusión de que no era la persona más adecuada para hacerlo. Su ostracismo dentro de la comunidad era un gran obstáculo para ello. Teniendo en cuenta que la gran mayoría de la gente de Valquemada no se dignaba ni a intercambiar un saludo con ella, dudaba mucho que le fueran a confiar sus secretos. De todas formas, si alguien como Olaya Pardo no había podido ayudarle, poco podría hacer ella. No se le ocurría que existiera nadie tan bien considerada entre todos los vecinos como ella.

Aun así, se prometió a sí misma que le daría una vuelta al asunto, para ver si había algo que pudiera hacer ella para echarle una mano a Saúl con su investigación. Como mínimo, le serviría para ocupar todos esos momentos de puro aburrimiento que le proporcionaba su trabajo. Y también sería una buena excusa para no tener que pensar en sus propios problemas.

Una vez tomada esa decisión, tomó otra. La de introducir un cambio drástico en su conversación con Saúl.

—Más allá hay una pequeña cascada, hacia ese lado —dijo, señalando hacia el punto donde el río giraba hacia el suroeste—. Igual ya has estado allí.

—No me suena.

—No es gran cosa, pero tiene su gracia —indicó ella—. Si te apetece, podemos ir a echar un vistazo. Uco se está empezando a impacientar, además.

Tras unos segundos que se le hicieron eternos a Elena, él le dio su opinión.

—Me parece bien.

—Tardaremos como una media hora en ir y otra en volver.

—Perfecto.

—Pues en marcha, entonces.

Elena llamó a su perro, que ya se estaba acercando peligrosamente otra vez al terraplén. Uco acudió a su llamada enseguida, y apenas le prestó atención a Saúl. La falta de interés fue mutua.

Por el camino, ella le habló de otros lugares de la zona que era recomendable visitar. Saúl apenas abrió la boca durante su travesía, pero dio muestras de estar escuchándola atentamente.

Algo más tarde de lo que Elena había calculado, llegaron a su destino. Tal como ella había comentado anteriormente, el salto de agua no era demasiado espectacular. Sin embargo, el enclave en el que se situaba era una de las partes más bellas de todo el bosque. Allí es donde se alzaban los árboles más altos y frondosos, y la forma en la que la luz del sol se colaba a regañadientes entre ellos creaba una atmósfera casi más propia de un paisaje de cuento de hadas.

—Es muy bonito —dijo Saúl.

Si bien era cierto que su tono había sonado desapasionado, Elena no puso en duda la sinceridad de su comentario. Estaba empezando a comprender que su frialdad a la hora de expresarse era algo natural en él, y estaba desprovista de cualquier doble intención. En eso estaba del todo acertada. Si Saúl decía algo, era porque creía en ello. Si lo que quería era mostrar su disconformidad con alguna cuestión, no solía emplear la ironía ni ningún otro subterfugio para ello. Simplemente se quedaba callado, y dejaba que los demás interpretaran correctamente su silencio.

—¿Cómo descubriste este sitio? —preguntó él.

—Mi hermano mayor me trajo cuando era pequeña. Me acuerdo perfectamente de la primera vez que vinimos juntos. Hacía muchísimo calor ese día, pero aquí se estaba muy fresco —le explicó ella—. Me quedé medio dormida tumbada allí —dijo, señalando una zona cubierta de hierba mullida—. Y Héctor se escondió para hacerme creer que había desaparecido. Menudo susto me llevé —sonrió Elena.

—¿Él vive aquí?

—Ya no. Se marchó hace ya tiempo por temas de trabajo. Ahora está en Alicante —respondió Elena—. ¿Tú tienes hermanos?

—No. Mis padres no podían tener hijos, y solo me acogieron a mí.

Elena estuvo a punto de preguntarle qué les parecía a sus padres adoptivos que quisiera dar con los biológicos. Pero le pareció que quizás ya se había inmiscuido demasiado en el tema por el momento. Tenía la impresión de que Saúl no se sentía nada cómodo hablando de cuestiones tan personales, a pesar de todo lo que le había confesado esa tarde.

—Tampoco te has perdido demasiado —dijo ella, permitiendo que el sinsabor que le producía el distanciamiento provocado por su hermano le hiciese olvidar todos los buenos momentos que había compartido con Héctor en el pasado.

Saúl no hizo ningún comentario al respecto. Regresó a esa zona de confort que parecían ser para él sus silencios. Elena contempló su cuerpo cubierto por las sombras que proyectaba la vegetación que les rodeaba. Se preguntó si también las habría en su interior, nublando su corazón.

Pasó un largo minuto sin que ninguno de los dos dijera nada. Tan solo se escuchó el rumor del agua y el trasiego de Uco de un lado a otro. De repente, Saúl salió de su letargo y se aproximó a Elena. Por un breve instante, ella se creyó que no se detendría hasta que sus cuerpos se tocasen, y eso hizo que el pulso se le acelerara. Sin embargo, se paró cuando les separaban un par de pasos.

—Gracias por enseñarme este sitio —dijo él.

Había una intensidad en su mirada que despejaba cualquier duda acerca de la franqueza de su agradecimiento. A Elena le entraron ganas de cubrir la distancia que había entre ellos, y acariciar su imperturbable pero hermoso rostro. Lo único que se atrevió a hacer fue regalarle una sonrisa.

—De nada —dijo ella—. Cuando quieras podemos repetirlo.

Los labios de Saúl se separaron un poco, y Elena se preparó para escuchar algo del tipo «Me encantaría» o «Será un placer». Sin embargo, se volvieron a cerrar sin dejar que nada escapara por ellos, y su propietario se limitó a asentir muy sutilmente con la cabeza. Elena, ansiosa por confirmar si lo que sentía por Saúl era algo recíproco, se aferró a ese gesto casi imperceptible como lo haría un náufrago a una vieja y carcomida tabla en medio de un naufragio en alta mar.

En el camino de regreso hablaron sobre todo del trabajo de Elena, y de otros temas igualmente intrascendentes. Él participó poco en la conversación, como era habitual.

Cuando se separaron, mucho más tarde de la hora a la que Elena acostumbraba a devolver a Uco al hogar de sus padres, a ella le apenó tener que apartarse de su lado. Sobre los sentimientos que su marcha le provocaba a Saúl, Elena no tuvo tanta certeza. Era realmente complicado descifrar a alguien como él.

De vuelta al pueblo, Elena se percató de que, desde que se había encontrado con Saúl en el bosque, no había pensado casi nada en Alejandro Orozco. La única vez que lo había hecho había sido para reflexionar sobre lo segura que se sentía en compañía de Saúl, en contraposición a lo vulnerable que se le hacía sentirse la mera existencia de su acosador. Pero por muy reconfortante que esa idea pudiera resultarle, también le molestó no ser capaz de hallar esa seguridad por sí misma. Hasta que fuese capaz de reunir ese tipo de coraje por sus propios medios, se alegró al menos de que su encuentro con Saúl le hubiera insuflado algo de ánimo. El suficiente para que sus padres no detectasen nada raro en ella cuando los llevó a Uco.

Más tarde, cuando se fue a la cama bien temprano para ponerle remedio a su falta de sueño, el efecto sanador de su paseo con Saúl por el bosque del Garaño fue disipándose, cediendo ante la oscuridad, como si esta portase alguna amenaza indetectable. Esa vez, sin embargo, su angustia no fue tan profunda como el día anterior, y le permitió tomar por fin una decisión definitiva sobre la forma con la que iba a manejar la situación con Alejandro.

Antes de dormirse, su último pensamiento no fue ni para el desagradable empresario, ni para su vengativa mujer. Se lo dedicó a un bebé abandonado en medio de la noche, y al atractivo y enigmático hombre en el que se había acabado convirtiendo.

Capítulo 15

SARA

Otra persona que estaba teniendo dificultades para conciliar el sueño era la hija de la mujer que había dado vida a la figura del *trasgu*. En su caso, el culpable no era un acosador de carne y hueso, sino uno construido a base de recuerdos. Y de culpa. La existencia de Sara Montero, relativamente plácida, se había visto sacudida por la visita de Olaya.

Había hecho todo lo posible por disimular lo que le había impactado ver de nuevo la figura del duende con sus propios ojos. Hasta había tenido que tocarla para asegurarse de que no era una ilusión. En realidad, cuando le había dicho a Olaya que no sabía a quién podría habérsela vendido su madre, no le había mentido del todo, ya que el objeto no había cambiado de propietaria a causa de una transacción económica. Pero sí que sabía perfectamente en manos de quién había acabado.

Confiaba en que Olaya se hubiera creído su mentira, aunque la perspicacia de la amiga de su madre jugaba en su contra. Ella le había hablado muy por encima del dueño de la figura, que se llamaba Saúl, pero no le había revelado el motivo de su interés por conocer la identidad de la persona que había adquirido al duendecillo. Tampoco es que Sara necesitara que se lo hubiera contado, pues tenía una idea muy clara de la razón por la que él querría obtener esa información. Le había bastado para deducirlo el dato de la edad estimada del chico que le había ofrecido Olaya.

Desde entonces no había podido parar de pensar en ello. Dia y noche, sin descanso. Dudando sobre si debía hacer algo o no al respecto. Temía que Olaya apareciera en cualquier momento de nuevo ante su puerta, con más preguntas. O, peor aún, que lo hiciera el joven que había viajado hasta Valquemada en busca de respuestas. No se veía capaz de resistir un interrogatorio por parte de ninguno de los dos, por muy reacia que fuera normalmente a hablar de cuestiones personales. De ser otro el tema, no tendría ningún problema en quitárselos de encima. Pero aquel era su punto débil, el secreto que la atormentaba más que ninguna otra cosa.

Durante las cuarenta y ocho horas siguientes a la visita de Olaya, su mente había realizado varios viajes de ida y vuelta hacia un periodo muy concreto del pasado, treinta y dos años atrás. Revivió los acontecimientos sucedidos en esa época como si hubieran pasado unos pocos días antes. Habían quedado grabados a fuego en su memoria.

A última hora del martes tomó una decisión. A continuación, hizo la llamada telefónica que lo desencadenó todo.

Capítulo 16

LUCÍA Y OLAYA

Cuando Lucía entró en casa de Olaya, el olor a comida recién hecha inundó sus fosas nasales.

—¡Qué bien huele, abu! —gritó a modo de saludo, anunciando su llegada.

Olaya salió justo en ese momento de la cocina, sujetando entre sus manos una fuente de cristal cubierta de berenjenas rellenas de pollo y verduras, lo que hizo que la salivación de su nieta se volviera ya incontrolable.

—Pues date prisa y siéntate, que se nos enfría la comida.

—Siento llegar tan tarde —se disculpó la joven, que había quedado en pasarse media hora antes—. Me he liado con una cosa.

Esa «cosa» había sido una conversación con un chico del pueblo que se llamaba Miguel, que cada cierto tiempo volvía a intentar ligar con ella, a pesar de que, en al menos dos ocasiones anteriores, ella le había mandado señales muy claras de que no era su tipo. «Va listo si cree que me va a hacer cambiar de opinión», había pensado Lucía tras conseguir deshacerse de él tras buen rato, durante el cual él había estado más pendiente de su escote que de sus palabras.

—¿Todo bien? —preguntó Lucía, antes de darle un abrazo a Olaya.

—Con cuidado, niña, que vas a hacer que se me caiga la bandeja.

—Ya la llevo yo.

—No, quita. Tú siéntate y empieza a servirte.

No tuvo que pedírselo dos veces a la joven, que ya había empezado a comer un poco con su nariz y sus ojos. Olaya se unió a ella enseguida en la terraza cerrada que había convertido en una especie de comedor, después de una rápida visita a la cocina en busca de una botella de vino tinto. Solo rellenó su vaso con el líquido de color rojizo, pues sabía que a su nieta no le entusiasmaba demasiado el alcohol. En parte era algo que le agradaba, pero también lamentaba que se perdiera el placer de acompañar las comidas de un buen brebaje como aquel.

No fue hasta el postre que Lucía sacó el tema que más ganas tenía de tocar desde que había llegado. El día anterior, Olaya apenas se había pasado por el puesto del mercadillo, por lo que no había tenido oportunidad de hacerlo.

—Antes de ayer me encontré con Saúl en la playa —comentó la joven.

—¿Quién? —se hizo deliberadamente la despistada la más veterana de las dos mujeres—. ¡Ah! El chico de la figurita.

—Ese.

—¿Y qué tal le iba?

—Bien. Me dijo que no pudiste averiguar nada sobre el *trasgu*.

—Si. Es una pena. Es que estaba complicado, después de tanto tiempo.

—Me lo imagino.

Olaya señaló con la cucharilla que llevaba en la mano la *mousse* de yogur que tenía a medio acabar su nieta.

—¿Está rica?

Lucía esquivó el burdo intento de cambiar de tema de su abuela.

—¿Con quién hablaste para intentar ayudarle? —quiso saber.

No era la primera ocasión en que se lo preguntaba. En la anterior vez, se había desecho de ella con una respuesta tan corta como vaga. Lucía no estaba dispuesta a ponérselo tan fácil con su segundo intento.

—Nadie que conozcas —respondió Olaya.

Lucía arrugó el gesto. A causa de su trabajo en el mercadillo y su carácter tan extrovertido, la probabilidad de que hubiera alguien en Valquemada al que ella no conociese, aunque fuera de vista, era tan escasa como las ganas que estaba demostrando su abuela de tratar el asunto de Saúl y su búsqueda.

—Seguro que al menos me suena su nombre —contraatacó la joven.

Olaya hizo girar la cucharilla entre sus dedos, en un gesto que delató su incomodidad. A esas alturas de la vida, Lucía ya estaba más que acostumbrada a sus tics y al significado de estos.

—¿Y a ti por qué te interesa tanto saberlo?

—Simple curiosidad.

—¿Seguro?

—Claro —se mantuvo firme Lucía—. Es que estoy muy aburrida, abu —le explicó, poniéndole su mejor cara de niña buena.

Sin embargo, Olaya estaba tan habituada a las tretas de su nieta como lo estaba la joven a sus tics.

—Pues si estás tan aburrida, yo te pongo a hacer cosas en un periquete.

—Ya me tienes explotada en el puesto.

—Pero qué dices, si sacas más dinero tú que yo.

—Eso es porque me lo curro un montón —se defendió Lucía—. Y no me cambies de tema, que te conozco.

—El tema está zanjado —sentenció Olaya, haciendo ademán de levantarse para empezar a recoger la mesa.

—¿Pero por qué no quieres contarme nada? —se quejó su nieta, obligándola a permanecer sentada.

—Ya te dije que el chico me pidió que fuese discreta.

—¿Y qué más da ahora, si ya no le vas a poder ayudar más?

—Eso no tiene nada que ver.

—Sabes que puedes confiar en mí. No se lo voy a decir a nadie.

Olaya empezó a impacientarse. Confiaba en que el secreto que sospechaba que guardaba Sara acerca del *trasgu* estuviera ya a salvo, una vez que ella había hablado con Saúl para decirle que la hija de Celia no sabía nada. Independientemente de la gravedad que tuviese lo que le había ocultado —no quería ni siquiera plantearse la más dramática de todas las posibilidades en las que había pensado—, prefería no jugársela. No le hacía nada de gracia que quien amenazase con ponerlo en peligro fuera su propia nieta. Así que decidió cortar por lo sano.

—No seas pesada, niña. Ya te he dicho que no te voy a contar nada. Búscate otro pasatiempo que no sea incordiarme —le advirtió—. Puedes empezar poniéndote a fregar los cacharros, por ejemplo.

—No te enfades, abu.

—No me enfado. Es que te conozco, y sé que si no te paro los pies ahora, me vas a estar dando la murga toda la semana.

—Yo solo quería saber si podía echar una mano a...

—No hace falta, gracias —le cortó Olaya—. Además,

a ver si te crees que no me di cuenta de cómo le mirabas cuando vino a verme hace unos días. Te lo comías con los ojos, niña.

—¿Yo? —exclamó Lucía, haciéndose la sorprendida—. Te equivocas. Yo solo quiero ayudar.

—Ayudar sí, pero a ti.

—Qué mala eras conmigo. Si no fuera por lo bien que cocinas, ya no vendría más a verte —bromeó la joven.

—Será cotilla la cría...

—Bueno vale, ya me callo —se rindió Lucía.

—A ver si es verdad —dudó Olaya, incorporándose definitivamente.

Dejó a su interrogadora acabándose el postre, mientras ella llevaba un par de platos a la cocina. No estaba nada segura de haber logrado desactivar el interés de Lucía por el asunto que se traía entre manos Saúl.

Olaya lamentó haberse ofrecido a ayudarle tan alegremente, víctima de la nostalgia y de los sentimientos que despertaban en ella todo lo relacionado con mi querida y añorada Celia. Claro que, cuando había aceptado colaborar con él, no había sido testigo todavía de la reacción de Sara al ver la pieza que había elaborado su madre. Aquello lo había cambiado todo, y Olaya no estaba dispuesta a dejar que nadie removiera el pasado, si con ello causaba algún perjuicio a la hija de su amor de juventud.

En el comedor, Lucía daba el último trago de la deliciosa *mousse* que había preparado su abuela, mientras en su cabeza se terminaba de confirmar la sospecha de que Olaya le estaba ocultando algo importante con respecto a Saúl y su pequeño *trasgu*. Hacía un montón de tiempo que no la veía tan a la defensiva, y mucho menos en relación a un asunto con el que, sobre el papel, no tenía ningún tipo de vinculación personal. A no ser que así fuera, y Lucía lo desconociese. Esa posibilidad no hacía sino más interesante la cuestión, y disparó todavía más su afán por desvelar el misterio. El problema era que su abuela era un hueso duro de roer. Lo que reducía sus opciones a una sola persona: Saúl.

Se había llevado un chasco el día anterior, pues su jornada matutina atendiendo el negocio familiar del mercadillo había finalizado sin haber recibido la visita del madrileño. Si bien él no le había prometido nada, Lucía tenía una enorme confianza en su capacidad de persuasión. En esa ocasión, le había fallado. Pero estaba convencida de que le volvería a ver en breve, y que tendría su oportunidad de sonsacarle algo. Sin ir más lejos, él se había comprometido a acudir al concierto de ella y su profesora en el parque de los Milagros, para el que solo faltaban ya dos días. A los nervios previos al recital, se le sumó la excitación que le producía poder encontrarse con Saúl y tratar de descubrir por qué tenía tanto interés en dar con la persona que había fabricado la figura del duende.

—¿Ya has terminado? —escuchó que gritaba Olaya desde el interior de la vivienda.

—¡Sí!

—¿Y a qué esperas para venir a fregar?

—¡Voy!

Tres cuartos de hora más tarde, Olaya se tumbó en el sofá del salón para echarse una siesta, una vez que su nieta se hubo marchado. Lucía no había vuelto a sacar el tema de Saúl, pero la mujer no se engañó a sí misma. No iba a ser tan sencillo quitarle al chico de la cabeza. Sobre todo si, tal como sospechaba, se había encaprichado de él. Contaba con dos bazas para que la situación no acabara salpicando a Sara. La primera era que Saúl parecía ser una persona reservada, y no le andaría contando su historia a cualquiera. La segunda, que el joven acabara desistiendo en su búsqueda en breve, y se marchase de Valquemada antes de que Lucía consiguiera arrancarle su secreto.

Le tranquilizó saber que, si se daba el peor escenario posible, en el que su nieta se saliera con la suya y se enterase de todo, ella siempre podría intervenir para asegurarse que Lucía mantuviese la boca cerrada. Si para ello tenía que revelarle la relación tan especial que mantuvo con Celia, para justificar su deseo de proteger a la hija de su amiga, no dudaría en confesárselo. Se planteó si incluso debería hacerlo ya, y anticiparse a los acontecimientos.

Cuando la venció el sueño, todavía estaba meditando sobre ello. Lo último que vio en su mente antes de dormirse fue una imagen de la figura del hada que Celia había modelado y pintado expresamente para ella. Solo que en su sueño, en lugar de tener las manos apretadas contra el pecho, escondiendo entre ellas su bien más preciado, las tenía tan desplegadas como sus alas, pues ya se había desprendido de su tesoro para siempre.

Capítulo 17

SAÚL

El mismo día que Lucía se había ido de vacío tras interrogar a su abuela, Saúl se había dedicado a hacer un poco de turismo por la zona. Necesitaba desconectar del asunto que le había llevado a Valquemada, y además era un crimen no aprovechar un viaje para conocer una de las regiones más bonitas del país. Dedicó la mañana a recorrer la localidad cercana de Comillas, donde se quedó a comer. Luego, por la tarde, bajó hasta Cabezón de la Sal, para visitar un famoso bosque de secuoyas que había sido plantado ochenta años atrás para proporcionar una fuente de madera a la industria local. Ante los inmensos árboles de más de cuarenta metros de altura, y tan anchos que para abarcarlos eran necesarias dos personas, Saúl se sintió insignificante. Jamás había visto en la naturaleza unas atalayas tan colosales como aquellas.

Tuvo que adelantar su regreso debido a la lluvia. De haber sido una llovizna ligera, se habría quedado más tiempo. Pero lo que le cayó encima fue un auténtico chaparrón.

—¡Cómo jarrea! —le había escuchado exclamar a

un hombre de avanzada edad con el que se había cruzado un par de veces en su ruta por el peculiar bosque.

Durante su viaje de vuelta a Valquemada, el cielo no había parado de soltar agua con furor. No era lo que cabría esperar de un día de mediados de agosto, aunque ya le habían advertido sobre el tipo de clima que podría llegar a encontrarse por el norte de España en esa época del año.

Una vez en el interior de su residencia temporal, se preparó un café bien cargado para entrar en calor, pues no había sido tan previsor como para hacerse con un paraguas, y se había empapado de arriba abajo en lo que tardó en llegar a su vehículo, corriendo entre las gigantescas secuoyas. Se bebió el contenido de la taza de pie, frente a la ventana de mayor tamaño que había en el salón de la casa. Desde allí se veía el límite oriental del bosque del Garaño. Nada más posar sus ojos sobre la espesura, se acordó de Elena.

Todavía no había encontrado una explicación al hecho de que le hubiera revelado de una forma tan espontánea el motivo por el que se había desplazado desde la capital hasta aquel lugar. Quizás la tristeza que emanaba de ella, a la que había sorprendido llorando desconsoladamente a la orilla del río, había debilitado sus defensas. O se podía deber a lo a gusto que se sentía en su compañía, a pesar de que apenas había tratado con ella. A lo mejor era simplemente que necesitaba contarle a alguien más aquello, a modo de desahogo.

En cualquier caso, se había sentido sorprendentemente bien al hablarle a Elena de su pasado, y eso quería interpretarlo como una señal de que no había cometido ningún error al hacerlo. Tampoco es que le hubieran entrado de repente unas ganas enormes de ir contándole a todo el mundo su historia personal. Seguía siendo el mismo de siempre. Simplemente se había cruzado en su camino la persona idónea con la que compartirla. El rato que había pasado con ella en el bosque hizo que germinara una semilla que ella había plantado en él el día que habían comido en el restaurante del pueblo. No había pensado demasiado en ella, por considerarla una distracción, pero ahora que su misión estaba en entredicho, y no tenía claro si iba a continuar con ella o no, no tenía tanto sentido expulsarla de sus pensamientos.

Elena le gustaba. Su atractivo físico era innegable, aunque a Saúl le daba la impresión de que ella no era consciente de ello. Lo que le daba todavía más valor a su belleza. Lo poco que había conocido de su personalidad también había ayudado a que se sintiera interesado por ella. En realidad, no eran ni su aspecto físico ni su forma de ser los verdaderos responsables de sus sentimientos, ya que no era la primera vez que Saúl conocía a alguien que reuniera esas condiciones, incluso en mayor medida. Por eso sabía que lo que de verdad había hecho saltar la chispa era un factor al que no podía dar nombre, mucho más intangible que un cuerpo bonito o una forma de ser concreta. Se trataba de una especie de vínculo espiritual. Y tenía la corazonada de que ella había sentido algo parecido.

Le había dado la impresión desde el principio de que Elena era una persona acostumbrada a pasar mucho tiempo en soledad. Quizás no había sido una elección voluntaria, como era su caso, pero conocía demasiado bien las señales como para pasarlas por alto: la manera en la que respetaba los silencios; que apenas había mencionado a otras personas durante sus conversaciones; el tipo de lugares que le había recomendado visitar. Había otros detalles menos específicos, pero que el reconocía perfectamente por formar parte de su propio carácter desde hacía mucho tiempo. Si a todo eso se le unía ese halo de tristeza que ella no había conseguido ocultarle durante sus encuentros, la suerte estaba echada. Porque a él siempre le habían atraído más las almas heridas que las que estaban intactas.

¿Significaba eso que iba a hacer algo al respecto? Al igual que con la cuestión de lo que haría si alguna vez descubría la identidad de sus padres biológicos, no tenía todavía una respuesta clara. Saúl no solía tomar ese tipo de decisiones de un modo espontáneo, sino que lo analizaba todo mucho antes de dar un paso tan importante como ese. Si lo que sentía por Elena iba a acabar cuajando en algo, estaba por ver. No tenía prisa alguna, de cualquier forma. Por ahora dejaría que las cosas siguiesen su curso natural, sin forzar la situación.

Justo cuando el aguacero que azotaba sin piedad el exterior de la casa comenzó a amainar, el móvil de Saúl le avisó de que tenía una llamada entrante. En la pantalla leyó el nombre de Blanca, su amiga. Desde que habían charlado a su llegada a Valquemada, no había vuelto a ponerse en contacto con su excompañera en el ejército. Y eso que él se había comprometido a mantenerla informada de cualquier novedad. Al parecer, la impaciencia había podido con ella. Saúl confirmó esa teoría nada más descolgar y saludarla.

—Hola, Blanca.

—Me lo prometiste —dijo ella—. Y no he sabido nada de ti desde entonces.

—Lo sé.

—Pues ya estás poniéndole remedio, mi sargento —bromeó ella.

—No hay mucho que contar. Por eso no te he llamado.

—Algo habrá, así que no te hagas el difícil.

Saúl le explicó que había descubierto de dónde había salido la figura del duende, pero que ese hallazgo no le había servido para nada.

—¿Y qué vas a hacer ahora?

—No tengo ni idea. Ni siquiera sé si voy a seguir buscando —contestó.

Era casi lo mismo que le había dicho a Elena la última vez que la había visto, palabra por palabra. Y antes que ella, a Lucía. Lo vio como una señal de que no podía posponer por más tiempo una decisión al respecto.

—Ya que estás ahí, inténtalo.

—Supongo que es lo más lógico.

Pero no tenía claro si la lógica debía seguir siendo la herramienta principal para llevar a buen término su misión. Quizás era el momento de dejar que fuese su corazón el que tomase el mando. Detenerse a revisar a fondo sus emociones, por poco que le apeteciese, podría ser exactamente lo que necesitaba para resolver sus dudas. No iba a resultarle fácil, porque para él era como manejar mercancía peligrosa sin disponer del adecuado equipo de protección.

—¿Y mientras tanto has podido hacer algo de turismo?

—Acabo de hacerlo.

Le relató todo lo referente a sus excursiones para conocer Comillas y el bosque de secuoyas de Cabezón de la Sal.

—Nunca he estado en Cantabria —le confesó su amiga—. Tendré que ir alguna vez.

—Te gustará.

—¿Y con la gente qué tal? ¿Ya has conseguido ponerles a todos de los nervios?

—Y te preguntas por qué no te he llamado.

—La verdad es que no. Sabía que tendría que ser yo quien lo hiciera, tío soso.

—Es que no quería molestarte ahora que eres una persona tan importante en el regimiento.

—Dejaste el listón muy bajo cuando te marchaste, así que lo estoy teniendo muy fácil para destacar.

—Creo que empiezo a escucharte mal. Debe ser que aquí no hay mucha cobertura.

—Vale, vale. Ya lo pillo —reculó ella—. Pero no has contestado a mi pregunta.

—¿Cuál?

—La de la gente. ¿Has conocido a alguien interesante?

Los segundos que tardó Saúl en contestar su pregunta despertaron la suspicacia de Blanca.

—No.

—¿Seguro? Alguien te tendrá que haber ayudado, por poco que hayas averiguado.

—Sí, claro. Pero no nos hemos hecho amigos para toda la vida.

—Te conozco, y hay algo que no me estás contando.

—Ni tengo por qué hacerlo.

—O sea, que sí que hay algo.

—Ya te he dicho que no.

—Mentiroso. Sí que lo hay. Y si me lo estás ocultando es que se trata de una tía —dedujo su amiga—. Qué fuerte, acabas de llegar y ya estás rompiendo corazones.

—No tengo tiempo ahora mismo para esas cosas.

—Siempre hay tiempo para eso —le corrigió ella—. Venga, no te hagas el interesante y cuéntamelo.

—No hay mucho que contar.

—Empieza por su nombre.

—Para.

—Cuanto antes me lo digas, antes te dejaré en paz.

—Vas a tener que repetir lo último, te pierdo por la cobertura.

—Dime al menos si ya lo habéis hecho.

—Tú antes del ejército no eras así.

—Me conociste cuando ya estaba dentro.

—Y ahora mismo desearía no haberte conocido nunca —replicó él—. Ya te he dicho que no puedo permitirme ese tipo de distracciones.

—¿Distracciones? No cuela. A mí no puedes engañarme. Sé cómo eres de verdad. He visto lo que hay detrás de todo ese postureo de tipo duro y callado. Puedes ser tan romántico como el que más. Conmigo lo fuiste.

Hacía siglos que salía a relucir entre ellos el tema de su breve pero intensa relación sentimental. Cuando lo habían dejado, se había convertido en una especie de tabú, como si realmente no hubiera sucedido. Saúl creía que ese era uno de los motivos por lo que habían podido seguir siendo amigos después de su amistosa ruptura. Por eso le hacía poca gracia escucharle a ella recordárselo.

—Era muy joven y estúpido.

—Oh, sí, y ahora eres un señor mayor que está de vuelta de todo en la vida. Que tienes treinta y un años, joder.

—Treinta y dos.

—Lo dicho. Un puto abuelo.

A cualquier otra persona no le habría consentido llegar tan lejos ni tratarle así. Con Blanca, sin embargo, siempre había hecho una excepción. Quizás porque sí que había algo de verdad en sus palabras, y era la única persona que había logrado superar todas las defensas con las que protegía su auténtico yo.

—¿Va a durar mucho más este interrogatorio? —preguntó Saúl.

—Hasta que yo quiera.

—O hasta que me canse y te mande a la mierda.

—Es un riesgo que merece la pena correr para saber quién es la guapa chica del norte que te ha robado el corazón.

—Tampoco eras tan cursi antes.

—No me cambies de tema. Dime al menos cómo se llama, por favor. Por hoy me conformo con eso.

Saúl estuvo a punto de darle lo que quería. Sin embargo, el nombre que acudió a su mente fue uno diferente al esperado. Así que cambió de idea.

—Pues te vas a quedar con las ganas, me temo.

—Eres imposible, tío.

—Y tú una cotilla.

—Solo me preocupo por mi amigo.

—No hace falta. Estoy bien.

Quien se quedó en silencio en ese momento fue ella.

—Ahora en serio —dijo tras esa pausa—. Me parece genial que aproveches el viaje y te des una alegría para el cuerpo. Si no te salen las cosas como esperabas con lo de tus padres, al menos eso que te llevas.

En ese instante, le sonó a Saúl más como un premio de consolación que otra cosa. Era una persona a la que le gustaba terminar todo lo que empezaba, y terminarlo bien. Digería muy mal los fracasos, ya fuese en tareas tan complejas como la que le había llevado hasta allí, como en otras mucho más insignificantes.

—Te pediría que me mantuvieses informada de tus progresos. Pero sé que no me vas a hacer ni caso.

—Si te tienes que enterar, te enterarás.

—Tú siempre tan evasivo.

—Yo también he disfrutado mucho de nuestra conversación, pero no quiero entretenerte más —ironizó él—. Dale recuerdos a Sergio.

—Y tú a la chica del norte.

—Vete a la mierda.

—Mucho has tardado. Me lo llevo mereciendo un buen rato.

—Cuídate, Blanca.

—Tú también. Un beso.

—Adiós.

Nada más colgar la llamada, Saúl descubrió que su madre adoptiva le había mandado un mensaje. Era una foto en la que salía posando delante de un yate muy lujoso, señalándolo con las dos manos. Estaba pasando unos días con su hermano y su cuñada en la Costa del Sol. La imagen venía acompañada de una frase: «Ya sé lo que quiero que me regales para mi cumpleaños». Saúl no pudo evitar sonreír ante la ocurrencia de su madre. Era el ser humano, en todo el mundo, que con más facilidad le provocaba una sonrisa. Al pensar en lo que él le había hecho sufrir durante su adolescencia, consideró que comprarle la impresionante embarcación sería lo menos que podría hacer en compensación por ello. Y en lugar de eso, él estaba premiándola yéndose a buscar a su madre, como si no tuviera ya una que se había merecido ese título muchísimo más que la que le había cuidado tan solo durante los nueve meses que había estado gestándose en su útero.

Sabía que esa era una interpretación muy retorcida de los hechos, ya que lo que impulsaba su búsqueda no era que necesitara sustituir a Ana por otra madre mejor. Nada más lejos de la realidad. De eso estaba completamente seguro. No gozaba de tanta certeza con respecto al verdadero motivo por el que se había propuesto descubrir la identidad de sus padres biológicos. ¿Curiosidad? No. ¿Poder echarles en cara su abandono? Tampoco. ¿Darles la oportunidad de redimirse, o de al menos conocerle? Muchos menos, ya que no poseía un espíritu tan generoso.

Lo única teoría que había conseguido elaborar hasta la fecha era que no se quería quedar para el resto de sus días con la duda de si sería capaz de encontrarles. Sin embargo, ahora era una explicación que se le antojaba insuficiente. Había algo más. Algo que se resistía a ser definido con precisión; tan esquivo para su mente como él solía comportarse a menudo con la gente. El problema era que esa fuerza desconocida que le había conducido hasta allí estaba perdiendo todo su empuje inicial. Cada vez le apetecía menos retomar su investigación, y tener que ir prácticamente casa por casa indagando sobre unos hechos acaecidos treinta años atrás. Era muy probable que, si sus padres eran originarios de Valquemada, alguien supiera algo. Mantener un embarazo y un parto en secreto tenía que ser una tarea casi imposible en un pueblo tan pequeño como aquel. Pero averiguar quién poseía esa información, y conseguir arrancársela siendo un forastero, era una misión igualmente complicada. Y si encima sus padres no habían vivido allí, sino que habían estado de paso cuando adquirieron la figura del *trasgu*, todo habría sido una inmensa pérdida de tiempo.

En el fondo, sabía que ya había tomado la decisión de abandonar. Solo que todavía se negaba a asumirlo por completo de un modo consciente. Era como, cuando siendo estudiante, sabía que había suspendido un examen antes de conocer la nota. La esperanza de que ocurriera alguna especie de milagro se mantenía durante ese periodo de falsa incertidumbre, pero al final solo era retrasar lo inevitable. Lo que sí que no haría sería adelantar su partida. Se había prometido a sí mismo permanecer allí al menos veinte días, aunque antes desistiese de su búsqueda. Para llegar a esa meta, todavía le quedaban otros nueve.

Seguro que encontraría algo que hacer con ellos.

Capítulo 18

ELENA

A Elena le sorprendió ver ese viernes por la tarde a tanta gente congregada en el parque de los Milagros para la velada, ya que la música clásica nunca había suscitado demasiado interés entre sus vecinos. Más asombrada todavía estaba por el hecho de que ella misma se hubiese animado —atrevido, se corrigió mentalmente— a presentarse al acto. En el pasado, durante la peor fase de la campaña de acoso y derribo que había sufrido de manos de Andrea Saavedra, había limitado sus salidas al exterior a los trayectos de ida y vuelta al trabajo, al supermercado o al médico. Solo en el último año se había atrevido a salir un poco más de su madriguera, siempre vigilante ante el peligro de cruzarse con las personas equivocadas. Acudir a un evento como aquel era un gran paso adelante en ese sentido. Y el hecho de que se hubiera animado a hacerlo, estando todavía tan fresco su encontronazo con Alejandro, lo hacía aún más inesperado.

De dónde había sacado el valor, no tenía ni idea. Seguía temiéndole como si fuese el mismísimo diablo. No había vuelto a saber de él, pero no era tan ingenua como para creerse que se había olvidado de ella. Por esa razón tenía la sensación de estar a punto de cometer un acto casi suicida. Aun así, allí se había presentado, a pesar de que había estado a punto de dar media vuelta en un par de ocasiones.

Eso sí, había retrasado su llegada al máximo, para que la atención del público estuviera centrada en los intérpretes, y su aparición pasase desapercibida. Eso suponía correr el riesgo de quedarse sin sitio, pues existía la posibilidad de que el aforo estuviese limitado, a pesar de ser al aire libre. Tener que volverse a casa a las primeras de cambio no le desagradaba del todo. Sin embargo, aunque el recital estaba a punto de comenzar, nadie la impidió la entrada. Y aún quedaban sillas por ocupar.

Sin detenerse a comprobar si las dos personas que había convertido su vida en un infierno —o sus serviles secuaces— estaban por allí, escogió un lugar libre que había en la última fila. Cuando se sentó, su nerviosismo rayaba la histeria. Se sentía el objetivo de las miradas de todo el mundo, a pesar de que no se molestó en comprobarlo. Tenía los ojos puestos únicamente en una chica que abrazaba un enorme violonchelo en el escenario, mientras trataba de controlar su ansiedad.

Antes de salir de casa había leído los nombres de los artistas. La mitad de ellos no le sonaban de nada, prueba de lo pobre que había sido en los últimos tiempos su vida social. Tan solo reconoció a cuatro de ellos. Dos hermanos gemelos de quince años, que se habían convertido en celebridades locales porque habían participado en un programa de talentos de la televisión autonómica, y el dueto compuesto por la nieta de Olaya Pardo, que se llamaba Lucía, y una mujer que había sido profesora de música de Elena en el colegio.

Cuando había leído el nombre de la joven, había pensado inmediatamente en Saúl, pues su abuela era quien le había facilitado el nombre de la mujer que había elaborado la figura del duende. Le pareció una especie de guiño del destino, y había sido una de las razones que le habían convencido de reunir el coraje para acudir al evento.

Escuchó con el estómago encogido el discurso de introducción que les dedicó el concejal de cultura del ayuntamiento, imaginándose que los cuchicheos que escuchaba a su alrededor la tenían a ella como protagonista. Hasta creyó oír su nombre, y cerca estuvo de levantarse y salir corriendo de allí. Aguantó sentada a base de una fuerza de voluntad que no sabía que poseía.

Las primeras notas que surgieron del instrumento sirvieron para calmarla un poco. Se apagaron las conversaciones, y todas las miradas convergieron en la violonchelista. Solo entonces se aventuró a echar un vistazo al resto de la gente que se había reunido allí. No descubrió entre ellos ni a Alejandro ni a su odiosa mujer, pero desde su posición tenía una visión limitada de los espectadores.

Más relajada, trató de disfrutar del concierto, pues había heredado su afición por ese tipo de música de su madre. La velada fue de menos a más, en su opinión, y culminó con la interpretación por parte de Lucía y su acompañante de varias composiciones de Mozart, Haydn y Doppler.

Elena había ido perdiendo los nervios con el paso del tiempo. Para cuando llegó esa parte final, ya se había olvidado por completo de Alejandro, su esposa y su penosa situación dentro de la comunidad. Tanto fue así, que contravino su plan de marcharse antes de que finalizara el espectáculo. Solo se dio cuenta de su despiste cuando vio cómo todo el mundo empezaba a abandonar la zona, después de brindarles un gran aplauso a todos los intérpretes, del que ella participó con entusiasmo.

Y fue entonces cuando le vio.

Saúl estaba a poca distancia de ella, dos filas más allá. Le sorprendió no haberse percatado de su presencia hasta ese momento, y le fastidió enormemente no haberlo hecho, pues posar sus ojos en él le produjo una sensación de seguridad que disipó de golpe su ansiedad.

Verle también sirvió para frenar temporalmente su huida, pero no le aportó el suficiente coraje como para meterse en medio de la multitud para aproximarse a él y saludarle. Decidió que se quedaría donde estaba, esperando a que él se retirase para abordarle cuando se hubiera alejado del peligro que para ella suponía mezclarse con sus vecinos.

Sin embargo, Saúl no solo no se marchó de allí, sino que avanzó en dirección al escenario.

—Mierda —susurró Elena.

Meditó seriamente olvidarse de él y desaparecer del lugar lo antes posible. Pero su cercanía era una tentación demasiado grande como para ignorarla con facilidad, y su cuerpo se negó a obedecer la orden que ella le había dado de poner rumbo a casa. En lugar de eso, observó a Saúl, intentándose hacer lo más pequeña posible para no llamar la atención de nadie.

El hombre que la tenía encandilada se detuvo a escasos metros de distancia del lugar donde las dos últimas artistas que habían tocado estaban recibiendo las felicitaciones de amigos y familiares. Siguiendo la mirada de Saúl, Elena se percató de que la tenía fija en una de las presentes. Se trataba de Lucía, que llevaba puesto un elegante vestido corto de fiesta sin mangas color azul oscuro, cubierto de lentejuelas en la parte superior, y de una capa de tejido vaporoso en la inferior. Su atuendo no hacía sino realzar su belleza natural, algo que no le costó reconocer a Elena en ese preciso instante.

En un momento dado, la joven flautista reparó en la presencia de Saúl, y su reacción fue instantánea. Se separó del grupo, dejando prácticamente con la palabra en la boca a uno de sus miembros, y caminó rápidamente hacia el madrileño, con una sonrisa en los labios que no le pasó desapercibida a Elena. De repente, ya no le pareció tan guapa y deslumbrante como antes, y su admiración comenzó a transformarse en algo muy diferente. La forma tan efusiva en que saludó a Saúl, pegándose a él para darle dos besos, y agarrándole del brazo cuando se separaron, no hizo sino empeorar su cambiante valoración sobre la nieta de Olaya Pardo. Tampoco ayudó mucho la expresión de satisfacción que tenía Saúl en su semblante.

Le entraron tantas ganas de acercarse a ellos para poder escuchar el contenido de su conversación que hasta dio de manera inconsciente un par de pasos hacia allí. En su interior pugnaban dos impulsos contradictorios. Uno le pedía a gritos que se alejase cuanto antes. No solo por el riesgo que suponía seguir rodeada de tanta gente potencialmente hostil, sino porque ser testigo del encuentro tan afectuoso entre Saúl y Lucía tampoco le estaba haciendo demasiado bien a su estado de ánimo. El otro deseo que trataba de imponerse era el de ir hacia ellos para interrumpir su charla y reclamar lo que era suyo.

Ese último pensamiento, repugnantemente posesivo, le resultó tan ajeno a ella que se pensó que no era algo propiamente suyo, sino que alguien se lo había susurrado al oído sin que se diera cuenta. Bastante alterada estaba ya a causa de su entorno como para sumar a la explosiva mezcla unos celos absurdos. Seguramente los dos se habían conocido a través de Olaya, y tan solo estaban siendo educados el uno con el otro. Quizás demasiado educados, eso sí. Sin embargo, ¿por qué Saúl no le había mencionado a Lucía cuando le expuso los avances en su investigación? No es que estuviera obligado a contárselo todo, pero le pareció extraño que hubiese omitido ese detalle.

Al final fueron los acontecimientos los que decidieron por ella. Desde el grupo que había abandonado Lucía para charlar con Saúl, alguien gritó el nombre de la joven. Quien había reclamado su atención era su pareja artística, que le hacía gestos para que volviera con ellos. Elena descubrió que se les había unido Rodrigo Conde, el alcalde del pueblo. Tras realizar un gesto de disculpa hacia Saúl, Lucía se despidió de él volviéndole a tocar el brazo, lo que le produjo a Elena una nueva punzada de algo que se dijo a sí misma que era imposible que fueran celos. Pero lo eran.

Saúl no esperó a que ella terminara de atender al regidor de Valquemada, que probablemente quería felicitarle, y se giró para marcharse de allí. Fue en ese momento cuando su mirada se topó con la de Elena, que estaba parada entre dos filas de sillas, con la misma expresión en su rostro que la de un animal sorprendido en medio de la carretera por las luces de un coche acercándose a toda velocidad. Él también se quedó quieto, sin hacer ningún gesto. Durante un par de segundos, Elena se temió que fuera a continuar su camino, ignorándola por completo. La angustia le duró hasta que él la saludó con la mano y comenzó a caminar hacia ella.

Esperó pacientemente a que llegara a su altura mientras intentaba controlar la maraña de sentimientos que se habían juntado en su interior en un brevísimo espacio de tiempo. No hubo ni besos ni abrazos ni ningún otro tipo de contacto físico entre ellos cuando él se detuvo frente a ella.

—Hola —dijo Saúl.

—Hola —le correspondió ella, sonriendo de un modo poco natural.

—No te había visto hasta ahora.

—Yo tampoco.

Luego se hizo un silencio incómodo entre ambos. Elena quería —y a la vez no quería— romperlo. Todavía estaba distraída analizando lo que había sucedido entre Saúl y Lucía. «¡Para ya!», se reprochó mentalmente.

—¿Te ha gustado el concierto? —quiso saber Saúl.

—Sí. Ha estado bien.

—Sobre todo la última parte —señaló él.

«Sí, seguro que es lo que más has disfrutado», pensó Elena, flagelándose con la imagen de Lucía y Saúl pegados como lapas. Necesitaba urgentemente un cambio de tema, y echó mano de lo único que se le ocurrió.

—¿Has averiguado algo nuevo sobre... lo tuyo? —le preguntó.

—No.

—A mí tampoco se me ha ocurrido nada —apuntó ella.

—Es complicado.

—Ya.

Elena detectó una resignación en Saúl que le produjo un poco de tristeza. Antes de que la joven pudiese profundizar en ello, él retomó la palabra.

—¿Te gustaría ver la figura?

Al principio no supo a qué se refería, de tan alterada que estaba. Tuvo que ser él, sacando el objeto del bolsillo de su pantalón quien se lo aclarase. Saúl le extendió la talla del duendecillo, y ella la cogió con mucho cuidado.

—Es muy bonita —dijo Elena.

Recordó que él le había mencionado que tenía una especie de firma en algún sitio. La encontró al darle la vuelta y examinar la planta de los pies del *trasgu*.

—No sé si quiero quedármela —confesó Saúl.

Aquel arranque de sinceridad sorprendió a Elena solo un poco más que a él. Ambos se quedaron callados, meditando sobre ello. Elena no sabía qué decirle, así que siguió analizando la pieza de escayola, aunque tampoco había mucho más que ver. Acabó por ofrecérsela de vuelta a su propietario. Saúl miró la mano de Elena, que sujetaba entre sus dedos la única cosa que le conectaba con sus padres adoptivos. Tardó tanto en recuperarla, que Elena llegó a sospechar que no la haría. La figura regresó al lugar del que había salido, pero Saúl dejó la mano metida en el bolsillo, en contacto con ella.

—Ayer estuve en Comillas. Y luego me pasé a ver el bosque de secuoyas —le informó él.

Ambas habían sido recomendaciones de Elena, aunque la primera ya había estado en la lista de Saúl cuando organizó su viaje.

—¿Y qué tal?

—Muy bien. Me hubiera gustado pasar más tiempo en el bosque, pero tuve que volver por la lluvia.

—Es verdad. Que faena.

—Igual este fin de semana me paso a ver el nacimiento del río Asón.

Elena esperó a que él dijera algo más. En concreto algo del estilo de «¿Te apuntas?» o «¿Me harías de guía?». Le habría servido a las mil maravillas para borrar de una vez por todas la persistente imagen de la jovencísima, guapísima y simpatiquísima Lucía apretándose contra Saúl. Para su desgracia, él dijo algo muy diferente, y completamente irrelevante para ella.

—Espero que haga buen tiempo.

—Ojalá —deseó ella, aunque en su cabeza se imaginó la peor de las tormentas azotando toda la región.

Mientras sumaba a esa apocalíptica visión una tromba de bolas de granizo del tamaño de pelotas de baloncesto, a sus oídos llegó un ruido familiar. Se trataba de una risa estridente que ya había escuchado con anterioridad más veces de las que habría deseado. Procedía de un punto situado a espaldas de Saúl, y tan solo tuvo que desplazarse unos centímetros para confirmar sus peores temores. La causante de ese sonido tan desagradable no era otra que Andrea Saavedra, que caminaba seguida de su camarilla de aduladores habituales, en una dirección que, si bien no la llevaba directamente hacia Elena, la acercaba peligrosamente a su posición. La joven se movió lo suficiente para que el cuerpo de Saúl la ocultara de su némesis.

—Yo ya me tengo que ir —dijo—. Es que..., tengo que..., he quedado con alguien —le mintió entre balbuceos, presa de una repentina angustia.

—Qué pena. Iba a cenar en el sitio del que me hablaste el otro día, y te iba a preguntar si te querías apuntar.

«¿En serio?», pensó Elena, que tuvo que morderse los labios para no dejar escapar lo que era una pregunta y una exclamación al mismo tiempo. Durante su paseo de vuelta por el bosque del Garaño, le había mencionado el que era su restaurante favorito de la zona. Estaba situado en las afueras de San Vicente de la Barquera, apenas a diez minutos en coche de Valquemada, y tenía la mejor carne de la región, además de unos postres caseros que a Elena le parecían insuperables. Hacía mucho tiempo que no iba a comer allí, en gran parte porque sus precios eran algo prohibitivos. Así que no solo iba a perderse una cita con

Saúl, sino que también se quedaría sin la oportunidad de darse un auténtico festín.

Meditó el decirle que su encuentro con la persona con la que había quedado iba a ser extremadamente corto, y que le iba a dejar tiempo de sobra para irse a cenar con él. Pero estuvo lenta.

—Bueno, no pasa nada —dijo Saúl—. Otra vez será.

A Elena le habría encantado poder pedirle que concretara con más precisión cuándo iba a tener lugar esa «otra vez». Y si podría ser al día siguiente, sin ir más lejos. Pero de nuevo la realidad conspiró contra ella, y le impidió llevar a cabo su plan al escuchar de nuevo la insoportable risa Andrea, peligrosamente cerca.

—Que tengas un buen finde —dijo Elena, caminando hacia atrás muy despacio, por miedo a que un movimiento demasiado brusco por su parte llamase la atención de la bestia que la rondaba.

—Igualmente —le deseó Saúl.

Luego Elena se giró lentamente y comenzó a alejarse sin prisa alguna, a pesar de que cada célula de su cuerpo le pidió que se pusiera a correr y no se detuviera hasta hallarse en su apartamento, con la llave echada y la cadena puesta, por si acaso. De haber lanzado una mirada rápida por encima de su hombro, habría sido testigo de un hecho bastante inusual. El de Saúl esbozando una cautivadora sonrisa mientras no la perdía de vista.

Pero estaba claro que ese no había sido su día.

Capítulo 19

SAÚL

A la mañana siguiente Saúl se despertó temprano para aprovechar bien la jornada que había escogido para visitar la famosa cascada del río Asón. Tan solo estaba a una hora y media de distancia, pero no sabía cuánto tiempo le llevaría recorrer toda la zona, y quería disponer del suficiente margen para no tener que regresar muy tarde a Valquemada.

Había estado a punto de preguntarle a Elena si le apetecía acompañarle, pero no lo había hecho. Y el problema era que no sabía por qué. Era posible que ella tuviese otros planes, aunque tenía la sensación de que le habría parecido muy buena idea compartir ese tiempo juntos, y que se las habría ingeniado para librarse de cualquier otro compromiso. En cualquier caso, no le habría hecho ningún daño ofrecérselo. Y no había sido capaz de dar ese paso. Quizás porque le había dejado algo confundido lo efusiva y cariñosa que se había mostrado Lucía tras el concierto, cuando fue a saludarla. No solo había sido el abrazo y el roce de sus labios en sus mejillas, sino también la sinceridad y la emoción que había detectado en sus palabras, cuando ella le había transmitido la ilusión que le había hecho que hubiese ido a verla. Al encontrarse inmediatamente después con Elena, todavía estaba intentando procesar tanta fogosidad por parte de la nieta de Olaya, y eso le había restado la lucidez necesaria para haberle propuesto a Elena que pasase con él ese sábado.

Había notado a Elena muy nerviosa. Incluso tensa. Y eso tampoco le había facilitado las cosas a la hora de proponerle que se uniera a su excursión. Era evidente que ella no estaba pasando por una buena racha, y Saúl tenía dudas sobre si era el mejor momento para dejarse llevar por lo que sentía hacia Elena. No por él, que no le tenía ningún miedo a iniciar una relación con alguien con problemas, sino por Elena. Tenía la sensación de que aquello podría interferir en el proceso por el que ella estaba pasando. Y no sabía si para bien o para mal.

Pensaría en ello durante su corto viaje al Asón y tomaría una decisión firme. Si había algo que le ayudaba a aclarar las ideas y a retomar el control de sus emociones, era la soledad. Y mucho más si podía disfrutarla rodeado de un buen paisaje. Si finalmente escogía obedecer a su corazón en lugar de a su cerebro, siempre podría corregir su error invitándola a alguna otra salida, o a dar otro paseo juntos por el bosque del Garaño.

Se demoró más de lo que le habría gustado en ponerse en marcha, pues mientras desayunaba había recibido una llamada del compañero que estaba realizando sus funciones en la empresa durante su ausencia. Le había dicho que podía consultarle lo que quisiera, a pesar de estar de vacaciones, y a su colega no le había quedado otra que ponerse en contacto con él debido a un incidente que había surgido con uno de sus clientes más importantes. Cuando por fin salió de la casa para montarse en su vehículo, se topó con algo inesperado.

Frente a la entrada del chalet, al otro lado de la estrecha carretera mal pavimentada que pasaba por delante de la vivienda, había una desconocida de pie, mirándole fijamente. Debía rondar la cincuentena, e iba vestida con ropa más propia del otoño que del verano. Aunque su aspecto era bastante inofensivo —estatura media, muy delgada—, hubo algo en la manera en la que le observaba, completamente inmóvil, que activó una alarma interna en Saúl. En las casi dos semanas que lleva allí viviendo, no se había cruzado con nadie por las inmediaciones. Y la primera ocasión en la que acababa de hacerlo estaba resultando, como poco, perturbador.

—¿Puedo ayudarle en algo? —preguntó Saúl, ya que la mujer no abrió la boca.

—Yo...

—¿Sí?

—He venido a hablar contigo.

—¿Nos conocemos?

La extraña visitante negó con la cabeza rápidamente.

—Olaya Pardo me ha dado tu nombre. Y tu dirección —le aclaró ella—. Soy Sara Montero, la hija de Celia.

Bastaron esas pocas palabras para que la actitud de Saúl hacia ella cambiase radicalmente. Su presencia allí solo podía estar relacionada con el asunto que le había llevado hasta Valquemada.

—¿Quieres que hablemos dentro mejor? —le propuso él.

—Sí, por favor.

Había empleado un tono tan bajo de voz que a Saúl le costó entenderla. No sabía si era su forma natural de hablar o si era algo puntual. Sara se acercó a él despacio, como si tuviera dudas sobre la conveniencia de hacerlo. Le siguió hasta el interior de la parcela haciendo tan poco ruido al desplazarse, que Saúl se temió que hubiera desaparecido cuano se giró para indicarle que tomara asiento en la mesa de jardín que había en la parte delantera de la vivienda. Saúl estaba tan impaciente porque ella le comunicara lo que le había ido a decir que ni siquiera le ofreció algo para beber ni se entretuvo con alguna otra cortesía.

—¿Puedo verla? —preguntó Sara.

—¿Perdón?

—La figura.

Él se echó la mano al bolsillo delantero del pantalón de manera instintiva. Sin embargo, allí no había nada. Se dio cuenta de que, por primera vez en mucho tiempo, no se la había llevado consigo al salir de la casa. No era el mejor momento para analizar el significado de ese hecho, así que se limitó a ir a su dormitorio y a cogerla de la mesilla de noche, donde la había dejado la noche anterior. Luego regresó al jardín y se la entregó a la hija de la artista responsable de su creación. Mientras ella estudiaba el objeto, Saúl aprovechó para fijarse en su inesperada invitada más detenidamente.

Tenía el pelo castaño, de un tono muy parecido al suyo. Lo llevaba muy corto, con el flequillo desplegado sobre una frente grande. Las facciones de su rostro estaban muy marcadas a causa de su acentuada delgadez. No llevaba ningún tipo de maquillaje, y su piel estaba salpicada de numerosas manchas. Tenía la boca pequeña, y el mentón afilado. Saúl también se fijó en sus dedos, muy largos y finos, que parecían las patas de un insecto explorando la superficie del *trasgu*. Cuando terminó de examinarlo, lo depositó con delicadeza sobre la mesa que había entre ellos. Luego ella también se tomó su tiempo en observarle a él, en silencio. A pesar de que estaba ansioso por escuchar lo que tenía que decirle, le dio su tiempo para que lo hiciera.

—Te pareces mucho a ella.

No hizo falta que le aclarase a quién se refería. Saúl sintió a la vez decepción y esperanza. Desde que se había topado con Sara en el exterior de la parcela, había formulado la teoría de que quizás aquella mujer podría ser su madre. Que sus pesquisas, de alguna manera, la habían empujado a salir de su escondite e ir a su encuentro. Esa frase acababa de tirar por tierra esa suposición, pero a la vez daba a entender que la hija de Celia estaba a punto de revelarle la información que había ido a buscar a quinientos kilómetros de distancia de su hogar.

—¿La conociste? —preguntó Saúl.

—Era mi mejor amiga.

El uso del tiempo verbal en pasado preocupó a Saúl, que necesitó salir de dudas.

—¿Está viva?

—No lo sé.

—¿No vive por aquí?

—No —contestó Sara—. Hace mucho que se marchó. Justo antes de tenerte.

Habían sido innumerables las ocasiones en las que había tratado de imaginarse esa situación. Como solía pasar en esos casos, la realidad no estaba teniendo nada que ver con cómo él se había figurado que sería el momento en que conocería por fin los nombres de sus padres biológicos. Le faltaba toda la transcendencia y solemnidad que había esperado experimentar.

—¿Cómo se llama? —quiso saber Saúl, que había decidido dar por hecho que seguía con vida, estuviera donde estuviera.

—Verónica.

No había conocido a nadie que se llamara así, por

lo que ese nombre estaba libre de prejuicios. Lo repitió varias veces en su mente, para ver si, aun así, despertaba algo en su interior. No lo hizo.

Por el momento se conformó con ese dato, pero tarde o temprano necesitaría también de unos apellidos con el que acompañarlo.

—¿Y mi padre?

—Lo desconozco. Nunca me dijo quién era.

Esa posibilidad era algo que Saúl había considerado. Su abandono era un indicio claro de que había sido un niño no deseado, lo que podría llevar a la madre a querer ocultar la identidad del padre. Ya fuera por voluntad propia, o forzada por terceros.

—Te contaré lo que yo sé, si te parece.

—De acuerdo.

Antes de comenzar su relato, la mujer le echó un último vistazo a la pequeña figura de escayola que había acompañado a Saúl durante toda su vida. Luego se quedó un rato callada, como si estuviera organizando sus pensamientos antes de ponerse a hablar. Cuando empezó, ya no se detuvo nada más que para llenar de aire sus pulmones. Tampoco fue interrumpida por Saúl hasta que hubo terminado de narrarle su historia.

Sara y Verónica habían sido amigas desde la guardería. Sus respectivas madres también habían forjado una amistad, por lo que además pasaban mucho tiempo juntas fuera del horario escolar. Su relación apenas sufrió altibajos hasta que ambas cumplieron los dieciséis años, con tan solo tres semanas de diferencia. Fue entonces cuando se desencadenaron los acontecimientos que habían llevado a su separación, y que habían marcado decisivamente el curso de la vida de Saúl.

Un día de la primavera del año 1989, Verónica le confesó a su amiga del alma que se había enamorado de un chico mayor que acababa de iniciar sus estudios de Empresariales en Santander. Se negó a facilitarle su nombre, lo que le resultó muy extraño a Sara, pues se lo contaban todo entre ellas. Por más que insistió, ella se mantuvo firme en su postura de no revelárselo nunca. Verónica era una romántica empedernida, y Sara siempre sospechó que debían de haber establecido una especie de trato entre ella y ese misterioso chico para mantener en secreto su relación, como si fuera un juego.

Un día, para tratar de seducirle, Verónica se había colado en su casa con el propósito de hacerse con un objeto personal que le sirviera para completar un conjuro de amor que había descubierto en uno de los libros antiguos de su abuela.

—Su idea era llevarse algo de su dormitorio. Pero para evitar que una asistenta la pillara, tuvo que conformarse con lo primero a lo que le pudo echar mano. Y la casualidad quiso que fuera una de las piezas de la colección de mi madre.

Se había tratado de una de las dos hermanas *anjanas* —hadas de la mitología cántabra— que protagonizaban la leyenda relacionada con la creación de la cascada del río Asón. A Saúl le pareció muy curioso que él mismo acabase de visitar el lugar hacía muy poco tiempo. Su madre se había llevado la que tenía la cabellera plateada, dejando huérfana a su gemela, que tenía la melena dorada.

Ya fuera gracias al hechizo, o por alguna razón menos esotérica, el chico acabó encaprichándose también de Verónica, y comenzaron a verse en secreto pocos días después.

—Al principio les fue muy bien. Hasta que, un día a mediados del verano que habíamos quedado ella y yo solas por la noche en la playita de los Picos, me la encontré llorando—continuó Sara—. Me dijo que había pasado algo muy serio entre su novio y ella, pero no me quiso explicar el qué exactamente. Yo supuse que igual habían roto, o había descubierto que la había engañado con otra, pero no conseguí que me lo confirmase. Estaba tan enfadada con él, que allí mismo se sacó a la anjana del bolso y la tiró lo más lejos que pudo.

Sara abrió el bolso que había posado sobre su regazo, y extrajo una figura de escayola, similar a la de Saúl, pero algo más grande. Representaba una mujer alrededor de cuyo cuerpo desnudo se enroscaba una planta enredadera, tapando sus partes más íntimas. Tenía una melena plateada que le llegaba casi hasta los tobillos.

—Yo volví un rato después para buscarla —dijo Sara—. Y me la quedé, pensando que quizás algún día Vero se arrepentiría y querría recuperarla.

Se la pasó a Saúl, que la examinó detenidamente. Al igual que en la del *trasgu*, bajo uno de sus pies estaba grabada la curiosa firma de su autora. Tras unos segundos, se la devolvió a su propietaria, que la introdujo en el interior de su bolso y reanudó su relato.

A los pocos días, la madre de Verónica abordó a Sara cuando caminaba sola por las afueras del pueblo. Primero de buenas maneras, y luego con menos tacto, le pidió a la adolescente que le dijera el nombre del chico con el que había estado liado su hija.

—Yo no tenía ni idea de quién se trataba. Y eso que una vez la seguí sin que se diese cuenta, pero resultó que ese día no había ido a verle a él —reconoció Sara—. Pensé que si sus padres estaban tan desesperados por saberlo, estaba claro que se trataba de algo más grave de lo que yo creía.

Cuando Sara le había contado a su amiga lo del interrogatorio de su madre, Verónica no había podido aguantarse más y le había confesado que estaba embarazada. También le dijo que tenía decidido marcharse de casa de sus padres sin avisarles, porque ya no podía más con sus presiones para que les revelara el nombre del chico. Entre eso y la manera tan cruel en la que el padre de su futuro hijo se había desentendido de ella cuando le dio la noticia de su embarazo, se la encontró completamente desecha.

—Nunca la había visto así. De hecho, jamás había visto a nadie en ese estado, ni lo he vuelto a ver. Y no he tenido una vida precisamente fácil —le explicó, quedándose un rato en silencio mientras trataba de espantar a sus demonios personales—. Me dio miedo de que fuera a cometer una locura, de lo destrozada que estaba. Por eso hice lo que hice después.

Se volvió a quedar callada, procesando su propio dolor. Saúl esperó paciente a que se decidiera a continuar.

—Fui a hablar con su madre a la salida del supermercado donde trabajaba. Y le dije que estaba muy preocupada por Vero —señaló—. Te prometo que fue por su bien, porque temía que se le fuera la cabeza. El caso es que ya no la volví a ver más, porque a los pocos días toda la familia se mudó de un día para otro sin decir a dónde se iban. No sé si se debió a que les conté lo de su plan para fugarse, o si ya tenían pensado hacerlo de todas formas, pero yo ya no me pude quitar de encima la idea de que había sido culpa mía, y de que había traicionado a mi mejor amiga. Llegué incluso a pensar que en realidad me había chivado de ella por envidia.

Que todavía seguía atormentándose por ello fue más que evidente para Saúl, por el temblor de sus labios. Saúl estuvo a punto de decirle que lo que hizo fue lo correcto. Pero en su propia experiencia, las palabras de consuelo de los demás no tenían poder suficiente para borrar de la mente una idea que había estado años y años envenenándola. La amiga de su madre era la única que estaba capacitada para superar la culpa, pues se trataba de una fuerza a la que ella misma había dado vida. Y solo ella podría arrebatársela.

—He tenido toda mi vida la duda de qué habría pasado si yo no la hubiera delatado. Quizás Vero solo se habría ido de casa unos días, y habría acabado volviendo. Y sus padres habrían recapacitado tras ese tiempo sin tenerla a su lado. Hasta era posible que se hubieran acabado arreglando las cosas entre ella y su chico. Quién sabe.

«O quizás todo habría sido mucho peor, y lo que hiciste le salvó la vida a ella y al hijo que llevaba dentro», pensó Saúl. Pero no la corrigió.

—Y ni siquiera pude despedirme de ella —añadió Sara, recuperado un poco la compostura.

Sara nunca había sido una persona con facilidad para relacionarse con los demás. Verónica era su única amiga, y perderla fue algo tan devastador que la sumió en una gran tristeza. A las pocas semanas de empezar el nuevo curso, la expulsaron del instituto por su continuado absentismo, y sus padres la mandaron a vivir con unos familiares a Santander, donde hizo un curso de secretariado y se puso a trabajar. Ni ella ni nadie del pueblo volvieron a saber nada de Verónica y su familia, más allá de los típicos rumores, que nunca se confirmaron. Fue como si una capa de silencio se hubiera posado sobre ellos y su salida del pueblo, lo que le añadió todavía más inquietud a Sara.

—Entonces aparecisteis tú y tu figura.

Como una sincronización perfecta, ambos fijaron su mirada en el duendecillo que había sido un testigo mudo del relato de Sara.

—Yo se lo regalé cuando cumplió catorce años. Sabía que le encantaban, y le pedí a mi madre que hiciera una especial para ella —explicó la mujer—. Cuando Olaya me contó tu historia, supe de inmediato que eras el hijo de Vero. Solo se habría desprendido de él para dárselo a su hijo —apuntó, acariciando suavemente la cabeza del *trasgu*—. Y el hecho de que no se deshiciera de él antes de irse de Valquemada, como hizo con la anjana de su novio, me hace pensar que no me odiaba tanto como yo pensaba por haber avisado a sus padres de lo que pretendía hacer.

Saúl intervino por primera vez en la conversación.

—¿Por qué has decidido venir a hablar conmigo de todo esto?

—Necesitaba hacerlo —respondió Sara—. Es algo que jamás le he contado a nadie, pero siempre he tenido la sensación de que era una historia que no podía quedarme para mí sola, que debía ser entregada a la persona adecuada. Y ya he esperado demasiado tiempo para hacerlo. Ahora es tuya.

Esa última frase causó una gran impresión a Saúl. Le pareció que llevaba implícita la idea de que no podía limitarse a atesorar esa información, sino que estaba obligado a hacer algo con ella. Se sintió como una especie de engranaje de una máquina que se había puesto en marcha y que ya no podía detenerse. Esa noción de inevitabilidad era algo que chocaba frontalmente con su filosofía de vida, basada en el control. Era como el piloto de una embarcación que se encontraba de repente a merced de una tempestad. Su rumbo lo estaban trazando otras fuerzas ajenas a él, y solo cabía dejarse llevar por ellas. Lo único que podía hacer era mantener su barco lo más entero posible, y confiar en que la travesía no desembocase en un terrible naufragio.

Sara se quedó callada, con la mirada perdida en algún punto indeterminado. La expresión que había en su semblante había cambiado. Para Saúl era evidente que la mujer se había quitado un enorme peso de encima. El mismo que ahora él sentía sobre sus hombros.

Se fijó en el *trasgu*, que estaba colocado justo frente a él. Aquel pequeño ser se había convertido en su cómplice desde que había decidido emprender su búsqueda. Era casi como si le hubiera llevado de la mano hasta allí. Pero su viaje juntos todavía no había terminado.

—Háblame de ella —dijo Saúl—. Háblame de mi madre.

Capítulo 20

ELENA

Ese lunes había arrancado ya torcido para ella. Empezó con un sueño que se acabó vistiendo de pesadilla. En él, Elena volvía al instituto para sacarse por segunda vez el título de bachillerato, porque se había descubierto que le faltaban todavía unas cuantas asignaturas por superar. Todos sus compañeros eran adolescentes, pero ella tenía su edad actual. En un momento dado tenía que salir a la pizarra para completar un ejercicio de matemáticas. A mitad de la tarea, descubría a Lucía y Saúl sentados en el fondo de la clase, besuqueándose sin que nadie más que ella se estuviese percatando de ello. La profesora pedía a los alumnos que le hicieran preguntas a Elena sobre su trabajo en la inmobiliaria, pero en realidad todos le empezaban a interrogar sobre su vida personal, haciendo hincapié en sus fracasos.

La humillación que sufría era tan insoportable, que echaba a correr por un extraño pasillo que tenía las paredes y el techo cubiertos de fotos de rostros desfigurados. En ese punto, el sueño se volvía mucho más terrorífico. Algo la perseguía por ese interminable corredor, cuyo final no llegaba. Se trataba de una presencia que no era de este mundo, y que si la atrapaba la devoraría muy lentamente, extendiendo su dolor durante una eternidad. Elena lograba llegar hasta una puerta, que no era otra que la del dormitorio que había ocupado cuando vivía en casa de sus padres. Al darse la vuelta, comprobaba que aún había mucha distancia entre su perseguidor, una imprecisa masa de sombras, y ella. Sin embargo, su alivio duraba muy poco. Por más que intentaba cerrar la puerta para ponerse a salvo, esta no se movía. Finalmente, su hambriento acosador asumía su verdadera forma.

Justo en ese instante fue cuando Elena logró por fin despertarse. Si bien todo rastro de la identidad del monstruo se disipó de su memoria, perduró durante un tiempo la sensación de estar todavía en peligro. Solo se desvaneció del todo con la llegada del amanecer.

La cosa no mejoró después. Durante el desayuno, Arancha le dio la noticia que llevaba mucho tiempo temiendo recibir. Ella y su novio iban a irse a vivir juntos a una casa propiedad de unos tíos de él que les ofrecían además unas condiciones muy ventajosas para ello. En poco más de un mes, Elena se vería en la tesitura de no poder afrontar ella sola el pago del alquiler de su vivienda actual. Buscarse una nueva compañera de piso era algo que rozaba lo imposible, dada la lamentable imagen pública que alguien se había encargado de crear y mantener. Y encontrar otro apartamento iba a ser una tarea igualmente complicada, que le daba una pereza enorme acometer. También le incomodaba tener que volver a vivir con sus padres, pero era una posibilidad que no podría descartar a la ligera, llegado el caso.

Cuando pensaba que el día no podía empeorar, su jefa la pidió que fuera a verla a su despacho. Solo lo hacía cuando había algún asunto importante del que hablar. O para darle malas noticias. Sonia la estaba esperando sentada en la extraña silla de mimbre que se había traído de su casa para sustituir la que la empresa le había comprado. Ni siquiera el estrambótico atuendo de su jefa —compuesto por una falda larga decorada con dibujos de cactus y una camisa sin mangas con un número exagerado de volantes— fue suficiente para que Elena se relajase un poco.

—Siéntate —le pidió su jefa, sin mirarle a la cara.

Aquello le hizo temerse lo peor. Elena se preguntó si existiría alguna ley que prohibiera perder la casa y el trabajo en el mismo día. Tomó asiento con el corazón en un puño.

—No sé cómo decirte esto —empezó Sonia.

Elena se imaginó a sí misma teniendo que vaciar los cajones de su mesa, que había ido llenando en los últimos años con un montón de cosas —la mayoría no relacionadas con su trabajo—, y ese pensamiento hizo que se le encogiera el estómago. Le pareció surrealista que, de entre todas las consecuencias negativas que tendría el perder su empleo, esa fuera la primera que le hubiese venido a la cabeza.

—Es que es muy fuerte —continuó Sonia, abriendo mucho los ojos, como si por fin acabara de ver ante ella a uno de esos fantasmas que su marido y ella andaban persiguiendo los fines de semana por todo el país.

Esas palabras y el gesto que las acompañaban hicieron que Elena se tranquilizase un poco. Por muy extravagante que fuera Sonia, no parecía la forma de comunicar un despido. Le faltaba solemnidad.

—¿De qué se trata? —preguntó Elena, que ya no podía soportar más el suspense.

—¿Sabes quién es Gloria, de la central?

—Sí. La de recursos humanos, ¿no?

—Esa —le confirmó Sonia—. Hablé con ella ayer, cuando tú ya te habías ido. Y me dijo una cosa que me dejó alucinada.

—¿El qué?

—Es que no sé si tendría que contártelo. Me he tirado toda la noche dándole vueltas a si debería hacerlo —le dijo, mordiéndose el labio inferior.

—Venga Sonia, ahora ya no me puedes dejar con la duda —le rogó Elena—. Dímelo, por favor.

Sobre la mesa que las separaba a las dos había un curioso objeto que Sonia se había traído de Vietnam. Era un peine artesanal, hecho con madera de sándalo y decorado con motivos florales tallados en su superficie. La mujer lo usaba como una especie de artilugio antiestrés, pasando sus dedos por las duras cerdas cuanto estaba nerviosa. Decía que el ruido que producían le relajaba como nada en el mundo. En ese instante, mientras sus uñas lo raspaban de un lado a otro, el sonido puso todavía más nerviosa a Elena, que tuvo que usar toda su fuerza de voluntad para no abalanzarse contra su jefa y pedirle a gritos que le contara eso tan misterioso que le había dicho Gloria la tarde anterior. Cuando por fin se lo reveló, Elena comprendió perfectamente por qué había vacilado tanto a la hora de comunicárselo.

Al parecer, Alejandro Orozco había hecho una visita la mañana anterior a la sede principal del grupo empresarial al que pertenecía la inmobiliaria en la que trabajaba Elena. Gloria le conocía porque su marido era de Valquemada y habían vivido una temporada allí nada más casarse. Se lo había encontrado en el ascensor del edificio, al mediodía. El empresario había pulsado el botón de la última planta, donde estaban los despachos de los hombres y mujeres que dirigían la compañía.

Sonia, como todo el pueblo, estaba al tanto del

affaire de Elena con Alejandro. Además, conocía a la perfección cómo esa relación, así como la venganza que se tomó Andrea Saavedra por la infidelidad de su marido, habían afectado a la joven hasta convertir su existencia en un infierno. Y era lo suficientemente perspicaz como para figurarse que la presencia de Alejandro en las oficinas centrales de la empresa para la que trabajaban podría, como poco, inquietar a Elena. De lo que no era consciente era de lo corta que se estaba quedando con su análisis de la situación.

Elena trató de disimular hasta qué punto esa noticia le había impactado. Antes de su último y desagradable encuentro con su acosador, habría considerado la posibilidad de que tan solo se tratase de una coincidencia. Al fin y al cabo, no era descabellado pensar que un hombre de negocios como él tuviera tratos con un grupo de empresas que ejercía sus actividades económicas por toda la región. Sin embargo, ahora le resultaba imposible no pensar que la visita de Alejandro Orozco tenía que ver con lo que había sucedido unos días antes entre ambos.

—No tenía que habértelo contado —sentenció Sonia, arañando con tanta fuerza el peine que Elena creyó que estaba punto de rompérsele una uña.

—Para nada —le corrigió su subordinada—. Has hecho lo que tenías que hacer. Y te lo agradezco —comentó, intentando disimular su preocupación—. De hecho, si te enteras de algo más, dímelo, por favor.

Sonia torció el morro, dando a entender con ese gesto que no estaba segura de si había hecho bien, a pesar de lo que acababa de oír.

—Seguro que solo escuchar el nombre de ese gilipollas, que se cree el amo del mundo, ya te ha hecho que te entren ganas de vomitar. Lo siento.

—No te preocupes, de verdad —dijo Elena—. Además, se trata tan solo de una casualidad. Seguro que ya se ha olvidado de mí, y ni siquiera sabe dónde trabajo —dijo Elena, esbozando una patética sonrisa.

Sonó tan creíble como si hubiera dicho que iba a dejarlo todo para hacer realidad su sueño de la infancia de convertirse en piloto de carreras de fórmula uno.

—Si quieres tomarte un descanso y salir a tomar un café... —propuso Sonia.

—No hace falta, gracias. Mejor vuelvo a mi sitio, que tengo mucho lío todavía —mintió de nuevo.

Sonia cerró los ojos a modo de asentimiento y cogió el peculiar peine con su mano derecha. Por un instante, Elena se pensó que se lo iba a ofrecer para que le ayudase a pasar el trago. En lugar de eso, lo colocó en un cuenco de cristal azulado que había en la mesa, junto con otros pequeños objetos a cual más exótico.

Elena regresó a su puesto con la cabeza a punto de estallarle. Nada más sentarse delante del ordenador, sintió que ya no podía fingir ni aguantarse más. Se levantó para dirigirse con rapidez al cuarto de baño. Tras cerrar la puerta, dejó que las lágrimas fluyeran. Trató de contener los sollozos para que su jefa no la oyera, tapándose la cara para silenciarlos.

Estaba convencida de que en cuestión de muy poco tiempo —quizás tan solo horas—Alejandro iba a ponerse en contacto con ella para pedirle una respuesta acerca de su repugnante proposición.

Lo peor de todo era que tenía la sospecha de que su acosador creía que ella también deseaba volver a estar con él. En su retorcida mente, seguro que pensaba que Elena le había estado esperando todo ese tiempo, y que solo se hacía la difícil para excitarle todavía más. Esa idea la envenenó de tal forma que hasta llegó a sentirse culpable por no haber sido más contundente a la hora de tratar con él cuando la tendió su reciente emboscada. O incluso antes, cuando se rompió su relación y su mujer se ensañó con Elena. Al haberse limitado a quitarse de en medio, en lugar de contraatacar con furia, quizás le había mandado el mensaje a él de que aquello no era más que un paréntesis, y que volvería a estar disponible más adelante, cuando se calmasen las aguas, para que la siguiera usando a su antojo.

Más que nunca desde que había comenzado su pesadilla unos años atrás, se planteó si era el momento de marcharse del lugar en el que había vivido toda su vida. Si ponía cientos de kilómetros de distancia con su acosador, era probable que la dejara en paz para centrarse en otras presas que le quedasen más a mano. Y su capacidad de influencia sería mucho menor que la que poseía en Valquemada y sus alrededores. Quería creer que, si no lo había hecho antes, era porque seguía necesitando tener cerca a su familia y a los pocos amigos que le quedaban. Pero si era honesta consigo misma, el principal motivo por el que todavía no se había ido a vivir lejos de allí era su orgullo y cabezonería. Abandonar el pueblo sería como reconocer su derrota, y que ella era la única que sobraba allí. Le daría a Andrea Saavedra exactamente lo que buscaba. Si bien con el hecho de separarse de los suyos podía lidiar sin demasiados problemas, con el de salir huyendo con el rabo entre las piernas no tanto, ya que tendría que mirarse al espejo el resto de su vida sabiendo lo que había hecho.

Si decidía quedarse en Valquemada, solo le quedaba la opción de plantarles cara a sus enemigos. Desgraciadamente, a ese plan le faltaba un ingrediente esencial: el coraje necesario para poderlo llevarlo a cabo. Tendría que encontrarlo fuese como fuese, o se volvería loca.

Capítulo 21

OLAYA

La llamada de Saúl le pilló por sorpresa. Llevaba varios días sin saber de él, y confiaba en no tener que volver a escuchar su voz después de que le hubiera dicho que la pista de la figura del *trasgu* no le iba a llevar a ningún sitio. Por eso le inquietó su insistencia en que se reunieran de nuevo. Estuvo a punto de ponerle alguna excusa para evitar quedar con él, pero finalmente decidió que negarse a hacerlo solo levantaría las suspicacias del joven. Además, tenía curiosidad por saber qué era aquello tan importante que le tenía que decir. Acordaron verse en la casa de la mujer esa misma tarde.

Saúl llegó veinte minutos antes de la hora pactada, lo que le dejó bien claro a Olaya lo ansioso que estaba por charlar con ella. Nada más abrirle la puerta, detectó en su rostro una expresión muy diferente a la que le había visto anteriormente. Su inmutable serenidad había dado paso a algo que se le antojó a la mujer como tensión contenida. Anticipándose a los acontecimientos, ya que no sabía lo que se iba a encontrar cuando él apareciese, Olaya había preparado su célebre bizcocho de limón, yogur y nueces. Era una receta infalible para amansar a cualquier fiera. Sabiendo lo goloso que era su invitado, estaba convencida de que picaría en anzuelo. Así fue, pues Saúl aceptó probar el dulce sin pensárselo dos veces, acompañándolo del café que también le ofreció Olaya.

Una vez sentados en la misma mesa en la que había tenido lugar su primera conversación, Saúl le explicó la razón por la que había ido a verla. Cuando escuchó el relato de su encuentro con la hija de Celia, Olaya sintió primero alivio y luego decepción. Descubrir que lo que le había ocultado Sara no la afectaba tan directamente como se había imaginado —había llegado a sospechar que ella era la madre del joven— fue como quitarse un enorme peso de encima. Inmediatamente después, se sintió algo desilusionada por el hecho de que no se lo hubiera contado a ella cuando le preguntó por el *trasgu*. O antes, incluso. Creía que entre ellas existía suficiente confianza para que lo hubiera hecho.

Eso no le impidió apreciar el hecho de que Saúl sí que confiara en ella tanto como para revelarle la identidad de su madre biológica. No era tan ingenua como para ignorar que lo había hecho por algún motivo interesado, pero eso no le restaba valor a su gesto, a su juicio.

La mujer buscó en su memoria información acerca de Verónica Díez y su familia. De la chica no tenía ningún recuerdo especial, pero de su padre sí. A su querido y añorado Camilo no le caía demasiado bien. Y eso era algo insólito en él, que rara vez le había hablado demasiado mal sobre alguno de sus vecinos. El origen de su antipatía había estado en un incidente que había tenido lugar en uno de los bares del pueblo. Olaya no se acordaba exactamente de lo que había sucedido, pero sí que el comportamiento del padre de Verónica había sido tan inapropiado, que se había montado un buen revuelo. Había tenido que ver con algún tipo de discusión sobre política, o algo parecido, que se le había ido de las manos. El hecho de que no pudiera rememorar nada más relacionado con ellos ya era una señal evidente de que se trataba de una familia que había establecido pocos lazos con la comunidad. Obviamente, desconocía por completo lo del embarazo de la cría, pero sí le sonaba de algo lo de que se habían marchado del pueblo precipitadamente.

—Necesito tu ayuda —dijo Saúl, tras terminar de masticar un generoso bocado del bizcocho.

Por la rapidez con la que se lo estaba comiendo, a Olaya le dio la impresión de que había dado con el punto débil del joven. De seguir a ese ritmo, tendría que servirle otro pedazo en breve, y eso que el primero había tenido un buen tamaño.

A la mujer no le molestó confirmar que Saúl le había contado todo aquello porque requería de su asistencia para continuar con su investigación. Sabiendo que contaba con el beneplácito de Sara, implicarse en su búsqueda no solo había dejado de ser una preocupación para Olaya, sino que había pasado a convertirse en un desafío que la atraía enormemente. Su marido siempre le decía que tenía alma de detective; por su perspicacia y su predilección por las novelas del género.

—Dime qué es lo que necesitas.

La rapidez con la que ella mostró su disposición a ayudarle dio el toque final al cambio que había iniciado el delicioso bollo en la actitud de Saúl. Su semblante perdió todo rastro de la rigidez previa y adoptó un aspecto más natural.

—Sara no tiene ni idea de a dónde se fueron tras dejar Valquemada. Pero me ha dicho que el padre de Verónica se llevaba bien con unos de sus vecinos, y que quizás a ellos les dijeran algo.

—¿Qué vecinos?

—Marina y José Miguel. No se acordaba bien de sus apellidos.

—Sé a quiénes se refiere —los identificó de inmediato Olaya—. Él trabajó un par de años en la ferretería de mi marido, hasta que le salió un puesto en el ayuntamiento.

—Sara me dijo que cree que siguen viviendo en la misma casa.

—Así es —le confirmó—. Tuvieron un hijo, pero ya no está con ellos. Se marchó al extranjero, si no me falla la memoria.

—¿Crees que aceptarían hablar conmigo?

Olaya intuyó que si había recurrido a ella era porque no las tenía todas consigo.

—No lo sé. Pero podría intentarlo yo primero —se ofreció ella—. A mí seguro que me abren la puerta. Josemi le tenía mucho aprecio a mi marido.

«Y quién no», se dijo a sí misma, echándole tanto de menos en ese instante como si se tratase de un pedazo de sus entrañas que alguien le hubiera arrancado.

—Igual te estoy pidiendo demasiado...

—Qué va. Echarte una mano es un placer. Ya te dije que si mi nieta te dio el visto bueno, no había más que decir.

Lo cierto es que le estaba cogiendo cariño a su invitado. Y no le había pasado desapercibido que Lucía también, aunque tenía la seria sospecha de que los sentimientos de su nieta hacia Saúl iban más allá. Además, al igual que a la joven futura médica, a Olaya también le venía que ni pintado una pequeña aventura como aquella para romper con la rutina.

—No sabes lo que te lo agradezco.

—Es lo menos que puedo hacer por unos de nuestros mejores clientes —dijo ella, sonriéndole—. Ya te informaré de cuál es el precio de mis servicios. Pero de menos de un par de cajas de alitas de ángel y dos o tres tarros de mermelada no va a bajar. Ya te lo aviso.

—Vais a conseguir que reviente.

—No veo que eso esté siendo un problema para ti —replicó la mujer, haciendo un gesto con la cabeza hacia el plato que tenía delante Saúl, en el que ya no quedaba más que un puñado de solitarias migajas—. ¿Te apetece otro trozo?

—No, gracias. Está muy bueno, pero ya estoy lleno.

—Pues entonces te vas a llevar un cacho a casa.

—No hace falta, de verdad —dijo él con la boca pequeña.

—Te lo vas a llevar de igual manera.

—Si insistes...

Acabó llevándose el resto del bizcocho, a pesar de las protestas de Saúl.

—En cuanto sepa algo, te lo diré —indicó ella cuando llegó el momento de despedirse—. Me pasaré a verlos mañana mismo. Los dos están ya jubilados, así que es muy posible que me los encuentre en casa.

—Muchas gracias, Olaya.

—No hay de qué. Ojalá sepan algo que te ayude a encontrar a tu madre.

—Eso espero.

—Y si no, ya se nos ocurrirá algo más.

Olaya acompañó a su invitado hasta la salida.

—Dale recuerdos a Lucía —dijo él, una vez allí.

—En cuanto la vea —señaló ella, tratando de averiguar por el tono de voz que él había empleado hasta dónde llegaba su interés por su nieta.

No llegó a ninguna conclusión. Tampoco la preocupaba excesivamente conocer cuál era la verdadera naturaleza de la relación entre ambos jóvenes. Lucía ya era mayorcita para saber lo que la convenía o no.

Cuando Saúl se marchó, Olaya reflexionó sobre lo bien que le había caído ese chico desde el principio.

Creía que era fundamentalmente porque le recordaba mucho a su hermano mayor, fallecido dos décadas
atrás. Su expresión seria, su sonrisa reticente, su forma de mirar cuando se quedaba pensativo. Intuía
que también se ocultaba bajo esa apariencia de dominio el alma de un sentimental.

La mujer volvió a sus quehaceres deseando que, si
finalmente Saúl daba con su madre, su encuentro
fuera beneficioso para ambos, y no lo contrario.

Capítulo 22

SAÚL

Tras abandonar la casa de Olaya, Saúl sacó su teléfono del bolsillo y buscó en la lista de llamadas recientes el nombre de Elena. Había decidido ampliar su contrato de alquiler de la vivienda por lo menos hasta el último día del mes. Si continuaba haciendo progresos en su investigación, necesitaría prolongar su estancia durante más días. Y si no era así, también le apetecía quedarse lo máximo posible por la zona. Acabase dando con su madre o no, Valquemada ya se había convertido en un lugar especial para él. Antes incluso de averiguar que sus padres habían residido en la localidad, ya había sentido ese vínculo tan sorprendente, como si también él perteneciera a ese lugar. Llevaba tan solo quince días por allí, pero tenía la sensación de que había pasado mucho más tiempo.

En el último segundo, con su pulgar a escasos milímetros del icono de llamada, cambió de planes. Decidió que le comunicaría a Elena su decisión en persona, haciendo acto de presencia en las oficinas de la inmobiliaria. Le apetecía dar un paseo por el centro del pueblo, y así aprovecharía la visita para firmar cualquier documento que fuera necesario para formalizar la extensión del arrendamiento. Pero, sobre todo, lo que quería era ver a Elena. Para Saúl ya había dejado de ser una inoportuna distracción, y se había convertido en otra cosa. En qué, exactamente, estaba por ver. Y quería comprobarlo lo antes posible.

Dejó la bolsa con el bizcocho de Olaya en el coche, y se encaminó hacia su destino. Poco menos de media hora después, a punto de dar las seis de la tarde, tenía la puerta de la oficina a la vista. Desde la acera de enfrente observó a la persona que había ido a visitar. La pantalla del ordenador le tapaba la mitad de su rostro, y el resto de su cuerpo estaba cubierto por su mesa de trabajo. Pero fue suficiente con contemplar su bonito pelo, del color de un atardecer, para que Saúl se viera empujado a cruzar la calzada con rapidez para llegar hasta ella.

Estaba tan concentrada en su trabajo que no retiró la vista de la pantalla hasta que él tocó el timbre que había junto al marco de la puerta. Elena tardó en reconocerle, pero, en cuanto se dio cuenta de quién estaba al otro lado del cristal, su semblante pasó de la perplejidad a la alegría a una velocidad de vértigo.

Elena pulsó un botón que había bajo la mesa. Un zumbido informó a Saúl de que ya tenía libre el acceso al interior de la oficina.

—Hola, Elena.

Ella no dijo nada, sino que simplemente se aproximó a él con rapidez y le dio un par de besos en las mejillas. Saúl recibió su efusivo saludo con la misma combinación de sorpresa y felicidad que ella había mostrado unos segundos antes. Como un gesto instintivo, había posado su mano en la cintura de ella, y tener que retirarla de allí cuando sus cuerpos se separaron le contrarió enormemente.

—¿Qué haces tú aquí? —dijo ella—. Me alegro de verte, quiero decir —añadió de inmediato—. Pero es que no te esperaba.

—Tenía que hablar contigo sobre el alquiler de la casa, y he aprovechado para venir a conocer la oficina.

—Pues bienvenido —dijo ella—. Te haría una visita guiada, pero lo cierto es que no hay mucho que ver.

Elena señaló hacia su derecha, sin dejar de mirar a Saúl.

—Ese es el despacho de mi jefa, que ha salido a una reunión, y no creo que vuelva ya, por la hora que es —le informó—. Detrás de mí hay un pequeño almacén y un cuarto de baño —indicó a continuación, usando el pulgar para apuntar más allá de sus espaldas, sin quitarle la vista de encima al recién llegado—. Y aquí trabajo yo —terminó de explicarle, apuntando hacia su mesa con un movimiento lateral de su cabeza.

Saúl tampoco podía despegar sus ojos de los de ella. Y eso que ya se lo sabía de memoria.

—La verdad es que tampoco necesitamos más para lo que hacemos aquí —añadió ella.

—No está tan mal —comentó Saúl, a pesar de que apenas había prestado atención a otra cosa que no fuera a Elena.

—¿Nos sentamos? —propuso la joven.

—Vale.

Cuando lo hicieron, ella le preguntó si le apetecía tomar algo.

—Mi jefa tiene una cafetera de las buenas en su despacho —trató de convencerle.

—No, gracias. Ya he merendado —le indicó Saúl, que estaba tan lleno que no sabía si iba a ser capaz siquiera de cenar.

Le contó a Elena que acababa de estar con Olaya, la mujer que le había ayudado a recopilar información sobre el *trasgu*.

—¿Y eso?

Saúl la puso al día de todas las novedades. Elena escuchó con mucho interés su relato sobre la inesperada conversación con Sara y sobre la importante revelación que le había hecho esta.

—Increíble —musitó Elena cuando él la contó que le había facilitado la identidad de su madre.

—Cuando menos me esperaba averiguar su nombre, prácticamente me cayó llovido del cielo —dijo él.

—Bueno, algo has hecho tú también para que suceda.

—Puede ser. Pero lo cierto es que ya lo había dado todo por perdido —se sinceró Saúl.

Un sonido proveniente del ordenador hizo que Elena se fijase en la pantalla. Al romperse el contacto visual entre ambos, la mirada de Saúl se desvió hacia el hombro desnudo de ella, que llevaba una blusa blanca de tirantes que lo dejaba al descubierto. Allí vio una curiosa formación de pecas con la forma de un rombo. Tuvo que hacer un esfuerzo casi inhumano para no inclinarse y acariciar esa área específica de su piel.

Desde que había llegado a Valquemada, el autocontrol de sus instintos y emociones había sido puesto a prueba en numerosas ocasiones. Le sorprendió que hubiera sido justo en ese instante cuando más le hubiera costado someterlos a su férrea voluntad.

Retiró sus ojos del lugar que había incitado su deseo para devolverlos al rostro de su acompañante en el mismo instante que ella hacía lo propio con los suyos. Ambos se sintieron como si hubieran vuelto a casa después de un día agotador.

—Perdona —se disculpó ella—. Estoy esperando un email importante.

—Si he venido en mal momento...

—¡No, no! —exclamó ella—. No te preocupes. Podemos seguir hablando todo lo que quieras.

—De acuerdo —dijo él—. Pero antes de que se me olvide, venía a decirte que voy a quedarme más tiempo en la casa, si es posible.

—Claro que sí —anunció ella, en un tono más entusiasta de lo que le hubiera gustado—. ¿Hasta cuándo vas a estar por aquí?

—Hasta el último día del mes.

—Genial.

—¿Tenemos que hacer un nuevo contrato?

—No hace falta. Con que me firmes un anexo es suficiente —respondió Elena—. Te lo voy a ir preparando. No tardo nada.

Mientras ella elaboraba el documento, Saúl aprovechó para echar un vistazo a su zona de trabajo. Además del material típico de oficina, había varios objetos más personales: un muñeco *funko pop* de un personaje que Saúl no reconoció con la apariencia de una chica rubia tocando una guitarra; una maceta pequeña con forma de rana que contenía una planta de hojas alargadas y rojas; una vela de cera gruesa de color violeta; y un par de fotos enmarcadas. Una de ellas estaba en una posición en la que le era imposible ver qué imagen mostraba. En la otra pudo intuir que había una persona abrazada a un perro de pelaje marrón claro.

Elena tardó un par de minutos en preparar el anexo e imprimir dos copias, en las que estampó sendos sellos de la empresa. Una se la dio a Saúl para que se la llevase y la otra se la quedó tras firmarla él.

—Listo —dijo Elena—. Que sigas disfrutando de la casa tanto como hasta ahora.

—La verdad es que últimamente paro poco por allí.

—Me lo imagino. Ya sabes que yo te puedo dar ideas si te quedas sin sitios que visitar.

—Eso es justo en lo que estaba pensando ahora.

—¿Ah, sí?

—Lo que pasa es que a partir de ahora me gustaría ir acompañado. ¿Te apetecería venir conmigo? —preguntó él—. Al sitio que tú elijas, que eres la experta en el tema.

Elena no respondió a su oferta de modo inmediato. Eso no puso especialmente nervioso a Saúl, ya que era de los que se tomaba su tiempo en pensarse cualquier invitación para hacer algo, por muy interesante que fuera sobre el papel.

—Me encantaría —dijo finalmente ella.

Hasta a alguien con tan poca práctica en procesar las emociones como era Saúl le pareció innegable la sinceridad con la que Elena había aceptado su propuesta. Otro cualquiera hubiera sellado el acuerdo con una sonrisa o un gesto igualmente afectuoso. Él se limitó a asentir muy levemente con la cabeza, como si le estuviera agradeciendo a alguien que le hubiera cedido el paso para cruzar una puerta.

—Entre semana va a ser complicado, lógicamente —le comentó ella—. Bueno, este viernes me toca tener la tarde libre. Si lo prefieres al fin de semana...

—Mejor el sábado, y así tenemos más tiempo.

—Perfecto.

El teléfono fijo que había en el despacho de Sonia sonó con fuerza. La sintonía que llegó hasta los oídos de Saúl le resultó de lo más rara. No había escuchado ninguna como esa en su vida. Elena captó enseguida su extrañeza, y su única explicación fue el encogerse de hombros. Cuando el irritante ruido se detuvo, tomó el relevo el fijo que había sobre la mesa de Elena.

—Puedes cogerlo —dijo Saúl—. Yo debería marcharme ya —añadió, haciendo ademán de incorporarse de su asiento.

Elena le hizo un gesto para que se detuviera, mientras consultaba en el aparato la identidad de la persona que le estaba llamando.

—No es nadie importante —indicó tras un par de segundos—. Le llamaré más tarde yo.

—De todas formas, ya te he entretenido demasiado.

—Para nada. Todo lo contrario. Llevaba un día de mierda antes de que aparecieras tú. Me has salvado la vida viniendo a verme —aseguró ella.

A Saúl le dio la impresión de que no era una exageración por su parte. Que había algo de verdad en esa última frase que había pronunciado. Y que lo que había echado a perder su lunes no estaba relacionado con su trabajo, sino que más bien se trataba de algo que llevaba arrastrando desde que se la había encontrado llorando en el bosque del Garaño. Quizás desde mucho antes. Aquel día, Saúl había pensado que, fuese lo que fuese lo que la había dejado tan hundida, no era asunto suyo. Sin embargo, ahora sentía que ya no era así. Si su relación iba a más, tarde o temprano tendría que preguntarle por ello.

Un nuevo sonido inundó la estancia, en esa ocasión proveniente del móvil de Elena, anunciando la recepción de un mensaje. Ella consultó de qué se trataba pulsando con rapidez sobre la pantalla táctil del dispositivo.

—Pues al final sí que es algo urgente —dijo la joven tras leerlo.

—No pasa nada. Llama a quien tengas que llamar —dijo Saúl, levantándose finalmente de la silla que ocupaba.

El fastidio que le produjo esa inoportuna interrupción telefónica a Elena fue muy evidente, pero se repuso con rapidez.

—Cuando sepa a qué sitio vamos a ir el sábado, te aviso, ¿vale? —le comentó ella.

—Estupendo.

—Y si quieres puedes pasarte más veces a hacerme una visita. Esto normalmente está muerto. Es la primera llamada que recibo en toda la tarde —señaló Elena—. Y así me cuentas cualquier novedad sobre lo de tu madre.

Saúl se la quedó mirando en silencio. Durante unos minutos, se había olvidado de por qué había peregrinado hasta aquel pequeño pueblo originariamente. Seguía siendo el asunto que más le preocupaba, pero también sentía que estaba teniendo lugar una reordenación de sus prioridades. Y tenía a la culpable de que eso estuviera sucediendo a metro y medio de distancia.

—Lo haré —le prometió a Elena.

La joven se incorporó para acompañarle hasta la salida.

—Que termines el día mejor de lo que empezó —le deseó Saúl antes de marcharse.

—Creo que ya ha empezado a arreglarse bastante.

Su comentario consiguió arrancarle una sonrisa a Saúl. Tan liviana como una pluma. Pero era una sonrisa, al fin y al cabo.

En el camino de vuelta hasta su coche, Saúl reflexionó sobre los cambios que se estaban produciendo en él desde que llegó a Valquemada. El más importante de todos ellos era, sin duda alguna, el haberse abierto a personas a las que apenas conocía. Antes de emprender su viaje, se había propuesto ser extremadamente discreto a lo largo de su investigación, y mantener las distancias con la gente con la que entrase en contacto durante su estancia en Valquemada. Confiar de la manera en que lo estaba haciendo, tanto en Olaya como en Elena, no encajaba demasiado bien con esos dos propósitos que se había marcado.

Por todo ello tenía la impresión de estar caminando por la superficie de un lago congelado, con el hielo crujiendo a cada paso que daba. Hacía más de una

década que no se sentía tan vulnerable emocional-
mente hablando. El problema es que no tenía tan
claro que mereciera la pena poner en riesgo la estabilidad que tanto le había costado alcanzar en ese terreno, a cambio de resolver el misterio de su pasado más
remoto. ¿De verdad era tan importante encontrarse
cara a cara con su madre y hacerle las preguntas que
le habían atormentado tanto en su adolescencia? Si
ya había superado aquella fase tan confusa y dolorosa, ¿qué necesidad tenía de removerlo todo de nuevo?
La curiosidad a veces era una criatura engañosa, que
le conducía a uno hasta una trampa de la que luego
era muy difícil escapar.

Quizás lo que debería hacer era olvidarse de todo
aquello y centrarse en lo que estaba naciendo entre
Elena y él. Pensar más en el presente y en el futuro y
olvidarse del pasado. Pero la inesperada visita de
Sara había dejado tan al alcance de su mano el poder
culminar con éxito su misión que era realmente complicado no seguir caminando hasta llegar a la meta.
Tan solo esperaba que el hielo no se quebrase del
todo bajo sus pies durante su travesía y él se viese
arrastrado a las oscuras profundidades de nuevo.

Capítulo 23

ALEJANDRO

Alejandro Orozco no estaba nada contento.

La que iba a ser su semana triunfal había empezado ya mal desde el principio. El día anterior se había visto obligado a posponer la reunión con los representantes de un fondo de inversión que iba a inyectar una generosa cantidad de dinero para impulsar la expansión de su cadena de hoteles, hasta convertirla en una de las más importantes del norte del país. Era el último de una serie de encuentros que habían tenido lugar desde comienzos del año, y se suponía que era el definitivo. Sin embargo, la otra parte había pedido más tiempo antes de dar el visto bueno final.

Lo que había irritado a Alejandro no era la sospecha de que el acuerdo estuviese en peligro. Sabía que esa gente estaba muy interesada en invertir en sus negocios y que acabarían firmando. Incluso tenía un plan alternativo para obtener el apoyo financiero que necesitaba, si esa opción terminaba por complicarse. El problema era que él ya le había dicho a todo el mundo que estaría todo cerrado antes de que terminara el mes. Y al empresario más importante de Valquemada no le gustaba quedar mal ante nadie. En el terreno de los negocios solía acertar siempre. Y en las escasas ocasiones en las que no lo había hecho, todos a su alrededor habían sufrido las consecuencias.

Alejandro ya era un hombre rico antes de iniciar su carrera profesional. Como único heredero de un pequeño imperio local que abarcaba no solo el sector de la hostelería, sino también el de la distribución de alimentos y la logística, no conocía otra vida que la de los privilegiados. Al contrario que otros tan afortunados como él, no había caído en la tentación de vivir de las rentas, sino que se había preparado a conciencia para multiplicar la fortuna familiar. Y así había sido desde que su padre le había puesto al mando del grupo empresarial que había fundado varias décadas atrás.

Su éxito estaba siendo tan grande que su feudo se le estaba quedando pequeño. Ya hacía tiempo que conducía sus negocios más desde las oficinas que tenía el grupo en Santander, que desde cualquier otro lugar. Sin embargo, se resistía a trasladar su residencia a la gran ciudad. Tenía la impresión de que allí sería un millonario más, mientras que en su localidad de origen era un auténtico rey. Y en esa reticencia a dejar de serlo contaba con el apoyo total de su esposa, que también se negaba a abandonar el lugar en el que había nacido.

Andrea era el otro motivo por el que su prometedora semana se estaba complicando. El mal humor que le había provocado la repentina cancelación de su reunión con los inversores había desencadenado una fuerte discusión con ella durante la noche anterior. Ni siquiera se acordaba ya de cuál había sido el motivo de esta. Últimamente eran cuestiones cada vez más absurdas las que causaban sus peleas. Pero Alejandro, que podía ser muchas cosas, no era un necio. Sabía perfectamente que en el fondo de todas estaba la desconfianza que había acumulado su mujer hacia él. Y tenía que reconocer que le había dado motivos de sobra para ello.

Al principio de su matrimonio, ella había hecho la vista gorda con respecto a sus infidelidades. Alejando estaba convencido de que era porque se había acostumbrado a ser la primera dama de Valquemada. Renunciar a esa posición de poder y prestigio social no era un paso fácil de dar. Si el precio para mantener su estatus era tolerar las ocasionales aventuras de su marido, a ella pareció no molestarle tener que asumirlo. Pero todo había cambiado cuando él empezó a ser descuidado. Andrea estaba dispuesta a dejar que la engañara con otras, pero no a convertirse en el hazmerreír de nadie. Los cuernos públicos no combinaban bien con sus vestidos de Prada y sus bolsos de Louis Vuitton.

El momento más delicado llegó cuando salió a la luz lo suyo con Elena Yuste. Fue la gota que colmó el vaso, y a punto estuvo con desembocar en su divorcio. Alejandro tuvo que emplearse a fondo para quitarle esa idea de la cabeza a Andrea, que había llegado al límite de su paciencia. Él tampoco deseaba que su matrimonio se rompiera, aunque aparentemente había hecho bien poco para evitarlo. No solo seguía queriendo a su mujer —a su extraño modo—, sino que no podía permitirse perder a la que, poco a poco, se había convertido en su mano derecha dentro de la compañía. Demasiado había tardado en darse cuenta de que, bajo ese cuerpo tan bello, se ocultaba alguien que había nacido para el mundo de los negocios. Una vez que se hubo desecho de ese estúpido prejuicio, la había convertido en una figura muy importante dentro de la estructura del grupo. Era la única persona de su entorno profesional en la que confiaba de verdad, a pesar de sus continuas desavenencias en el ámbito personal. Por mucho que le irritara el comportamiento desleal de su marido, Andrea sabía que estaba en juego el porvenir de sus dos hijos, y con eso no estaba dispuesta a jugar. La había puesto al frente de la gestión de los dos supermercados que poseían, y, catorce años después, esa cifra se había multiplicado por seis; todos ellos establecimientos que aportaban unos sólidos beneficios al grupo.

Había conseguido apagar el tremendo incendio que su aventura con Elena había causado, prometiéndole que ya no volvería a serle infiel. Salvo por un pequeño desliz que había tenido dos veranos antes, había mantenido su palabra. En realidad, solo estaba dejando pasar el tiempo para que se enfriaran las cosas, y sabía que tarde o temprano volvería a las andadas. Tendría mucho cuidado, eso sí, para no volver a cometer los mismos errores que antes. Afortunadamente, las nuevas tecnologías estaban de su lado, y se había creado en los últimos años toda una industria dedicada a facilitarle la vida a los adúlteros empedernidos como él.

Pensar en Elena le hizo excitarse de inmediato. Cuando la había seducido unos años atrás, había creído que se trataría de una amante pasajera, que apenas dejaría huella en su historial de conquistas. Sin embargo, aquella pelirroja que parecía una mosquita muerta se había convertido en la más memorable de todas. No sabía muy bien por qué. Quizás se debía a que el sexo con ella siempre había sido prodigioso, o a lo mejor era porque le recordaba a una chica de la que se enamoró antes de conocer a Andrea y que había sido la única mujer que se había resistido a sus encantos. Incluso llegó a pensar que el verdadero motivo era el morbo que le producía el que se tratase de la ahijada de Ernesto Botto.

Los dos habían sido buenos amigos durante su

juventud, pero luego su amistad se había ido deteriorando con el paso del tiempo. Como su antiguo amigo pasaba poco tiempo en Valquemada, siempre ocupado en asuntos vinculados con su fundación, habían sido muy pocas las veces en que se habían cruzado sus caminos. Cuando lo habían hecho, se habían limitado a saludarse con educación y poco más.

El caso es que no se le ocurría nadie mejor con el que reiniciar sus actividades extramatrimoniales que con Elena. Hasta había fantaseado con la idea de que, si finalmente Andrea acababa cansándose de él, la joven pudiera convertirse en algo más que una fuente de diversión. Era algo improbable, pero no lo podía descartar del todo.

La reacción que había tenido su examante cuando la había sorprendido unos días atrás le había sorprendido un poco. Entendía que pudiera estar molesta con él por lo que había pasado cuando su mujer se enteró de todo, pero los dos sabían a lo que se arriesgaban cuando empezaron su relación. Ya eran mayorcitos. Y creía que Elena había comprendido que lo que tocaba en ese momento era mantener un perfil bajo y esperar que las aguas volvieran a su cauce para poder retomar su relación desde el punto exacto en el que se habían visto obligados a dejarla. El que la protegida de Ernesto Botto no hubiera montado ningún escándalo, ni se hubiera puesto en contacto con él para reprocharle su abandono, reforzaba esa teoría que había elaborado.

De ahí que le hubiera resultado tan inesperado el rechazo que mostró ella a su propuesta. No obstante, Alejandro sospechaba que solo era una estrategia de Elena. Hacerse la difícil para luego poder imponer sus condiciones. El problema era que a él ya no le gustaba andarse con tonterías. Estaba tan habituado a emplear sutiles amenazas para conseguir sus objetivos empresariales, que era algo natural en él valerse de esas mismas herramientas en su vida cotidiana. Por eso le había insinuado a Elena que, si volvían a estar juntos, podría hacer que su vida fuera mucho más fácil. Seguro que la chica era lo suficientemente inteligente para intuir que, si no accedía a sus deseos, ocurriría precisamente lo contrario. De hecho, ya había realizado un movimiento en ese sentido. Desde hacía tiempo quería extender sus tentáculos empresariales hacia el sector inmobiliario, y le habían llegado los rumores sobre el interés que tenía la empresa para la que trabaja Elena en deshacerse de algunas de sus sucursales de la zona. Eso le había llevado a reunirse hacía poco con el director general de la compañía, para comenzar las negociones de una futura adquisición. Cuando aquello fuera suyo, estaría en disposición de premiar a Elena con un ascenso profesional. O de ponerla de patitas en la calle, según fuera el caso. También a manejar el destino de la gente de esa forma tan despótica se había acostumbrado con el paso de los años.

Alejandro había decidido concederle unos días de margen a Elena antes de pedirle que le diera una respuesta. Estaba convencido de que acabaría saliéndose con la suya y de que ella entraría en razón por sí misma. Y si no era así, él sabría cómo hacer que cambiase de opinión.

Capítulo 24

SAÚL

La residencia para la tercera edad a la que se dirigía Saúl estaba situada en el extremo sur de San Vicente de la Barquera. Llegar en coche hasta esa localidad le había llevado apenas diez minutos, pero tardó algo más en encontrar la ubicación exacta de las instalaciones.

Había acudido allí en busca de un hombre llamado Pedro Maldonado, que era uno de los residentes. Olaya había obtenido su nombre de los vecinos de la familia de su madre biológica. Ni Marina ni José Miguel sabían nada acerca del paradero concreto de Verónica o sus padres, pues se había roto totalmente el contacto entre ellos tras su precipitada marcha de Valquemada. Pero le habían dicho a la abuela de Lucía que, si existía alguien que pudiera saber algo al respecto, era Pedro, que había sido compañero de trabajo de Arturo, el padre de Verónica, y su mejor amigo de aquella época. Ambos se habían encargado de las tareas de mantenimiento del que por entonces era el hotel más grande de Valquemada. Olaya había hecho a continuación unas llamadas para conocer el paradero actual de Pedro, y así era como habían descubierto dónde se le podía encontrar.

Cuando Saúl preguntó por él en la recepción, no le pidieron que se identificara ni les indicara cuál era su relación con la persona que había ido a ver. Lo cual celebró internamente, pues ni tenía ganas de dar explicaciones ni se le daba especialmente bien mentir, que era lo que tenía pensado hacer en última instancia. Le facilitaron un número de habitación, pero le sugirieron que primero echara un vistazo en el jardín que había a espaldas del edificio principal, pues a esa hora de la mañana era más probable encontrarle allí que en cualquier otro sitio.

El problema era que no había visto jamás al amigo de Arturo, por lo que no sabría reconocerle si en el jardín había varios posibles candidatos. Y pedirle una descripción física a algún empleado no le entusiasmaba demasiado, para no levantar suspicacias.

Probó primero a buscarle en su dormitorio, pero estaba vacío. En el pequeño jardín se encontró con dos hombres y dos mujeres. Escogió aproximarse al que estaba sentado solo en un banco de madera colocado bajo un frondoso abedul. Calculó que debía rondar los ochenta años, si no los había rebasado ya.

—No sé si me podría ayudar usted —le dijo Saúl—. Estaba buscando a Pedro Maldonado.

El hombre levantó la mirada del suelo y recorrió con ella el cuerpo de Saúl hasta llegar a su rostro.

—Pues lo acabas de encontrar —le respondió de inmediato el anciano, con una sonrisa que dejó a la vista únicamente su fila superior de dientes, que mostraban un estado de conservación bastante decente para alguien de su avanzada edad.

Era un hombre enjuto y encorvado, con una cabeza muy grande en comparación con el resto de su cuerpo. Tenía el pelo muy blanco y fino, y peinado hacia abajo.

Sus ojos eran dos rendijas, y su nariz era enorme y bulbosa. La combinación de sus rasgos le recordó a Saúl a un personaje de una serie de dibujos animados de cuyo nombre no se pudo acordar en ese momento.

—Me llamo Saúl Blanco, y me gustaría hablar con usted.

—Encantado de conocerte, Saúl —dijo el hombre—. Perdona que no me levante, pero es que hoy tengo la espalda algo fastidiada.

—No se preocupe —dijo Saúl.

—Tutéame, por favor. Entre jóvenes no tenemos que andarnos con tantas formalidades, ¿no te parece? —bromeó Pedro, que no había dejado de sonreír desde el principio.

—De acuerdo.

—Y siéntate, si no te importa. Que mi cuello tampoco da para mucho ya.

Saúl obedeció de inmediato.

—¿En qué puedo ayudarte, majo? —preguntó Pedro con un acento marcadamente cántabro.

Era difícil no contagiarse un poco de su carácter alegre, incluso para alguien tan serio como Saúl. El contraste que ofrecía su acompañante con respecto a los otros residentes que había en el jardín era notorio. Los tres estaban sentados alrededor de la misma mesa, pero no hablaban entre ellos. Todos mostraban una expresión ausente en sus rostros. Eran el vivo retrato de la soledad, a pesar de hallarse en compañía de más gente.

—He venido a preguntarle por Arturo Díez —contestó Saúl.

Vio cómo su interlocutor apretaba los labios y bajaba de nuevo la vista al suelo. Su memoria trató de ponerse en funcionamiento con muchas dificultades, como si fuera el del motor de un coche intentando volver a la vida tras años de desuso.

—Creo que trabajaron juntos en un hotel de Valquemada hace unos treinta años.

—¡Ah, caray! Ya sé quién dices. No sé cómo he tardado tanto en caer. ¡El bueno de Arturito! —exclamó Pedro—. Qué poco le gustaba que le llamase así, por cierto —comentó mientras su sonrisa se ensanchaba todavía más.

—¿Se acuerda bien de él?

—Por supuesto. Esta puede tardar un poco en arrancar, pero luego no hay quien la pare —indicó Pedro, dándose un par de toquecitos en la cabeza con el dedo índice—. Me acuerdo perfectamente de él. Trabajamos juntos durante un montón de años —añadió—. ¿Eres de la familia?

Saúl no supo qué contestar. Todo parecía indicar que se trataba de su abuelo, sí. Pero era realmente difícil considerarlo como tal dadas las circunstancias. Pedro no pareció necesitar una respuesta para su pregunta, pues retomó la palabra enseguida.

—Vaya carácter que tenía el condenado —comentó—. Cualquier cosa le molestaba. Y no se llevaba bien con casi nadie. Conmigo sí, claro. Yo sabía manejarle muy bien. Me terminó por coger aprecio y todo.

Saúl se imaginó que debía ser muy complicado que Pedro le cayese mal a alguien. En los pocos minutos que llevaba conociéndole, hasta a él le estaba pareciendo un tipo encantador y afable.

—Era un hombre complicado, eso hay que reconocerlo —afirmó a renglón seguido.

Un pájaro aterrizó cerca de ellos, y rápidamente alzó de nuevo el vuelo para desaparecer tras el seto que rodeaba la residencia. Captó la atención de Saúl, pero Pedro no se percató de su aparición. Al joven le pareció una perfecta metáfora de lo que debía suponer para un hombre de la edad de Pedro el tratar de adaptarse a los nuevos tiempos. Todo iba demasiado rápido para sus sentidos.

—Su mujer, Candela, era una santa. Nada que ver con él —continuó explicándole a Saúl—. Me acuerdo de que cantaba muy bien. Pero de su cara no, fíjate que curioso. Serán cosas de la edad.

Saúl había temido encontrarse a alguien más reacio a conversar con él y facilitarle la información que buscaba. Incluso había considerado la posibilidad de que Pedro estuviera aquejado de algún tipo de enfermedad que entorpeciese la cosa.

—Tenían una hija, ¿no? —dijo Saúl, para reconducir la conversación hacia el terreno que más le interesaba.

Pedro se quedó un instante callado, poniendo una marcha más en su memoria.

—Sí —asintió con la cabeza—. Era una niña muy simpática, que no paraba quieta. ¿Cómo se llamaba?

—Verónica.

—Verónica —repitió Pedro, como si pronunciar su nombre en alto ayudara a su mente a trasladarse al pasado.

Saúl esperó en silencio a que Pedro añadiera algo más, confiando en que su locuacidad no decayera. El anciano no le defraudó.

—Por suerte, se parecía más a su madre que a su padre. En la forma de ser, quiero decir. Era muy cariñosa conmigo. Cómo se reía de mis bromas, la criatura —recordó Pedro, con una sonrisa más nostálgica que la anterior—. Yo siempre he sido un poco payaso, ¿sabes? Y a los niños les encantaba.

Saúl estuvo a punto de preguntarle si había tenido hijos propios y si estos le habían dado nietos. Pero no quería desviarse del tema. Así que no le interrumpió.

—Sacaba muy buenas notas. La hija de Arturito, quiero decir. No yo, que los estudios se me daban tan mal como a una vaca coser un calcetín —aclaró—. Era muy *lumia*, la cría.

Al ver como Saúl fruncía el entrecejo al escuchar esa palabra, Pedro le explicó que se refería a que era una niña muy espabilada y graciosa.

Las alabanzas a su madre le produjeron sentimientos encontrados. Por un lado era agradable; por otro le amargaba no haber podido descubrir en qué clase de persona había acabado convirtiéndose esa niña tan ejemplar. Ella misma le había negado esa posibilidad, expulsándole de su vida nada más empezar a formar parte de ella.

—¿Sabes por qué se marcharon de Valquemada? —preguntó Saúl.

—Claro. A Arturo le ofrecieron un trabajo mejor que el que tenía.

—¿Dónde?

Por primera vez desde que había empezado su conversación, Saúl detectó que el arrugado rostro de Pedro perdía algo de la abierta cordialidad con la que le había recibido desde el principio. Su expresión se ensombreció lo suficiente como para que temiese que ya no fuese a ser tan sencillo extraerle más información. Había sido un golpe de suerte que se hubiese mostrado tan comunicativo, sin haber insistido ni una sola vez en que le explicara cuál era el motivo por el que le hacía esas preguntas acerca de su antiguo compañero.

—No me acuerdo bien —contestó Pedro.

Saúl supo al instante que le estaba mintiendo. Se le daba tan mal como a él mismo.

Pensó en una forma de convencerle para que le ofreciera el dato que necesitaba sin tener que revelar demasiado de su historia personal.

—Estoy elaborando el árbol genealógico de mi familia —se le ocurrió decir—. Ellos son una rama lejana, pero me gustaría que fuera lo más completo posible. Sería estupendo poder encontrarles y saber si Verónica ha formado su propia familia también.

Pedro le miró fijamente con esos ojos apenas visibles bajo sus gruesos párpados. Saúl se preparó para escuchar una nueva evasiva, señal de que no se había tragado su embuste.

—No me dijo dónde se iban. Y fue todo muy precipitado. De un día para otro. Casi ni me pude despedir de él —se justificó—. Y desde entonces no he vuelto a saber nada de Arturito.

Sonrió de nuevo, pero a Saúl le pareció más una mueca forzada que un gesto tan natural como en las ocasiones anteriores.

—Ya —musito Saúl.

Una de las dos mujeres que había sentadas a unos metros de distancia se levantó con dificultad de su asiento. Tras hacerle un gesto de despedida con la mano a Pedro —que le devolvió la cortesía—, caminó despacio hacia la puerta que daba acceso al interior de la residencia. Sus dos compañeros de mesa se quedaron tan mudos e inmóviles como antes, como si no se hubieran dado cuenta de que uno de sus miembros se había esfumado.

—¿Cree que hay alguien que pueda saber cómo ponerse en contacto con ellos? —preguntó Saúl.

—Lo dudo. Se relacionaron poco con la gente del pueblo mientras vivieron allí. Ya te he dicho que Arturo era complicado de tratar. Y la mujer salía poco de casa. Verónica tenía sus amigas, me supongo. Pero no sé quiénes eran.

—Sus vecinos tampoco me han podido ayudar.

Pedro se encogió de hombros, y bajó su mirada hacia las manos, que tenía recogidas en el regazo. Su repentina incomodidad era evidente, y le confirmó a Saúl que no le estaba contando todo lo que sabía.

Trató de pensar en algún otro modo de conseguir que le confiase lo que le estaba ocultando. Uno que no implicara tener que contarle toda la verdad.

El problema era que tampoco estaba seguro de que siendo completamente sincero con él fuera a lograr su propósito. Era hasta posible que lo empeorara todo, pues desconocía hasta qué punto seguía apreciando Pedro a su antiguo colega y deseaba protegerle. Tampoco podía contar con que Olaya le ayudase. Le mujer le había comentado que no había tenido apenas trato con Pedro en el pasado, más allá de intercambiarse algún saludo como buenos vecinos.

Siempre podía volver a visitarle cuando diera con una manera más efectiva de superar sus defensas. Quizás un paseo por el bosque del Garaño contribuyese a afilar su mente y lograra dar con una mejor estrategia. Decidió, por lo tanto, dejar tranquilo al anciano por el momento.

—Le daré mi número de teléfono al personal del centro, por si se acuerda de algo —le comunicó Saúl, volviendo a tratarle de usted por error.

—Muy bien. Ojalá lo haga.

—Y gracias por atenderme.

Pedro hizo un gesto de asentimiento con la cabeza. Su expresión se había vuelto casi tan ausente como la de los otros dos residentes que todavía permanecían sentados un poco más allá.

—Adiós —se despidió Saúl.

—Adiós.

Saúl se incorporó y caminó hacia la salida. No había dado ni tres pasos cuando escuchó que Pedro se dirigía de nuevo a él.

—¡Espera!

Al girarse, vio cómo Pedro se levantaba del banco con bastante agilidad y luego se aproximaba hasta llegar a su posición.

—Me he acordado de una cosa —le dijo en voz baja—. Arturo y yo teníamos una compañera en el hotel que se llamaba Maribel que de vez en cuando viene a verme. Una de las primeras veces que se pasó por aquí, hace ya lo menos seis o siete años, me dijo que creía haber visto a Arturo trabajando en un hotel de Oviedo. Como no le dijo nada cuando la vio, tampoco ella le saludó. Igual no era él, quién sabe.

—¿Te dijo el nombre del hotel?

—Sí. Y me acuerdo perfectamente porque era del mismo grupo que el nuestro, en el que estuvimos los tres contratados. Era el Valle del Conquistador, que está muy cerca del teatro Campoamor —le comentó—. Lo que no sé es si seguirá abierto. Además, lo normal es que Arturo ya se haya jubilado. Era más joven que yo, pero ya andará muy cerca de los setenta.

Saúl se quedó un instante en silencio, por si el anciano deseaba añadir algo más. No fue así.

—Muchas gracias —dijo Saúl.

—Espero que te sirva de algo —le deseó Pedro—. Y dale recuerdos míos si te encuentras a Arturito. Pero no le digas que le sigo llamando así —le pidió.

—No lo haré.

—Y si ves a Candela y a Verónica, pues también salúdalas de mi parte, si eres tan amable.

Se le ocurrió que, de dar con ellas, era probable que se alegrasen más de recibir noticias de Pedro que de conocer al nieto e hijo del que se habían desembarazado nada más nacer. Si el anciano había sido toda su vida tan simpático y amable como en la vejez, no le cabía duda de que habría dejado una huella indeleble en el corazón de todos los miembros de esa familia.

—Voy a dejar mi teléfono en la recepción, de todas formas —indicó Saúl—. Por si te acuerdas de algo más.

Estuvo a punto de añadir «o por si te apetece charlar un rato», pero no lo hizo. Le estaba muy agradecido a Pedro por haberle ayudado, pero no tanto. Quizás más adelante, si todo salía bien, volviese para contarle la verdad.

Se despidió de Pedro de nuevo y observó cómo el hombre se encaminaba hacia las otras dos personas que había en el jardín y les saludaba al aproximarse. A Saúl le impresionó la rapidez con la que su mera presencia llevó la luz a sus rostros vacíos. Y eso le hizo caer en la cuenta de que, si se hubieran dado otro tipo de circunstancias, quizás Pedro habría formado parte de su vida desde el principio.

De vuelta a Valquemada, reflexionó sobre la suerte que había tenido al dar con gente que había contribuido tanto en su investigación. Olaya, Sara o el mismo Pedro, se habían prestado a facilitarle información muy valiosa sin que él tuviera que forzarles a ello especialmente. Aunque no creía ese tipo de cosas, se diría que el mundo estaba conspirando a su favor desde que había decidido emprender su misión. ¿Le seguiría acompañando la buena fortuna en lo que le quedaba por hacer?

Tenía cada vez más claro que la búsqueda que había emprendido había adquirido la inercia de un vehículo pesado sin frenos deslizándose por una resbaladiza pendiente. No se veía conformándose con lo que sabía. Ahora que había puesto nombre a los miembros de su familia biológica, necesitaba ponerles cara. Y que se volvieran seres de carne y hueso, pues hasta ese momento solo eran los protagonistas de recuerdos de las personas que había conocido en los últimos días, no muy diferentes de los personajes de una historia de ficción para Saúl. Y ahora, más que nunca antes, estaba cerca de conseguirlo.

Era consciente de lo arriesgado que era generar

cualquier tipo de expectativas al respecto. En su experiencia, cuanto más se ilusionaba uno en algo, más decepcionante resultaba luego darse de bruces con la realidad. Esperarse lo peor era la opción más lógica. Y era exactamente lo que él se había propuesto hacer.

Capítulo 25

ELENA

Elena había oído varias veces la expresión «un clavo saca otro clavo», pero nunca había creído en ella. Hasta ahora.

Si bien considerar a Alejandro como un clavo era algo demasiado halagador para una alimaña como él —y usarlo para calificar a Saúl era una enorme injusticia—, Elena consideraba que su situación se podía ajustar bastante bien a lo que pretendía expresar ese dicho. La irrupción de Saúl en su vida no había podido ser más oportuna. Su visita del lunes, pocas horas después de saber que Alejandro se había presentado en las oficinas centrales de su empresa, no podía haber llegado en mejor momento.

Cuando él le había propuesto que hicieran un viaje juntos el fin de semana, había experimentado una especie de proceso sanador, como si le hubiera extraído de golpe todo el veneno que Alejandro había inoculado en su organismo. Sabía que ese tipo de altibajos en su estado de ánimo no eran nada saludables, pero nunca se le había dado bien lo de encontrar el punto medio, sobre todo cuando con lo que tenía que lidiar era con sus propios sentimientos.

De la misma manera que se había tomado el regreso de su acosador como si fuera el fin del mundo, la irrupción de Saúl en su vida le producía una sensación igualmente arrolladora, aunque del signo completamente opuesto. En muy poco tiempo se había terminado de colar por él como una colegiala. Le bastaba cerrar los ojos e imaginarse su rostro para desterrar cualquier pensamiento oscuro que la atormentase. A veces no era su cara lo que visualizaba, sino otras partes de su anatomía. Entonces el efecto era diferente, pero le servía igual de bien como analgésico para sus problemas.

Estaba bastante convencida de que él sentía algo parecido por ella. Pero era tan poco expresivo que no las tenía todas consigo. Aun así, creía que el sábado iba a pasar algo importante entre los dos. Si él no daba el paso, lo daría ella. Y ya tendrían tiempo de conocerse mejor más tarde. Lo que ella necesitaba en esos momentos era dar rienda suelta a su deseo. Y si él estaba de acuerdo, para qué esperar más.

La ilusión que le generó su inminente cita con Saúl le hizo envalentonarse tanto que aquella tarde de jueves llevó a Uco al parque de los Milagros. Le dio igual quién pudiese cruzarse en su camino. Ya se había escondido demasiado, y no estaba dispuesta a seguir escabulléndose como un conejo cada vez que veía un rostro familiar en la distancia.

Una vocecilla dentro de su mente le advirtió de que quizás no era la mejor de las ideas aferrarse tanto a otra persona como lo estaba haciendo ella. Más todavía teniendo en cuenta que lo suyo con Saúl estaba en pañales. No negaba que lo más aconsejable sería tratar de salir de su complicada situación por sí misma. Pero también era consciente de sus limitaciones en ese terreno, y no iba a despreciar una mano tendida hacia ella en un momento tan delicado como ese.

Tras devolver a Uco a casa de sus padres, después de un largo paseo sin incidentes, emprendió el camino de regreso al que en breve dejaría de ser su hogar, si no lograba encontrar otra compañera de piso o se obraba algún milagro que evitara que Arancha se fuera a vivir con su novio. Le dio un poco de vergüenza calificar como milagro el hecho de que se frustraran los planes de la que era prácticamente la única amiga que le quedaba de su edad, pero no podía evitarlo. Le gustaba demasiado su piso como para tener otro tipo de pensamientos menos maliciosos.

Cuando estaba a punto de entrar en el portal del edificio en el que residía, escuchó que alguien pronunciaba su nombre. Al girarse en esa dirección, vio que un hombre cerraba la puerta del coche del que había salido, aparcado unos metros más allá, y se aproximaba a ella haciéndole un gesto con la mano. Tardó uno segundos en reconocerle, a pesar de que se había cansado de ver su foto impresa en carteles durante los últimos años. Hasta había charlado con él recientemente en un par de ocasiones. Una en casa de su padrino Ernesto, durante una fiesta varios años atrás, y la otra durante el velatorio tras el fallecimiento del padre de su jefa Sonia, más recientemente.

—Hola, Elena —la saludó Rodrigo Conde.

El alcalde de Valquemada era un hombre de estatura media y cuerpo ancho que acababa de entrar en la cincuentena. Llevaba puesto un traje oscuro del mismo tono que su pelo, pulcramente peinado. Tenía el rostro cuadrado y mofletudo. Llevaba unas gafas con una montura tan fina que apenas se le distinguían desde cierta distancia.

—Buenas tardes —dijo Elena, a la que le entró un ataque de formalidad al verse frente a la máxima autoridad municipal.

Estaba sorprendida, tanto por el hecho de verle

allí, como por que se acordase de su nombre. Siempre
había alardeado de ser un hombre cercano, pero Elena
había creído que solo era una pose más. La extrañeza
le duró poco, al verse sustituida por la preocupación
que le produjo el que hubiera ido a buscarla deliberadamente a ella.

—¿Me puedes dedicar unos minutos? —le preguntó él cuando la alcanzó—. Si quieres te invito a un café
aquí al lado.

Elena no supo qué decir. Era incapaz de imaginarse qué era lo que le podría interesar al alcalde de ella.

—¿Sobre qué?

—No es nada importante —trató de tranquilizarla
Rodrigo, que percibió de inmediato la zozobra de la
joven—. Tan solo quería hacerte unas preguntas sobre cómo os va en la agencia.

Al principio su comentario le produjo un poco de
alivio. Sin embargo, enseguida se sintió tan inquieta
como antes, al preguntarse por qué la había escogido
a ella en lugar de a Sonia, la responsable de la inmobiliaria, para tratar ese tipo de asuntos. También le
chocaba que la hubiera abordado en la calle, en lugar
de usar un canal más formal. Sopesó la opción de
quitárselo de encima con cualquier excusa.

—No te voy a robar mucho tiempo, de verdad
—aseguró él—. Tenía pensado haberme pasado por
vuestra oficina esta mañana, pero últimamente tengo la agenda muy apretada —añadió, como si le estuviera leyendo la mente.

Remató sus palabras con una sonrisa que a Elena
le resultó natural y sincera, y no la típica que los políticos entrenan a conciencia para que lo parezca. Lo
cierto era que las dos ocasiones que había podido
hablar con él le había parecido genuinamente encantador. No compartía buena parte de su ideología,
pero tenía buena imagen de él como regidor. Era un

hombre carismático y preparado, que dedicaba más tiempo a solucionar los problemas locales que a menospreciar y atacar a la oposición, a diferencia de lo que era habitual en el resto del país.

—Vale —dijo Elena.

A pesar de lo incierto de la situación, tenía curiosidad por saber qué era lo que quería saber el alcalde. Y el hecho de que la hubiera escogido a ella para averiguarlo le hacía sentirse un punto halagada. Así que apartó sus dudas y decidió complacerle.

Unos minutos más tarde estaban los dos sentados en el interior de una cafetería cercana. Les habían ubicado en una pequeña sala que había al final de un estrecho pasillo. Ninguna de las otras tres mesas que había allí estaban ocupadas. Elena sospechaba que aquello no era una casualidad. Fuese lo que fuese lo que Rodrigo Conde quería preguntarle, no deseaba que llegase a oídos ajenos.

—Yo voy a tomarme un mediano, Sebas —le dijo el alcalde al encargado que les había atendido nada más entrar—. ¿Y tú? —le dijo a Elena.

—Yo otro.

—Estupendo —dijo él con entusiasmo, como si el que a los dos les gustara el mismo estilo de café fuese una gran noticia.

En cuanto se quedaron a solas, Rodrigo le habló de la última vez que se habían visto, en el tanatorio de Comillas. Una vez más, la joven se maravilló de que se acordase de aquello. Con la cantidad de personas con las que debía encontrarse a lo largo del día alguien como él, le pareció un detalle de lo más llamativo. Le volvió a contar la misma anécdota que le había narrado aquel día al grupo de personas que habían acudido a despedirse del padre de Sonia, acerca de algo que le había sucedido cuando él fue alumno del fallecido.

Cuando llegaron sus bebidas, Rodrigo aprovechó para ir al grano, lo que su todavía desconcertada acompañante agradeció enormemente.

—Te preguntarás por qué quería hablar contigo —dijo Rodrigo.

—Un poco sí, la verdad.

—Es muy sencillo —le aseguró—. Estoy poniéndome en contacto con gente que trabajáis en negocios locales para saber cómo os está yendo últimamente y tomarle el pulso a la actividad económica del pueblo,

Su tono de voz y gestualidad fueron impecables, pero a Elena no le pasó desapercibido el hecho de que una tarea como esa quedaba por encima de las atribuciones de su cargo. Por muy cercano y accesible que quisiese mostrarse Rodrigo, seguro que contaba con gente que podía encargarse de ese tipo de trabajo, tan de calle. Teniendo en cuenta que quedaba todavía mucho tiempo para las siguientes elecciones, ese repentino interés por los problemas del pequeño comerciante sonaba poco convincente.

—¿Estáis notando en vuestra agencia que las cosas van a mejor?

Elena decidió seguirle la corriente por el momento, a pesar de sus dudas.

—Sí, bastante. Este verano hemos cerrado muchas operaciones para la temporada —dijo Elena—. Y las ventas también han aumentado en lo que llevamos de año.

—Me alegra oírlo.

Rodrigo dio un largo sorbo a su café. Elena aprovechó para imitarle. Se hizo un silencio largo entre ambos, y a la joven le dio la impresión de que estaba a punto de averiguar cuál era el verdadero motivo de ese encuentro.

—Me han llegado noticias de que hay alguien viviendo en la antigua casa de Luisa Verger —dijo el alcalde.

«Ahí vamos», pensó Elena.

—Así es.

—¿Sabías que fue mi padre quien la construyó?

Como excusa para sacar el tema era un poco pobre a juicio de Elena, ya que el padre de Rodrigo —y antes que él su abuelo— había construido la mayoría de las viviendas que se habían levantado en la zona en los últimos cincuenta años.

—No —contestó Elena, haciéndose la tonta.

—En principio iba a ser para mi tío Marcos, pero al final se la vendieron a la escritora —le comentó él—. ¿Llegaste a conocerla?

—No. A sus hijos sí, porque son los nuevos propietarios.

—Yo hablé con ella una vez —dijo Rodrigo—. Entre tú y yo, era una persona un poco peculiar.

Aquello no era nada nuevo para ella. Las pocas personas que la habían tratado —ya que su vida social se había reducido al mínimo durante su estancia en Valquemada— tenían esa misma opinión acerca de ella. Entre ellos se contaba el padrino de Elena, sin ir más lejos. Y eso que estaba más que acostumbrado a los artistas y sus excentricidades, debido a su labor de mecenazgo.

—¿La habéis alquilado solo para el verano, o es un arrendamiento a largo plazo? —preguntó Rodrigo.

Elena dudó sobre si debía facilitarle ese dato o no, en base a la confidencialidad que le debían a sus clientes. Sin embargo, su curiosidad pudo más que su profesionalidad. Y estaba segura de que el alcalde conocía de sobra la respuesta, como la mitad del pueblo.

—Por ahora solo la tenemos ocupada hasta finales de mes.

—Algo es algo.

—Sí.

Elena le dio otro sorbo a su café, sintiendo que estaba a punto de llegar el momento crucial de la conversación.

—¿Quién es el nuevo inquilino? —preguntó Rodrigo, sonando como si no le diera demasiada importancia al asunto.

«Premio», pensó Elena. Elena, pensando en Saúl y sus circunstancias, decidió que ya había revelado suficiente información acerca del tema.

—No sé si estoy autorizada a decirlo —señaló la joven—. Por lo de la ley de protección de datos y eso —argumentó, poniendo énfasis en la palabra ley.

—¡Ah! No te preocupes. Era solo curiosidad —volvió a fingir él—. Haces bien en no decírmelo. Perdona por ser tan cotilla.

De nuevo sacó a relucir su sonrisa. En esa ocasión, sí que le pareció a Elena que se trataba de un gesto profesional más que una muestra de genuina simpatía. Esa circunstancia hizo que aumentara un grado más su suspicacia.

—Es que siempre me ha llamado la atención esa casa —trató de justificarse a continuación—. Estar tan cerca del bosque del Garaño debe ser maravilloso.

—Es lo mejor que tiene. Y que la casa por dentro está muy bien construida —apuntó, regalándole un cumplido a la familia del alcalde para suavizar su negativa anterior—. Lo que pasa es que está muy lejos de todo. Por eso no va a ser fácil venderla.

—Tarde o temprano lo haréis. Si ya habéis encontrado a alguien que se ha interesado por ella, aunque sea por poco tiempo, seguro que habrá otros que quieran quedársela.

Elena no quería que la conversación siguiese girando alrededor de ese tema, así que decidió cambiar el rumbo de la misma.

—¿Y a las demás personas con las que has hablado qué tal les está yendo? —preguntó la joven.

—Hay de todo. Pero en general hay más noticias positivas que negativas.

—Qué bien.

El alcalde sacó su móvil del bolsillo y tocó varios botones en la pantalla.

—Me temo que voy a tener que marcharme. El deber me llama —dijo a continuación—. Siento que no hayamos podido charlar durante más tiempo —añadió, a modo de excusa, como si ese encuentro no lo hubiera solicitado él, sino ella.

—No pasa nada.

—Tú puedes quedarte si quieres para terminarte el café —indicó, como si Elena necesitase su permiso para hacerlo—. Y pídete algo para merendar, si te apetece. Yo invito.

«Más bien invitan los contribuyentes», pensó Elena. Pero lo que salió de su boca fue un simple «Gracias».

—Nos vemos, Elena. Que todo vaya bien.

—Igualmente.

—¡Ah! Y una última cosa —se volvió el alcalde hacia ella cuando ya había recorrido la mitad del camino que conducía hasta la salida—. Si alguien os hace una oferta por la casa de Luisa Verger, ¿me harías el favor de hacérmelo saber? Es por si me animo a mejorárosla.

—Así lo haremos.

—Estupendo.

Se volvió a despedir de ella con un gesto de la mano, y Elena le devolvió la cortesía.

Nada más verle desaparecer por el pasillo, Elena puso a su cerebro a trabajar para tratar de analizar detenidamente lo que había sucedido. Esa última petición del Rodrigo Conde la había despistado un poco.

Quizás sí que era cierto que lo que le interesaba no era Saúl, sino la casa que habitaba. Sin embargo, el hecho de que el alcalde hubiese querido hablar con ella en lugar de con Sonia, y que encima hubiese escogido una cafetería como lugar de reunión, le seguía haciendo desconfiar. Si bien era cierto que no había insistido cuando le había preguntado por Saúl, eso no tenía por qué significar nada. Quizás no quería levantar sospechas presionándola más, o podía ser que contase con obtener la información por otros medios. O a lo mejor ella se estaba dejando llevar por su imaginación y no había razón alguna para tanta paranoia. Al fin y al cabo, ¿qué interés podría tener el alcalde de Valquemada en un recién llegado como Saúl?

Capítulo 26

SAÚL

Seis horas antes del encuentro entre Elena y Rodrigo, Saúl aparcaba su vehículo en una calle cercana al hotel Valle del Conquistador, en Oviedo. En las dos horas que había tardado en llegar hasta allí, había tratado de despejar su mente y disfrutar del trayecto. Ya había dedicado gran parte de la noche a pensar en todos los posibles escenarios a los que se podría enfrentar. Lo único para lo que había servido era para restarle unas valiosas horas de sueño. Y para llegar a la conclusión de que prepararse para lo impredecible era absurdo.

El día anterior, en cuanto había regresado se su visita a la residencia donde estaba alojado el antiguo compañero de trabajo de Arturo Díez, había visitado la web del hotel. Existía la posibilidad de que ya no estuviese empleado allí, pero era lo único con lo que contaba. Revisó toda la información que había disponible, pero no halló nada relativo al padre de Verónica. Era lo esperado, por otro lado. Así que no le quedaba otra que llevar a cabo una investigación sobre el terreno.

Desde que había llegado a Valquemada, se había

sentido siempre con un mono saltando de liana en liana, temiendo que la siguiente pista fuera a ser la última, y que no pudiera dar la siguiente pirueta que le permitiera llegar hasta su destino. Nunca había contado con más que un indicio a la vez, y habían sido varios los momentos en los que había creído que sus progresos eran insuficientes para poder continuar con su búsqueda. Afrontaba esta nueva fase de su misión con la misma falta de optimismo. Si su supuesto abuelo ya se había jubilado, que era lo más probable, y nadie en el hotel accedía a facilitarle algún dato de contacto, se hallaría de nuevo ante un callejón sin salida. Solo que el fracaso sería mucho más doloroso en esa etapa tan avanzada del proceso.

La recepción del hotel tenía un aspecto muy moderno, pero no le pareció a Saúl tan acogedora como pregonaba su página web. Más bien tenía un aspecto aséptico, como la sala de espera de un centro médico. Un hombre muy joven que vestía un uniforme a juego con los colores azul y blanco que dominaban el entorno era el único empleado que había tras el mostrador.

—Buenos días —le saludó el recepcionista.

—Buenos días.

—¿En qué puedo ayudarle?

Saúl había estado ensayando durante toda la noche anterior lo que diría llegado ese momento, hasta conseguir memorizarlo bien.

—Estaba buscando a Arturo Díez.

—¿A quién, disculpe?

—Arturo Díez —repitió Saúl, al que la cara de confusión del chico le llevó a deducir que Arturo ya no formaba parte de la plantilla—. Trabajaba aquí la última vez que vine —añadió.

El conserje bajó ligeramente la mirada y frunció el ceño.

—No me suena que haya nadie con ese nombre —dijo, tras unos pocos segundos.

—¿No? A lo mejor es que ya se jubiló.

—Es posible —dijo el recepcionista, sin abandonar su expresión de desconcierto.

—Necesito hablar con él por un tema familiar bastante urgente —mintió Saúl—. ¿Podías avisar a alguien que lleve más tiempo trabajando en el hotel, para ver si coincidió con él?

El chico se le quedó mirando, sin saber muy bien qué decir.

—Eh... —titubeó.

—Es un asunto muy importante. Si me hicieras el favor, te lo agradecería —insistió Saúl.

—De acuerdo —acabó diciendo el recepcionista tras otro instante de duda—. Un segundo.

A continuación cogió un teléfono inalámbrico que tenía bajo el mostrador y pulsó una tecla.

—Podrías bajar aquí un segundo, por favor. Ha venido alguien preguntando por Arturo Díez —le dijo a la persona que había al otro lado de la línea—. Sí, sigue aquí —añadió tras unos segundos—. Vale, gracias —dijo tras otra pausa.

Luego le pidió a Saúl que esperase a que una persona viniese a atenderle, y le señaló una zona donde había varios sillones colocados alrededor de una mesa baja de cristal.

—Puede esperar ahí sentado, si quiere.

—Gracias —dijo Saúl, siguiendo su consejo.

Unos pocos minutos más tarde, que Saúl dedicó a hojear unos folletos publicitarios que había sobre la mesa, apareció un hombre espigado, de mediana edad, vestido con un traje oscuro que le quedaba algo grande. Se presentó a Saúl como Roberto Delgado, supervisor del hotel.

—Yo soy Saúl Blanco.

—Encantado —dijo el recién llegado—. Me comenta mi compañero que preguntaba por Arturo Díez.

—Así es.

—¿Es usted familiar suyo?

—Sí. Aunque lejano.

—Ajá.

—Estoy tratando de localizarle. La última vez que supimos de él fue cuando nos alojamos en este hotel hace unos años, y por eso he venido a buscarle aquí. Aunque suponía que ya se habría jubilado.

—Hace ya bastantes años que lo hizo.

—¿Y podría darme algún teléfono suyo o una dirección? Es algo bastante urgente, y no tenemos otra forma de ponernos en contacto con él.

Había optado por esa estrategia basándose en la corazonada que tenía de que Arturo habría cortado todos los lazos que le vinculaban con su familia, tal como habría hecho con la gente de Valquemada. A pesar de contar con una excusa creíble, a Saúl no se le daba especialmente bien mentir. Y se sentía muy incómodo en ese tipo de situaciones, por lo que temía que se le notara demasiado cuando no estaba diciendo la verdad. Pero confiaba en compensarlo valiéndose de todo el tiempo que había dedicado a ensañar a solas esa conversación.

—Lo siento, pero no podemos facilitar datos de nuestros antiguos empleados. Es información confidencial.

—Me lo imagino. Lo que pasa es que se trata de una herencia, y es algo beneficioso para él. Estoy seguro de que Arturo les permitiría que me diesen esa información si supiera de qué se trata.

El supervisor se le quedó mirando. Su expresión no era de desconfianza, lo que animó a Saúl. Era más bien de concentración, como si estuviera realizando algún cálculo mental complejo.

—Podemos hacer lo siguiente —acabó diciendo tras ese intervalo de tiempo—. Puedo pasarle el recado de su parte. Y que ya decida él si desea ponerse en contacto con usted o no.

No era la solución ideal, pero tenía que reconocer que ese era el resultado más esperable. Si estuviera en el lugar del tal Roberto, tampoco le andaría suministrando datos tan sensibles al primero que se presentase ante su puerta.

No tenía muy claro cuál iba a ser la reacción de su supuesto abuelo cuando recibiera la noticia. Confiaba en que al menos le picara la curiosidad lo suficiente como para llamarle y comprobar si su historia era cierta. Y si, pasado un determinado tiempo, no recibía señales de él, siempre podría regresar al hotel para verificar si le habían avisado, o hacer un nuevo intento para que le dieran su teléfono.

—Me parece bien —indicó Saúl—. Si quiere, le doy mi número del móvil para que se lo pase a Arturo. Y si es tan amable, dígale que se trata de algo muy importante, y que me llame lo antes posible.

—De acuerdo.

Una vez que abandonó el hotel, Saúl decidió que se quedaría el resto del día en Oviedo, por si se diera la circunstancia de que Arturo le llamase en las siguientes horas. Aprovecharía mientras tanto para conocer una ciudad en la que no había estado antes.

Comenzó su itinerario por el casco histórico de Oviedo. Paseó por la plaza de Alfonso II el Casto, y visitó la catedral que la presidía, así como su cámara santa. Luego bajó hasta la plaza del Fontán, donde recorrió los diferentes puestos del mercado antiguo que la ocupaba. Allí es donde le entró el apetito, por lo que volvió sobre sus pasos para comer en una de las sidrerías de la calle Gascona. Escogió la menos concurrida, y le bastó para saciarse con una tapa de fabada y otra de embutidos, ambas bien generosas.

Por la tarde se dio una vuelta por el Campo de San Francisco, y acabó cayendo en la tentación de visitar las famosas confiterías de la ciudad. Allí se hizo con una caja de moscovitas y otra de carbayones. Las primeras eran unas pastas muy finas hechas con almendra y chocolate, que le recordaron a las tejas que vendían en una de las pastelerías de su barrio. Los carbayones estaban elaborados con hojaldre, crema de almendras y una cobertura glaseada de yemas y claras de huevo.

Al adquirir esos manjares, pensó inmediatamente en Lucía y el puesto que atendía en el mercadillo de Valquemada. Desde el día del concierto no había vuelto a verla, a pesar de que le había prometido que se pasaría de nuevo en cuanto pudiese. El recordar a la nieta de Olaya Pardo hizo que se sintiera un pelín culpable. Por suerte, su imagen fue sustituida en seguida por la del rostro sonriente de Elena, que despertó en él un sentimiento diferente y más intenso.

Para compensar su pequeño desliz mental, tomó la decisión de regalarle a Elena las delicias que acababa de comprar. Aunque enseguida regateó consigo mismo hasta reducir su obsequio a tan solo una de las dos cajas, a pesar de que tenía en casa suficientes dulces como para montar su propio negocio de repostería.

Durante todo ese tiempo que había estado conociendo la capital de Asturias, se había dedicado a comprobar su móvil cada poco rato. Para cuando el sol se puso tras el horizonte, no había recibido ninguna llamada ni mensaje relacionado con su búsqueda. Era todavía pronto para perder la esperanza. Quizás el supervisor del hotel no había podido localizar a Arturo Díez, o ni siquiera había tenido tiempo para hacerlo. Decidió que no tenía sentido seguir esperando allí, y se dispuso a regresar a Valquemada.

Y entonces escuchó como sonaba su teléfono.

Respiró hondo un par de veces antes de sacarlo del bolsillo delantero de su pantalón. Al descubrir el nombre que vio aparecer en la pantalla, sintió una mezcla de decepción y alegría. Luego pulsó el botón verde que aparecía bajo aquellas cinco letras.

—Hola, Elena.

—¡Hola! —le saludó ella, con mucho más entusiasmo—. ¿Te pillo en buen momento?

—Sí, claro.

—Es que ya sé a qué sitio te voy a llevar —anunció sin bajar un ápice su tono de emoción—. Porque sigue en pie lo del sábado, ¿no?

Aun sabiendo que una llamada de Arturo Díez podría alterar en cualquier momento sus planes de futuro más inmediatos, se arriesgó a contestarle que sí. Ya vería cómo se las apañaba si el fin de semana se le acababa complicando.

—Genial —dijo ella.

A continuación, le habló de un sitio llamado Bárcena Mayor, a menos de una hora de distancia de Valquemada, viajando hacia el sur. Se trataba de un pequeño pueblo situado en una zona que formaba parte del Parque Natural de Saja-Besaya.

—Al principio había pensado en llevarte a Santander —le contó ella—, pero luego pensé que igual ya lo conocías. Además, me da que eres más de campo que de ciudad, aunque vivas en Madrid.

—De hecho no vivo en la capital, sino en un pueblo muy pequeño que hay a setenta kilómetros.

—¡Anda! Pues no sé por qué pensaba que me habías dicho que vivías en la ciudad —se cuestionó a sí misma—. Entonces igual he acertado eligiendo el lugar.

—Es muy posible.

—Es un sitio precioso, con unas casas muy típicas de por aquí. Y el entorno es una pasada. Hay un río, bosques, montes. Lo tiene todo —se lo terminó de vender—. Y si nos da tiempo, podemos acercarnos a un mirador que no está muy lejos, que tiene unas vistas alucinantes. Te va a encantar, ya lo verás.

Le hablaba con un fervor casi religioso. Estaba claro que su elección no había sido casual, y que había dedicado tiempo a pensárselo bien.

A Saúl le fastidió tener la mente tan parasitada por el tema de su familia biológica que se había olvidado de su excursión con Elena. La idea de compartir ese viaje, y recorrer junto a ella lo que parecía un paraje tan grandioso, le producía mucha más ilusión que el hecho de poder encontrarse cara a cara con su madre.

—Yo hace mucho que no voy, y llevaba tiempo queriendo volver. Así que tengo muchas ganas de que llegue el sábado —le confesó Elena.

A Saúl le gustaba su sinceridad, y que no ocultara sus sentimientos. Lo cual resultaba curioso, pues él había hecho de aquello su modo de vida. Era un experto en esconder sus emociones. Y en triturarlas hasta que no fueran más que polvo. En ese instante, sin embargo, le pareció que había malgastado muchas oportunidades de aprender a procesarlas de manera correcta, para su propio provecho. Ese era tan solo uno de los cambios que estaba experimentando desde que había emprendido ese viaje. Que ya no era la misma persona que salió de su hogar tres semanas antes era algo que no podía negar. Lo que estaba por ver era si su transformación era un fenómeno pasajero o si se convertiría en algo definitivo.

Saúl le dijo que él también estaba deseando que llegase el fin de semana. Pero quizás debido a su falta de práctica sonó menos convincente que ella.

Aprovechó seguidamente para ponerla al día sobre sus pesquisas.

—Creo que estás muy cerca de conseguirlo, la verdad —opinó Elena cuando terminó de escuchar su relato.

—No lo sé. Si Arturo decide no ponerse en contacto conmigo y le dice a los del hotel que no me den sus datos bajo ninguna circunstancia, me quedaré otra vez con las manos vacías.

—Algo se podrá hacer en ese caso.

—Oviedo no es Valquemada —dijo Saúl—. No puedo ir puerta por puerta buscándole.

—No me refería a eso —aclaró Elena.

—¿Y en qué estabas pensando entonces?

—En que contratases a un detective, por ejemplo —contestó ella—. Igual es un pelín peliculero lo que voy a decirte, pero esa gente sabe cómo dar con alguien que no quiere que le encuentren.

Era una posibilidad que Saúl se había llegado a plantear en algún momento. Se lo podía permitir económicamente, y no tenía dudas sobre las capacidades de un profesional que se dedicaba a ese tipo de actividades. Seguramente contaban con recursos y contactos muy superiores a los suyos, y acabarían por facilitarle el trabajo. Pero también supondría ceder a un desconocido el control de su investigación, y eso era algo que le incomodaba. Una cosa era revelarle sus secretos a gente como Olaya y Elena, y otra muy diferente involucrar a alguien que tuviera un interés lucrativo en el asunto. No sabía hasta qué punto podría enmarañar las cosas introducir ese factor en la ecuación. En cualquier caso, si no alcanzaba el éxito en su misión valiéndose de sus propios medios, era una opción que no podía permitirse descartar a la ligera.

—Espero que no lo necesites, de todas formas —le deseó Elena—. Hasta ahora te las has apañado muy bien.

—Gracias a la ayuda de otras personas.

Saúl no supo interpretar muy bien el repentino silencio que escuchó desde el otro lado de la línea telefónica. Pero sí que detectó que había menos excitación en el tono de voz de Elena cuando le habló de nuevo.

—¿Te vas a quedar a pasar la noche en Oviedo?

—Estaba a punto de volverme ahora mismo a Valquemada.

—¿Te ha dado tiempo a hacer un poco de turismo?

—Sí.

Le resumió cuál había sido su itinerario. Ella le dio su visto bueno.

—Pues no te entretengo más, que querrás llegar pronto a casa —dijo Elena.

—Nos vemos el sábado, entonces.

—Eso.

Saúl la notó todavía más apagada cuando se terminaron de despedir, pero no le dio demasiada importancia.

El efecto efervescente que la conversación con Elena tuvo en él se desvaneció rápidamente, para su desdicha. Enseguida volvió a pensar en Arturo Díez, el siguiente eslabón de una cadena que le llevaba hasta la mujer que le había dado la vida. Llegar hasta ella había pasado de ser una simple opción a convertirse en algo que necesitaba hacer para poder continuar con su vida. Ya era tarde para volverse atrás. El camino había desaparecido a su espalda, y la única salida estaba al frente, al final de una senda imprecisa y llena de incertidumbres.

La noche se abalanzó sobre Saúl, envolviéndole en su abrazo tenebroso. Pero no era esa oscuridad a la que temía, sino a la que nublaba su mente y le impedía ver su futuro con claridad.

Capítulo 27

RODRIGO

Después de más de veinte años dedicándose a la política, al alcalde de Valquemada había llegado a la conclusión de que la habilidad más importante en su oficio era la capacidad para gestionar los secretos. Tanto los propios como los ajenos. Era esencial tener bajo control los primeros y saber cómo y cuándo rentabilizar los segundos. También era muy importante la proporción entre ambos. Reducir al mínimo los propios, y no dejar nunca de abastecerse de los ajenos. En esto último, Rodrigo Conde era un maestro.

La gente solía confiar en él, a pesar de la mala fama que la clase política se había ganado a pulso. Si a eso se le sumaba el empeño que él mismo ponía en enterarse de todo lo que sucedía a su alrededor, el resultado era de lo más sustancioso. El coste en tiempo que esa continua actividad de obtención de información conllevaba con respecto su vida personal era enorme, por supuesto. Pero en su caso, era un precio imprescindible de pagar. Porque Rodrigo tenía un par de secretos inconfesables de tal magnitud que podrían acabar con su brillante futuro profesional en el tiempo que se tardaba en escribir un *tweet* o colgar un titular en la página web de un periódico digital.

Su encuentro con la chica de la inmobiliaria no había conducido a nada, pero eso no le supuso un gran contratiempo. Si algo tenía de sobra era paciencia. Había aprendido que precipitarse era uno de los mayores errores que se podían cometer a la hora de sacar a la luz algo que permanecía oculto. Era la forma más rápida de conseguir que la gente se apresurase a esconderlo todavía mejor. Además, casi siempre había más de una vía para acceder a ello.

En el caso concreto del asunto que tenía entre manos —íntimamente relacionado con uno de esos secretos personales que no le interesaba para nada que saliese a la luz—, podría llegar a contentarse con la cantidad de información de la que ya disponía. Gracias a lo que había averiguado tras un par de llamadas telefónicas, ya se había hecho una idea muy clara del motivo por el que Saúl Blanco andaba haciendo determinadas preguntas por el pueblo. Resolver ese pequeño misterio le había obligado a cobrarse un par de favores. Pero para eso estaban.

Aunque ya tenía suficientes datos como para dar el siguiente paso, Rodrigo era un perfeccionista, y no se iba a detener ahí. Quería conocer al detalle cuál era el estado actual de la investigación que el recién llegado a Valquemada había iniciado a principios de mes. Cuán lejos había llegado en sus pesquisas, y lo cerca que estaba de llegar a la meta, eran cuestiones que le gustaría aclarar con prontitud.

«Secretos», pensó. «Al final todo está relacionado con ellos».

Capítulo 28

ELENA

Estaba tan nerviosa por lo que iba a suceder ese día que Elena se levantó de la cama a las siete de la mañana. Fue incapaz de recordar cuándo se había puesto en marcha a esas horas un sábado en el que no tuviese que trabajar. Tampoco se acordaba de cuándo fue la última vez que se había sentido tan emocionada por algo. No le vino nada mal el madrugón, pues le permitió probarse prácticamente toda su ropa de temporada hasta dar con la indumentaria perfecta para la ocasión. Se decantó finalmente por un vestido de verano de estampado floral que le llegaba hasta la mitad de su pantorrilla y tenía un escote en forma de uve, que complementó con unas sandalias de suela plana que se había comprado a principios de mes.

Habían quedado en que Saúl se pasaría a recogerla en su vehículo a las diez. Se tardaba tan poco en llegar a Bárcena Mayor desde Valquemada que no era necesario levantarse muy temprano para poder aprovechar el día al máximo.

Elena había dedicado mucho tiempo a escoger meticulosamente el sitio al que iba a llevar a Saúl. Al principio le había parecido una tarea abrumadora, pues había infinidad de lugares maravillosos que visitar en las inmediaciones. Por suerte, debido a las limitaciones de tiempo, el rango geográfico al que tenía que ceñirse no era muy amplio. De no ser así, se habría vuelto loca por la indecisión, pues sabía que era fundamental elegir con cuidado su destino. Debía de ser uno muy especial, pues tenía la impresión de que iba a ser un aspecto clave a la hora de determinar cómo iba a progresar su relación con Saúl. Pretendía que se diera un gran avance con respecto a ella, así que el enclave escogido tenía que estar a la altura del acontecimiento.

Tras mucho meditarlo, se había decidido por aquel pueblecito tan pintoresco del valle del río Argoza. La anterior vez que había estado allí le había parecido el sitio con más encanto de los alrededores. Caminar por sus calles empedradas, flanqueadas por aquellas casas antiguas tan perfectamente conservadas, le había producido la sensación de estar viajando en el tiempo. Y luego estaba también la belleza de los paisajes que la rodeaban, que quitaba el aliento. Pocas veces había disfrutado tanto de un paseo en medio de la naturaleza como cuando había recorrido la senda que conducía hasta el pozo de la Arbencia.

Por si con eso no hubiera sido suficiente para otorgar a Bárcena Mayor un espacio privilegiado en su memoria, también había un motivo sentimental ligado a ello. Aquella primera vez, se había desplazado hasta allí con su madre y con su abuela paterna, a la que quería con locura. Apenas un año después, Paulina, que era como se llamaba, había fallecido a causa de un cáncer de páncreas. Había sido, por tanto, el último viaje que había compartido con ella, y por esa razón ese rincón de Cantabria estaba asociado de un modo inseparable con su abuela.

Una vez levantada, procuró hacer el menor ruido posible para no despertar a su compañera de piso. La noche anterior había conseguido librarse a duras penas del interrogatorio al que la sometió Arancha cuando le dijo que el día siguiente lo iba a pasar con un amigo. Y no quería darle una nueva oportunidad esa mañana.

No es que le diese vergüenza hablarle de Saúl, sino que prefería mantener su relación con él lo más secreta posible. El motivo era el miedo que tenía a que sus problemas de imagen pública dentro del pueblo les salpicasen. No quería que su situación personal dentro de la comunidad contaminase en modo alguno lo que estaba surgiendo entre los dos. Y el primer y más importante paso para asegurarse de que no era así era que nadie supiese de la existencia de ese vínculo entre ambos. Mientras la gente pensase que entre ellos solo había una relación comercial, estaría a salvo.

Para evitar que Arancha la acorralase de nuevo exigiéndole más datos acerca de ese misterioso amigo, Elena decidió esperar en la calle a que él llegase para recogerla. Una vez en el exterior, comprobó en persona que, tal como los meteorólogos habían pronosticado, el día había amanecido con un cielo completamente despejado y una temperatura ideal para una excursión.

Saúl se presentó cinco minutos antes de la hora. Elena prácticamente arremetió contra el coche para introducirse en él de inmediato, ante la eventualidad de que su compañera de piso saliese corriendo en ese momento del portal con intención de conseguir la información que le había sido negada. Ya dentro del vehículo, se apresuró a saludar a Saúl dándole un par de rápidos besos en la mejilla. Poco le faltó para pisar ella misma el pedal del acelerador.

Nada más cruzar la frontera del municipio, sintiéndose ya más segura, Elena le preguntó si había recibido noticias de Arturo Díez.

—No —contestó él.

Al detectar cómo se había ensombrecido su expresión al ofrecerle su escueta respuesta, Elena decidió que no volvería a sacar el tema durante el resto de la jornada. No quería que nada estropease la que pretendía que fuese su primera cita romántica en siglos. Por suerte, la belleza de los paisajes que atravesaron hasta llegar a su destino trabajó a su favor, desterrando cualquier pensamiento negativo tanto de su mente como de la de su acompañante.

Al llegar a su destino, tuvieron que aparcar el coche a las afueras de Bárcena Mayor, pues todo el pueblo era una zona exclusivamente peatonal.

Cuando Elena había escogido ese lugar, no había tenido dudas acerca de lo acertado de su elección. Pero, durante el trayecto, había empezado a perder parte de esa seguridad. ¿Y si le parecía demasiado tranquilo o aburrido? Sin embargo, en cuanto vio cómo se iluminaba el rostro de Saúl nada más salir del coche y recorrer con su mirada los alrededores, supo que sus temores habían sido infundados. Ver esa reacción tan inequívoca en un semblante que era tan poco expresivo llenó de buenos presagios a la joven.

A pesar del evidente atractivo del lugar, no había tanta gente como cabría esperar encontrarse. Elena compartió ese pensamiento con Saúl.

—Mejor —dijo él.

A ella también le pareció digno de celebrar que no tuvieran que compartir su estancia en Bárcena Mayor con una multitud de ruidosos turistas.

—¿Lista? —preguntó él, señalando hacia la entrada al pueblo.

Elena asintió, dejando que la deslumbrante sonrisa que curvó sus labios dejara bien claro lo preparada que estaba para lo que tenían por delante.

Recordaba el pueblo más grande, desde la última y única vez que había estado, quince años antes. Pero eso no empañó ni un ápice su experiencia. De lo que no se había olvidado tan fácilmente era de sus características casas de piedra, y de los hermosos balcones de madera repletos de flores que asomaban por encima de ellos.

No se dejaron nada sin ver.

Visitaron todas y cada una de las pequeñas tiendas de artesanía que había dispersas por el denso trazado de la localidad. En una de ellas, Elena se compró un cesto de mimbre compartimentado que la dueña del establecimiento le dijo que ella usaba para guardar fruta, verduras o patatas. En otra adquirió un juego de utensilios de cocina de madera, a pesar de que de alguno de ellos no tenía mucha idea de para qué se podían emplear. Y no se atrevió a preguntarlo, para no quedar como una ignorante delante de Saúl.

Aunque Elena no se perdió detalle alguno de su entorno, le prestó más atención a Saúl que a otra cosa. Como era habitual en él, habló poco, pero eso no impidió que a la joven le quedase bien claro que estaba disfrutando enormemente de su paseo. Con el poco tiempo que había compartido a su lado, había sido suficiente para que Elena aprendiese a leer en sus ojos lo que el resto de sus facciones se resistían a comunicar. Durante las casi dos horas que dedicaron a explorar cada rincón del pueblo, no habían dejado de brillar ni un solo segundo.

Saúl le comunicó que su caminata le había abierto el apetito, a pesar de que todavía no habían dado ni las dos de la tarde. A Elena le había entrado el hambre incluso antes de que él le confesase la suya, por lo pronto que había desayunado. Se preguntó si Saúl también se habría levantado tan temprano como ella, y por el mismo motivo. Así pues, estuvo de acuerdo en no retrasar más la comida. Así tendrían más tiempo para emplear en la segunda parte de su excursión.

Había un puñado de restaurantes donde elegir, y al final se decantaron por el que menos lleno estaba de todos, situado en una segunda planta abierta al exterior. Nada más sentarse, Elena le comentó que iban a tener que quedarse con las ganas de probar el célebre cocido montañés, que era el plato estrella de la zona, ya que en verano no formaba parte del menú. En su lugar pidieron unos mejillones a la vinagreta y unas croquetas de bacalao como entrantes. Luego Elena se pidió merluza en salsa verde, y Saúl un chuletón de vaca tudanca cántabra. De postre compartieron frisuelos de Liébana rellenos de frambuesa, aunque prácticamente se los comió todos Saúl, ya que Elena estaba tan saciada cuando se los trajeron que tan solo se atrevió a probar un pedacito.

—Veo que te encanta el dulce —comentó ella, al contemplar con qué avidez los devoró Saúl.

—Es mi punto débil.

—¿Solo tienes ese?

—Que yo sepa, sí.

—Los hay peores —opinó Elena, viendo cómo él rebañaba el plato.

—¿Y el tuyo cuál es? —quiso saber Saúl, echándose hacia atrás, satisfecho como un niño después de haber estado toda una tarde jugando a su pasatiempo favorito.

—Tengo tantos...

—¿Por ejemplo?

«Tú», pensó.

—Las velas aromáticas. No puedo vivir sin ellas —dijo.

No podía resistirse a comprarlas compulsivamente, y eso que tenía suficientes existencias en casa como para no necesitar hacerse con ninguna más durante el resto de sus días. El problema era que ya había tenido alguna discusión con su compañera de piso al respecto del uso abusivo que hacía de ellas. Al principio, Arancha no había puesto ninguna pega, pero luego se fue hartando cada vez más, a medida que Elena fue inclinando la balanza de sus gustos hacia aromas extraños y demasiado exóticos para su amiga. Al final habían llegado al acuerdo de que solo las encendiera dentro de su dormitorio.

—Vi que tenías una en tu mesa de trabajo.

—Tengo la suerte de que a mi jefa también le gustan —dijo Elena—. De hecho, me deja que guarde la mitad de las que tengo en el almacén de la oficina. En casa yo no me caben más.

—¿Algún olor preferido?

—Depende del día —respondió ella—. Ahora estaría entre dos —dijo, tras pensárselo un instante—. Una de cardamomo, y otra hecha con jazmín, que es de una marca de perfumes.

No le contó que esta última pertenecía a una colección muy exclusiva, y que le había costado una barbaridad. Tampoco que se suponía que su fragancia era afrodisíaca. Si las cosas iban por el buen camino, trataría de comprobar con el propio Saúl si esa teoría era cierta. A no mucho tardar, de ser posible.

—Pero igual mañana cambio de opinión —añadió Elena.

Saúl cogió el vaso que tenía delante y dio un largo trago a su bebida. Elena no pudo evitar fijarse en su musculoso bíceps. No le importó que Saúl se percatase de ello. Ella también le había pillado a su acompañante un par de miradas furtivas dirigidas hacia partes muy concretas de su anatomía.

—¿Entonces te está gustando el sitio al que te he traído? —preguntó Elena, mientras se formaba en su mente la imagen de aquellos dos graníticos brazos envolviendo su cuerpo femenino.

—Mucho.

—Pues creo que no es lo más bonito que vamos a ver hoy.

—¿Ah, no?

Ella negó con la cabeza varias veces, sonriendo.

En la amplia terraza convertida en comedor ya no quedaba ninguna mesa sin ocupar en ese momento. A pesar de ello, Elena se sintió como si estuvieran los dos solos. Su atención estaba tan enfocada en Saúl, que todo lo que la rodeaba perdió consistencia. También sus problemas y preocupaciones parecieron desvanecerse. No se había sentido así de a gusto y relajada en años. ¿Significaba eso que perdería todo lo ganado si Saúl desaparecía de su vida? En ese caso, el daño se multiplicaría por dos. Pero por muy angustiosa que fuese esa posibilidad, no sirvió para rebajar su euforia.

Cuando él le preguntó si le parecía bien que pidiesen ya la cuenta, para poder así poder descubrir lo antes posible si su afirmación de que lo mejor estaba por llegar era cierta, el hechizo se debilitó un poco. Pero no se llegó a romper. A esas alturas ya era demasiado poderoso.

Tras abandonar el restaurante, se montaron en el coche y emprendieron el camino hacia la siguiente parada de su viaje. Volvieron sobre sus pasos para coger una vía secundaria que continuaba hacia al sur. Tres cuartos de hora después llegaron a su destino.

El Balcón de la Cardosa era un mirador situado en un lado de la carretera que ascendía hasta el puerto de Palombera. Saúl estacionó su Seat León en un espacio destinado para ello. Las dos únicas personas que había allí cuando llegaron eran dos motoristas, que estaban justo en ese momento subiéndose en sus vehículos para marcharse. A Elena le pareció genial que fueran a tener ese maravilloso lugar para ellos dos solos.

El mirador era un espacio semicircular protegido por una barandilla de metal. Sobre su suelo empedrado se levantaba la escultura de un corzo que se estaba permitiendo el lujo de girar su cabeza en dirección contraria a las sensacionales vistas que había frente a él, para observar a los recién llegados. A Elena le pareció muy original y graciosa la postura del animal.

Saúl y Elena rodearon la figura cada uno por un lado y se aproximaron a la barandilla. Ante ellos se desplegó la bella imagen del valle del Saja, rodeado de varios montes en cuyas laderas se alternaban masas boscosas con zonas de pasto para el ganado. Unas y otras tenían un color verde tan intenso que parecía irreal. A Elena le dio la impresión de que era una escena sacada de un cuento. Lamentó haber tardado tanto en visitar ese lugar, pero enseguida se corrigió a sí misma. Había hecho muy bien en esperar para compartirlo con la persona idónea. Lo contrario habría sido desperdiciar un momento mágico.

A su lado, Saúl contemplaba la grandiosa panorámica que tenía ante sus ojos. Elena le observó por el rabillo del ojo, pero enseguida se vio de nuevo atrapada por el espectacular paraje. Así estuvieron un buen rato, sin decir nada.

Y entonces sucedió.

Elena estaba tan ensimismada por las vistas que su mente fue procesando los siguientes acontecimientos con un ligero retardo. Primero sintió como el brazo de Saúl se deslizaba por su cintura, rozándola con suavidad. Luego notó como los dedos en los que terminaba esa extremidad se aferraban a su piel con decisión y la obligaban a girarse hacia él. A continuación notó como el firme cuerpo de Saúl se apretaba contra el suyo. Su percepción de los hechos no se sincronizó con la realidad hasta que los labios de él se posaron suavemente sobre los suyos.

Elena se había besado con algún que otro hombre después de su fatídica historia con Alejandro. Pero aquello habían sido ligues ocasionales, destinados a la nada desde el principio. Lo que se dice un beso de verdad, de auténtico amor, llevaba mucho más tiempo sin disfrutarlo. Y uno como el que estaba experimentando en ese preciso instante no recordaba haberlo recibido en su vida.

Una corriente de puro gozo recorrió todo su organismo, desde la punta de sus pies hasta el nacimiento de su cabello, e hizo que se estremeciera de puro placer. Levantó sus temblorosas manos hasta envolver con ellas la cara de Saúl, y empujó con fuerza con su lengua hacia el interior de su boca, hasta enroscarla con la del hombre del que ya estaba irremediablemente enamorada. De no encontrarse donde se hallaban, le habría arrancado la ropa allí mismo, y se habría abandonado al deseo que había crecido en ella como un incendio descontrolado, dificultándole la respiración. Por la manera en que él la apretó contra su torso, entendió que él también estaba poseído por la misma pasión.

Tras separarse sus bocas a regañadientes, Saúl la miró fijamente, a escasos centímetros de distancia.

—Te habría besado aquel día en el bosque, cuando nos encontramos —le confesó.

—¿Te refieres a cuando me pillaste llorando? —reconoció ella sin tapujos—. La verdad es que no estaba en mi mejor momento.

—¿Te habría importado que lo hiciera?

Elena negó con la cabeza.

—Habría sido extraño —dijo ella—. Pero me habría gustado mucho. Como ahora.

Se besaron de nuevo por iniciativa de ella, pero en esa ocasión hubo más delicadeza que frenesí. Ambos lo disfrutaron todavía más, una vez saciada su hambre inicial.

Se quedaron de pie frente a la majestuosa imagen que ofrecía el mirador, en completo silencio. Ella tenía la cabeza apoyada en el hombro de Saúl, cuyo brazo derecho rodeaba la cadera de la joven. Si por Elena fuera, se habría quedado allí para siempre. No había nada en su vida anterior a ese instante que la empujara a regresar a ella. Estaba donde quería estar, con quien quería estar y haciendo lo que quería hacer. Todo lo demás le sobraba.

La magia del momento se disipó al oír como se detenía otro vehículo junto al de Saúl. Los miembros de una familia, que incluía a dos bulliciosos niños pequeños, la devolvieron a la realidad de un mundo que habían abandonado gustosamente para refugiarse en un reconfortante oasis de felicidad. Había sido una experiencia breve, pero de una intensidad arrebatadora. Y había dejado en ella una sensación de que lo mejor estaba por llegar. Se sentía revigorizada, y con fuerzas de sobra para afrontar cualquier obstáculo que se encontrase en su camino. Con Saúl a su lado, el miedo que tenía atenazado su corazón había aflojado su cruel abrazo.

No fue necesario que ninguno de los dos dijera en voz alta que había llegado el momento de marcharse. Lo que habían compartido en aquel hermoso rincón de la naturaleza debía ser preservado a toda costa, y la intromisión de unos desconocidos ponía en serio peligro su esplendor. También fue evidente para ambos que su excursión había finalizado, a pesar de que aún quedaban horas para que el sol desapareciese por el horizonte. El tiempo para hacer turismo había terminado, ya que los dos amantes tenían prisa por consumar su amor lo antes posible.

Una hora más tarde estaban de vuelta en la vivienda de Saúl, desnudándose mutuamente con voracidad.

La noche les sorprendió abrazados, piel contra piel. Elena se concentró en tratar de absorber a Saúl a través de todos sus sentidos. Aspiró su aroma, escuchó los latidos de su corazón, acarició su rostro, saboreó su boca, se sumergió en su mirada serena y misteriosa. Nunca había experimentado una conexión tan profunda con otro ser humano. Nunca había gozado tanto de la intimidad con alguien. Sus cuerpos se habían acoplado a la perfección, como si ya se conocieran desde hacía mucho más tiempo. A pesar del fuego que ardía en ellos, ambos habían explorado con ternura y generosidad el cuerpo del otro.

Acurrucada en ese pequeño espacio lleno de placer y dicha, Elena se sintió tan optimista como jamás habría pensado que podría volver a sentirse tras los acontecimientos de las últimas semanas. La angustia se había tornado primero en ilusión y luego en un éxtasis incontrolable. Sus problemas no habían desaparecido, pero su voz había enmudecido. El futuro ya no le parecía un lugar tan oscuro como antes. Seguía estando poblado de sombras amenazantes, pero las vio retroceder, intranquilas ante la presencia de una nueva fuente de luz.

Elena movió su pelvis en dirección a la de Saúl. Enseguida notó que el vigor había regresado a él, y eso le arrancó una sonrisa de lo más traviesa. «Estupendo», pensó. «Porque la noche no ha hecho más que empezar».

Capítulo 29

SAÚL

Pasaron la mayor parte del domingo juntos también. Se levantaron tan tarde que se saltaron el desayuno y decidieron adelantar el almuerzo. El resto de la mañana estuvieron cocinando y hablando de a qué lugar le llevaría Elena el siguiente fin de semana. Por la tarde dieron un largo paseo por el bosque del Regaño. Allí, Saúl se resarció de la oportunidad perdida la última vez que lo visitaron, y besó a Elena una y otra vez, a lo largo de todo el camino. Tanto contacto físico acabó por precipitar su regreso a casa antes de lo previsto, donde hicieron el amor hasta el atardecer.

Tras una copiosa cena para recuperar toda la energía gastada, Saúl acercó a Elena a casa. Ella le dijo que se habría quedado con gusto a pasar la noche de nuevo en sus brazos, pero al día siguiente tenía que madrugar, y estaba agotada después de tanto ejercicio físico. Maravilloso, pero extenuante.

Desde que la había recogido casi cuarenta y ocho horas antes, se había producido una manifiesta transformación en el semblante de Elena. Se la veía radiante y un punto risueña. Ni siquiera la inminente separación que iba a tener lugar causó mella alguna en su expresión de pura felicidad. Saúl se preguntó si los efectos de lo que había sucedido entre ellos ese fin de semana serían tan evidentes en él, o si su tendencia natural a ocultar sus emociones habría sido capaz de sobreponerse a toda esa avalancha de sentimientos que se le había venido encima. Descubrió que, por primera vez en mucho tiempo, le daba igual. Con Elena era otro. A su lado no se sentía tan vulnerable a la hora de bajar sus defensas y abrirse por completo. No temía perder el control, como si entre ellos se hubiera creado un espacio seguro donde podía dejar que su corazón tomase el mando de sus actos sin miedo a las consecuencias.

Media hora después de dejarla en su piso, ya estaba recibiendo un mensaje de WhatsApp en su móvil que le había enviado ella. Le confesaba que aquellos habían sido los dos días más especiales en muchísimo tiempo, y le daba las gracias por habérselos regalado. Le decía que ya le estaba echando de menos, y que estaba deseando volver a verle.

El antiguo Saúl se habría tomado unos minutos para elaborar cuidadosamente una respuesta. Sin embargo, decidió ser espontáneo y la contestó de inmediato. Escribió desde las entrañas, no desde el cerebro:

Para mí también ha sido algo único. Gracias a ti por elegir el mejor sitio posible, y por mejorarlo todavía más con tus sonrisas, tus besos y tus caricias. Tenía muchas cosas en las qué pensar antes, pero ahora solo puedo pensar en ti.

Ella le envió enseguida la imagen de un corazón gigante latiendo. Vio aparecer la palabra «escribiendo...» en el encabezado de la aplicación, pero no pudo esperar a ver qué más le quería decir Elena, y se adelantó proponiéndola que comiesen juntos al día siguiente. Ella aceptó al instante, transmitiéndole su entusiasmo con una colección interminable de emoticonos. Elena le deseó dulces sueños, y él le dijo que lo serían solo si los protagonizaba ella, lo que desencadenó otro aluvión de caritas y dibujos de lo más descriptivos.

Cuando apagó su dispositivo, a Saúl le vino a la mente la última conversación telefónica que había tenido con Blanca, su amiga desde su época en el ejército. Ella le había acusado de que su actitud a veces distante y fría no era sino una máscara que ocultaba a un romántico empedernido bajo la misma. Saúl nunca se había visto a sí mismo de esa manera. Había vivido sus relaciones sentimentales pasadas de un modo bastante prudente, y todas y cada una de sus parejas habían aludido a su falta de interés hacia ellas como una de las causas de la ruptura.

Era cierto que con Blanca se había comportado de otra forma, al menos durante un tiempo. Pero incluso en aquella breve relación amorosa con su entonces compañera del regimiento, esa fase de intenso enamoramiento se había evaporado con rapidez. Y no había vuelto a pasar por nada parecido desde aquella ocasión. Con Elena, sin embargo, estaba experimentando algo que superaba en calidad e intensidad todo lo anterior. Se preguntó si no podría tratarse de un efecto secundario de la búsqueda de sus padres biológicos. Remover esa parte de su pasado le había alterado significativamente, poniendo su sensibilidad a flor de piel. De eso no le cabía ninguna duda. ¿Significaba eso que el Saúl actual no era el verdadero? ¿O más bien la investigación acerca de sus orígenes había provocado que el auténtico Saúl saliera al exterior, después de una eternidad sepultado?

Otra señal de que su personalidad estaba cambiando fue que, a diferencia de antes, escogió no darle más vueltas al asunto. Disfrutaría del presente, sin preguntarse por los motivos que le habían llevado hasta él. No iba a permitir que demasiada introspección le fastidiase las que estaban siendo, inesperadamente, las mejores vacaciones de su vida.

Capítulo 30

ELENA Y SAÚL

Mientras Elena se dirigía hacia la oficina para comenzar su jornada laboral al día siguiente, le sorprendió descubrir que era posible levantarse un lunes con una sonrisa en la cara.

La noche anterior le había costado conciliar el sueño, aunque por los motivos correctos. Estaba agotada físicamente —sentía dolor, incluso, en según qué zonas de su cuerpo—, pero dentro de su cabeza había fuegos artificiales, pues no paraba de reproducir en su mente la infinidad de momentos emocionantes que había compartido con Saúl durante todo el fin se semana. Todo había salido tan a pedir de boca que le resultaba imposible no dudar de si había partes que habían sido fruto de su imaginación.

Debía de irradiar tan buen rollo, que a Arancha no le hizo falta ni siquiera preguntarle qué tal habían ido las cosas. La expresión de su rostro era una respuesta lo suficientemente concluyente. Tampoco insistió mucho en que le revelase la identidad del chico que había obrado el milagro, como si le bastase con saber que todo había ido a las mil maravillas. Ese gesto de pura amistad le hizo sentirse un poco culpable por desconfiar de su capacidad para la discreción, pero no hasta el punto de arriesgarse a poner en peligro su relación con Saúl desvelándole su secreto. También le dio pena que fueran a dejar de ser compañeras de piso en breve.

Su incontenible euforia la llevó a pedirle a Arancha que la dejara probar el batido saludable que se había preparado para el desayuno. Según el terrible sabor de la bebida inundó su paladar, lamentó haberse venido tan arriba. Pero estaba tan llena de positividad que fingió que le gustaba.

Su jefa no dio muestras de percatarse del drástico cambio en el estado de ánimo de su subordinada. Al menos no inicialmente, ya que, cuando le narró la última incursión en el mundo de lo paranormal que habían realizado su marido y ella durante el fin de semana, visitando la ruinas de una fábrica en Valladolid que había servido de prisión en el siglo XIX, a Sonia le extrañó el exagerado interés que se tomó Elena en su historia. A tenor de las entusiastas reacciones que mostró la joven en un par de ocasiones, le dio la impresión de que no le estaba hablando sobre los espíritus errantes de presos que habían encontrado una muerte atroz entre rejas, sino que le estaba detallando un viaje a Port Aventura con sus sobrinos. Eso le hizo sospechar que había algo distinto en su empleada, aunque no se imaginó hasta qué punto estaba en lo cierto.

En realidad, lo que Elena quería era que su jefa prolongase todo lo posible su relato. Sabía que la mañana se le iba a hacer eterna, por las ganas que tenía de que llegase la hora de la comida para poder encontrarse de nuevo con Saúl. Tenía pocas tareas pendientes que pudieran ofrecerle una distracción lo suficientemente continuada para no tener que ver pasar los segundos lentamente, así que vio en la historia de Sonia una oportunidad inmejorable de aliviar la insufrible espera que le quedaba por delante.

Alcanzó un éxito parcial. La responsable de la agencia se explayó todo lo que pudo con el tema, pero luego fue interrumpida por una inoportuna llamada desde la central que prometía ser larga, así que Elena tuvo que volver arrastrándose a su mesa. Allí se pasó el resto de la mañana buscando por internet a posibles clientes a los que ofrecer sus servicios, y haciendo llamadas de seguimiento a los que ya los habían contratado, para ver cómo les iba.

Cuando por fin dieron las dos de la tarde, salió disparada en dirección al sitio en el que había quedado con Saúl.

En lugar de citarse en el restaurante donde habían comido la vez anterior, Elena le propuso que lo hicieran en otro que solía estar mucho menos concurrido. No le explicó que el motivo de su elección se basaba exclusivamente en lo discreto que era el local, sino que aludió a lo ricos que estaban los postres caseros que elaboraban en el establecimiento. Sabía que con eso bastaría para convencerle.

Seguía temiendo que su relación se hiciera demasiado pública. Tarde o temprano alguien acabaría enterándose —una cosa así era complicadísima de mantener en el más absoluto secreto en un pueblo tan pequeño como aquel—, pero prefería retrasarlo lo máximo posible. Con esa idea en mente, había quedado con él a la entrada de un parque para niños que había muy cerca del restaurante, en el que sabía que a esas horas no había nadie. Así podrían saludarse con todo el ardor que el reencuentro merecía, sin miedo a la presencia de testigos incómodos. Luego, durante la comida, ella trataría de contenerse lo máximo posible.

Cuando avistó de lejos la figura de Saúl, dudó de que fuera a ser capaz de comportarse con esa moderación. Tenía tantas ganas de besarle, tocarle y meterse bajo su piel, que tan solo el hecho de no correr hacia él ya le supuso un esfuerzo descomunal. No era cuestión de montar una escena subidita de tono en medio de la calle, y menos a las puertas de un área de juegos infantil.

Saúl se giró en su dirección, como si hubiera percibido su llegada. Le bastó verle la cara para saber que algo había sucedido. No era solo que hubiera desaparecido ese brillo especial en sus ojos que había detectado la última vez que se habían visto, sino que tampoco había señales de su calma habitual. Había una seriedad en su semblante más profunda de lo normal que era incapaz de disimular. Fue tal el impacto que le causó ese descubrimiento que hizo que Elena se detuviera de golpe a un metro de él, como si hubiera entre ellos una barrera invisible.

—¿Ha pasado algo? —quiso saber ella, con el corazón descontrolado.

Él asintió muy despacio con la cabeza. Pero antes de que Elena le pudiera preguntar por ello, él cubrió la distancia que les separaba y la besó suavemente en los labios. La joven recibió ese tierno gesto con inmenso alivio, sintiéndose como si le hubiera echado una manta encima para protegerla de una corriente de viento gélido.

—Me ha llamado Arturo Díez —le dijo él, cuando sus cuerpos se separaron.

El tono era el acorde al que tendría una mala noticia. Era evidente que la conversación no había producido el resultado que Saúl había esperado de ella.

—¿Cuándo? —preguntó Elena.

—Hace un par de horas.

Elena aguardó ansiosa a que él le explicase cómo

habían ido las cosas con su supuesto abuelo biológico.

—Te lo cuento mejor cuando estemos sentados en el restaurante —sugirió él.

—Vale —estuvo ella de acuerdo, a pesar de que la curiosidad la carcomía por dentro.

De camino al sitio, Elena no pudo evitar cogerle de la mano y ofrecerle una triste sonrisa con la que pretendía mostrarle su solidaridad. Saúl apenas movió sus labios en un patético intento por devolverle la cortesía. Permanecieron en silencio hasta su entrada en el local. Elena comprobó de inmediato que su predicción acerca de la escasa ocupación del establecimiento había sido acertada. La mitad de las mesas estaban vacías, y no había grupos de más de dos personas en la sala. Saúl se dirigió hacia la mesa más apartada de todas, situada en una de las esquinas de la estancia, y Elena le siguió de cerca. Escogieron con rapidez lo que iban a tomar. En cuanto el camarero que les tomó nota se marchó, Saúl empezó a describirle su conversación telefónica con Arturo Díez.

Saúl le había transmitido el verdadero motivo de su interés por ponerse en contacto con él de inmediato, con todo el tacto del que había sido capaz. Su interlocutor había tardado tanto en decirle algo, que Saúl había llegado a sospechar que le había colgado. En lugar de eso, Arturo procedió a negarlo todo, exceptuando el hecho de que era el padre de Verónica. Claramente alterado, le dijo a Saúl que su hija no estaba embarazada cuando se marcharon de Valquemada, ni lo había estado en ninguno de los años que siguió viviendo con ellos en Oviedo, hasta que abandonó el hogar familiar tres años después del traslado. También aseguró desconocer la existencia de la figura que había sido encontrada en la cesta en la que Saúl fue depositado frente a la iglesia del pequeño pueblo vallisoletano donde le hallaron. Cada vez más indignado, le exigió a Saúl que le revelase quién le había contado esa mentira, y la identidad de la persona que le había informado de cómo localizarle en Oviedo. Saúl, por supuesto, se había resistido a suministrarle ninguno de los nombres de quienes le habían conducido hasta allí. Por el tono crecientemente hostil de Arturo, decidió que no era buena idea involucrarles.

Saúl había intentado primero tranquilizarle haciéndole ver que solo estaba interesado en la verdad, que no pretendía formar parte de su vida ni de la de Verónica si ellos no deseaban conocerle. Haciendo acopio de todo ese autocontrol que había desarrollado durante su vida adulta, le pidió que al menos le facilitase un medio para poder ponerse en contacto con Verónica. Arturo le comunicó que hacía ya muchos años que no tenían trato con su hija, y que desconocía su paradero. Añadió inmediatamente después que, aunque dispusiera de esa información, jamás se la daría.

Su estrategia apaciguadora fracasó estrepitosamente, y Arturo fue progresivamente perdiendo los papeles, hasta que finalmente cortó la comunicación advirtiendo a Saúl de que no se le ocurriese volver a molestarle a él ni a su mujer. Dotó a sus palabras de un tono de amenaza que no le pasó desapercibido a Saúl.

—Lo siento —dijo Elena, que había estado escuchándole muy atentamente.

Saúl se encogió de hombros, fingiendo que no era para tanto. Sin embargo, las consecuencias de la tensa conversación con Arturo eran más que evidentes en él.

—¿Le crees? —preguntó Elena.

—Nada más colgar me ha hecho dudar de si lo que me contó Sara era cierto —respondió él—. Pero si tengo que elegir una versión, me quedo con la de ella.

Saúl le explicó que la clave estaba en la manera

tan diferente en la que los dos se habían comportado con él. Mientras que la amiga de Verónica se había mostrado muy calmada durante su relato, el nerviosismo de Arturo le hacía desconfiar por completo de sus afirmaciones.

—Entiendo que si un desconocido te llama y te cuenta una historia que no es cierta, puedas llegar a cabrearte —opinó Saúl—. Pero tenías que ver cómo se ha puesto conmigo. Ha reaccionado de una forma desproporcionada, y eso me hace pensar que quien miente es él.

Elena le hizo saber que estaba de acuerdo con su teoría.

—Por otro lado, quizás lo que ha pasado era lo más lógico —continuó él—. Si se marcharon de Valquemada para ocultar el embarazo, y luego me abandonaron de forma anónima, no tendría mucho sentido que reconociera ahora lo que sucedió. Y menos a mí.

—Sí, pero también es una oportunidad para corregir su error y pedirte perdón.

—Das por hecho que están arrepentidos.

—Cualquier persona normal lo estaría —señaló Elena—. No digo que esté mal dar en adopción a un niño que no quieres o no puedes mantener. Pero hazlo bien. No lo dejes tirado en la calle, como si fuera un trasto viejo.

Enseguida se dio cuenta de lo inapropiado de su comentario final. Comparar a Saúl con un mueble inútil no había sido la mejor de las ideas. La analogía era válida, pero hubiera sido mejor que se la quedase para ella sola. A pesar de que a él no pareció afectarle lo que acababa de decir, decidió que elegiría mejor sus palabras de ahí en adelante. Era un tema muy sensible, y no conocía tanto a Saúl como para tomarse esas libertades, a pesar del grado de intimidad que había alcanzado su relación.

—Veo que tienes mejor imagen de la gente que yo —dijo Saúl.

A él no le extrañaba tanto que Arturo se hubiera comportado así. Más todavía teniendo en cuenta la reputación que tenía en Valquemada antes de su partida. En realidad, su objetivo no había sido arrancarle una confesión a él, por mucho que le hubiese desagradado enormemente su agria negativa. Su única pretensión era usarle como un medio para llegar hasta Verónica. Saúl confiaba en que con ella la situación fuese diferente. Tan solo tenía dieciséis años cuando se habían desentendido de él, por lo que era muy probable que se hubiese dejado influenciar decisivamente por sus padres. Quizás Verónica sí que estuviese arrepentida de sus actos.

En cualquier caso, no parecía que fuese a poder dar con ella a través de Arturo. El arisco excompañero de Pedro Maldonado le había comunicado que había roto su relación con su hija, y que desconocía cuál era su paradero. En eso sí que había creído Saúl que no le había mentido. Encajaba con su historial de persona extremadamente difícil de tratar. No le extrañaba para nada que hubiese acabado por empujar a su hija lejos de él. Cabía la posibilidad de que Candela, su mujer, hubiese hallado la manera de mantenerse en contacto con su hija. Pedro la había descrito como una buena persona, pero esa visión chocaba con el modo con el que Sara Montero le había explicado que la había tratado la madre de su amiga cuando descubrió que Verónica estaba encinta. Independientemente de cuál fuese su verdadero carácter, llegar hasta ella sería una tarea casi imposible, ahora que su marido estaba al tanto de las intenciones de Saúl.

Así pues, tenía la sensación de haberse quedado de nuevo estancado, como cuando había sido incapaz de averiguar por sus propios medios la identidad de la persona que había adquirido la figura del duende. Verse así, tan cerca de la meta, aumentó la frustración que le había producido la falta de colaboración de Arturo Díez.

El roce de la mano de Elena al posarse con delicadeza sobre la suya fue lo que le sacó de sus pensamientos. Al cruzar su mirada con la de ella, halló en sus ojos color miel el bálsamo perfecto para su dolencia. Una vez más, el presente acudía al rescate, tendiéndole una mano para que lograra escabullirse de las traicioneras arenas movedizas de su pasado. Elena aportaba una certidumbre que no encontraba en ninguna otra persona.

—Más no puedes hacer —dijo Elena, demostrando una gran clarividencia con respecto a sus pensamientos.

En realidad, su objetivo inicial había sido ese; al menos intentarlo. No quería que más adelante en su vida le surgiese la duda de qué habría pasado si hubiera tratado de buscar a su familia biológica. Y esa espina ya se la había arrancado. Forzar más la situación podría ser contraproducente. Quizás era mejor dejar las cosas como estaban y pasar página de una vez por todas.

Cogió la mano de Elena y acarició sus finos dedos con el pulgar. Ella recompensó su gesto con una de sus espléndidas sonrisas, que tenían el casi sobrenatural efecto de borrar de su mente cualquier preocupación. Se dio cuenta de que, en lugar de lamentarse por su fracaso con Arturo Díez, lo que debía hacer era alegrarse por el hecho de que Elena hubiera aparecido en su vida en ese momento tan oportuno. «Ojalá fuese tan fácil hacerlo», pensó para sus adentros.

—Estoy bien —dijo Saúl, para tranquilizarla.

Ahora solo faltaba que él mismo se lo creyese.

Capítulo 31

ALEJANDRO

Alejandro Orozco jamás pensó que volvería a tener noticias de Arturo Díez. Por eso le extrañó tanto que, cuando la jefa de recursos humanos del grupo que presidía le dijo que un antiguo empleado había insistido en que necesitaba ponerse en contacto con él por un motivo personal, fuese su nombre el que viniese acompañando a esa extraña petición. De haber sido otro, no se habría molestado en complacerle.

La conversación había sido corta, pero tremendamente significativa. Y le había dejado de tan mal humor que le había pedido a su secretaria de muy malos modos que anulara todas las citas que tenía concertadas en lo que quedaba de día.

Le desagradó enormemente descubrir que algo que creía que estaba cerrado —y bien cerrado— treinta años atrás no lo estaba en realidad. No podía permitir que ese asunto se convirtiese en un problema.

Su memoria le trasladó a la época en la que tuvieron lugar los hechos que habían emergido de su pasado para estropearle la que iba a ser una semana triunfal, pues por fin se iba a cerrar el acuerdo con los inversores que iban a financiar la expansión de su grupo empresarial. Pensar en su yo de diecinueve años no le produjo ninguna nostalgia, sino todo lo contrario. Por entonces no era más que un crío descerebrado que solo pensaba en pasárselo bien sin ser consciente de que estaba poniendo en peligro su futuro por darse un capricho con una chica cualquiera. Aquel incidente le hizo aprender una lección muy valiosa, y desde ese momento fue mucho más cuidadoso a la hora de escoger a sus amantes. Nada de volver a mezclarse con mocosas inmaduras que fueran corriendo a chivarse a sus padres cuando pasaban de ellas.

Su padre se había encargado de solventar la situación antes de que se convirtiera en un escándalo. Alejandro sabía que no lo había hecho tanto por protegerle a él como por salvaguardar su propia reputación y la de su pequeño imperio empresarial. Eso fue lo de menos para su hijo, satisfecho por el hecho de que todo se hubiese resuelto satisfactoriamente para las partes implicadas, y con la mayor discreción.

Sin embargo, esta última cuestión ahora estaba en entredicho. Era evidente que alguien más había estado al tanto de todo lo sucedido. Al principio, había creído que quizás se trataba de un intento de Arturo Díez por sacarle dinero, pero enseguida lo había descartado. No solo porque esa petición no había tenido lugar, sino porque le conocía lo suficiente como para saber que era el principal interesado en que nada de aquello saliese a la luz. Si había alguien más preocupado todavía por su buen nombre que su propio padre, era ese tipejo. No, él no había sido el culpable de facilitarle a ese tal Saúl Blanco la información que le había conducido hasta su abuelo. Tampoco podía haberse tratado de su hija, de cuyo nombre se había olvidado por completo hasta que Arturo se lo había recordado durante su reciente conversación telefónica. De haber sido ella la fuente, el chico no habría necesitado hacer tantas preguntas. Había alguien más. Alguien con quien no habían contado en su momento.

En realidad, la identidad del desconocido informante era lo de menos. Lo esencial era asegurarse de que ese niño abandonado, que se había convertido en un hombre de lo más entrometido, no lograse su propósito de descubrir toda la verdad. Ya era preocupante que hubiera llegado tan lejos. Pero si no conseguía progresar más allá de ese punto, entonces él no tendría nada que temer.

Su primer impulso fue pensar que debía intervenir de algún modo en los acontecimientos. Luego recapacitó, y se dio cuenta de que lo más conveniente era manejarse con mucha cautela. Un paso en falso podría acabar facilitándole las cosas al joven. A pesar de lo poco que le gustaba la idea de quedarse cruzado de brazos, pues estaba más acostumbrado a llevar la iniciativa, llegó a la conclusión de que era preferible quedarse a la espera. Se mantendría vigilante, eso sí, atento a cualquier cambio que pusiera en peligro la pequeña conspiración que había tenido lugar tres décadas atrás.

Pero eso no solucionaba su problema más inmediato, que era el mal sabor de boca que le había dejado su charla con Arturo Díez. Enseguida se le ocurrió la mejor forma de quitárselo. Era algo que le había funcionado siempre, así que se puso de inmediato manos a la obra.

Capítulo 32

ELENA

Separarse de Saúl para volver al trabajo fue para ella tan difícil como si le hubieran pedido que escogiese una de sus extremidades para que le fuese arrancada. Lo único que quería era quedarse a su lado para darle su apoyo. Ni siquiera el saber que esa misma noche volverían a verse en la casa que Saúl había alquilado alivió esa sensación de pesadumbre que le produjo el alejarse de él.

Se pasó el resto de su jornada laboral con la cabeza en otro sitio. Si alguien le hubiera pedido un relato pormenorizado de cuál había sido su actividad durante esa tarde, no habría sido capaz ni de empezar. Ausente como estaba, se las ingenió de todas formas para no meter la pata en ninguna de las tareas que tenía pendientes. Si su jefa se percató de su falta de concentración no se lo hizo saber. Estuvo tan distraída, que, cuando descubrió que Sonia se había marchado una hora antes del cierre de la oficina, no fue capaz de recordar si había llegado a despedirse de ella o no.

Esos últimos sesenta minutos previos a que ella misma pudiera irse a casa se le hicieron eternos. Poco antes de que llegase el momento de marcharse, alguien llamó al timbre que había en la puerta de la oficina. Elena reconoció de inmediato a Marlon, el mensajero que cubría su zona para una empresa local. Portaba en sus manos un abultado paquete rectangular.

Intrigada, la joven se acercó hasta la entrada y le abrió la puerta.

—Buenas tardes —le saludó el inesperado visitante con su acento venezolano.

—Hola, Marlon —dijo ella—. ¿Eso es para nosotras? —añadió enseguida, señalando el paquete.

—No —contestó él, sonriendo—. Es solo para usted.

—¿Ah, sí? —exclamó Elena, acostumbrada a que todo lo que recibían allí tuviese como destinataria a la agencia—. ¿Y qué es?

—Flores, creo.

Elena puso cara de sorpresa. Pensó de inmediato en Saúl, pero la idea no le terminó de encajar demasiado. Ni por el hecho en sí, ni por el momento en que se había producido. Se preguntó de quién podría tratarse entonces.

—Me tiene que firmar aquí —dijo el mensajero, interrumpiendo sus elucubraciones.

—¿Quién lo envía? —preguntó Elena, antes de aceptar el regalo.

—Viene de una empresa —contestó él, leyendo algo en la pantalla del terminal que había extendido unos segundos antes hacia ella—. Parbalos, S.L. —le concretó.

A Elena ese nombre no le dijo nada. Pensó en la posibilidad de que se tratara de un detalle proveniente de alguno de sus clientes o proveedores. Aunque, en ese caso, lo más lógico era que estuviese dirigido a la empresa, no a ella en persona. A no ser que fuera alguien que le estuviera agradecido a ella específicamente.

Hurgó en su memoria, pero no dio con ningún candidato plausible.

Para no hacer esperar más a Marlon, decidió confirmar la recepción del envío con su firma. Tras despedirse, llevó el paquete hasta su mesa para acceder a su contenido.

En su interior halló una cesta llena de flores de un colorido apabullante, cuidadosamente protegida. Reconoció margaritas y peonías entre ellas, pero luego había otros tres tipos de flores —unas de un verde muy intenso, otras de color malva, y las últimas con un tono dorado— de las que desconocía su nombre. A pesar de la belleza del conjunto, y del aroma tan delicioso que surgía de ellas, su atención se centró de inmediato en la tarjeta que había enterrada entre ellas. Un segundo antes de leer su contenido, se le hizo un nudo en el estómago como si hubiera sido capaz de predecir con antelación lo que se iba a encontrar.

Impreso a ordenador, con una tipografía negra muy elegante, halló este mensaje:

Quiero verte, mi gatita.
Pasado mañana a las nueve de la noche, donde la última vez.
No me falles.

No era necesario que el autor hubiese incluido su firma para que Elena supiese sin ningún género de duda de quién se trataba. Le bastó el apelativo con que el remitente se dirigía a ella. Así la llamaba Alejandro cuando estaban juntos porque decía que el color de su pelo le recordaba al de un gato.

Toda la negatividad que había logrado arrinconar gracias al tiempo que había pasado con Saúl y a sus propios esfuerzos por no pensar en su acosador surgió desde los rincones más oscuros de su psique con la fuerza de un huracán. El golpe fue tan brutal que casi pudo sentir en su pecho el impacto. Fue como si acabase de despertar bruscamente de un maravilloso sueño para darse de bruces con la realidad más cruel y dolorosa posible. Apenas logró contener las náuseas que le entraron.

Los primeros dos minutos se quedó completamente paralizada, mirando fijamente la tarjeta como si pudiera negar su existencia a base de desearlo con todas sus fuerzas. Luego empezaron a flojearle las piernas y tuvo que sentarse en su silla para no derrumbarse en el suelo.

Sus ojos se posaron de nuevo en la cesta. Su colorido ya no le pareció tan hermoso, ni su aroma tan exquisito. En vez de eso, creyó percibir una putrefacción que yacía oculta bajo esa capa de falsa belleza. Le pareció que sería suficiente con rozar alguna de las flores para infectarse con esa podredumbre.

Toda la fortaleza que creía haber reunido desde que Alejandro Orozco la emboscó se esfumó como si fuera el humo agonizante de una colilla. Las tres líneas que le había dedicado él se repitieron en su cerebro. Escondidos astutamente entre ellas había otros mensajes ocultos, que se revelaron con claridad ante ella. Eran horribles amenazas, burlas acerca de su fragilidad, ataques directos a su autoestima. El asedio fue tan terrible que creyó que su corazón iba a explotar a causa de toda la angustia que lo oprimía.

En esa ocasión no se exteriorizó su tormento a través de las lágrimas, sino que tomó la forma de un grito agónico que surgió desde su garganta, propulsado por su desolación. Aquello la sobrepasaba de un modo que era incapaz de procesar.

Pero entre tanto dolor, tuvo un momento de inesperada lucidez.

Siempre había creído que tenía que ser una misma la que superase sus propios problemas. Que apoyarse en los demás era un síntoma de debilidad. Una mujer tenía que ser totalmente independiente y valerse de su propia fuerza interior para enfrentarse a las dificultades. Sin embargo, resistirse a pedir ayuda cuando una no podía más no era un síntoma de dependencia. Era pura arrogancia; y eso valía tanto para los hombres como para las mujeres. Acudir a lo demás en busca de auxilio no significaba rendirse, sino reforzarse para poder continuar luchando. La familia, los amigos, las parejas estaban, fundamentalmente para situaciones como aquella. No eran caballeros de brillante armadura que acudían al rescate de una damisela en apuros. No. Eran aliados. Y no valerse de ellos no solo era una estupidez, sino que también suponía una injusticia, ya que les arrebataba la posibilidad de demostrarle su amor a la persona que los necesitaba.

Convencida de que había estado equivocada durante todo el tiempo, cogió su teléfono móvil e hizo una llamada. Diez minutos después, Saúl estaba entrando por la puerta de la oficina.

Elena tan solo le había dicho que necesitaba que fuese a verla lo antes posible, y que se trataba de algo urgente. Su tono de voz debía haberle sonado tan desesperado, que Saúl ni siquiera se había molestado en pedirle alguna explicación, prometiéndole que estaría allí en lo que tardase en llegar desde su casa. Ella aprovechó ese intervalo de tiempo para apagar las luces del local y refugiarse en el despacho de su jefa, lejos de las miradas de los transeúntes, para así poder llorar en soledad.

Cuando Saúl entró en su oficina, algo terminó de quebrarse en el interior de Elena, y su llanto se descontroló. Él se movió rápido hacia ella y la sujetó entre sus brazos antes de que se derrumbase y se rompiese en más pedazos todavía. No le preguntó nada, ni le dijo que se tranquilizase, ni hizo ningún comentario igual de estéril. Simplemente la envolvió con firmeza y ternura, transmitiéndole con ese sencillo gesto una parte de sus fuerzas.

Poco a poco Elena se fue recuperando. Se detuvieron las lágrimas, y su cuerpo volvió a ser una masa consistente en lugar de un bulto tembloroso. Su respiración se normalizó, y dejó de emitir el quejido lastimoso que sus cuerdas vocales habían producido sin descanso hasta ese instante. Solo entonces, cuando la vio suficientemente entera, Saúl le preguntó qué era lo que había sucedido.

Ella se lo contó todo, ahorrándose únicamente los detalles más íntimos de su relación pasada con Alejandro Orozco. Él la escuchó sin interrumpirla ni una sola vez, sin que su semblante mostrase reacción alguna a lo largo de su relato. Sin embargo, la joven percibió su ira contenida por medio de otras señales: sus puños cerrados y la rigidez de su cuerpo. Ella, por su parte, fue sintiendo una mezcla de rabia, tristeza y vergüenza a medida que le expuso todos los hechos. Pero lo que le quedó al final fue una sensación de desahogo de lo más reparadora. Hacía mucho tiempo que no hablaba con nadie acerca de ese tema, y era la primera vez que compartía con otra persona lo que había sucedido en los últimos días.

Elena señaló en dirección a la nota que venía con la cesta de flores, para que fuese el propio Saúl quien la cogiese por si deseaba revisarla. No quería entrar en contacto con nada de lo que Alejandro hubiese tocado, por un sentimiento de pura repugnancia. Saúl la cogió y posó sus ojos sobre las palabras que había impresas en el pequeño trozo de papel.

—¿Cuál es el sitio del que habla? —preguntó Saúl.

Alejandro se refería a un hotel de Comillas, que fue donde tuvieron su último encuentro, antes de que todo saliera a la luz. Un lugar, por cierto, al que no pensaba volver a acercarse durante el resto de su vida. El interés de Saúl por ese dato encendió una alarma en Elena. La parecía una cuestión de lo más intrascendente, teniendo en cuenta el resto de las cosas que le había contado. Le ofreció una respuesta, pero sin mencionar el nombre concreto del alojamiento. A él pareció bastarle con esa información, para tranquilidad de Elena, que se había temido que Saúl quisiera presentarse a la cita en lugar de ella.

El alivio que experimentó Elena fue diluyéndose para dar paso a una creciente sensación de culpabilidad. Por muy convencida que estuviese de que había hecho bien en recurrir a Saúl, también era cierto que le acababa de arrastrar a su infierno particular, convirtiéndole en parte de un problema en el que él no había jugado ningún papel jamás. En un momento en el que Saúl tenía muchas cosas en las que pensar, acababa de sumarle otra preocupación más. Se preguntó si tendría que habérselo pensado un poco más antes de involucrarle. Quizás hubiese sido mejor acudir a otra persona en lugar de a él. Al fin y al cabo, apenas se conocían, a pesar de lo intensa que había sido su relación en ese breve espacio de tiempo. El miedo a haber puesto en peligro su única fuente de felicidad por haber tomado una decisión demasiado precipitada amenazó con desencadenar una nueva crisis en su interior.

Observó angustiada a Saúl, que se había quedado muy pensativo en busca de algún indicio que le permitiera confirmar que sus temores eran infundados.

—Menudo hijo de puta —dijo tras esa prolongada pausa.

Sin ser exactamente lo que esperaba, a Elena le resultó reconfortante escucharle pronunciar esa frase tan contundente. No tanto por su contenido, sino por el tono que había empleado Saúl. Había dejado a un lado su habitual moderación a la hora de exteriorizar sus emociones, permitiendo que el desprecio que sentía hacia el protagonista de su comentario quedara de lo más patente. Hasta sus ojos habían adquirido un fulgor inusual. Por todo ello, Elena comprendió que Saúl acababa de convertir a Alejandro en su enemigo. Podría haberse mostrado más dubitativo, o haberse centrado en quitarle importancia al asunto para sosegar a Elena. Sin embargo, había creído en el testimonio de ella de inmediato, poniendo el foco en el responsable de la situación.

Y eso era lo que necesitaba Elena en ese instante.

Lo último que quería era a alguien a su lado que insistiera en su rol como víctima. Eso solo le causaría más impotencia y desesperación, y tan solo serviría para empujarla hacia un pasado que deseaba dejar atrás lo antes posible. Para ello era imprescindible arrancar el problema de raíz. Centrarse en su acosador, y en el modo de plantarle cara, en lugar de seguir malgastando energía en lamentarse por su terrible situación. Buscar una solución definitiva a una pesadilla que llevaba demasiado tiempo condicionando su vida. Fue ese tipo de determinación lo que halló en Saúl en ese preciso momento.

Unos pocos minutos antes, había creído que le había sido arrebatado el control de su destino por completo. Ahora, por el contrario, sintió que había conseguido al menos colocar sus manos de nuevo sobre el timón, y ya estaba más cerca de poder corregir el rumbo.

—No tenía que haber esperado a que diese él el siguiente paso —reconoció Elena—. Tenía que haberme adelantado y dejarle claro que no tenía nada que hacer conmigo. Y que no me daban miedo sus amenazas

—Eso es algo que todavía estás a tiempo de hacer.

—Sí, pero me habría ahorrado este disgusto —replicó ella—. Y te lo habría ahorrado a ti.

—Eso me da igual —dijo Saúl—. De hecho, te agradezco que me lo hayas contado, en lugar de quedártelo para ti sola.

Le pareció a Elena que estaba siendo sincero; que no lo decía por decir. Desde que se conocían, a ella le había dado la impresión de que a Saúl no le quedaba nada bien la mentira. De no estar diciéndole la verdad, habría sido tan difícil que la engañase como si hubiese tratado de ocultar un paraguas abierto bajo su camiseta.

—Gracias por haber venido tan rápido —dijo Elena, posando su mano derecha en la mejilla izquierda de Saúl—. Y por estar a mi lado.

—Es lo mínimo que puedo hacer por ti.

Elena se acercó a él y le besó en los labios. Al hacerlo, se olvidó por unos segundos de regalos trampa, amenazas impresas en tarjetas y acosadores miserables. Fue como si una nube enorme, blanca y esponjosa, le hubiese protegido de repente de los molestos rayos de un sol abrasador.

—¿Entonces cuál es tu plan? —preguntó Saúl cuando se separaron.

—No pienso ir mañana al hotel —dijo ella—. Hablaré con él, pero será con mis condiciones.

Era lo único que tenía claro: que no se iba a limitar a reaccionar a lo que Alejandro le lanzase, sino que debía tomar la iniciativa. Seguía siendo consciente de que el equilibrio de poder entre ambos estaba muy descompensado. Él contaba con más recursos a todos los niveles —económicos y sociales—, y su capacidad para arruinarle la vida era inmensa. Pero

Elena no iba a rendirse sin presentar batalla. Si era capaz de hacerle ver que ella también podría perjudicarle de algún modo, quizás acabase por olvidarse de ella para evitar cualquier problema. No se le escapaba que no era la solución ideal, pues significaba que él podría limitarse a escoger a otra víctima más dócil para sus retorcidos juegos sexuales. Lo más decente sería denunciarle públicamente, por supuesto. Pero la imagen de Elena dentro de la comunidad estaba por los suelos; de eso se había encargado bien su odiosa mujer. Y, por lo tanto, su credibilidad era la mínima. Sospechaba que ese tipo de comportamientos de Alejandro se habrían dado en otras ocasiones, con otras chicas. Pero por mucho que le doliera reconocerlo, no se veía con fuerzas para dar ese paso y ser la primera en tirar de la manta, como esas valientes mujeres en todo el mundo que se habían alzado contra los hombres poderosos que habían abusado de ellas.

—¿Quieres que hable yo con él? ¿O que te acompañe cuando lo hagas tú? —se ofreció Saúl.

—No —contestó ella, con rotundidad.

Bastante le había salpicado ya el asunto como para que se tuviese que implicar todavía más. Saúl había cumplido su cometido, que era servirle de ancla en medio de la tempestad que se había desatado a su alrededor esa misma tarde. De ahí en adelante, tenía que ser ella la que se enfrentase a Alejandro. Solo si las cosas se torcían mucho, recurriría a la ayuda externa. Y, en ese caso, lo más aconsejable sería ponerlo en manos de las autoridades, si reunía las suficientes pruebas y encontraba el coraje para hacerlo.

Aun así, como su respuesta le había sonado un poco brusca, trató se suavizarla. Tampoco era cuestión de ser una desagradecida.

—Sé que lo harías si te lo pidiese, pero esto es algo

que tengo que resolver yo. Necesito hacerlo así —dijo, cogiéndole de la mano.

Le creía lo suficientemente inteligente para no tener que explicarle los motivos de por qué era importante que así fuese. Saúl asintió con la cabeza, y Elena leyó en sus ojos que la comprendía.

—No ha sido nuestro mejor día —reflexionó ella en voz alta.

—La verdad es que no —estuvo él de acuerdo—. Pero lo mío no es nada en comparación con lo tuyo.

—Tampoco ha debido ser agradable lo que te ha pasado.

—Me habría gustado que las cosas saliesen de otra manera, pero tampoco es para tanto. Al fin y al cabo, Arturo Díez no significa nada para mí. Ni yo para él, como ya dejó claro hace muchos años —señaló Saúl—. Tan solo quería que me pusiese en contacto con mi madre. Y no ha podido ser —añadió, torciendo la boca en un gesto a medio camino entre la contrariedad y la resignación.

—Quién sabe, igual acaba cambiando de opinión y te da sus datos.

—Creo que en lo único en lo que no me ha mentido es en lo de que ya no tiene trato con su hija.

—¿Y su mujer?

—No lo tengo tan claro, pero tampoco sé cómo llegar hasta ella.

—A lo mejor es ella quien da el paso. Como pasó con Sara.

Saúl se encogió de hombros como única reacción a su comentario. Elena percibió que era un asunto del que no le apetecía demasiado hablar, tras su conversación de la mañana con Arturo Díez. Si esa incómoda charla había puesto punto y final a su búsqueda, era algo que aún estaba por ver. Decidió cambiar de tema, para abordar uno igualmente espinoso.

—Sí que te voy a pedir un favor —dijo Elena—. ¿Puedes encargarte tú de deshacerte de eso? —le pidió, señalando con el dedo hacia su mesa de trabajo.

A pesar de que esa zona estaba sumida en la penumbra, era fácil distinguir la forma de la cesta repleta de flores.

—Claro que sí —dijo Saúl.

—Me da igual lo que hagas con ella. Solo asegúrate de que no la vuelva a ver en mi vida.

—Voy a meterla en el maletero ahora mismo. Y ya me libraré de ella más tarde.

—Genial —dijo Elena, sin sufrir remordimiento alguno por echar a perder un objeto tan hermoso—. Yo voy cerrando la oficina mientras tanto. ¿Has aparcado muy lejos?

—En la calle de atrás.

—Pues espérame allí.

Quería quedarse a solas un rato, para hacer una visita al baño y arreglarse un poco la cara. Se imaginaba que la tendría hecho un poema. Preocuparse de algo tan superficial podía resultar un poco ridículo dadas las circunstancias, pero necesitaba hacerlo.

—Muy bien.

—Y gracias otra vez por venir hasta aquí —dijo Elena.

Luego eliminó la distancia que había entre ellos y le besó de nuevo.

—Esta noche habrá que hacer algo para que el día no sea un completo desastre —le susurró ella al oído, antes de acariciar con su boca el cuello de Saúl.

Le sorprendió lo rápidamente que había pasado del hundimiento a la excitación. Tantos altibajos iban a terminar por volverla loca, pero no se detuvo a mirarle la dentadura al caballo que le acababan de regalar. Saúl dejó que fueran sus manos quienes le hicieran ver que estaba completamente de acuerdo con la propuesta de Elena.

Y su mundo, de repente, no le pareció a ella un lugar tan terrible en el que vivir.

Capítulo 33

SAÚL

Cuando Elena la había confesado su problema el día anterior, a Saúl se le había encendido una señal luminosa en su cerebro, como si fuese el indicador de emergencia de un panel de mandos. En aquel momento no le había prestado demasiada atención. Solo al regresar a su casa, tras dejar a Elena en la oficina a primera hora de la mañana, volvió a reparar en ello. Fue como si se hubiese establecido una conexión en su mente entre lo que le había contado Elena y el asunto que le había llevado a él hasta Valquemada. Para poder determinar cuál era ese punto de unión entre ambos asuntos, abrió su ordenador portátil e hizo una búsqueda por internet que tenía como protagonista a Alejandro Orozco. No le costó mucho recopilar información acerca del despreciable tipo que estaba acosando a su chica.

El primer dato que le llamó la atención fue descubrir que el hotel donde había estado empleado Arturo Díez formaba parte del grupo empresarial que Alejandro presidía. Lo que significaba que aquel podría ser perfectamente el puesto de trabajo que había motivado el repentino traslado de la familia Díez a Gijón, justo cuando Verónica se había quedado embarazada. En ese instante lo consideró como una mera coincidencia, y siguió con su pequeña investigación.

Luego, cuando empezó a leer una extensa entrevista que le habían hecho a Alejandro en un periódico digital local en la que se repasaba su vida, hubo un dato biográfico que le hizo detenerse de inmediato. Tenía que ver con la mención que se hacía acerca de su licenciatura en Ciencias Empresariales en la Universidad de Santander. Esa combinación tan concreta de área y centro de estudios le resultó muy familiar, así que se concentró hasta averiguar en qué momento la había escuchado recientemente. Su memoria, que rara vez le fallaba, le ofreció enseguida lo que buscaba.

Sara Montero, la que había sido la mejor amiga de su madre biológica hasta que la familia abandonó el pueblo, le había dicho que el misterioso novio de Verónica era un chico que acababa de iniciar justo esa misma carrera y en esa misma universidad. «¿Otra coincidencia?», se preguntó. Hizo un cálculo mental rápido basándose en la edad que sabía que tenía Alejandro Orozco gracias a la información que había recopilado acerca de él previamente. Eso le permitió establecer que debía de tener diecinueve años cuando Verónica se quedó embarazada. Así pues, la edad también encajaba.

Ya eran demasiadas casualidades.

Habría podido ignorarlas si no fuese porque el perfil del empresario también se alineaba con esa idea tan inquietante que había ido cogiendo forma. El modo en que había usado a Elena, deshaciéndose sin ningún escrúpulo de ella cuando le convino, era muy similar al comportamiento que había tenido el anónimo novio de Verónica al enterarse de que esperaba un hijo suyo. ¿Cuántos hombres con ese tipo de personalidad, esa edad y esa formación académica tan concreta podía haber en un pueblo de las dimensiones de Valquemada? La respuesta era obvia. Y muy problemática. Pues era imposible no colocar a Alejandro Orozco como un serio candidato para ser el amante secreto de Verónica. Y eso le convertía de manera automática en su hipotético padre biológico.

A Saúl se le quitaron de golpe las ganas de seguir buscando información sobre el acosador de Elena.

Apagó el portátil y se reclinó sobre su silla, tratando de frenar la avalancha de sentimientos que se desató en su interior. Los viejos fantasmas de su adolescencia se le aparecieron de nuevo. Saboreó otra vez la rabia y la confusión que había padecido en aquellos tiempos.

Saúl cerró los ojos y echó mano de las técnicas que había empleado con anterioridad en las escasas situaciones en las que se había sentido al borde del abismo en los últimos años. En ninguna de ellas había estado tan cerca de perder el control como ahora. Pero confió en que, si dieron resultado entonces, lo hiciesen una vez más. Así pues, puso en marcha la secuencia de acciones que había aprendido de la psicóloga que le trató durante sus primeros años en el ejército.

Lo primero que hizo fue concentrarse en su respiración, para así convertirla en una aliada. A continuación, se obligó a identificar la causa última de su naciente ira, por muy desagradable que fuese escarbar en la herida. ¿Era la decepción que le suponía que su padre biológico fuese alguien tan despreciable? No, pues en realidad ya era una posibilidad que había contemplado con anterioridad. ¿Se trataba simplemente de un rebrote de la frustración que le había provocado enterarse cuando era niño de que había sido abandonado? Tampoco, ya que con eso también había lidiado sobradamente en el pasado. Profundizó más y más, hasta dar por fin con el concepto que más dolor le causaba. No era otra cosa que la injusticia que suponía el hecho de que el hombre que le había dado la vida fuese a su vez el que se la estaba arruinando a la primera mujer de la creía haberse enamorado de verdad por primera vez.

Dejó de lado momentáneamente las posibles implicaciones que eso pudiera tener en el futuro para continuar con el siguiente paso del proceso. Este consistía en analizar las consecuencias que tendría dejarse llevar por todas esas emociones negativas y cederles el gobierno de sus actos. La peor de todas sería el modo en que se alteraría su relación con Elena, justo en el instante que ella más necesitaba su apoyo. Era muy posible también que le llevase a abandonar su búsqueda, pues trataría de poner toda la distancia posible con las fuentes de su malestar. Pero lo peor de todo sería la derrota personal que supondría el perder el control después de tantos años manteniéndolo. Sentaría un precedente muy peligroso, que pondría en entredicho cualquier clase de futuro que tuviera por delante.

Por último, se esforzó por racionalizar la situación. Para empezar, no era del todo seguro que Alejandro Orozco fuese su padre. No podía descartar que lo que había interpretado como indicios no fuesen más que casualidades. En el caso contrario, en el que confirmase que el empresario era su padre, ¿supondría algún tipo de obstáculo para enfrentarse a él que compartiesen la misma sangre? Una verdadera relación de parentesco no se basaba en los genes. El componente clave era el afectivo. Y entre Alejandro y él no existía nada de eso. Más bien todo lo contrario, a tenor de lo que le estaba haciendo a Elena.

Percibió que la calma regresaba a él. El tiempo que había dedicado a reflexionar sobre su situación estaba surtiendo efecto. Dejó la mente en blanco para facilitar ese proceso purificador.

Sin embargo, hubo una idea que se negó a desaparecer por completo. Era innegable que todo aquello le estaba complicando la existencia considerablemente. Estaban sucediendo demasiadas cosas a la vez, y demasiado deprisa para lo que él estaba acostumbrado a gestionar. Llevar una vida sencilla y manejable había sido un objetivo prioritario para él hasta ese momento. En unas pocas semanas se las había ingeniado para incumplir en repetidas ocasiones esa norma. Sus transgresiones le habían reportado alguna valiosa recompensa, pero ahora las veía más como trampas. De seguir cayendo en ellas tan alegremente, tarde o temprano le podrían conducir a un final no deseado.

Surgida de la nada apareció la imagen de una sonriente Lucía. Allí estaba la nieta de Olaya, con su impecable juventud, su contagiosa positividad, su absoluta falta de conexiones con el pasado de Saúl. Le habría encantado tenerla delante, en carne y hueso, para que le sirviera —al menos durante un rato—, como la distracción perfecta para olvidarse de sus numerosas preocupaciones.

Saúl no era muy dado a fantasear. Pero con Lucía se veía empujado a hacerlo. Con ella todo sería mucho más sencillo. Era un pensamiento cruel con respecto a Elena, por lo que trató de suprimirlo según llegó. Con poco éxito. La imagen de Lucía se negaba a desaparecer, provocándole una sugerente incomodidad. Además, ¿quién le aseguraba que el problema de Elena con Alejandro no era sino el primero de una larga lista de dificultades con las que también tendría que lidiar él? Y aunque no fuese así, ¿qué futuro tenía realmente su relación cuando él regresase a Madrid? ¿Sobreviviría a la distancia? Como amante pasajera, Lucía ofrecía muchas más ventajas que Elena, eso estaba claro.

—Para ya —se oyó decir a sí mismo en voz alta.

Las heridas que había percibido en Elena desde el principio, por muy conflictivas que fuesen, eran precisamente uno de los motivos que habían despertado su interés en ella. ¿Y a cuento de qué venía meter a Lucía en la ecuación? Su atracción hacia la nieta de Olaya no era sino un encaprichamiento pasajero. Lo que le conectaba con Elena era algo infinitamente más profundo.

Le sorprendió lo fácilmente que se había olvidado de ello y lo achacó a su actual estado. Precisamente por eso se esforzaba tanto en evitar ese tipo de situaciones tan emocionales. Le impedían pensar con claridad.

Y Saúl ya se estaba empezando a hartar de ello.

Capítulo 34

ELENA

—Tienes mala cara, hija mía.

Si había algo con lo que podía contar Elena siempre era con la sinceridad de su madre.

—No he dormido bien hoy.

—¿Te sentó mal la cena?

«Me sentó mal una cesta de flores», pensó la joven.

—No. Es que estuve dándole vueltas en la cabeza a un tema del trabajo —mintió.

—Pensaba que os iban mejor las cosas —dijo Jimena.

—No es eso. Es por un cliente, que es un pesado.

Uco se la quedó mirando fijamente durante un buen rato. Elena no supo determinar si era porque estaba impaciente por que le sacara a pasear o si esa era su forma de reprocharle sus mentiras. Quizás eran las dos cosas.

—¿Dónde te lo vas a llevar hoy? —preguntó su madre, apuntando con su barbilla hacia el perro.

—Ni idea. Lo decidiré sobre la marcha.

—Podías ir a saludar a los abuelos.

—No es el mejor día.

Elena quería mucho a sus abuelos maternos, pero eran dos personas que, cuando se ponían a hablar, no paraban de hacerlo. Cuando uno necesitaba tomar aire, la otra tomaba el relevo. Y viceversa. Además, había estado con ellos hacía poco tiempo, y convenía dosificar bien sus encuentros.

Desde el fondo de la vivienda le llegaron las voces que estaba dando su padre al teléfono mientras trataba de solucionar un problema técnico con una compañía de telecomunicaciones. Eso le hizo recordar a Elena todas las objeciones que había puesto en su momento su padre a la llegada de internet a su hogar. Y ahora, al parecer, no podía estar ni dos minutos sin conexión.

—Un día de estos le va a dar algo —dijo Jimena, meneando la cabeza.

—Eso es que hoy echan algún partido por la tele —apuntó Elena.

—Sí, hija, sí —dijo su madre—, y cuándo no —se quejó la mujer.

Se escuchó a Manuel soltar un exabrupto a lo lejos.

—Bueno —dijo Elena—. Nosotros nos vamos —añadió, colocándole la correa al impaciente cocker, que se movía a su alrededor sin parar, para llamar su atención.

Además, no quería estar presente cuando su padre terminara de perder la paciencia y empezara a soltar barbaridades por la boca. Era un hombre muy tranquilo en casi todas las circunstancias. Pero con la tecnología perdía los estribos a las primeras de cambio.

—Ganas me dan de bajar contigo —comentó Jimena.

—Estás más que invitada.

—No, déjalo. Mejor le voy a ir preparando una infusión a tu padre, que la va a necesitar en breve.

—Dile que se lo tome con calma.

—Para el caso que me va a hacer...

Uco ladró para hacerles ver que ya se le había hecho esperar demasiado. Y como en esa familia quien mandaba era el perro, Elena le complació de inmediato. Ya en la calle, se dirigió al parque más tranquilo que había en el pueblo. Necesitaba estar lo más a solas posible para poder concentrarse en la tarea que tenía entre manos.

Ni siquiera el pasarse la noche entera abrazada a Saúl había servido para evitar que no pegase ojo. El culpable de su insomnio había sido Alejandro Orozco, y el pensar en el mejor modo para poner punto y final al acoso que estaba sufriendo por su parte.

Había descartado casi de inmediato cualquier opción que tuviese que ver con compartir un espacio físico con él. Quería mantenerse lo más alejada posible del empresario, para evitar caer presa de nuevo de su capacidad de intimidación. No se veía todavía con el ánimo suficiente para enfrentarse a él cara a cara. Así que, tras darle muchas vueltas, había decidido que la mejor solución era pagarle con su misma moneda.

Le iba a enviar otra cesta con flores —la más fea y hortera que había encontrado—, en la que incluiría su propia nota. Una en la que emplearía un tono muy diferente al que había usado Alejandro, y en la que le dejaría muy claro que no quería tener nada que ver con él. Y cuáles serían las consecuencias de que insistiera en seguir molestándola. Ya se había hecho con la cesta, y tan solo tenía que redactar el texto definitivo. Al día siguiente, a primera hora, se pasaría por una empresa de mensajería que había cerca de su casa y contrataría el servicio que garantizaba la entrega en las oficinas que tenía Alejandro en Valquemada ese mismo día, antes de que tuviera lugar la cita que había fijado él para que se vieran. Confiaba en que llegase a sus manos antes de ese momento, pero tampoco le quitaba el sueño que no fuese así, y que Alejandro acudiera al hotel de Comillas él solo, llevándose un buen plantón.

Se sentó en uno de los bancos que había en el parque, y se puso a escribir en la aplicación de notas de su móvil, mientras Uco corría de un lado a otro, desfogándose a gusto. No tardó demasiado en producir un borrador final:

Hola.

Esta es la última vez que voy a dirigirme a ti, así que espero que te quede muy claro todo.

No hay absolutamente nada entre tú y yo, y jamás lo va a haber. De hecho, nunca tuvo que suceder lo de hace cinco años. Te aprovechaste de lo ingenua que era, y yo cometí el mayor error de mi vida. No hay nada que lamente más que haberme cruzado contigo ese día en la feria.

Así que olvídate de mí. Si no lo haces, iré a ver a Andrea y le contaré todo. Me da igual que me crea o no, porque estoy segura de que será suficiente para que se vuelva loca y te salpique la mierda a ti también.

Y si con eso no basta y me sigues acosando, iré a la policía. Y seguiré contándolo hasta que pares. En internet, en los medios de comunicación, donde sea. No me importa lo que me puedas hacer. Estoy harta, y ya no tengo nada que perder.

Déjame en paz, o te prometo que lo lamentarás.

Elena.

Tras repasarlo una vez más, borró la segunda parte de la penúltima línea. Quería ser tajante, pero no agresiva.

Se preguntó si sería capaz de llevar a cabo sus amenazas si él persistía en su conducta. En las últimas semanas había dudado acerca de su propia valentía, pero también se había visto al límite de su capacidad de resistencia. Ir a la guerra contra alguien con los recursos de Alejandro Orozco podía sonar un poco suicida, pero ya estaba harta de seguir escondiéndose. Esa táctica tan conservadora no había dado resultado, pues él no se había olvidado de ella. Tendría que probar algo distinto, aunque le supusiese un gran esfuerzo.

Una vez que diera el paso de denunciarle, ¿la creería alguien? Las cosas habían cambiado mucho en la sociedad con respecto a esos temas, pero Valquemada era un pueblo pequeño donde ese tipo de cambios llegaban más tarde, y la resistencia frente a ellos era mayor. El último precedente no animaba al optimismo, pues cuando Andrea Saavedra había iniciado una campaña de difamación contra ella, casi todo el mundo había dado por buena su versión de los hechos, en la que su marido era la víctima y Elena la mala de la película. Claro que entonces ella se había quedado callada, limitándose a desmentir esa teoría ante su gente más cercana.

Darle vueltas una y otra vez a la posible reacción de Alejandro a su carta era un ejercicio inútil, que no le iba a llevar a ningún lado. Tan solo le restaría energía, y la impediría dormir el número adecuado de horas, una vez más. Necesitaba descansar y tener su mente ocupada en otras cuestiones menos desagradables.

Pensó en Saúl y en la forma en la que la había apoyado, sin juzgarla ni poner en duda la gravedad de su situación. Le había ofrecido su ayuda, pero no había insistido cuando Elena le había dicho que prefería encargarse ella sola. Él lo había comprendido de inmediato. Aun así, de complicarse más las cosas con Alejandro, estaba convencida de que podría contar con él llegado el caso. Y esa idea le resultaba de lo más reconfortante.

Cerró los ojos un instante para sofocar de raíz el que creía que era un incipiente dolor de cabeza. Entre el estrés acumulado y las pocas horas que había dormido en los últimos días, se encontraba agotada. Fantaseó con la idea de que, al abrirlos de nuevo, no solo hubiera desaparecido la jaqueca, sino que además todos sus problemas se hubieran solucionado mágicamente. Logró relajarse tanto que su consciencia coqueteó con las primeras fases del sueño. Antes de que Morfeo la condujese a su reino, se espabiló bruscamente al percibir que alguien se estaba acercando a ella.

Con el corazón a cien por hora, miró a su alrededor rápidamente. Pero allí no había nadie más que ella y su perro, que estaba inspeccionando uno de los árboles del parque, lejos de Elena. Sus sentidos la habían traicionado, aparentemente. A pesar de ello, la experiencia le había dejado mal cuerpo, por lo que le entraron ganas de largarse de allí cuanto antes. Uco debió de percibir su malestar, pues no se hizo el remolón cuando Elena se puso en marcha.

Todo el camino de regreso a casa de sus padres, y el que le llevó a continuación hasta su propio lugar de residencia, Elena se lo pasó en un estado de tensión constante, lanzando continuas miradas a su espalda. Solo en la seguridad de su hogar se pudo por fin tranquilizar un poco. Pero no fue hasta que apareció Arancha, y se pusieron a hablar de sus cosas, que Elena se terminó de quitar de encima esa extraña sensación de vulnerabilidad.

Eso le hizo darse cuenta de que, hasta que todo aquello finalizase, no le convenía estar sola. Por suerte, creía haber conocido a la persona idónea para no volver a estarlo nunca.

Capítulo 35

SAÚL

El algún momento de la noche anterior, algo había cambiado en Saúl. Cuando se despertó ese miércoles, el cuarto desde que había llegado a Valquemada, notó enseguida que el tema de la búsqueda de sus padres biológicos había descendido en su lista de prioridades. Había sido lo primero en lo que había pensado cada vez que se había despertado allí previamente. Ese día no, sin embargo. En lugar de eso, sus pensamientos se habían centrado en Elena.

Habían estado chateando antes de irse a dormir, y ella le había comentado cómo había planeado proceder con respecto a su acosador. No le había pedido su opinión al respecto, y a Saúl no le molestó que no lo hiciera. Respetaba su decisión de encargarse ella sola de manejar la situación, y se quedaría al margen hasta que Elena lo considerase oportuno. O hasta que Alejandro Orozco sobrepasase ciertos límites. Una parte de él casi deseaba que el empresario atravesase esa frontera, lo que autorizaría moralmente a Saúl para intervenir y enfrentarse a él. No sabía si ese deseo se debía a la aversión que le generaba su comportamiento con Elena, o si lo propiciaba más bien las ganas que tenía de aprovechar ese hipotético cara a cara para confirmar sus sospechas acerca de que se trataba del hombre que había dejado embarazada a Verónica treinta y dos años antes.

Mientras desayunaba, se percató de que, en ese mismo momento, Elena estaría realizando el envío del paquete que contenía su contestación a la retorcida propuesta de Alejandro Orozco. Había quedado en avisarle cuando ya estuviera hecho, por lo que Saúl consultó su teléfono móvil para ver si ya había recibido esa confirmación. En la aplicación encontró una comunicación diferente a la que había ido a buscar.

Olaya Pardo le acababa de enviar un mensaje preguntándole si había habido alguna novedad con respecto a sus pesquisas. Saúl ni siquiera le había puesto al día sobre el resultado de su visita al antiguo compañero de trabajo de Arturo Díez en la residencia para la tercera edad en la que estaba alojado. No porque no quisiera hacerlo, sino porque desde ese momento todo se había precipitado, y no había tenido tiempo de charlar con la abuela de Lucía. Con todo lo que le había ayudado la mujer, se sintió mal por haberse olvidado de ella.

Saúl sugirió quedar en persona, para poder contárselo todo mejor. Ella le propuso que fuese a su casa de nuevo, y le invitó a que se quedase a comer con ella y con su nieta, que se iba a pasar más tarde. La inclusión de la joven en el plan le hizo dudar de su respuesta. Cada vez que había estado cerca de ella, su mente se había llenado de ciertas ideas de las que luego le había sido difícil librarse. Y ahora que estaba con Elena, las quería lo más lejos de su cabeza que fuese posible.

Aun así aceptó. Por cortesía, o porque quería demostrarse a sí mismo que su relación con Elena estaba a prueba de cualquier cosa. No se paró a reflexionar mucho más en el motivo por el que lo había hecho.

Poco antes de salir en dirección a la vivienda de Olaya, Elena le había dicho que ya había entregado el cesto y la nota para su envío. Como había contratado el servicio de entrega urgente, llegaría ese mismo día, y Elena podría hacer un seguimiento de todo el proceso en tiempo real. Quedaron también en que Saúl iría a recogerla a la salida del trabajo para pasar la noche juntos en casa de él.

Saúl le dijo que iba a visitar a Olaya para informarle de las novedades, pero que si necesitaba que se acercase a la oficina por algún motivo solo tenía que decírselo. Elena no hizo ningún comentario al respecto.

De camino hasta su destino, cayó en la cuenta de que quizás Olaya no solo quería hablar con él para informarse acerca de sus progresos. Igual ella también tenía algún tipo de información que quería compartir con él. No se imaginaba qué podría ser, pero no lo descartó del todo. Y, aunque no fuese así, a lo mejor sí que se le ocurriría alguna idea que le ayudase a continuar su investigación por otro camino.

Como en todas las veces anteriores en las que había visitado el apartamento de Olaya, había un olor delicioso a comida en el aire. Sin embargo, cuando Olaya le preguntó si quería tomar algo, declinó la oferta diciéndole que acababa de desayunar.

Una vez sentados en el salón, él le contó sus conversaciones con Pedro Maldonado y Arturo Díez, que no podían haber sido más distintas entre sí.

—No me sorprende nada lo del padre de Verónica —dijo Olaya—. Ya te conté lo que se decía de él cuando vivían en el pueblo. Tenía muy malas pulgas.

—Por eso ni me voy a molestar en insistirle.

—¿Y qué vas a hacer ahora?

—No tengo ni idea.

Olaya se quedó en silencio, con la mirada fija en las manos que tenía recogidas en su regazo. Saúl se acordó de repente de cuando esas mismas manos habían sujetado la figura del *trasgu*. Ya eran varios los días en los que, como aquel, se le había olvidado llevársela consigo cuando salía de casa. Lo vio como una señal más de que había perdido por el camino gran parte de la motivación que había impulsado inicialmente su búsqueda.

—¿Se lo has contado a Sara? —preguntó su anfitriona después un rato.

Saúl negó con la cabeza. También se había olvidado completamente de ella.

—Si quieres se lo puedo decir yo —se ofreció Olaya—. Tenía pensado llamarla uno de estos días, para ver cómo le va.

A Saúl le pareció una buena idea, y así se lo hizo saber a Olaya. A pesar de que la hija de Celia había dado el paso de visitarle para revelarle su secreto, le daba la impresión de que, dado su carácter reservado, preferiría que fuera Olaya quien se pusiese en contacto con ella.

—Si se nos ocurre algo, ya te avisaré —le prometió la mujer.

—Te lo agradecería.

Olaya le sonrió de una forma que le recordó a Lucía. El paso de los años había enturbiado el parecido físico que se intuía que existía entre ambas mujeres, pero no había causado los mismos estragos en el espíritu y la energía que ambas compartían.

—Y por lo demás, ¿qué tal te está yendo por aquí? —quiso saber Olaya—. Supongo que estarás teniendo tiempo para hacer otras cosas, ¿no?

Saúl no supo averiguar por el tono que había

empleado si había algo más que simple curiosidad en su pregunta. ¿Estaría al tanto de su relación con Elena? Llevaban muy poco tiempo juntos y habían sido bastante discretos —lo que Saúl sospechaba que era algo deliberado por parte de Elena—, pero en un pueblo tan pequeño como Valquemada, noticias como esa no tardaban mucho en correr como la pólvora entre la gente. Si a eso se le sumaba que Olaya era una persona sociable, y muy conocida en la localidad, las probabilidades eran mayores.

—He aprovechado para conocer un poco mejor la zona —dijo Saúl.

Le habló de sus excursiones, omitiendo que en la última de ellas había estado muy bien acompañado.

—¿No has estado todavía en Santander?

—No.

—¿Es que ya lo conocías?

Saúl sacudió la cabeza en gesto negativo.

—Pues tendrás que encontrar un hueco. No te puedes marchar sin pasarte por allí al menos una vez.

—Está en mi lista de cosas pendientes.

Olaya le enumeró los sitios que era imprescindible que visitara en la capital de Cantabria. A raíz de un comentario acerca de uno de esos lugares, salió a relucir el trabajo de Saúl. Hablaron también de sus anteriores ocupaciones, y eso les condujo a tratar el tema de su familia adoptiva. Aunque Olaya le había caído en gracia desde el principio, Saúl no le ofreció detalles demasiado íntimos acerca de ellos. Y cuando lo creyó oportuno, desvió la conversación hacia la propia Olaya y su familia. Fue entonces cuando Lucía llegó a la casa.

La aparición de la joven alteró el ambiente de inmediato. Se convirtió en el centro de atención de una forma natural, sin que le fuera necesario realizar esfuerzo alguno por su parte. El optimismo y la positividad la seguían como si fueran su sombra.

Después de saludar con un par de besos a Saúl y de darle un abrazo a su abuela, les dijo que había venido directamente desde la playa. Vestía una camiseta larga blanca de tirantes que dejaba a la vista buena parte de su piel suave y bronceada. Llevaba el pelo suelto y todavía algo mojado, y en su cara brillaba una sonrisa que parecía hecha a la medida de sus rasgos. Hasta su peor enemigo habría sido incapaz de desdeñar su belleza.

Una vez más, Saúl se sintió sorprendentemente turbado por la proximidad física de Lucía. No era la primera mujer atractiva con la que trataba, y las había conocido más guapas, incluso. Ninguna le había afectado de esa manera, y seguía sin encontrar una explicación razonable para aquello. Había creído que las cosas serían distintas ahora que Elena se había adueñado de su corazón. Y se había equivocado.

Olaya les dejó a solas para irse a preparar la comida, anunciándoles previamente que el menú del día iba a consistir en una crema fría de calabacín y unas salchichas al vino con cebollas y patatas.

—Anda, que si tengo que esperar a que te pases por el mercadillo para volver a verte... —le recriminó Lucía, nada más quedarse ambos a solas.

—Lo siento —dijo él, que estaba preparado para recibir su reproche—. Sé que te dije que iría, pero he estado muy ocupado últimamente.

—Ya. Me lo imagino.

De nuevo le entró la duda de si el comentario traía segundas intenciones. ¿Sabría ya todo Valquemada lo suyo con Elena? Como le había sucedido con Olaya, no pudo determinar si tan solo había sido una manera de hablar o no. Lo único que logró fue verse atrapado por sus enormes ojos marrones. Le costó una barbaridad romper el contacto visual con ellos.

—Y eso que tengo una deuda con tu abuela —dijo Saúl.

—Me lo dijo, sí. Hasta he estado dejando reserva-
das algunas cosas por si aparecías. Otra vez.

—No tengo perdón.

—La verdad es que a ningún cliente le consenti-
mos que se porte así de mal—comentó ella, fingiendo
seriedad—. Aunque al menos viniste a verme al concierto.

—Y lo disfruté mucho —indicó Saúl—. Vuestra
parte fue la mejor de todas —trató de halagarla, en
compensación por haber incumplido su promesa de
visitar el pequeño negocio familiar.

—Ahora no trates de arreglarlo haciéndome la pe-
lota, encima.

Era imposible no dejarse encandilar por su descaro y la enorme expresividad de su rostro. En el ridículo tiempo que había durado hasta ese momento su
conversación, a Saúl ya se le habían borrado de la
mente todas las preocupaciones que traía consigo.
Era un fenómeno que le fascinaba y le inquietaba a la
vez.

—¿Llevas mucho tiempo tocando la flauta?

—Desde que tenía doce años —respondió ella—.
Mi abuelo me ponía música clásica cuando tenía que
cuidarme. Un día le dije que lo que más me gustaba
era cuando tocaban la flauta, así que decidió apun-
tarme a unas clases para que aprendiera a usarla.

—Pues tuvo una gran idea. Dale la enhorabuena
de mi parte.

Por el modo en que se alteró su semblante, Saúl
anticipó lo que le iba a decir a continuación.

—Murió hace tres años —le confirmó Lucía.

—Lo siento.

—Era la mejor persona del mundo.

No lo dijo con tristeza, sino con orgullo.

—Le echo mucho de menos —añadió Lucía—. Se
te alegraba el día con solo verle.

—¿Era el marido de Olaya?

—Sí —contestó la joven, con una suave sonrisa—. Y a ella también la quiero un montón.

—Se nota.

Lucía recogió su melena como si fuera un ramillete de flores, para pasársela luego por encima de su hombro, hasta que se quedó posada sobre la parte derecha de su pecho. Saúl creyó oler un aroma a brisa marina cuando lo hizo, pero fue tan sutil y efímero que no supo si había sido una percepción real o no.

—Tampoco te he visto por la playa —le dijo ella.

—Ya te he dicho que he estado un poco liado.

—¿Y se puede saber en qué?

Saúl no supo qué decirle. Cuando el silencio se volvió demasiado incómodo para Lucía, la joven tomó de nuevo la palabra.

—No hace falta que me lo cuentes. Sé que mi abuela y tú andáis detrás de algo. Solo tenía curiosidad. Como ella no me cuenta nada...

—Fui yo quien le pedí que no lo hiciera. Es un tema muy personal.

—Lo entiendo.

Como ya le había sucedido con anterioridad, consideró el revelarle a Lucía el motivo por el que había ido a Valquemada. Si finalmente no lo hizo no fue porque no confiase en ella, sino porque la quería mantener al margen de esa parte de su vida que no le había dado más que disgustos por el momento.

Lucía dio un paso hacia Saúl, poniéndose al alcance de su mano.

—¿Llevas la figura contigo?

La cercanía de su cuerpo y el hecho de que parecía que le había leído la mente hicieron que Saúl vacilara de nuevo a la hora de ofrecerle una respuesta.

—No —logró finalmente decir.

—Qué pena. Me habría gustado verla otra vez.

Ella era una de las primeras personas a las que se la había enseñado, durante su búsqueda inicial de información acerca de los vendedores de la pieza. De repente le asaltó una idea con respecto al duendecillo de escayola. Si, tal como se temía, su misión no tenía un final feliz, tendría que deshacerse de ella para poder pasar página de una vez por todas. Y pensó que una buena forma de hacerlo sería regalándosela a Lucía. No supo muy bien precisar el porqué de ese pensamiento.

—La llevaré cuando vaya a verte al mercadillo —indicó Saúl.

—O sea, que no la voy a ver jamás —bromeó ella.

—Te juro que esta vez sí que voy a pasarme.

—Tú te lo pierdes si no lo haces.

Saúl se preguntó si se refería a los deliciosos productos que vendía en el puesto, o a algo más. Nunca se le había dado demasiado bien distinguir entre lo que era flirteo y lo que no.

Olaya le pidió desde la cocina a su nieta que fuera poniendo la mesa. Saúl se ofreció de inmediato a colaborar en la tarea, pero Lucía le dijo que no hacía falta, que se podía encargar ello, tocándole en el antebrazo al hacerlo. El leve contacto entre ambas pieles dejó a Saúl con ganas de más. Eso le hizo recriminarse a sí mismo la falta de dominio que estaba demostrando al dejarse afectar tanto por la presencia de Lucía. Era impropio de él, y suponía también una pequeña traición a Elena. Hizo un esfuerzo para someter a sus instintos.

Cuando se sentaron a comer y Olaya se unió a ellos, le fue más fácil recuperar la compostura. Siguió prestándole más atención a Lucía que a otra cosa, pero ya no estaba tan hipnotizado por ella.

Los piropos que recibió la anfitriona por sus habilidades culinarias condujeron al anuncio por parte de su nieta de que había decidido aprender en serio a cocinar, lo que desató instantáneamente el escepticismo de Olaya. Al parecer, no era la primera vez que se lo proponía.

Lucía ya no abandonó los mandos de la conversación durante el resto de la comida. Les contó anécdotas de sus amigos, de sus clases, de sus vacaciones. Algunas más interesantes que otras, a juicio de Saúl, pero había algo en su forma de expresarse, tan jovial y auténtica, que hacía que fuera imposible no escucharla detenidamente. Tan solo cedió el protagonismo a su abuela cuando, durante la sobremesa regada con café, empezaron a hablar de Camilo, el esposo de Olaya.

En un momento dado, Saúl se sintió como si él no pintara nada allí. No por culpa de las dos mujeres que tenía a su lado, que le habían tratado con una hospitalidad sorprendente tratándose de alguien a quien no llevaban ni un mes conociendo, sino porque el concepto de familia que ambas ejemplificaban era algo que le resultaba completamente ajeno. El tipo de relaciones que se había establecido entre los miembros de su familia adoptiva era muy diferente. Nunca había experimentado esa calidez y complicidad que parecía ser el tejido con el que estaba urdida la de Olaya y Lucía. No sintió envidia, sino que se alegró de que al menos ella pudiese disfrutar de algo tan valioso como aquello, a lo que él apenas había tenido acceso.

Cuando llegó la hora de marcharse, Lucía le pidió a Saúl un favor.

—¿Te importaría acércame al centro del pueblo? —le preguntó—. He quedado para comprar un regalo de cumpleaños a una amiga y se me ha echado el tiempo encima.

Saúl consultó la hora en su teléfono móvil. Él también había perdido un poco la noción del tiempo, pero todavía tenía margen suficiente para llevar a Lucía a su cita y poder recoger luego a Elena cuando saliese del trabajo.

—Cuenta con ello —dijo Saúl.

—Muchas gracias —dijo la joven, desplegando su deslumbrante sonrisa.

Al contemplar ese gesto tan cautivador, Saúl se preguntó cuántos más como ese podría aguantar antes de perder de forma definitiva su tan preciado autocontrol.

Capítulo 36

ELENA

Elena sentía que se había quitado un gigantesco peso de encima tan solo por el hecho de haber reunido el valor de enviarle su respuesta a Alejandro. Estaba muy orgullosa por haber sido capaz de dar ese paso, aunque todavía restaba por ver cuál iba a ser la reacción de Alejandro a sus duras palabras. Conociendo su reputación, cabría esperar cualquier cosa. Eso la habría aterrado en el pasado, pero esa nueva versión de sí misma que había surgido en los últimos días ya no estaba dispuesta a rendirse al miedo con tanta facilidad. Se había cansado de estar siempre a la defensiva, y se veía preparada para pasar por fin al ataque.

Tampoco es que se creyese invencible. Había sufrido demasiados altibajos y golpes inesperados recientemente como para permitirse el lujo de confiarse. La única diferencia con respecto al pasado era que había asumido que quedarse quieta esperando a que el peligro pasase de largo no le iba a servir para nada. Si quería cambiar su situación, tenía que hacer algo distinto a lo que había estado haciendo hasta ese instante. Y sentía que eso era justo lo que acababa de suceder.

Elena miró el reloj que había en la pared delantera de la oficina, a la derecha de la puerta de entrada. Desde la última vez que lo había comprobado, tres minutos antes, habían pasado —oh, sorpresa— tres minutos exactos. Eso significaba que todavía quedaba media hora para que concluyese su jornada laboral y pudiese tener a Saúl a su lado. Tenía unas ganas irresistibles de celebrar a lo grande junto a él que no le había temblado el pulso a la hora de plantarle cara a su acosador.

A sus espaldas, escuchó a su jefa rebuscar en el cuarto que les servía de almacén. Había estado tan absorta en sus pensamientos, que no se había dado cuenta de que había salido de su despacho en dirección a la pequeña estancia donde se guardaba el material de oficina.

—¿Qué estás buscando? —preguntó Elena, cuando vio que seguía hurgando sin éxito entre sus existencias.

—Nos hemos quedado sin tinta en la impresora —le llegó la voz de la pintoresca mujer, que había acudido a trabajar ese día con un estrambótico vestido de tela escocesa que mostraba una combinación de colores imposible de comprender— y no encuentro un recambio.

La memoria de Elena la trasladó al día anterior, en el que se había percatado de que, efectivamente, se habían quedado sin repuestos de cartuchos de tóner. También recordó que se había propuesto hacer un pedido en ese mismo instante para reponer el *stock*. Y se le había olvidado por completo. Antes de que pudiera confesar su crimen, Sonia emergió del cuartito y le habló de nuevo.

—¿Te importaría acercarte a la tienda a por un cartucho? —le dijo, en lugar de recordarle que era tarea suya asegurarse de que siempre estuviesen bien abastecidas—. Tengo que imprimir unos contratos para la reunión de mañana, y me los quiero llevar hoy para ir directa desde casa.

—Claro que sí —aceptó enseguida Elena—. Y perdona que no me haya dado cuenta de que nos habíamos quedado sin recambios.

Sonia hizo un gesto con su mano para restarle importancia a su desliz.

Elena salió escopetada hacia la papelería que había unas calles más allá, en la que sabía que solían tener lo que necesitaban. No quería que ni su jefa ni ella tuvieran que salir más tarde de su hora por su culpa, así que prácticamente corrió al establecimiento.

Tras atravesar varias calles, se vio obligada a frenarse ante un inoportuno semáforo en rojo, a tan solo una decena de pasos de su destino.

Y entonces los vio.

A unos veinte metros de distancia, en la acera opuesta, la nieta de Olaya Pardo estaba saliendo del interior del coche de Saúl, que él mismo conducía en esos momentos. Elena parpadeó un par de veces, para ver si estaba siendo víctima de una ilusión. Se trataba de ellos, sin lugar a dudas.

En pleno mes de agosto, Elena sintió que sus entrañas se le congelaban. Se quedó completamente paralizada, mientras a su alrededor la gente cruzaba el paso de cebra una vez que el semáforo cambió de color. Poco faltó para que la persona que tenía justo detrás, una mujer de mediana edad que cargaba con una bolsa de la compra, la arrollase. Cuando la señora pasó a su lado y vio que se trataba de Elena, murmuró algo así como «esta tenía que ser». Por suerte, la joven ni se enteró. Bastante tenía ya con procesar la escena que se estaba desarrollando ante sus ojos.

Lucía se alejó del coche agitando la mano izquierda a modo de despedida. Luego desapareció al internarse por una calle perpendicular a la que había dejado atrás. Saúl puso su vehículo en marcha de inmediatamente después, pasando por delante de Elena, sin percatarse de su presencia.

Si hubiese dedicado tan solo medio minuto a reflexionar sobre la situación, Elena habría recordado que Saúl le había dicho que iba a quedar con Olaya en su casa ese mismo día. Por lo tanto, no era descabellado pensar que allí se hubiera encontrado con su nieta. Y de ahí a establecer qué era lo que había sucedido en realidad, le habría bastado con dar un pequeño salto deductivo. De haber procedido de esa manera, quizás se podrían haber evitado los acontecimientos que se desencadenaron a continuación. O a lo mejor no, y el simple hecho de verlos juntos, por muy justificado que estuviese, habría sido suficiente para corroerla por dentro.

Durante unos segundos, Elena se olvidó de lo que había ido a hacer allí. Por puro instinto, terminó por cruzar el paso de cebra cuando se puso de nuevo en verde para los peatones. Se colocó en un lugar donde no obstaculizaba el tránsito de los viandantes, y se quedó quieta de nuevo.

En el fondo, lo que más daño le hacía no era el hecho de que hubiesen pasado un rato juntos Saúl y Lucía. Era más bien lo inoportuno de su encuentro lo que la hería. Elena se encontraba en el que creía que era el momento más complicado de su vida, en el que había decidido enfrentarse a la peor situación en la que jamás se había visto, y para la que el apoyo incondicional de Saúl había sido algo esencial. No se consideraba una persona celosa —nadie le había acusado de ello, hasta la fecha—, pero en esa fase tan concreta de su vida necesitaba que la persona con la que estaba fuese solo para ella. Y tener que compartirlo con alguien le desagradaba profundamente.

Dentro de su cabeza tuvo lugar un combate encarnizado. En un bando estaba su lado más racional, que le decía que lo estaba exagerando todo. Que por lo menos debería darle la oportunidad a Saúl para que se explicase. Que incluso no tendría por qué hacerlo, pues lo más normal era que no hubiese pasado nada de nada entre él y su guapísima y jovencísima pasajera. Al otro lado de las trincheras estaban sus emociones, que solo querían ver el mundo arder. Le pedían a gritos a Elena que soltase las riendas y perdiera el control de sus actos.

Ese feroz debate interno entre dos fuerzas completamente opuestas la situó frente a una encrucijada.

Podría marcharse directamente a su apartamento para evitar a Saúl, que estaría dirigiéndose en ese instante a recogerla a la salida del trabajo. Le mandaría un mensaje a Sonia, diciéndole que no quedaban cartuchos para su modelo de impresora en la tienda, y que por la hora que era había decidido irse ya a casa. Sería poner a prueba la generosidad de su jefa, pero eso era lo último que le importaba llegados a ese punto. La otra opción era regresar a la oficina y esperar a Saúl, a pesar de lo alterada que estaba todavía por lo que había presenciado.

Su sentido de la responsabilidad acabó por imponerse. Así que se hizo con el recambio que necesitaba Sonia, y regresó todo lo rápido que pudo a su lugar de trabajo. Se preparó mentalmente por si se cruzaba con Saúl de camino hacia allí, tratando de esforzarse todo lo posible en concederle al menos el beneficio de la duda, en lugar de pensar lo peor de él. No se produjo ese encuentro, y Elena agradeció disponer de más tiempo para poder relajarse un poco. Llegó a su destino cuando tan solo quedaban cinco minutos para que dieran las siete de la tarde, que era cuando concluía teóricamente su jornada laboral. No obstante, había decidido que esperaría a que su jefa terminase de imprimir los documentos que necesitaba para el día siguiente, tardase lo que tardase. Encima que había sido la culpable de que nos los tuviera ya listos, no iba a tener la desfachatez de marcharse y que le tocara a Sonia cerrar la oficina.

Habían quedado en que Saúl le mandaría un mensaje cuando estuviese por la zona, y que Elena le diría entonces si podía acercarse ya para recogerla, o sí tenía que esperar. Consideraba que era mejor que su jefa no se enterase de que estaban juntos, por si no le hacía mucha gracia a su superiora que se hubiera liado con un cliente de la empresa. Elena sabía perfectamente que a Sonia le daría igual, pero prefería que Saúl pensase que era ese el verdadero motivo por el que quería que su relación fuera lo más discreta posible, en lugar de la verdad: que temía que llegase al oído de sus enemigos, y que estos empleasen ese conocimiento para perjudicarle.

Cuando el aviso de Saúl llegó, Elena retrasó deliberadamente su respuesta hasta un buen rato después de que Sonia se hubiese marchado. No por precaución, sino a modo de castigo. Fue un gesto que hasta a ella le pareció algo infantil, aunque eso no impidió que se diera el gusto de hacerlo. Ya no estaba tan enfadada como antes, pero seguía lo suficientemente molesta como para pensar con total lucidez.

Cuando Saúl apareció ante la puerta de la oficina, Elena se limitó a pulsar el botón que tenía bajo su mesa, que la abría a distancia, en vez de acercarse hasta la entrada para facilitarle el acceso ella misma. En ningún momento despegó la mirada de su pantalla, fingiendo que estaba realizando algún tipo de tarea que requería toda su atención.

—Hola —dijo Saúl, aproximándose a ella.

Elena demoró su saludo intencionadamente, concentrándose tanto en el documento de Excel que tenía delante —que ni siquiera sabía de cuál se trataba, pues lo había abierto completamente al azar—, como si contuviera el secreto de la eterna juventud.

—¿Elena?

La joven le hizo un gesto con la mano para pedirle que se esperase un instante, lo que detuvo el avance de Saúl hacia su posición. Tras unos cuantos segundos, retiró la mirada de la pantalla para fijarse por primera vez en el recién llegado.

—Hola —dijo ella por fin, procurando sonar lo más neutral posible.

Sabía que lo suyo sería que se levantase y le saludara como se suponía que debían hacerlo dos amantes. Sin embargo, su trasero se negó a despegarse del lugar sobre el que estaba apoyado. Tan solo giró la silla cuando él la alcanzó.

—¿Pasa algo? —preguntó Saúl.

—No —contestó de inmediato Elena—. ¿Por qué?

Saúl frunció ligeramente el ceño. Elena siguió sentada, cada vez más cómoda en esa posición.

—Estás muy seria —indicó él.

—¿Ah, sí?

Saúl asintió muy despacio con la cabeza. Elena casi podía escuchar cómo los engranajes del cerebro de su chico —lo seguía considerando como tal, a pesar de que estaba en cuestión la exclusividad de su relación— crujían mientras él intentaba averiguar qué era lo que estaba sucediendo allí.

—Será por el trabajo —mintió Elena, dándole la cantidad exacta de ironía a su voz como para no resultar ni demasiado evidente ni demasiado sutil.

Saúl se la quedó mirando un buen rato, sin pronunciar palabra. A pesar de que ella estaba mucho menos habituada a ese tipo de silencios incómodos, se mantuvo callada, dispuesta a no ceder en esa lucha de voluntades.

—¿Alguna novedad con lo de Alejandro? —quiso saber él.

Celebrando esa pequeña victoria, Elena se limitó a negar muy despacio con la cabeza, imitando descaradamente su gestualidad. Había una parte de ella que se estaba sintiendo cada vez más ridícula, y que le sugería que cambiase su actitud y afrontase el problema como una adulta, exponiéndole a Saúl la razón por la que estaba disgustada. Sin embargo, no tenía nada que hacer ante la fría rabia que llevaba un buen rato cocinándose en su interior.

Tras un nuevo silencio, Saúl intervino.

—¿No me vas a decir qué es lo que te pasa?

—No lo sé. ¿Me tendría que pasar algo?

Saúl lanzó un suave resoplido.

—¿Voy a tener que adivinarlo? —preguntó él.

—Prueba a ver —contestó ella—. Eres muy listo, así que seguro que das con algo enseguida —le espetó a continuación, endureciendo su tono.

—Nos vamos a ahorrar mucho tiempo si mejor me lo dices tú.

—¿Te rindes tan pronto? —dijo Elena—. ¿Sin pedirle al menos a alguien que te ayude? A Olaya, por ejemplo. O mejor aún, a tu amiga Lucía.

Elena no se reconocía a sí misma en esa actitud tan hostil. Pero ni siquiera eso sirvió para que se diese cuenta de que la situación se le estaba yendo de las manos. Se sentía a la vez asustada y deseosa por seguir por ese camino de autodestrucción.

—No te entiendo —dijo Saúl.

Elena puso cara de incredulidad.

—Sabes perfectamente de lo que te estoy hablando. Os he visto hace un rato a los dos en tu coche.

Saúl abrió los ojos más de lo normal en señal de reconocimiento.

—No puedes estar hablando en serio —dijo—. Solo la estaba acercando a un sitio en el que había quedado con una amiga.

—Qué caballeroso —señaló Elena, con sarcasmo.

—Me pidió que le hiciera ese favor —se justificó él, mucho más calmado que ella—. Es lo menos que podía hacer para agradecerles que me invitasen a comer. Y por lo bien que se ha portado Olaya conmigo.

La voz de la razón, que llevaba un rato queriéndose hacer oír entre el alboroto que reinaba dentro de la cabeza de Elena, dio un paso al frente para poner algo de orden entre tanto caos. Lo habría conseguido, de no haber sido por lo siguiente que escuchó la joven.

—No estás pensando con claridad, Elena.

No fue el contenido de la frase lo que la molestó, sino el deje paternalista que percibió en la voz de Saúl. Eso fue lo que la terminó de desquiciar.

—Perdona si pienso que has elegido el peor momento para irte a comer con tu amiga, en vez de conmigo, que te necesitaba mucho más —le reprochó, elevando el volumen de su voz.

—Fuiste tú la que dijiste que nos viéramos a esta hora, no antes.

—Y a ti te pareció bien —argumentó ella—. Claro que igual era porque ya tenías tus propios planes —añadió.

La vocecita en su cerebro que había estado intentando convencerla de que aplicase un poco de sentido común a la conversación ni siquiera se molestó en intervenir en esa ocasión. Tenía todas las de perder ante la tempestad que se había desatado en el interior de la joven.

Vio cómo Saúl apretaba los labios, en un gesto evidente de que se estaba mordiendo la lengua. A continuación, se dirigió a ella con el mismo tono sosegado que había empleado desde el principio, lo que subió el nivel de irritación de Elena un grado más.

—Es obvio que estás muy nerviosa. Que sigamos hablando solo va a empeorar las cosas —le dijo—. Lo mejor que puedo hacer es marcharme y dejar que te tranquilices un poco —continuó—. Te llamo más tarde y solucionamos esto.

Acudieron a la mente de Elena varias réplicas, a cual más hiriente. Pero, por primera vez desde que la discusión había comenzado, fue capaz de pensar antes de hablar y contenerse un poco. Saúl interpretó su silencio como que estaba de acuerdo con su propuesta de posponer el asunto. Se dio media vuelta y caminó hacia la salida.

Al ver que se alejaba, a Elena le entraron de repente ganas de gritarle que no se fuese. Que ella se había equivocado. Que a veces se decían cosas en las que no se creía. Que el momento de arreglarlo todo era ese, y no otro. Que le necesitaba a su lado más que nunca. Pero su orgullo se lo impidió, así que permaneció en silencio hasta que él desapareció de la vista, con una enorme bola de impotencia, ira y vergüenza obstaculizando su garganta.

Elena comenzó a llorar desconsoladamente, sintiendo un dolor insoportable en el corazón.

A diferencia de las recientes ocasiones en las que se había visto superada por la situación, se culpó a sí misma de su desdicha. Demasiado tarde, se dio cuenta de que Saúl no le había dado ningún motivo para desconfiar de él. Como mínimo tenía que haber tratado el asunto con más madurez, permitiéndole primero que se explicase antes de mostrarse tan beligerante con él. A pesar de que él le había dicho que luego la llamaría para resolver las cosas, tenía un miedo atroz de haberle asustado con su comportamiento, ofreciéndole una versión de sí misma que no era real. Pero eso él no lo sabía. Y podría ser más que suficiente para que Saúl se replanteara si deseaba seguir junto a alguien como ella, tan celosa e inestable.

Su futuro, que se había convertido recientemente en un lugar que estaba ansiosa por visitar de nuevo, se le antojó ahora el peor de los destinos posibles. Se lo imaginó como un camino lleno de trampas y peligros, que en cualquier momento podría desaparecer bajo sus pies, lanzándola hacia un abismo sin fondo del que ya sería imposible escapar. Y no vio ninguna mano extendiéndose hacia ella para evitar que siguiere cayendo en la oscuridad.

Elena se sintió terriblemente sola. Más que nunca en su vida.

Capítulo 37

RODRIGO

El alcalde de Valquemada pulsó el botón en la pantalla de su móvil para finalizar la llamada que acababa de realizar.

Aunque le habría gustado ofrecerle más información a la persona con la que había hablado, obtenerla le comprometería más de lo que consideraba prudente en un asunto en el que, por el momento, prefería implicarse lo menos posible. Además, no quería arriesgarse a que, por retrasar esa llamada, todo se precipitase hasta un punto en el que ya fuese inútil hacerla.

Había hecho bien, pues le dio la impresión de que a quien estaba al otro lado de la línea telefónica le había sido suficiente con lo que él le reveló, y que cualquier otro dato que hubiese aportado habría estado realmente de más. Quizás porque esa persona disponía de sus propios medios para completar las piezas que le faltaban al rompecabezas. O quizás porque le era innecesario hacerlo para tomar una decisión.

En cualquier caso, él había cumplido con creces con la promesa que había realizado treinta y dos años antes. Con ello estaba convencido de que había conseguido que su propio secreto estuviera más a salvo que antes. A pesar de que no tenía la sensación de que peligrase demasiado, nunca estaba de más asegurarse. Y eso era exactamente lo que había hecho.

Ya solo debía esperar para ver cómo se desarrollaban los acontecimientos, siempre atento por si fuera necesario intervenir para controlar los daños colaterales. O por si pudiera sacar algún beneficio personal de la situación. Rodrigo Conde podía ser un alcalde que se preocupaba más por sus vecinos de lo que era normal en sus colegas de profesión, pero iba a dejar pasar la oportunidad de obtener algún provecho de todo aquello.

Era buen tipo. Pero también ambicioso.

Capítulo 38

SAÚL

Durante toda su vida adulta, Saúl había sido una persona con las ideas muy claras. No había sido fácil construir esa seguridad en sí mismo tras su convulsa adolescencia. Por eso ahora se sentía tan incómodo consigo mismo al verse asediado por las dudas. Estaba fuera de su terreno, y eso le resultaba muy frustrante.

La reacción de Elena le había pillado totalmente por sorpresa. Aunque, si era sincero consigo mismo, no podía considerarse del todo inocente. Si bien sus actos no suponían ninguna traición hacia Elena, sus pensamientos acerca de Lucía sí que lo eran. Y era probable que hubieran ejercido algún tipo de influencia en su conducta, también. De no saber que Lucía iba a estar presente, ¿habría aceptado la invitación de Olaya para quedarse a comer en su casa, por ejemplo?

Lo que más le preocupaba no era el hecho en sí de que la presencia de Lucía le afectase tanto. Lo que le inquietaba era la sospecha de que eso fuese señal de que lo que sentía por Elena no era tan fuerte como creía. ¿Podría intoxicarle de ese modo Lucía si su

amor por Elena fuera algo realmente sólido? Sabía
que no estaba siendo del todo justo al pensar en eso.
Elena y él no llevaban ni siquiera una semana juntos.
¿Cómo iba a ser suficiente con ese tiempo para que se
hubiese convertido en una relación a prueba de bom-
bas? Y, sin embargo, eso no aliviaba su desasosiego.

Como si el destino quisiese forzar su mano, recibió
nada más llegar a casa un mensaje de la nieta de Olaya.
Le decía que la amiga a la que habían ido a comprar un
regalo celebraba una fiesta en la playita de los Picos al
día siguiente por la noche, para celebrar su cumpleaños. Y que estaba invitado si le apetecía pasarse.

Tenía muchas dudas sobre muchas cosas, pero
ninguna acerca de lo que sucedería si se presentaba
en la playa ese jueves. Percibía en Lucía el mismo interés que él sentía por ella, y la tentación de dar rienda suelta a sus instintos sería demasiado grande para
ambos. Podría sonar presuntuoso por su parte, pero
era lo que pensaba. Aceptar la invitación sería exactamente lo mismo que dar por concluida su relación
con Elena. Hasta la persona más cándida y menos
perspicaz del mundo se daría cuenta de eso.

Era consciente de que nada de lo que tuviera con
Lucía cuajaría en una relación seria, como la que había iniciado con Elena. Pero sería algo divertido y re-
frescante, que no le dejaría ninguna cicatriz cuando
se volviese a Madrid. Todo lo contrario que con Elena, con la que todo se estaba complicando a una velocidad de vértigo.

Ni estaba preparado para ofrecerle una respuesta
a Lucía todavía, ni creía que fuese conveniente hacerlo hasta no dejar que se enfriase un poco el incidente
con Elena. Se había comprometido a llamarla antes
de que terminase el día, pero ahora lamentaba haberlo hecho. Y, a la vez, sabía que era lo correcto si quería
salvar lo que había entre ellos.

Se preparó una cena ligera, y luego llamó a Elena. Nada más sonar el primer tono, saltó el contestador automático, comunicándole que la persona a la que estaba llamando no estaba disponible. Probó una segunda vez, con el mismo resultado. Tras meditarlo unos segundos, abrió WhatsApp y le envió un mensaje diciendo que estaba intentando hablar con ella. No recibió la confirmación de que había llegado a su dispositivo. Ni en ese momento, ni durante el resto de la noche. Eso le hizo suponer que Elena tenía apagado el teléfono, aun sabiendo que él iba a tratar de ponerse en contacto con ella. Y estaba convencido de que no era algo fortuito.

Abrió de nuevo el mensaje con la invitación de Lucía para la noche siguiente. La releyó varias veces. Luego se quedó un rato pensando en silencio, imaginándose cómo sería acariciar la piel tan suave de la nieta de Olaya, y lo dulce que sabrían sus labios. Casi sin darse cuenta, sus dedos volaron sobre el teclado, componiendo una respuesta. Cuando la terminó de escribir, colocó su pulgar justo encima del botón que permitiría enviarla. Allí permaneció suspendido durante un largo minuto.

Hasta que, por fin, Saúl tomó una decisión.

Capítulo 39

ALEJANDRO

Tenía que reconocer que su gatita tenía más agallas de lo que creía.

A última hora de la tarde, Laura, su secretaria, le había avisado de la llegada de un paquete a su nombre a la empresa, y la recepcionista quería saber si tenía permiso para firmar el acuse de recibo o no. Por tratarse de algo muy poco frecuente, se lo habían consultado a él primero. Al informarle Laura de que el nombre que aparecía en el apartado de remitente era el de Elena Yuste, Alejandro había dado el visto bueno para que aceptasen la entrega. Después, intrigado, había modificado sus planes para acercarse a la oficina y recogerlo en persona. En la intimidad de su despacho, había accedido a su contenido.

Y se había llevado una sorpresa al leer la nota que acompañaba la cesta con las flores.

Al principio, las palabras de su antigua amante le habían enfurecido. Luego, poco a poco, se había ido calmando. Era un hombre acostumbrado a recibir amenazas, aunque ya no le sucedía tanto como al comienzo de su vida como empresario. Su éxito inicial en el mundo de los negocios las había propiciado, pero los métodos tan expeditivos con los que las había manejado en el pasado habían tenido un efecto disuasorio de ahí en adelante. De vez en cuando había algún político o algún rival que intentaba intimidarle, pero ya se trataba de algo más bien esporádico.

Consideraba a Elena incapaz de dar un paso tan osado. Eso le hizo sospechar que quizás estaba contando con la ayuda de alguien. Fuese por lo que fuese, el caso es que eso hacía la caza más interesante.

—¿Así que quieres jugar, eh? —murmuró Alejandro—. Pues juguemos.

Capítulo 40

ELENA

Elena no fue consciente de cómo había conseguido llegar a su piso después de su amargo encuentro con Saúl en el trabajo. Entre las lágrimas que no dejaban de nublarle la visión, y el agotamiento por estrés que padecía, era todo un milagro que hubiese tomado el camino correcto y que no hubiera atropellado a nadie a lo largo de su trayecto.

Se quitó como pudo a Arancha de encima, que enseguida se dio cuenta del estado tan lamentable en el que se encontraba. Le dijo que había tenido un mal día en el trabajo. No contaba con que la fuese a creer, pero en ese momento era lo último que le importaba. Se dio una larga ducha, durante la cual vertió las últimas lágrimas que le debían de quedar en el cuerpo. Sin molestarse en cenar algo, se fue directa a su dormitorio, del que no pensaba salir hasta que llegase el nuevo día.

A pesar de que era todavía muy temprano, se metió en su cama con la intención de dormirse. Antes, eso sí, apagó su teléfono móvil. Saúl le había dicho que la iba a llamar más tarde, pero lo último que le apetecía era volver a hablar con él. Los rescoldos de

su orgullo estaban todavía demasiado calientes. Y lo
que más necesitaba era descansar.

Por suerte, no tardó mucho en quedarse dormida.
Por desgracia, su sueño estuvo poblado de pesadillas.

En la primera de ellas se hallaba presente en un
entierro. No era el cementerio del pueblo, sino uno
mucho más grande, que no supo reconocer. Lo que sí
pudo distinguir con precisión fue el nombre de la
persona que había fallecido. No era otro que Héctor,
su hermano.

No solo su familia estaba allí reunida, también vio
a mucha gente de su propio entorno, algunos de los
cuales no tenía sentido que hubieran acudido a la ceremonia. Había antiguos compañeros del colegio con
los que ya había perdido el contacto; una cajera que
llevaba poco tiempo trabajando en el supermercado al
que Elena solía ir —con la que apenas habría intercam-
biado tres frases de cortesía—, o su casero, que ni siquiera vivía en la localidad. Pero lo que hizo que se le
detuviera el pulso fue ver a Alejandro Orozco y su esposa. No solo eso, sino que eran las dos personas que más
cerca estaban de sus padres, ofreciéndoles su consuelo.

Cuando Elena trató de hacerle ver a los presentes
lo hipócrita que era ese gesto, todos se volvieron contra ella, atacándola verbalmente con una furia desmedida. Hasta sus padres la miraban con odio y
desprecio. Temiendo por su integridad física, Elena
se vio obligada a huir. Sin embargo, siguió escuchando los insultos a su espalda con tanta claridad como
si no se hubiera movido de su sitio, lo que la llevó a
aumentar la velocidad de su carrera. Solo se detuvo
cuando se percató de que había tenido lugar un cambio radical de escenario.

Había llegado a la ribera de un pequeño lago, rodeado de una serie de montes de laderas boscosas. La in-
vadió una sensación de familiaridad, como si hubiera

estado allí recientemente. Al otro lado de la masa de agua descubrió que había alguien de pie, observándola inmóvil. A pesar de lo lejos que estaba, supo enseguida que se trataba de Saúl. Primero se movió muy despacio hacia él, rodeando el lago, como si temiese que su movimiento fuera a espantarle. Cuando vio que no era así, corrió hacia él. Pero por más que avanzaba, no lograba recortar la distancia que los separaba. Sabía que no era porque Saúl estuviese alejándose de ella, sino por algún extraño fenómeno al que no podía encontrar explicación. Aquello la enfureció tanto que empezó a costarle respirar. Tuvo que detenerse para no asfixiarse.

Se quedó parada, esperando a que fuese él quien se aproximase a ella. En lugar de complacerla, se dio media vuelta para tomar la dirección contraria. No había dado ni cinco pasos cuando su silueta comenzó a difuminarse, hasta desaparecer por completo. Inmediatamente después, el cielo se oscureció a causa de la aparición de unas descomunales nubes negras que poseían una textura espesa y brillante, como si estuvieran hechas de brea. A la vez, el agua que había en la superficie del lago empezaba a burbujear y a desprender vapor, como si fuera un caldo sometido al calor extremo de un fuego.

Elena cerró los ojos, pues no quería contemplar la transformación final del paisaje. Pidió con todas sus fuerzas no estar ya allí cuando el proceso terminase, y su deseo se cumplió. Al abrir los ojos estaba en otro lugar muy diferente.

Se hallaba en un teatro, sobre un escenario de reducidas dimensiones. Los asientos estaban vacíos, pero Elena no estaba sola. Frente a ella, sentada en el suelo con las piernas cruzadas, había una niña pelirroja que tenía un cachorro de perro dormido en su regazo. La cría la observaba con curiosidad.

—Hola —saludó a Elena.

—Hola.

—¿Te has perdido?

—Creo que sí —respondió Elena—. ¿Cómo lo sabes?

—La gente como tú se pierde mucho por aquí.

—¿La gente como yo?

La niña asintió con un movimiento extraño de su cabeza, que se desplazó de atrás hacia adelante, en lugar de arriba abajo.

—Los mayores —le aclaró inmediatamente después.

Había muy poca luz en la sala, y a Elena le dio la impresión de que se estaba apagando gradualmente. Pronto la penumbra daría paso a las tinieblas, y tampoco quería estar allí presente cuando eso sucediese. Aun así, también ella tomó asiento en el suelo de madera.

—¿Cómo te llamas? —le preguntó a la niña.

La pequeña se llevó un dedo a los labios, e hizo un gesto negativo con la cabeza, más sutil que el anterior.

—Aquí no usamos los nombres —le explicó.

—¿Por qué?

Elena recibió un encogimiento de hombros como única respuesta.

Elena detectó movimiento por el rabillo del ojo, al final del pasillo central que dividía el patio de butacas en dos secciones laterales. Cuando miró hacia allí, creyó ver que la negrura que cubría la pared del fondo se agitaba, como si estuviese llena de vida. En el rato que se quedó observándola, aterrada, pero incapaz de desviar su mirada, la masa oscura dio una especie de salto, haciendo desaparecer en su interior la última fila.

—No te preocupes —le dijo la niña, haciendo que Elena se fijase de nuevo en ella—. Son cosas que pasan.

Sus palabras la tranquilizaron un poco.

—¿Cuándo empieza la función? —preguntó Elena.

La niña se rio, divertida.

—¡Si ya ha empezado, tonta! —le dijo.

A Elena le pareció escuchar un suave ruido de carcajadas, casi indistinguible, como si llegara de un lugar muy lejano. Ella, sin embargo, no le encontró la gracia a nada de lo que estaba sucediendo.

—¿No te lo estás pasando bien? —quiso saber su acompañante.

—Es que creo que no debería estar aquí.

La cría frunció el ceño de modo muy exagerado.

—¿Y dónde ibas a estar si no?

Elena pensó en la respuesta a esa pregunta. Cuando creía tenerla en la punta de la lengua, la escasa iluminación que la rodeaba, cuyo origen no estaba a la vista, disminuyó todavía más. Elena miró hacia su izquierda, lo que le permitió comprobar que la oscuridad había devorado ya la mitad del patio de butacas, acercándose con ansia hacia ella.

—Hace mucho frio —dijo Elena, envolviéndose el cuerpo con sus propios brazos.

La niña abrió la boca, pero no salió nada de su interior. En lugar de eso, Elena vio como la piel de la pequeña se volvía translúcida, revelando bajo su superficie otra segunda piel, que parecía como carbonizada. Sobre sus piernas cruzadas, el perrito empezó a descomponerse a una velocidad alarmante. Sendos ríos de pus surgieron de los derretidos ojos del animal, y la carne putrefacta de su hocico se desintegró, mostrando una dentadura completamente deformada.

Elena intentó alejarse tanto de la niña como de su mascota, pero fue incapaz de hacerlo. Era como si las tablas de madera que formaban el suelo que había bajo ella se hubiesen fundido con sus piernas, imposibilitando su huida. Atrapada, contempló como las tinieblas la rodeaban, amenazadoras. En el interior de su masa, percibió un movimiento frenético.

—Tienen hambre —dijo la niña.

También ella había comenzado a corromperse. A diferencia del perro, ella estaba deshaciéndose en cenizas, las cuales estaban acumulándose a su alrededor, empujadas por un viento invisible. Elena jamás había experimentado tanto miedo en su vida.

Solo cuando sintió la primera caricia de la fría y voraz oscuridad en su rostro, pudo por fin despertar de la pesadilla. Su alivio fue breve, pues le dio la impresión de que había escapado de un infierno, pero para ir a parar a otro.

Capítulo 41

SAÚL

Mientras caminaba hacia su destino, Saúl se acordó del día que tuvo que tomar la decisión más importante de su vida. Tenía diecinueve años, y era un día del mes de mayo. Había quedado con su tío Juan para que le acompañase a la Delegación de Defensa que había en la zona centro Madrid. Allí iba a tener lugar la primera fase del proceso durante el cual se valoraría su candidatura para ingresar en las Fuerzas Armadas.

La noche anterior, un amigo del colegio al que todos llamaban Lolo, ahora convertido en uno de los camellos del barrio, le había invitado a que se pasase a verle esa misma mañana. Saúl sospechaba que no era solo una reunión para ponerse al día y pasar el rato recordando los viejos tiempos. Lolo le había ofrecido unos meses antes trabajar para el mismo traficante que le suministraba a él su material. Saúl había rechazado su oferta, pero estaba convencido de que Lolo no se daría por vencido. Y sospechaba que el motivo por el que quería quedar de nuevo con él era para insistir en el tema.

Le fue imposible no sentir que se hallaba ante una

encrucijada. Y no una cualquiera, pues estaba convencido de que, fuese el que fuese el camino que escogiera, ya no habría vuelta atrás. Si se reunía con Lolo, no se veía capaz de resistirse por segunda vez a la tentación que siempre le había supuesto el tipo de vida que llevaba su amigo. Este podía resultar de lo más convincente cuando se lo proponía, además. Y si, por otro lado, escogía ir con su tío a la cita que tenían programada en el Centro de Selección de ejército, estaba seguro de que llegaría hasta el final de ese proceso.

Al final acabó incorporándose a filas. Sin embargo, a Saúl siempre le había quedado la duda de si se había tratado de un acto consciente por su parte, o si lo que había propiciado su elección había sido más bien el hecho de que, para cuando su tío Juan llegó a casa para recogerle, todavía seguía sumido en la incertidumbre. Y, al no atreverse a decirle que no a la cara al hermano de su madre adoptiva, había optado por marcharse con él en lugar de ir en busca de Lolo.

Eso fue entonces. Ahora, le había costado mucho menos esfuerzo tomar una decisión. En un espacio muy corto de tiempo, había establecido qué era lo que de verdad deseaba su corazón. A diferencia de lo que había sucedido trece años antes, estaba convencido de que no había intervenido ninguna fuerza externa en su elección. Él, y solo él, había sido el único responsable de escoger ese camino.

Y de elegir a la persona con la que lo iba a recorrer.

Capítulo 42

LUCÍA

No era habitual en ella ser de las primeras en presentarse a una fiesta. Más bien tendía a ser bastante impuntual. Pero aquella era una ocasión especial.

La razón no tenía nada que ver con el momento ni el lugar —en pleno atardecer, a la orilla del mar—, ni con la posibilidad de pasar un buen rato con algunas de sus mejores amigas. El culpable de que tuviera tanta prisa por estar allí, y tanta ilusión por hacerlo, no era otro que un guapo y misterioso chico de treinta y pocos años que respondía al nombre de Saúl.

Lucía había intentado no sonar demasiado ansiosa cuando le había mandado el mensaje para invitarle a la celebración del cumpleaños de Clara. Pero tampoco había querido parecer poco interesada en su presencia. Había tardado una eternidad en redactar el texto perfecto para cumplir con ambos objetivos, y el resultado final le había dejado muy satisfecha. Saúl le había contestado diciendo que intentaría pasarse. Le conocía ya lo suficiente como para saber que no podía esperar de él un compromiso mayor que ese, y le había bastado con sus palabras para confiar en que acabaría dejándose caer por la playa.

De ser así, Lucía se había propuesto que de esa noche no pasara el liarse con él. Por ese motivo había adelantado su llegada, para poder beberse el par de mojitos que le ayudarían a encontrar el valor necesario para llevar a cabo sus planes.

Estaba sirviéndose el segundo de ellos, justo en el instante en el que el sol terminaba de desaparecer bajo el horizonte, cuando una voz familiar pronunció su nombre a sus espaldas.

Capítulo 43

ELENA

Nada más llegar a casa del trabajo, Elena se había derrumbado en su cama, tras quitarse únicamente los zapatos. Apenas había podido reponer fuerzas la noche anterior, por culpa de la pesadilla que había perturbado su sueño, y que le había dejado tan mal cuerpo que había sido incapaz de dormirse de nuevo. Así pues, a su cansancio emocional se le había unido el físico. No recordaba haber estado tan necesitada de descanso nunca antes en su vida. Se sentía como una batería defectuosa que no paraba de perder energía a cada segundo.

No había tenido noticias de Saúl en todo el día, quitando el mensaje que le había enviado la noche anterior, al que ni se había molestado en contestar. Tampoco había tenido noticias de Alejandro Orozco. Eso, que debería ser una gran noticia, le hizo sentirse todavía más sola. Al detenerse a reflexionar un segundo acerca de ese último pensamiento, se le revolvió el estómago. Cuando creía que no podía sentir más vergüenza de sí misma, acababa de descubrir que siempre se podía caer más bajo.

Estaba harta de comerse la cabeza. Solo quería cerrar los ojos y dejar de pensar.

La somnolencia la venció, y su mente comenzó a nublarse al penetrar en el terreno de la inconsciencia. Fue por eso por lo que no creyó que fuese real el sonido que llegó hasta sus oídos. Hasta que el insistente y molesto ruido no se repitió en varias ocasiones más, no se percató de que no procedía del mundo de los sueños. Era el timbre de su apartamento.

Tardó unos segundos en recordar que Arancha no estaba en casa cuando ella había llegado. Quizás lo había hecho desde que Elena se había acostado, y simplemente no quería abrir a la persona que estaba al otro lado de la puerta. Se quedó tumbada, esperando que dejara de sonar de una vez por todas. Así fue, pero para ser sustituido inmediatamente después por la nota musical que surgió de su *smartphone*, que anunciaba la llegada de una llamada entrante.

Todavía algo desorientada por tanto sobresalto sonoro, extendió la mano hacia la mesilla con torpeza para coger el dispositivo. Lo único que consiguió fue tirarlo al suelo. Elena reptó perezosamente hasta el borde de la cama para recuperar su teléfono. Desde allí pudo ver perfectamente el nombre de la persona que la estaba llamando, pues el objeto había caído boca arriba.

Se trataba de Saúl.

Leer su nombre en la pantalla terminó de espabilarla. Movió lentamente su mano derecha hacia el móvil, como si lo que hubiera a los pies de su cama fuese un artefacto explosivo.

A medio camino, su brazo se detuvo. Con una mezcla de impotencia, incertidumbre y angustia, permitió que la llamada se quedase sin contestar. Todavía con la mirada fija en la pantalla, odiándose a sí misma por su indecisión, vio como llegaba a continuación un mensaje de Saúl a su WhatsApp. Era tan breve, que le dio tiempo a leerlo en la notificación que apareció en la parte superior del escritorio.

Estoy en la puerta de tu casa. ¿Dónde estás?

Solo entonces a Elena se le ocurrió asociar el sonido del timbre con la llamada de Saúl.

Algo en su interior, que ella misma había aprisionado a base de orgullo y dolor, rompió por fin sus ataduras, y se liberó en su interior como el agua de una presa que acabase de reventar en mil pedazos.

Elena salió despedida de la cama como un gato asustado por el sonido de un claxon. Abrió la puerta de su habitación y corrió descalza por el pasillo de su piso a toda velocidad. Se golpeó el hombro con el marco de la puerta que daba al minúsculo recibidor, pero ni lo notó. Agarró el picaporte de la puerta de entrada a su vivienda y lo accionó con violencia.

Al otro lado le estaba esperando Saúl, que levantó la mirada de su propio teléfono móvil y se giró hacia ella con cara de sorpresa. Elena no le dio tiempo a que abriese la boca para decir nada, y se abalanzó sobre él para besarle con una desesperación salvaje. Al parecer, todavía había en ella fuerza suficiente como para hacer que Saúl se trastabillase un poco hacia atrás, víctima del ímpetu con el que Elena se le había echado encima. A duras penas logró mantener el equilibrio.

No fue necesario nada más. Ni explicaciones, ni excusas, ni justificaciones. La sinceridad con la que se expresaron sus cuerpos en los siguiente minutos fue más que suficiente para cerrar la peligrosa fisura que se había abierto entre los dos veinticuatro horas antes. Para Elena no había modo mejor de perdonar y ser perdonada que aquel. La crisis, breve pero feroz, se había resuelto a tiempo, antes de que se convirtiese en un abismo insalvable entre ambos.

Fue Saúl el que primero se dio cuenta de que seguían en medio del rellano, arriesgándose a ser sorprendidos por cualquier vecino. Alzó a Elena del suelo, hasta que ella enroscó sus piernas alrededor de su cintura. Luego avanzó hasta el interior del apartamento con ella encima, y cerró la puerta con el talón de su pie izquierdo.

Ella le pidió que la llevase hasta su cuarto rápidamente, con la voz ronca por la excitación. Allí, sobre la misma cama en la que unos instantes antes ella se había sentido el ser más desdichado y solitario del mundo, se entregaron el uno al otro como nunca antes. Hubo espacio para todo: la ternura y la fiereza, las lágrimas y la risa, las caricias y los mordiscos. El concierto de gritos, gemidos y gruñidos de placer fue interminable. Su amor desatado les hizo sudar, estremecerse y perder el sentido del tiempo.

Elena se sintió tan revigorizada que fue como si la falta de sueño y el sufrimiento acumulados en las últimas horas hubiesen sido barridos por completo de su organismo. Se sentía purgada. Se sentía en paz consigo misma. Se sentía segura de nuevo.

Se abandonó a los brazos de su amante, que la estrechó con fuerza contra su cuerpo.

—Te quiero muchísimo —confesó Elena.

Esa frase era la respuesta a todo. A lo bueno y a lo malo que había sucedido desde que se habían conocido apenas un mes antes. Elena no necesitaba que él dijera nada. Se lo había demostrado al ir a buscarla. Al no rendirse con ella. Al besarla, acariciarla y hacerle el amor de la manera en que lo había hecho esa tarde.

—Yo también te quiero —dijo él.

Elena cerró los ojos y se encerró en un capullo de felicidad pura. Por primera vez en muchos años sintió que estaba donde tenía que estar y con quien tenía que estar. Hacía tanto tiempo que no se alegraba de ser quien era, que tardó en reconocer esa sensación.

Había dado por imposible experimentar algo así de nuevo. Se había conformado con sobrevivir.

El ruido que hizo su compañera de piso al llegar a la casa le hizo descender abruptamente del reino de los cielos, de vuelta a la tierra.

—¡Joder! —exclamó, desenroscándose del cuerpo desnudo de Saúl.

Por la expresión divertida que vio en la cara de su amante, dedujo que a él no le había parecido tan alarmante la llegada de Arancha. Iba a recriminárselo, cuando sus ojos se posaron sobre sus perfectos abdominales, para a continuación deslizarse un poco más hacia abajo. Lo que vio le hizo replantearse toda la situación. Quizás debería seguir el ejemplo de Saúl, y hacer como que no había pasado nada. Era tan tentador ocupar de nuevo el hueco entre sus brazos que acababa de abandonar, y apretarse contra su cuerpo como antes...

—¿Hola? —escuchó que gritaba su compañera de piso—. ¿Eleni?

El apelativo cariñoso que solía emplear Arancha para dirigirse a ella le sonó más terrorífico que afectuoso. Se la imaginó abriendo la puerta de su dormitorio en cualquier momento. Arancha solía llevar a rajatabla lo de respetar su intimidad. Pero en los últimos días, cuando Elena había sufrido uno de sus bajones, se había tomado la libertad de entrar en su cuarto sin su permiso explícito, para interesarse por su estado.

—¿Estás aquí? —la oyó decir, más cerca todavía.

Elena se vistió todo lo apresuradamente que pudo. Se dio por contenta con unas bragas y la parte de arriba de su pijama de verano, que fue lo primero que tenía a mano. Se llevó un dedo a los labios mientras le lanzaba una mirada de advertencia a Saúl. El muy condenado seguía observándola con una sonrisa de lo más juguetona. Elena le maldijo para sus adentros por escoger precisamente ese instante para demostrar que era capaz de exteriorizar sus sentimientos cuando se lo proponía.

Con mucho cuidado, abrió la puerta de su dormitorio unos escasísimos milímetros. Como vio que era insuficiente para su propósito, la desplazó un poco más. Arancha estaba de pie, a un par de metros de distancia, con un signo de interrogación pintado en la cara.

—Hola —dijo Elena en voz baja—. Me encuentro bien, no te preocupes. Pero es que ahora estoy con alguien —añadió, haciendo un gesto con la cabeza hacia atrás, en dirección al interior del dormitorio.

Arancha abrió mucho los ojos, y todavía más la boca.

—Perdona, tía —dijo—. No lo sabía.

—No pasa nada.

—¿Entonces todo bien?

—Todo genial.

Entre las dos se produjo un silencio incómodo.

—Mejor me voy a ir a dar una vuelta y a hacer algo de compra en el súper —dijo Arancha.

—Vale.

—Creo que volveré en una media hora.

Elena alzó poco a poco una de sus manos, con la palma vuelta hacia arriba.

—En una hora. Volveré en una hora —se corrigió Arancha.

Elena asintió con la cabeza, dedicándole una sonrisa traviesa a su amiga. Arancha levantó el dedo pulgar de su mano izquierda, y luego comenzó a andar hacia atrás muy lentamente, procurando no hacer ruido en su retirada. Elena no esperó a que desapareciera para cerrar la puerta.

Al darse la vuelta, vio que Saúl se había levantado y la miraba fijamente.

—Tenemos una hora —dijo ella—. Habrá que aprovecharla bien.

Por la inmediata reacción que tuvo lugar en una parte muy concreta de la anatomía de Saúl, supo que él estaba completamente de acuerdo con ella. Y más que listo para satisfacerla.

Capítulo 44

LUCÍA

—No parece que te hayas alegrado mucho de la visita sorpresa de tu prima —dijo Clara.

Se había acercado hasta el lugar de la playa donde Lucía estaba sentada sola sobre la arena, a unos pocos pasos de la orilla, alejada del resto de la gente que todavía seguía allí de celebración. Ya eran muy pocos, pues la fiesta estaba agonizando.

—¿Qué? —preguntó Lucía.

—Digo que pensé que te haría más ilusión ver a Mónica —repitió su amiga, sentándose a su lado.

Lucía tardó más de lo normal en procesar esas palabras. Fue el tiempo que tardó su mente en regresar del lugar tan lejano al que había viajado.

—No es eso —dijo finalmente—. Claro que me ha molado un montón verla —aclaró—. Es que hoy estoy un poco plof.

—Ya te lo he notado —dijo Clara—. ¿Hay algo que pueda hacer para mejorarlo? ¿Otro mojito, por ejemplo? —sugirió, señalando una copa vacía que yacía medio enterrada en la arena.

Lucía no le contestó. Simplemente apoyó su cabeza en el hombro de su amiga. Clara pasó el brazo alrededor de su cintura con ternura.

—Me da a mí que esperabas que la sorpresa te la diera alguien diferente —dijo Clara—. El chico misterioso del que ni siquiera le has hablado a tu mejor amiga, por ejemplo.

Clara había dado en el clavo, como siempre. Aunque no había sido hasta ese momento, al sentir los efectos que la decepción que su ausencia le habían provocado, cuando se había percatado de hasta qué punto se había pillado por Saúl.

Podía haber muchas otras razones por las que no había podido asistir. Al fin y al cabo, la invitación había sido muy precipitada, y era posible que él ya tuviera algo planeado con anterioridad. Sin embargo, algo en el interior de Lucía le decía que, por algún motivo, Saúl había perdido el interés hacia ella que la joven creía haber despertado en él. No supo determinar el porqué de esa corazonada, pero ahí estaba. Tenía la sensación de que su historia con él había terminado antes siquiera de empezar.

El ruido del mar, mezclado con la cercanía de su amiga, le resultó de pronto muy reconfortante. Lucía sufría con los desengaños amorosos tanto como cualquier otra chica de su edad, pero su capacidad de recuperación era superior a la media. Cogió el vaso que había a sus pies y se lo tendió a Clara.

—Venga ese mojito —dijo.

Capítulo 45

SAÚL

El siguiente sábado, dos días después de su ardiente reconciliación con Elena, Saúl la estaba acompañando a visitar a su padrino Ernesto, con el que ambos iban a comer en su maravillosa casa, situada sobre una colina con vistas al Cantábrico. Elena le había hablado de él el día anterior, haciéndole un resumen bastante extenso de la vida del adinerado mecenas, y de la relación que había mantenido a lo largo de los años con Elena y su familia. A Saúl le quedó bastante claro desde el comienzo de su relato de que se trataba de alguien muy especial para Elena. No hasta el punto de sentir celos, pues se trataba más bien de una figura paterna, pero sí un poco de envidia.

Berta, la empleada doméstica del dueño de la casa, les estaba esperando a la entrada de la finca para facilitarles el acceso. Tras aparcar el coche en el que habían viajado hasta allí —el de Elena, que había insistido en ser ella quien condujera ese día—, ambos esperaron a que la mujer les alcanzase antes de entrar en el pintoresco edificio que servía de vivienda para Ernesto Botto.

Elena hizo las presentaciones. Esa misma mañana

le había hablado un poco de Berta, describiéndola como «un poco seca, pero cuando la conoces es un cielo». Mientras estrechaba su mano —Saúl no recordaba que alguien se la hubiera apretado con tanta fuerza en su vida— bajo su mirada pétrea e inmisericorde, a Saúl le quedó muy claro que la primera parte de la descripción que le había ofrecido Elena era del todo acertada. De la segunda no estaba tan seguro.

La mujer los acompañó hasta el salón de la casa, donde los estaba esperando su anfitrión. Una vez allí, Saúl se encontró con un hombre de mediana edad, vestido con un atuendo de *sport* elegante, compuesto por un pantalón del lino blanco y una camisa azul cielo de manga larga, perfectamente entallada. En su muñeca derecha llevaba un reloj de apariencia sencilla, aunque Saúl supuso que su valor sería desorbitado. Tenía un rostro que a Saúl no le dolió en prenda reconocer como atractivo. No había ni una sola cana en su pelo negro, y lo llevaba muy corto por elección propia, no porque le escaseara. En conjunto tenía el aspecto de alguien distinguido, que no alardeaba excesivamente de su estatus social y económico.

Lo primero que hizo fue dedicarle una sonrisa llena de cariño a su ahijada, que le correspondió dándole un abrazo igualmente cálido. Solo entonces ambos le prestaron atención a Saúl.

—Tú debes ser él —dijo Ernesto.

A Saúl le sorprendió esa forma de referirse a su persona, pero no se paró mucho a pensar en ello. Ernesto le estrechó la mano con menos intensidad que su empleada, que todavía seguía allí, observando el encuentro como si no se terminase de fiar todavía de Saúl.

—Bienvenido a mi casa —le dijo el padrino de Elena—. Espero conseguir que te sientas como si estuvieras en la tuya.

—Gracias —dijo Saúl.

Había estado percibiendo el nerviosismo de Elena durante todo el trayecto hasta allí. Era evidente que para ella era muy importante que conociera a su padrino, y que ese encuentro saliese bien. Saúl estaba dispuesto a que así fuera.

Ernesto y Elena le enseñaron la casa juntos. En realidad, quien actuó verdaderamente como su guía fue ella, que parecía conocérsela mejor que su propietario. Entremezclados con detalles técnicos acerca de la construcción y la distribución de la vivienda, Elena aportó muchos recuerdos de su infancia y adolescencia que habían tenido lugar entre esas cuatro paredes. Hablaba de aquel sitio como si fuera su hogar.

Como sucedía con la mayoría de las personas que visitaban aquella residencia tan espléndida, a Saúl lo que más le gustó fue la zona arbolada que había en la parte trasera de la parcela, en la que se alzaba el templete de doble techo piramidal. Y por la interminable sucesión de anécdotas que contó Elena relacionadas con esa parte de la vivienda, le resultó evidente que ella compartía su opinión. A Saúl le hubiera encantado que la comida hubiese tenido lugar allí, pero Ernesto les informó de que almorzarían en la terraza del salón. Desde allí se podía disfrutar de unas espectaculares vistas al mar, por lo que tampoco le pareció una mala idea.

Berta les había preparado una paella mixta. Antes del plato principal, degustaron a modo de entrantes una ensalada de higos y unos rollitos de calabacín y queso crema. De postre tomaron un helado casero de avellanas elaborado por la madre de Berta.

La relación entre Elena y Saúl monopolizó la conversación desde el principio. Le contaron a Ernesto cómo se habían conocido, y los primeros pasos que habían dado como pareja. No hubo mención alguna al motivo que había llevado a Saúl hasta Valquemada.

Simplemente le dijeron que había ido allí de vacaciones. Para cuando llegaron los cafés con los que iban a acompañar la sobremesa, el relato alcanzó el punto en el que Elena le confesó a Saúl su problema con Alejandro Orozco. Saúl creyó que ella omitiría esa información. Ella le había dicho en una ocasión que no quería implicar a nadie más en el asunto. Por eso le sorprendió que ella se lo relevara a su padrino.

A medida que Elena fue avanzando en la narración de los hechos, continuar le empezó a suponer un gran esfuerzo. Ernesto escuchó atentamente, sin interrumpirla, con el semblante cada vez más ensombrecido. En un momento dado, cuando pareció que ella iba a ser incapaz de seguir hablando, Ernesto agarró la mano que Elena tenía apoyada sobre la mesa —la otra estaba demasiado ocupada limpiándose una y otra vez las lágrimas que surcaban sus mejillas—, y le transmitió toda su fuerza.

Para cuando terminó de contárselo todo, Elena tenía la voz rota y el rostro arrasado. A pesar de ello, su expresión era la de alguien que se había quitado un enorme peso de encima. Saúl tenía ganas de levantarse de su asiento, rodear la mesa ovalada alrededor de la cual estaban los tres colocados, y abrazar a la mujer que amaba. Pero la presencia de Ernesto lo coartaba por alguna razón desconocida. Ambos se habían estado lanzando miradas furtivas constantemente, desde que se habían sentado en la mesa para comer. En el caso de Saúl, eran motivadas únicamente por la curiosidad. Pero en los ojos de Ernesto había detectado algo diferente a lo que todavía no había podido poner nombre. Y era algo que le generaba cierta incomodidad.

Durante medio minuto, nadie dijo nada. Fue su anfitrión quien rompió el silencio tras esa pausa.

—Gracias por compartirlo conmigo, Elena —dijo.

Esa era la primera vez que empleaba el nombre propio de su ahijada. Hasta entonces, había recurrido a una especie de mote cariñoso —*carota*—, cuyo significado se le escapaba a Saúl.

—La verdad es que había decidido no contártelo —dijo ella—. No sé por qué he cambiado de opinión de repente —añadió.

—Has hecho bien —dijo Ernesto—. Y no deberías haber esperado tanto para decírmelo. No es bueno que te hayas tenido que enfrentar a esto tú sola.

—Saúl también lo sabía. Me ha ayudado un montón —dijo Elena, dedicándole a su chico una sonrisa que rebosaba agradecimiento.

—Lo sé —dijo Ernesto—. Y solo por eso ya tengo una deuda eterna contigo —declaró, dirigiéndose a Saúl, sentado a su derecha—, pero sabes a lo que me estoy refiriendo —continuó, girándose hacia la joven que tenía a su izquierda.

Elena asintió. A continuación, se creó un nuevo silencio entre ellos, algo menos prolongado que el anterior.

—Conozco a Alejandro desde que éramos niños —intervino Ernesto—. Hubo un tiempo en el que fuimos hasta amigos. Luego perdimos el contacto —dijo—. Pero conozco su reputación. Y sé de lo que es capaz. En eso no creo que haya cambiado mucho.

—Es lo que más miedo me da —confesó Elena—, cómo vaya a reaccionar a mi carta —añadió—. No sé si he hecho bien.

—Has hecho lo que debías hacer —opinó Ernesto—. Pero a partir de aquí no puedes seguir tú sola con esto.

—Tengo que poder hacerlo —replicó Elena.

—No se trata de que no confíe en tu capacidad para manejar la situación. Ni en tu fortaleza —matizó Ernesto—. Pero Alejandro Orozco es un mal adversario.

—Lo sé —estuvo ella de acuerdo.

Saúl se estaba sintiendo cada vez más como una especie de intruso. No es que el asunto no le atañese. Lo hacía, y mucho. Más incluso teniendo en cuenta sus sospechas acerca su posible parentesco con el empresario acosador. Era sencillamente que la conexión entre sus dos acompañantes venía de muy lejos, y la dinámica que existía entre ellos era algo que todavía le resultaba demasiado ajeno. Consideró que su papel, al menos de momento, era quedarse callado y escucharlos.

—Déjame intervenir —le pidió Ernesto a su ahijada.

—No quiero que esto te perjudique —dijo Elena, con la preocupación tiñendo su tono de voz.

—No estoy aquí solo para invitarte a comer de vez en cuando y recordar los viejos tiempos —dijo Ernesto—. Tu bienestar es mi responsabilidad. A eso me comprometí al convertirme en tu padrino. Y no solo se trata de que esté obligado a ello. Es que me hace feliz ayudarte —continuó—. Perdí un hijo. Pero por suerte me queda todavía una hija. Y no estoy dispuesto a quedarme cruzado de brazos sabiendo que alguien le está haciendo daño.

El rostro de Elena se contrajo por la emoción.

—Llevo toda la vida tratando con gente como Alejandro. Sé perfectamente cómo lidiar con alguien así —indicó Ernesto—. En el momento en que sepa que yo estoy al tanto de todo, seguro que cambia su actitud y se lo piensa mejor antes de hacer nada.

—¿Tú crees? —preguntó Elena—. Él ya sabe que eres mi padrino.

—Supongo que no me ve como un peligro —dijo Ernesto—. Pero ya me encargaré yo de convencerle de que ajuste esa percepción errónea que tiene de mí.

A Saúl le pareció una forma muy rebuscada de decir que le iba a enseñar los dientes a su antiguo amigo.

Él estaba acostumbrado a otro tipo de lenguaje, más directo. Aun así, no le cupo ninguna duda de que Ernesto iba a cumplir con esa promesa.

—Ten cuidado, por favor —le pidió Elena.

—Lo tendré —le aseguró Ernesto—. Tú no te preocupes por nada. Y si se vuelve a poner en contacto contigo, avísame de inmediato.

Había determinación en su semblante y en su manera de expresarse. Saúl deseaba que le cayese bien, pero todavía había algo en el padrino de Elena que le provocaba una ligera inquietud. Era algo huidizo, esquivo. Tan difícil de atrapar como un mosquito en medio de un pantano. En parte era por cómo le miraba. En parte era por el poco interés que había puesto en preguntarle por su vida anterior a conocer a Elena. No había mostrado ninguna curiosidad por sus antecedentes familiares, o por su ocupación profesional. Quizás era porque no era una persona entrometida. Pero le daba la sensación de que estaba evitando a propósito entrar en esos temas.

—Necesito ir al baño —dijo Saúl, más por las ganas que tenía de librarse durante un rato de esa desconcertante sensación que por que su cuerpo se lo estuviera demandando.

—¿Sabes dónde está? —preguntó Ernesto.

—Si —contestó Saúl, que tenía buena memoria y una más que decente capacidad para orientarse en el espacio—. Saliendo del salón, a la derecha.

—Nada más pasar la biblioteca —le indicó Ernesto.

Antes de irse, miró a Elena, que le regaló otra de sus incomparables sonrisas.

Enseguida localizó el aseo. Apenas había podido echarle un vistazo rápido durante la visita guiada que le habían ofrecido nada más llegar a la casa. Una vez dentro, le pareció todavía más grande que cuando se había limitado a asomarse desde el umbral. Al igual que el resto de la vivienda, tenía una apariencia rústica, pero un análisis más detallado reveló la inmensa calidad de los materiales empleados y su excelente estado de conservación.

Saúl subió la tapa del inodoro y echó mano de la cremallera de su pantalón para bajársela. No llegó a completar esa maniobra, pues algo llamó su atención.

Sobre la cabecera de la bañera había una especie de repisa elevada en la que había dos objetos. El primero era un pequeño bonsái de ramas retorcidas. El otro, que fue el que captó el interés de Saúl, era una figura que le resultó inmediatamente familiar. Tanto que se aproximó para cogerla y así poder examinarla más detenidamente.

Se trataba de una mujer alrededor de cuyo cuerpo desnudo se enroscaba una planta enredadera que servía para ocultar las partes más íntimas de su anatomía. Tenía una melena muy larga de color dorado, recogida en una trenza que le llegaba hasta la cintura.

La mente de Saúl viajó hasta un instante de su pasado más reciente, cuando había sujetado un objeto muy parecido entre sus manos. Había sido durante la visita sorpresa que recibió por parte de Sara Montero, la mejor amiga de su madre biológica. El ejemplar que le había mostrado la mujer tenía el pelo de un tono plateado, pero por lo demás era prácticamente idéntica a la que tenía delante en ese momento. Sara le había revelado que Verónica la había robado de la casa del chico del que se había enamorado y que luego la había dejado embarazada. También le había mencionado que era la pareja de una figura muy similar, y que ambas representaban el mito de las anjanas, dos hadas que eran hermanas, y cuya historia estaba vinculada con el nacimiento del río Asón. Saúl comprobó que, al igual que había descubierto en la que le había enseñado Sara, en esta estaba grabada la firma de su autora, que era la madre de Sara. Teniendo en cuenta que también le había explicado que todas las piezas de esa colección eran únicas, y que de ninguna de ellas existía duplicado alguno, era inevitable llegar a una chocante conclusión.

Ernesto Botto era su padre biológico.

El hombre que se había desentendido tanto de Saúl como de su madre, alterando dramáticamente el destino de ambos para siempre, era el mismo que estaba en esos momentos junto a la mujer que Saúl amaba, de la que era lo más cercano a un padre que alguien podría ser, sin contar con la genética.

Saúl se tuvo que sentar sobre el borde de la bañera, profundamente alterado por su descubrimiento. Su mente se puso a funcionar frenéticamente, tratando de hallar algún argumento con el que descartar esa hipótesis. Pero lo único que consiguió fue refutarla. La edad de Ernesto era la adecuada, y era muy posible que hubiese compartido estudios universitarios con Alejandro Orozco. No solo los hechos encajaban. También había algo en su interior que le decía que aquello era cierto. Y que ese presentimiento era la explicación que había detrás de la extraña sensación que le había provocado la presencia del padrino de Elena desde que le había conocido en persona.

Una vez asumida esa realidad, comenzó a pensar en lo que esta implicaba. Pero nada más empezar a hacerlo, se dio cuenta de que no era ni el lugar ni el momento para llevar a cabo esa reflexión. Lo mejor que podía hacer, por complicado que fuese, era aparcarlo todo hasta más adelante, cuando estuviera a solas. Era consciente de lo difícil que iba a ser fingir delante de sus dos acompañantes que no había pasado nada, pero la alternativa era todavía peor.

Así que echó mano de su capacidad de autocontrol, perfeccionada tras años y años de entrenamiento, y abandonó el cuarto de baño sin haber hecho nada de lo que había ido a hacer allí.

Y con su vida puesta patas arriba.

Capítulo 46

ELENA

Ni siquiera la sospecha de que algo raro le había sucedido a Saúl en la casa de su padrino enturbió la inmensa alegría que sentía Elena. Cuando había vuelto de su visita al cuarto de baño se había comportado de una forma algo extraña, permaneciendo más callado de lo habitual. Elena había detectado un par de miradas muy peculiares que le había dirigido a Ernesto, cuando este no estaba atento. Lo achacó a su carácter reservado, y al hecho de que estuviese algo intimidado al hallarse bajo el escrutinio de una de las personas más importantes en la vida de Elena. En cualquier caso, se había tratado de algo muy puntual, pues volvió a ser él mismo en cuanto se marcharon.

Habían pasado el resto del sábado juntos, en la casa que Saúl había alquilado cerca del bosque del Garaño. Tras una cena muy ligera, se habían ido juntos a la cama, para hacer el amor. Elena le notó algo distraído. Le había cedido a ella la iniciativa, a diferencia de las otras ocasiones en las que habían practicado sexo. No le disgustó, pero sí que le resultó llamativo.

Abrazada a Saúl, escuchando su respiración mientras él dormía, Elena había estado reflexionando sobre lo que había sucedido unas horas antes, en casa de Ernesto. No había estado entre sus planes involucrar a su padrino en el asunto de Alejandro, sino que se había tratado de un acto puramente espontáneo. La vergüenza, así como el miedo a que Ernesto resultara perjudicado y la obsesión por resolver su problema por sí misma le habían hecho descartar la posibilidad de contarle lo que le estaba sucediendo hasta ese momento.

Ahora, por el contrario, estaba convencida de que había hecho bien en compartirlo con Ernesto. Si había alguien que había ejercido como su protector desde que había venido al mundo, era él. Por lo tanto, era absurdo no unirle a la causa. Y la firmeza con la que había reaccionado al escuchar su relato, creyéndola incondicionalmente y prometiéndole que se pondría manos a la obra de inmediato para pararle los pies a su acosador, le había confirmado lo oportuno de su decisión.

Elena se sentía segura, feliz y querida.

Nada podría salir ya mal.

Capítulo 47

ERNESTO

A Ernesto Botto no le sorprendió escuchar a Berta decirle que el novio de Elena acababa de llamar al telefonillo de la entrada de la finca y que solicitaba hablar con él en persona. Desde que le había conocido el día anterior, a Ernesto le había invadido el presentimiento de que aquel joven era el instrumento del destino. Que su irrupción iba a marcar un antes y un después en su vida. Ernesto había tenido esa misma sensación un par de veces en el pasado, y en ambas ocasiones su predicción había sido acertada. No es que creyera en ese tipo de cosas, pero tampoco era un escéptico acérrimo.

—Ábrele y llévale al despacho —le pidió a Berta.

Unos minutos más tarde, Saúl estaba entrando por la puerta de la pequeña estancia que le servía a su anfitrión como lugar de trabajo. Había escogido ese cuarto para ese propósito tan concreto —en vez de decantarse por alguno más amplio y cómodo de la casa—, porque los espacios reducidos y la escasez de estímulos mejoraban su rendimiento y su capacidad de concentración.

Ernesto le ofreció su mano al recién llegado, y este

se la estrechó con fuerza. Al estudiar el rostro de Saúl, creyó detectar que bajo su aparente serenidad había algo muy diferente agazapado, que se estaba esforzando por ocultar. Había tratado con demasiada gente a lo largo de su vida, de todo tipo y condición, como para que algo así escapase a su percepción.

Tampoco eso le sorprendió. El hecho de que se hubiese presentado allí solo, sin previo aviso, ya era un indició muy claro de la gravedad del asunto que había ido a tratar.

—Siéntate, por favor —dijo Ernesto, señalando una de las dos sillas de aspecto antiguo que había al otro lado de su escritorio.

Saúl así lo hizo, y esperó a que Ernesto tomase también asiento frente a él para hablarle.

—Gracias por recibirme —dijo Saúl.

—Faltaría más.

Le gustó que su invitado fuese capaz de mantener los buenos modales a pesar de la tensión que emanaba de él.

—¿De qué querías hablar conmigo?

—De Verónica Díez.

Ernesto sintió que el destino, cuya presencia acechante llevaba veinticuatro horas sintiendo, abandonaba su escondite para saltar sobre él y clavarle su garras. En realidad, había estado esperando su ataque durante más de treinta años, aunque el paso del tiempo había atenuado su temor hasta arrinconarlo en su subconsciente.

Había aprendido a convivir con ese demonio de su pasado más remoto, tal como también había hecho con la muerte de su hijo y el fracaso de su matrimonio. Había procesado la culpa a través de la redención. Dedicando su vida a hacer más fácil la de los demás. Financiando los sueños de la gente en la que nadie creía. Esforzándose por enmendar con

Elena la injusticia que había cometido con el hombre que tenía delante. Su primogénito. La primera de las víctimas de su anterior yo.

Ya no podía deshacer su crimen, pero al menos podría demostrarle a Saúl que ya no era la misma persona que la que le había abandonado a él y a su madre a su suerte. Si eso iba a ser suficiente para conseguir su perdón, era algo que no estaba en sus manos. Si lo único que iba a recibir era el castigo que merecía por su cobardía, tampoco iba a tratar de evitarlo.

—Te lo contaré todo —dijo Ernesto.

Y así lo hizo, a continuación. Le habló de cómo se habían conocido su madre y él. De que se había enamorado realmente de ella. De cómo se torció todo por la intervención de su entonces amigo Alejandro Orozco en una fatídica noche de borrachera, cuando el ahora acosador de su ahijada le había propuesto que hicieran un trío con Verónica, y él se había dejado convencer, para no quedar mal con su carismático colega. Ella, incapaz de decirle que no al chico del que se había enamorado perdidamente, había aceptado tener relaciones con los dos a la vez. Y Ernesto, aun sospechando que ella no deseaba realmente hacerlo, había dado también su visto bueno.

Anticipándose a la pregunta de Saúl, Ernesto le dijo que no era posible que Alejandro fuera su padre.

—Con él hizo otras cosas —le explicó, empleando todo el tacto posible—. Solo yo... ya sabes.

Saúl asintió, comprendiendo al instante a lo que se estaba refiriendo.

Cuando Verónica le había comunicado que estaba embarazada, Ernesto, asustado, había cometido el error de hablar con Alejandro antes que con nadie más. Este, temiendo que su implicación en el asunto pudiese perjudicarle de algún modo, pues no se fiaba de que la chica acabara acusándoles de haberla forzado a hacer algo que no quería, había acudido a su vez a su padre. El patriarca de la familia decidió cortar de raíz el posible escándalo, poniéndose en contacto con el padre de Ernesto primero, para coordinar una estrategia conjunta; y con Arturo Díez después, para encontrar una solución discreta y provechosa para todas las partes.

Inicialmente habían tratado de convencer a Arturo de que su hija abortase. Pero tanto él como su mujer eran dos personas extremadamente religiosas, y lo habían descartado de inmediato. Así pues, lo que acordaron es que toda la familia se trasladaría a vivir a otro lugar, donde nadie se haría preguntas acerca del embarazo y el consiguiente parto de Verónica, ni podría relacionarlo con Ernesto o Alejandro. A cambio, se le ofrecería a Arturo un buen puesto en uno de los hoteles gestionados por el grupo empresarial que presidía el padre de Alejandro, además de una generosa compensación económica para comprar su silencio.

Ernesto se ahorró ofrecerle cualquier tipo de excusa a Saúl. No se escudó en la inexperiencia de sus veinte años, ni en las presiones que ejercieron sobre él sus padres para que se desentendiera del tema, ni en ninguna otra circunstancia. De haber permitido que Alejandro corrompiese su relación con Verónica, y de la cobardía que demostró después, él era el único culpable. Nadie más.

—Nuestros padres no nos dijeron a dónde se habían mudado Verónica y su familia —dijo Ernesto—. Y yo tampoco se lo pregunté. Supongo que Alejandro acabaría por enterarse, cuando se puso a trabajar para el grupo de empresas de su padre. Pero para entonces ya habíamos perdido todo contacto.

—¿Y mi madre no trató de ponerse en contacto

contigo en algún momento? —quiso saber Saúl, que había escuchado en silencio todo el relato de los hechos, manteniendo una calma que hasta a él le asombró.

—No. Nunca —contestó Ernesto—. ¿Es que ella te ha dicho lo contrario? —preguntó a su vez, extrañado.

Saúl se le quedó mirando un buen rato, sin ofrecerle una respuesta. A Ernesto le dio la impresión de que en el cerebro del chico se estaba desarrollando alguna especie de debate interno.

—Me abandonó nada más nacer. A la puerta de una iglesia —le reveló Saúl—. No ha sido hasta hace unas pocas semanas que he descubierto su identidad.

Las palabras de Saúl le golpearon como un ariete, helándole las entrañas. Al parecer, el acto de enorme irresponsabilidad que había cometido en su juventud había tenido unas consecuencias mucho más terribles de lo que se había imaginado.

—Siento mucho oír eso —fue lo único que fue capaz de decir en ese instante Ernesto, abrumado por la vergüenza.

—¿Jamás has sentido ni siquiera un poco de curiosidad por saber qué había sido de tu hijo? —preguntó Saúl con dureza, indiferente al evidente abatimiento de su interlocutor.

Ernesto se pensó bien su respuesta. Quería ser todo lo delicado posible, y escoger sus palabras con mucho cuidado.

—Al principio me desentendí porque tenía miedo de que todo saliese a la luz si trataba de averiguar algo. Luego, cuando empecé a trabajar y formé mi propia familia, pensé que lo mejor era pasar página y centrarme en la vida que tenía por delante, no en la que había dejado atrás —le explicó—. Más adelante sí que tuve algunas dudas al respecto. Pero creí que ya no tenía sentido buscaros, después de tantos años.

Saúl clavó en él sus ojos oscuros —tan oscuros como los de su madre, pensó Ernesto—, tratando de descifrar si lo que le estaba diciendo era cierto. Ernesto aguantó su escrutinio estoicamente.

—En cualquier caso, todo se resume en que no lo hice por puro egoísmo. Ya lo disfracé de una manera u otra, en realidad se reduce a eso —añadió el padrino de Elena.

Se instaló un silencio entre ambos hombres, cada uno de ellos sumido en sus pensamientos.

—Oviedo —dijo Saúl, al cabo de un rato.

—¿Qué?

—Se fueron a Oviedo.

Ernesto, que había estado reclinado sobre el respaldo de su silla durante todo el tiempo, se inclinó ligeramente hacia delante.

—¿Ella sigue viviendo allí?

—No. Se marchó unos pocos años después de llegar. Eso al menos es lo que me dijo Arturo —respondió Saúl—. Y desde entonces no han vuelto a saber nada de ella.

Ernesto encajó la noticia sin disimular su decepción. Si quería cerrar la herida que se había abierto tres décadas antes, no bastaría con pedirle disculpas a la persona que tenía delante. Tendría también que hacerlo con Verónica. «Pero vayamos paso a paso», dijo para sus adentros.

—Lo que os hice a los dos fue imperdonable, Saúl —se sinceró Ernesto—. No hay excusa que valga. No puedo ni imaginarme lo que os he hecho sufrir a tu madre y a ti —dijo, con voz temblorosa—. Entendería que me odiases y que me negases tu perdón. Aun así, te pido disculpas por todo el daño que te haya podido causar. Y también te ruego que me des la oportunidad de compensártelo de alguna manera en el futuro.

No percibió en Saúl señal alguna de que su breve

discurso le hubiese conmovido ni siquiera un poco. Más bien lo contrario, pues su expresión facial pareció deshumanizarse por completo, como si se hubiese tapado la cara con una máscara de acero.

A Ernesto le asaltó una idea muy inquietante. Se le ocurrió que quizás no era una casualidad que Elena y Saúl estuviesen juntos. Era posible que el hijo al que había renunciado cruelmente tres décadas atrás hubiese seducido a su ahijada como parte de un plan para llegar hasta él. O peor aún, que el siguiente paso de ese plan fuera hacerle daño a la joven para vengarse de Ernesto. Despreciarla a ella de la misma forma en que él lo había despreciado a él. Pagarle con su misma moneda.

Necesitaba salir de dudas, pero también quería moverse con pies de plomo. Buscaría una ruta indirecta para lograr su propósito.

—¿Cómo has averiguado que yo era quien estuvo con tu madre?

Se dio cuenta de inmediato de que había metido la pata.

—¿Es eso lo único que te importa saber? —preguntó Saúl, poniéndose de repente a la defensiva.

—No. No me malinterpretes —se apresuró Ernesto a aclarar—. Es solo curiosidad. No tienes que decírmelo si no quieres.

Ernesto sintió que la mirada cargada de desconfianza de Saúl hurgaba en su alma, en busca de intenciones ocultas.

—Créeme, por favor. En realidad me es indiferente el modo en que lo hayas descubierto —trató de apaciguarle Ernesto—. Lo importante es que estás aquí, ofreciéndome una oportunidad para corregir mis errores.

—No estoy aquí por eso —replicó Saúl, con frialdad.

Ernesto sintió que la situación se le estaba yendo de las manos. No solo no estaba logrando determinar las verdaderas pretensiones del joven, sino que su temor por la seguridad de Elena no hacía más que crecer.

Decidió que lo mejor era quedarse callado hasta que diera con una estrategia más adecuada para conseguir su objetivo. Su silencio permitió al menos que Saúl se relajase un poco.

—Solo he venido para confirmar si lo que yo creía era cierto—dijo Saúl—. Y para preguntarte si sabías algo que me permitiese dar con mi madre.

—Ojalá pudiera ayudarte con esto —dijo Ernesto, con total sinceridad—. Pero me temo que no sé nada.

—Pues entonces lo mejor es que me vaya.

Ernesto no detectó acritud en el tono de voz de su invitado. Aunque lo cierto era que Saúl era una persona difícil de leer.

A Ernesto le hubiera gustado que se quedara, para poder aclarar cuáles eran sus intenciones con Elena. Pero también comprendió que ya no iba a sacar nada más de él en ese primer encuentro. Tendría que confiar por el momento en que los sentimientos de su hijo —se obligó desde ese momento a pensar en él en esos términos— hacia Elena fueran auténticos. Y en que tuviese más oportunidades para recibir su perdón y establecer un tipo de relación que le permitiera enmendar sus errores del pasado, tanto con él como con su madre, si finalmente daba con ella.

Sospechaba que Saúl lo acabaría consiguiendo. Si había llegado hasta allí, significaba que disponía de las habilidades y los recursos necesarios para concluir su búsqueda con éxito. Y le acababa de demostrar que tampoco le faltaba la motivación suficiente para hacerlo.

Saúl se incorporó de su asiento. Ernesto le imitó y le dijo que le gustaría acompañarle hasta la salida. El joven aceptó con un leve gesto de su cabeza, sin modificar su expresión facial ni un ápice. Cuando llegaron al portón que conducía la exterior de la parcela, Ernesto extendió su mano para despedirse de Saúl, aun sabiendo que corría el riesgo de no ser correspondido. Tras un momento de duda, Saúl se la estrechó.

—Si se me ocurre alguna forma de ayudarte a dar con tu madre, te lo haré saber de inmediato. Y si tú necesitas algo por mi parte, no dudes en pedírmelo —se ofreció Ernesto.

Ante esta oferta, sin embargo, Saúl no mostró reacción alguna.

—Adiós —se limitó a decir.

—Adiós.

Ernesto no esperó a que Saúl se metiese en su vehículo antes de cerrar la puerta que daba acceso a la finca e introducirse de nuevo en el interior de su hermosa vivienda. Volvió sobre sus pasos para regresar al despacho en el que había estado conversando con su hijo, y se sentó en su butaca. A continuación, se giró para contemplar las vistas de la costa que le ofrecía la única ventana de la estancia.

Pensó mucho en el pasado, que para él casi siempre venía acompañado de una buena dosis de dolor y remordimiento. Por lo tanto, se vio empujado a refugiarse en el futuro. Allí sí que solía hallar cosas más positivas. Ilusión, esperanza, metas por las que merecía la pena luchar. Ahora se había fijado un par más de ellas, que ya se habían convertido en una prioridad absoluta para él: proteger a Elena y resarcir a Saúl por todo el daño que le había causado.

Y Ernesto era de esas personas que no descansaban hasta cumplir con sus objetivos.

Capítulo 48

SAÚL

Saúl había aprovechado la visita de Elena a sus abuelos maternos de ese mañana de domingo para presentarse ante Ernesto Botto. Por lo tanto, ella no sabía nada acerca de ese encuentro que había tenido lugar entre los dos hombres. Tenía pensado contárselo todo en cuando fuese a recogerla más tarde, pues iban a pasar la tarde juntos en casa de él.

No tenía ni idea de cómo iba a reaccionar Elena. Con todos los sobresaltos que había sufrido en los últimos días, lo que menos necesitaba era recibir una noticia como aquella. Pero Saúl no quería ocultarle ya nada más. Dejaría que la verdad hiciese su trabajo. Estaba convencido de que juntos lograrían superar ese nuevo obstáculo. Al fin y al cabo, su última crisis solo había servido para fortalecer más todavía su relación. Hasta la consideraba como el verdadero inicio de esta. Su bautismo de fuego.

Saúl aparcó por un momento a Elena de sus pensamientos para poder reflexionar con más objetividad acerca de Ernesto Botto. Su padre biológico.

Tenía que reconocer que había sido más sencillo digerir la posibilidad de que fuese Alejandro Orozco el hombre que había dejado embarazada a Verónica. Era mucho más fácil odiar a un tipo tan despreciable como a aquel que al padrino de Elena. Ya solo el tipo de relación que Ernesto tenía con ella era un serio impedimento para que se ganase su desprecio. Además, le había dado la impresión de que era un tipo decente. Alguien que se había esforzado en convertirse en una mejor persona que la que era en su juventud. Alguien con quien, a pesar del dolor que le había infligido a Saúl por culpa de su cobardía, podría llegar a establecer algún tipo de conexión.

Era una lástima que no le hubiese podido ayudar a llegar hasta su madre. Era eso lo que le había llevado a visitarle tan solo un día después de descubrir que era el hombre que le había dado la vida. No era descabellado pensar que, aun teniendo en cuenta lo que le había hecho a la Verónica adolescente, hubiese tratado más adelante de ponerse en contacto con la Verónica adulta para compensarla por el sufrimiento que le había causado. Pero si bien parecía que estaba arrepentido por lo que hizo, no había sido suficiente para empujarle a dar con ella. Él mismo lo había achacado a su egoísmo y a su falta de coraje.

Así pues, volvía a estar en un callejón sin salida. Había perdido una vez más el rastro de miguitas de pan que conducía hasta Verónica Díez. No podía decirse que no lo había intentado, e igual era el momento de dejar de chocarse contra esa pared y ocuparse exclusivamente en las cosas importantes que ya formaban parte de su vida. Ese pensamiento devolvió a Elena al centro de sus pensamientos.

Nadie le había afectado de ese modo. Nadie le había hecho cambiar tanto su forma de ser y la manera con la que se enfrentaba a sus sentimientos. Nadie había sido capaz de producirle tanta felicidad en tan poco espacio de tiempo.

Por eso, cuando la vio de nuevo unas horas después, fue él quien se lanzó sobre ella para besarla. La efusividad con la que ella le correspondió le dejó bien claro que Elena había recibido su iniciativa con el máximo entusiasmo posible.

—Sí que me has echado de menos —dijo ella.

—Ni te lo imaginas.

—¿Ha pasado algo?

—Sí. Pero tendrás que esperar a que lleguemos a casa para que te lo cuente.

—Será algo bueno, al menos —deseó ella, frunciendo ligeramente el ceño en señal de preocupación.

—Creo que sí.

Esa tibieza empujó a Elena a pasarse todo el viaje en coche tratando de sonsacarle algo de información, sin éxito alguno.

Cuando llegaron a su destino, Saúl le propuso que diesen un paseo por el bosque del Garaño, durante el cual se lo explicaría todo. Le pareció que era el sitio idóneo para hacerlo, pues era allí donde había empezado a enamorarse de ella.

Mientras caminaban hacia su lugar favorito, donde había una pequeña cascada y los árboles eran más frondosos, Saúl le habló sobre su hallazgo el día anterior en el aseo de la casa de Ernesto. Y sobre lo que había acontecido *a posteriori*. Casi le transcribió palabra por palabra su conversación con el que había resultado ser su padre biológico. El rostro de Elena, que en términos de expresividad estaba en las antípodas del de Saúl, reflejó de un modo muy transparente las distintas emociones que fue despertando en ella el relato. Al final de este, Saúl esperó en silencio a que ella le dijera algo. Elena se quedó muy pensativa. Su silueta, sumida en la penumbra que envolvía ese parte del bosque, le pareció a Saúl lo más bonito que había contemplado jamás.

—¿Y tú cómo te encuentras? —preguntó finalmente ella.

El que lo primero que hubiera salido de su boca fuera eso, le demostró a Saúl que estaba con la persona correcta.

—Estoy bien —respondió él de inmediato—. Estoy donde quiero estar, como quiero estar y con quien quiero estar.

Elena esbozó una sonrisa llena de ternura que pareció disipar todas las sombras a su alrededor. Se besaron de nuevo, con más pasión todavía que antes.

—La verdad es que no sé muy bien qué decirte —señaló Elena a continuación—. Voy a necesitar un tiempo para procesar lo que me has contado sobre Ernesto. Es complicado descubrir algo así de una persona a la que quieres tanto.

—Los dos necesitaremos tiempo —dijo Saúl—. Los tres, más bien —se corrigió de inmediato.

Elena asintió, claramente afectada por la noticia que acababa de recibir acerca de su padrino y por la declaración tan sincera de amor que Saúl le había regalado unos segundos antes.

—Yo también tengo algo que contarte —anunció la joven.

Entrelazó sus manos con las de Saúl y le miró muy fijamente.

—He decidido que me voy a marchar de Valquemada —dijo—. Es algo que probablemente tendría que haber hecho hace mucho tiempo. Pero más vale tarde que nunca, ¿no?

Saúl soltó su mano derecha y acarició con ella el rostro de Elena.

—Pues vente a vivir conmigo —le pidió él.

—No quiero que te sientas obligado a...

—No lo hago porque deba. Lo hago porque quiero —la interrumpió Saúl—. Quiero que estés a mi lado cada día. Quiero que hagamos planes juntos. Quiero compartir contigo muchas más cosas de las que ya hemos compartido —dijo—. Pero sobre todo te quiero a ti.

A Elena se le hizo un nudo en la garganta, y las lágrimas corrieron a raudales por sus mejillas.

—Yo también te quiero. Muchísimo —acertó a decir, superada por la emoción.

Sus labios —y luego sus cuerpos— se fundieron. Hasta el punto de que cualquier persona que hubiera podido verlos en ese momento, se habría pensado que allí no había dos personas, sino tan solo una.

Y no habría estado muy equivocado.

EPÍLOGO

Dos días después, Saúl estaba haciendo las maletas para regresar a Madrid, ya que al día siguiente debía incorporarse a su puesto de trabajo.

Elena y él habían acordado que ella se quedaría un par de meses más en Valquemada, para tratar de cerrar el mayor número posible de asuntos antes de mudarse a la casa de Saúl. Durante ese tiempo, él se desplazaría siempre que pudiese para ir a verla.

Una de las primeras cosas que ella le había indicado que tenía pensado hacer era reunirse con su padrino para hablar con él acerca de los últimos acontecimientos. Era imposible que el parentesco entre Saúl y Ernesto no tuviese algún impacto en la relación del mecenas y su ahijada, pero Saúl estaba convencido de que ambos lo superarían. De lo que no le cabía duda es de que Ernesto mantendría su promesa de solucionar el asunto de Alejandro Orozco de un modo definitivo y satisfactorio para Elena.

Antes de marcharse rumbo a la capital del país, Saúl iba a pasarse por la oficina de Elena para una última despedida. Ya lo habían estado haciendo a lo largo de toda la noche anterior, de una manera de lo más ardiente. Primero en el sofá del salón, luego en la cama del dormitorio principal y, finalmente, en la ducha. Así que lo que iba a tener lugar esa misma mañana era una cuestión más bien protocolaria.

Mientras estaba comprobando que no se dejaba nada olvidado dentro de ningún armario, escuchó el sonido producido por el timbre de la entrada al pequeño chalet. Era un ruido muy característico, no solo a causa del extravagante zumbido que quien construyó la vivienda había escogido para ese propósito —parecido al graznido de un ganso—, sino porque además el mecanismo estaba algo estropeado, lo que añadía más exotismo aún al resultado final.

De camino hasta el acceso a la parcela, se preguntó quién podría ser, pues no esperaba recibir ninguna visita. El día anterior se había despedido de Olaya. Y le había pedido que lo hiciese en su nombre de Lucía. Había pensado en llamarla él mismo, o incluso mandarle un mensaje. Pero prefería evitar cualquier tipo de contacto con ella, por injusto que fuera para alguien que siempre se había portado bien con él.

Abrió la puerta sin preguntar antes de quién se trataba.

Ante él vio a una mujer de cuarenta y tantos años. Tenía una melena castaña muy lisa que le llegaba hasta los hombros, con la raya en medio. Su rostro de pómulos muy marcados delataba una delgadez más acusada de lo normal. De entre todos sus rasgos faciales destacaban unos ojos grandes, y de un color marrón tan oscuro que parecía negro. Apenas llevaba maquillaje, ni siquiera para disimular unas más que evidentes ojeras. Iba vestida con un conjunto formado por una elegante camisa blanca con las mangas dobladas y una falda floreada de tonos blancos, rosas y verdes. Tenía los brazos estirados hacia abajo, sujetando un pequeño bolso de un marca muy famosa y exclusiva, que tapaba sus rodillas. A Saúl no le pasó desapercibida la fuerza con la que lo aferraba.

Medio segundo antes de que ella le dijese su nombre, Saúl supo quién era esa mujer que se había presentado ante su puerta.

—Hola, Saúl —le saludó—. Soy Verónica.

Había visualizado en su mente ese momento infinidad de veces. Y, a pesar de ello, nunca se la había imaginado con ese aspecto. Detectó en ella una sofisticación que se alejaba de lo que había esperado encontrarse siempre que había pensado en ella. Era algo natural, no impostado, como si hubiera nacido en el seno de una familia aristocrática.

Saúl abrió la boca para decir algo, pero las palabras corrieron despavoridas a esconderse en los rincones más inaccesibles de su cerebro, abandonándole a su suerte cuando más las necesitaba. Fue su madre biológica la que acudió al rescate.

—Entendería que no quisieses hablar conmigo. Yo en tu lugar...

—Pasa, por favor —la interrumpió él, apartándose para permitir que Verónica penetrase en el pequeño y algo descuidado jardín que había en la parte delantera de la vivienda.

Ella no accedió a su petición de inmediato, como si le hubiera pillado por sorpresa y desconfiase de sus intenciones. Pasados unos segundos, bajó la cabeza ligeramente en señal de asentimiento y dio unos pasos hacia el interior. Al pasar al lado de Saúl, el joven percibió que emanaba de ella un olor a perfume muy sutil. El aroma le resultó familiar, pero no supo concretar en ese instante dónde y cuándo lo había olido antes.

—Vamos dentro mejor —le propuso a la recién llegada.

—De acuerdo —dijo ella—. Y gracias por...

Saúl la interrumpió de nuevo, valiéndose en esa ocasión de un gesto de su mano con que quiso hacerle ver que no era necesario su agradecimiento. A continuación la condujo hasta el salón, donde se sentaron alrededor de una pequeña mesa redonda en la que Saúl solía comer. Una vez acomodados, fue de nuevo Verónica quien tomó la iniciativa.

—No sé ni por dónde empezar —dijo muy seria.

No hacía falta ser la persona más perspicaz del planeta para darse cuenta de lo agitada que estaba. Ni siquiera se había desprendido del bolso, que apretaba contra su regazo como si le fuera la vida en ello. Su semblante mostraba una rigidez que estropeaba su atractivo, y el resto de su lenguaje corporal era una manifestación continua de su desasosiego.

—Por el principio —la ayudó Saúl, que estaba tan nervioso como ella, pero lo disimulaba mucho mejor—. Puedes empezar por el principio.

Ella reaccionó con desconcierto inicialmente, pero enseguida comprendió a lo que se estaba refiriendo él. Eso no le hizo más llevadera la situación, pero al menos le permitió desatascar su mente.

—Claro —indicó ella—. Supongo que lo que más te interesa saber es por qué no me quedé contigo, ¿no es así?

Saúl se limitó a asentir con un movimiento de su cabeza que imitó a la perfección el que ella había realizado unos minutos antes. Verónica Díez respiró hondo hasta en tres ocasiones, antes de comenzar su relato.

Su versión coincidía con la que le habían ofrecido tanto Sara Montero como Ernesto Botto, y sirvió para rellenar los huecos que ambas historias habían dejado. Tal como había sospechado desde que se enteró de que Verónica se quedó embarazada con tan solo dieciséis años, fue la presión que ejercieron sus padres sobre ella lo que determinó que se desentendiera de su bebé.

—Mi padre no quería que abortase, pero tampoco soportaba la idea de que me convirtiese en una madre soltera. Para él lo más importante era su reputación y el qué dirán. No quería pasarse la vida escuchando cuchicheos a sus espaldas —le explicó Verónica—. Yo sé que mi madre no estaba de acuerdo, pero se calló. Vivía sometida a él. Jamás le llevó la contraria. Ni siquiera cuando eso supuso desprenderse de su propio nieto.

El dolor impregnó las palabras de la mujer como si fuera brea vertida sobre granos de arena. Tuvo que hacer una pausa larga antes de continuar, para recuperar el aplomo.

—Además, mi padre creía que si nos quedábamos contigo, alguien acabaría por atar cabos, aunque nos hubiéramos ido del pueblo. Y si la verdad salía a la luz, su trato con los padres de Alejandro y Ernesto estaría en peligro. No solo temía perder su trabajo, sino que les tenía auténtico pavor a los dos, y no sabía hasta dónde serían capaces de llegar para castigarle por su imprudencia.

Con la ayuda del padre de Alejandro, consiguieron la colaboración de un médico para que les asistiese durante el parto y mantuviera la boca cerrada después. Y también les facilitó un alojamiento temporal en un lugar recóndito, sin vecinos en los alrededores, donde pudieran quedarse el tiempo necesario hasta que decidieran deshacerse del bebé.

Verónica le explicó a continuación como Arturo había elegido minuciosamente el sitio donde iban a abandonarle. Había escogido una iglesia apartada, en la que sabía que residía el párroco. Y allí, al filo del amanecer, habían depositado a Saúl en su cesto. Luego, para asegurarse de que el pequeño no pasaba demasiado tiempo a la intemperie, Arturo había realizado una llamada telefónica para informar de que alguien había depositado un bebé a las puertas del templo.

—Sé que no sirve para compensar lo que te hice, pero aquel día creí que mi vida había terminado. Jamás he sentido tanta tristeza y tanto desprecio hacia mí misma como la que sentí entonces. Fue una pesadilla. Y yo estaba convencida de que era exactamente lo que me merecía —le confesó, con los ojos húmedos—. Al final, respirar el mismo aire que mis padres se me hizo insoportable. Tres años más tarde me marché de casa. Lo habría hecho antes, de haber tenido fuerzas para ello. Pero fue lo que tardé en recuperarme lo suficiente como para poder dar ese paso.

Pronunció esa última frase con la voz ronca. Había estado varios minutos hablando prácticamente sin parar.

—¿Quieres que te traiga un poco de agua? —le ofreció Saúl.

—Sí, por favor.

Saúl también necesitaba un descanso. Aunque parte de la historia no era nueva para él, escuchar de boca de Verónica el relato de los hechos que habían desembocado en su abandono había causado una honda impresión en él. Le sorprendió que la emoción predominante no fuese la rabia, como lo había sido siempre que había pensado en ello, sino la compasión.

Antes de ir a la cocina a por un vaso de agua, se desvió hacia el que había sido su dormitorio, donde estaban todas sus cosas ya listas para ser transportadas de vuelta a Madrid. Cuando regresó junto con su madre biológica, vio que esta había conseguido por fin soltar el bolso, que ahora descansaba sobre la superficie de la mesa de madera de pino.

Tras dar un trago al largo vaso que le había traído Saúl, con el que consumió la mitad de su contenido, metió la mano en el bolso y extrajo dos objetos: un paquete de tabaco y un mechero de diseño muy moderno, de color perla. Acto seguido, sacó un cigarrillo y se lo llevó a los labios.

Inmediatamente después lo retiró de allí.

—Perdona —dijo—. No te he preguntado si te importa que...

—Adelante.

Saúl no fumaba, y no le gustaba demasiado que alguien lo hiciese con él presente. Pero tenía la sensación de que Verónica necesitaba encenderse ese cigarrillo más todavía que el agua que él le había ofrecido, o incluso que el oxígeno con el que llenaba sus pulmones. Se levantó de nuevo en busca de un cenicero de cristal que había visto guardado en uno de los cajones que había en la cómoda antigua de estilo castellano que ocupaba una de las esquinas del salón.

Una vez de regreso a su asiento, dejó que su acompañante le diera un par de bocanadas a su cigarrillo antes de dirigirse a ella, ya que lo que pensaba decirle a continuación iba a requerir que estuviera lo más relajada posible.

—Entiendo que no te enfrentases a tus padres cuando todo eso sucedió —dijo Saúl—. Pero ¿y después? ¿No pensaste nunca en tratar de encontrarme?

Saúl percibió con claridad como el semblante de Verónica se crispaba como si una mano invisible le acabase de estrujar las entrañas desde dentro. Le dio su tiempo para que le contestara. Y ella se lo tomó. Cuando finalmente pudo ofrecerle una respuesta, su voz sonó frágil y temblorosa.

—En los primeros años no podía pensar en otra cosa —le confesó—. Y en todas y cada una de esas ocasiones, fui incapaz de ir en tu busca. La mayoría de las veces por vergüenza. Otras porque quería pensar que las cosas te habían ido bien, y no quería interferir en tu felicidad. También me aterraba que me rechazases, a pesar de que tenías todo el derecho del mundo a hacerlo —añadió, casi en susurros—. Todos esos pequeños fracasos diarios estuvieron a punto de hacer que me volviese loca, así que me obligué a olvidarte.

Verónica le dio una larga calada a su cigarrillo. Luego sacudió la ceniza hasta que esta cayó sobre el cenicero.

—La verdad es que nunca me olvidé por completo. Tan solo conseguí arrinconarte en mi cabeza lo suficiente para poder sobrevivir y tener lo que más se pudiese acercar a una vida normal.

—¿Y qué ha cambiado ahora para que hayas venido a verme?

Saúl había procurado no sonar demasiado duro, a pesar de que una parte de él le pedía que hiciese sangre con el sufrimiento de la mujer que le había llevado en su vientre. Afortunadamente, todos esos años ejerciendo un autocontrol tan estricto de sus emociones le sirvieron para aplacar esa fuerza oscura que permanecía siempre latente dentro de su alma.

—Cuando supe que me estabas buscando, creí que había llegado el momento —dijo Verónica—. Pensé que si querías descubrir quiénes eran tus padres, eso significaba que no me odiabas tanto como yo me temía. No sabía si luego querrías conocerme en persona, pero no pude evitar dejarme llevar por la esperanza. Era la primera vez que la sentía desde que te traje al mundo.

—¿Y cómo supiste que quería llegar hasta ti?

—Por Rodrigo —contestó ella.

Verónica le habló de la amistad que le había unido al actual alcalde de Valquemada durante su infancia y adolescencia. Le explicó que, después de Sara, era la persona en quien más confiaba. Se lo contaban todo, incluso los secretos más delicados. Antes de verse obligada a marcharse del pueblo tras su embarazo, había logrado mantener una conversación con él, a pesar de la férrea vigilancia de sus padres. En ese último encuentro, ambos se prometieron mutuamente que seguirían manteniendo el contacto. Y cumplieron ese juramento a lo largo de los años que siguieron a continuación.

—Me llamó hace unos días para decirme que mis antiguos vecinos le informaron de que habías ido por allí haciendo preguntas acerca de mi familia, tal como él les había pedido que hicieran si alguna vez sucedía. Luego se enteró de que habías estado preguntando en los puestos del mercadillo sobre la figura de un duende —dijo Verónica, estremecida por la emoción—. Yo misma lo escondí debajo de tu cuerpecito. Ni siquiera mi padre lo sabía —le reveló—. Así que en ese momento supe que solo podías ser tú.

Saúl metió la mano en el bolsillo del pantalón, y extrajo de allí el objeto que había ido a recoger a su habitación. Dejó el *trasgu* sobre la mesa, tan cerca de Verónica como pudo.

Madre e hijo se lo quedaron mirando fijamente, conscientes ambos de que ese pequeño pedazo de escayola, esculpido y pintado tan primorosamente, era el responsable de que hubiesen logrado reunirse por fin, superando las barreras impuestas por el espacio, el tiempo, el dolor y la vergüenza. Gracias a su existencia, Saúl había comprendido que ella no había querido desentenderse completamente de él. Entregárselo había sido una demostración de que ella deseaba que se pudieran encontrar de nuevo algún día. Quizás para no separarse ya nunca más.

Al observar más detenidamente al duendecillo, Saúl creyó detectar que la sonrisa de la traviesa criatura ya no era tan burlona como antes. Que su expresión era diferente, llena de ternura.

De repente, sintió cómo se producía un cambio en su interior. Se trataba de la dura costra que había ido recubriendo su corazón durante los últimos veinte años, en cuya superficie empezaron a abrirse multitud de fisuras. De entre ellas surgió una luz cálida y poderosa que recorrió su cuerpo con la velocidad del rayo. Cuando llegó hasta sus ojos, salió al exterior adoptando la forma de una lágrima que descendió lentamente por la mejilla de Saúl. Él dejó que lo hiciera libremente, y pronto le siguieron más.

—Háblame de ti, mamá —dijo.

ÚLTIMOS TÍTULOS PUBLICADOS EN HQN

Estrellas al amanecer de Susan Mallery

El lugar donde todo empezó de Andrea López

Amanecer en la bahía de Robyn Carr

7 citas de Sylvia Marx

La casa del río de Hannah Richell

El beso de Thor de Cristina Vatra

Una biblioteca junto al mar de Brenda Novak

Piérdete conmigo de Anna Garcia

Un pretendiente para una reina de Julia London

Un buen motivo para mentir de Maia Clark

Secretos bajo el sol de Sarah Morgan

¿Todavía? ¡Siempre! de Anabel García

Hijas de la guerra de Dinah Jefferies

Corazón escocés de Miranda Bouzo

Hermanas por elección de Susan Mallery

Lamer las heridas de Leticia Castro

Orgullo y perdón de Diana Palmer

La mejor jugada de Ana Mencey

Un secreto en las Highlands de Andrea López